Berlin küsst Stockholm

- Sommernächte und Blitzlichtgewitter -

DANKESCHÖN

Ich möchte ein paar besonders lieben Menschen danken,
die mich bei der Verwirklichung dieses Traumes
besonders unterstützt haben.

Allen voran meinem lieben Bruder Helmut und seiner Familie,
Maggie, meiner besten Freundin und der bezaubernden Tanja.
Ohne euch wäre dieses Projekt nicht zustande gekommen!

Ein ganz besonderes Dankeschön auch an Kaddi, Kerstin und Kathrin
für's Mut machen, für eure Tipps und ein immer offenes Ohr,
was sicher nicht immer einfach für euch war!

Und natürlich danke auch an alle anderen,
die mich dabei begleitet haben.
Ich denke, ihr wisst, wer von euch damit gemeint ist!

Petra Sommersperger

Berlin küsst Stockholm

- Sommernächte und Blitzlichtgewitter -

Bibliografische Information der Deutschen Nationalbibliothek:
Die Deutsche Nationalbibliothek verzeichnet diese Publikation in der Deutschen Nationalbibliografie; detaillierte bibliografische Daten sind im Internet über http://dnb.dnb.de abrufbar.

2. Auflage August 2017

Herstellung und Verlag: BoD – Books on Demand, Norderstedt

ISBN: 978-3-7448-8821-9

INHALT

<u>WIDMUNG</u>

Ich widme dieses Buch meiner lieben Mama,
die immer an mich geglaubt hat!

KAPITEL 1

Kursivschrift = Alicia

Fettschrift = Ben

„Und du bist dir sicher, dass du nicht mitkommen möchtest?", fragt er bereits zum gefühlt zehnten Mal, ein aufgesetzter Schmollmund natürlich inklusive. Ich schüttle den Kopf. *„Nein, mein allerliebster Ben, ich möchte nicht mitkommen, da bin ich sogar sehr sicher."*

Ein theatralisches Seufzen soll mir noch einmal signalisieren, was er davon hält und ich kann nicht anders, als loszulachen. *„Wieso um Himmels willen möchtest du nicht alleine zu dieser Party? Du kennst doch genügend Leute dort."*

Er sieht mich an, setzt an etwas zu sagen und schließt seinen Mund schließlich wieder.

„Ich warte?" Doch statt zu antworten, kommt er zu mir auf die Couch, legt seinen Kopf auf meine Schulter, zieht erneut eine Schnute und blickt mich an, wie ein Welpe, der ein neues Zuhause sucht.

„Alicia-Schatz, du weißt doch, man sollte mich nicht alleine auf Partys lassen", versucht er es nun mit einer Schiene, die vielleicht bei seinen diversen weiblichen 'Bekanntschaften' funktionieren mag, doch mich bekommt er damit nicht rum.

„Mein Lieber, spar dir diesen Hundeblick doch lieber für eine andere auf. Ich bin mir sicher, auf der Party laufen genügend Frauen herum, die sich freuen, wenn du sie mit deinen blauen Augen anhimmelst." Ich hauche ihm noch einen Kuss auf die Stirn und stehe lachend auf.

„Du bist grausam zu mir." *„Ich weiß"*, antworte ich ihm kurz, während ich den Korkenzieher aus dem Wandschrank hole, um meine Weinflasche zu öffnen.

„Wozu hat man Freunde, wenn sie einen so im Stich lassen, wenn man sie wirklich braucht?!" Bei diesen Worten muss er selbst lachen. „Ja, ich bin wirklich eine schlechte Freundin, ich weiß. Aber ich habe heute Abend ein wichtiges Date, wie du wissen solltest." Vorsichtig ziehe ich den Korken aus der Flasche und gieße etwas der wohl-duftenden roten Flüssigkeit in ein Weinglas.

Ben steht auf, tritt neben mich und tätschelt mir gespielt mitleidig den Kopf. „Deine Lieblingsfernsehserie und eine Flasche Wein ist nicht wirklich ein Date, meine Süße. Ich möchte nur, dass dir das bewusst ist."

Schnell verpasse ich ihm einen sanften Stoß mit dem Ellbogen. „Immer noch besser, als eine Party von irgendeiner drittklassigen Promotion-Firma."

„Ja ja, ich hab es schon verstanden." Er lacht und zuckt mit den Schultern. „Dann werde ich wohl jetzt alleine lostigern, aber beschwere dich nicht, wenn die Party nicht gut endet und ich in desaströsem Zustand wieder hier ankomme. Ich werde schließlich einsam sein und wenn man einsam ist,…" „Hau schon ab!", unterbreche ich ihn und schiebe ihn schon fast zur Tür hinaus.

Als ich endlich alleine bin, lasse ich mich auf die Couch fallen und nehme genussvoll einen großen Schluck Rotwein zu mir. Ein anstrengender Tag liegt hinter mir und es kommt mir ganz Recht, dass ich diesen Abend alleine auf meiner Couch verbringen kann.

Seit gut zwei Wochen wohnt Ben nun bei mir. Während der letzten Deutschland-Tour mit seiner Band lernte er durch Zufall Jonas, den Besitzer eines kleinen Musik-Labels kennen und nachdem die beiden auf Anhieb einen Draht zueinander gefunden hatten, hat Ben innerhalb kürzester Zeit beschlossen, sich an Jonas Label zu beteiligen.

Bens ursprünglicher Plan war es, sich lediglich finanziell einzubringen, um Jonas schneller auf die Beine zu helfen, doch schon bald hatte sich herausgestellt, dass Bens Bekanntheit den beiden von noch viel größerem Nutzen sein könnte, deshalb hat er sich kurzerhand entschlossen, nicht sofort wieder in seine Heimat Stockholm zurückzukehren, sondern noch ein paar Wochen in Berlin zu bleiben, um Jonas bei ein paar Dingen unter die Hand greifen zu können.

Gleichzeitig will er die Zeit nutzen, um ein paar PR-Termine für seine Band absolvieren zu können und da Ben jemand ist, der am liebsten immer Menschen um sich hat und sich in Hotelzimmern ziemlich schnell einsam fühlt, habe ich ihm spontan angeboten, für diese paar Wochen bei mir zu wohnen.

Ben Lindqvist und ich kennen uns schon seit Jahren. Er war mit seiner Band 'Northern Summer' – vier etwas verrückten, aber absolut liebenswerten Jungs aus Schweden, die mit hochwertiger Rockmusik die Ohren ihrer Fans verwöhnen - in Deutschland unterwegs. Die Band war damals kaum bekannt, aber das Magazin bei dem ich arbeite, hatte ein Interview mit ihnen organisiert und dabei haben wir uns kennen – und wie sagt man so schön – 'lieben' gelernt.

Die Chemie zwischen uns beiden stimmte auf Anhieb und nach einem ziemlich verkorksten 'ersten Date' und einem völlig gefühllosen ersten Kuss, landeten wir beide damals laut lachend und ziemlich betrunken auf meiner Couch und haben spontan beschlossen, dass wir uns bestens verstehen, solange sich unser Verhältnis auf einer freundschaftlichen Ebene bewegt und so ist es auch seither. Er besucht mich so oft es geht und die stressigen Zeiten überbrücken wir mit Anrufen und albernen Bildern, die wir uns gegenseitig via Handy zusenden.

Kaum habe ich den Fernseher angemacht und das richtige Programm gefunden, piepst mein Handy auch schon. Schnell öffne ich das Foto, das Ben mir gesendet hat. Ein Bild von ihm im Taxi, den Kopf an die Tür gelehnt, mit dem bereits mehrfach erwähnten Schmollmund, blinkt mir entgegen. „So einsam...", steht darunter. Ich muss lachen. „Manchmal muss man stark sein im Leben. Hab Spaß!", ist meine Antwort. Kopfschüttelnd lasse ich das Handy neben mich fallen und widme mich endlich meiner Lieblingssendung.

~~~~~~

Nach gefühlt zwei Stunden durchgehendem Händeschütteln und Nettigkeiten austauschen, habe ich endlich wieder ein paar Minuten für mich. So schmeichelnd die Resonanz auf unsere letzte Tour und auf meine Geschäftspläne ist, so viele negative Seiten zieht es auch mit sich.

Ich liebe Partys, das dürfte allseits bekannt sein, allerdings nicht diese inszenierten Dinge. Ich mag es, spontan mit den Jungs in einer Bar zu versacken oder auch mal eine Aftershow-Party aufzumischen, gerade dann, wenn keiner damit rechnet, aber dieses lieb lächeln und danke sagen und Jedermanns Darling zu sein, das ist nicht meine Welt.

Dennoch gehört es zu meinem Beruf eben auch dazu, zu diversen Promotion-Terminen zu erscheinen, zig Interviews zu geben, selbst dann, wenn man die Fragen längst nicht mehr hören kann, viele ‚wichtige' Hände zu schütteln und immer den netten Kerl von nebenan zu mimen, auch wenn einem manchmal wirklich nicht danach ist.

Schnell kippe ich das Glas Champagner, das mir in die Hand gedrückt wurde, in einem Zug hinunter und wechsle dankbar zu einem Bier, als ein Kellner mit einem vollen Tablett an mir vorbeigeht. Schon besser!

„Hey, du bist Ben, oder?" Suchend drehe ich mich um und blicke in zwei wunderhübsche braune Augen. Ein kurzer Ganzkörper-Scan verrät mir, dass auch der Rest nicht ohne ist. Lange braune Haare, zierliches Gesicht, strahlend weiße Zähne, hübsches Dekolleté, schlanke Taille und das alles in einem schicken schwarzen Mini-Kleid verpackt. Es hätte schlimmer kommen können.

„Der bin ich. Und du?" „Ich heiße Sandy und finde deine Musik wirklich unheimlich schön." Sie strahlt über das ganze Gesicht und die Tatsache, dass sie mit ihren Fingern bereits das vierte Mal binnen einer Minute eine nicht vorhandene Haarsträhne hinter ihr Ohr streicht, verrät mir, was die Absicht hinter diesem Gespräch ist. Diese leichte Nervosität, der anhimmelnde Blick, mittlerweile kenne ich das nur zu gut und um ehrlich zu sein, seit meiner Trennung von Romina vor einem halben Jahr, habe ich auch ein paar davon — nun sagen wir mal — etwas ‚näher' kennen gelernt.

„Wollen wir rausgehen und eine rauchen?" Ich deute zum Hintereingang und ohne zu zögern nickt sie. „Gerne." Ich lasse sie voraus gehen, um den Anblick zu genießen. Sie hat wirklich rundum alles dort, wo es hingehört, das muss man ihr lassen.

Zwei Zigaretten später weiß ich ihre halbe Lebensgeschichte. Sandy ist wirklich süß. Einerseits wirkt sie schüchtern, andererseits denke ich, dass sie genau weiß, worauf sie hinaus will und das gefällt mir. So hat der Abend doch noch eine ganz annehmbare Wendung erhalten.

„Was hast du denn noch vor heute?", frage ich sie plötzlich und unterbreche damit ihren Monolog über — ja worüber eigentlich? Sie zuckt etwas zusammen und für einen Moment scheinen sämtliche Rädchen in ihrem

Kopf auf Hochtouren zu rattern. Eine leichte Röte huscht über ihr Gesicht und macht das Ganze für mich noch einmal einen Tick verführerischer. „Äh... Ich denke nichts?!" Sie wirkt etwas nervös, als sie die Worte ausspricht. „Wieso?"

„Ich hab ehrlich gesagt keine Lust mehr auf die Party hier. Was denkst du, sollen wir zu mir fahren? Ich hab eine gut gefüllte Minibar." Ich streiche ihr eine Haarsträhne aus dem Gesicht, während ich zu ihr spreche, wohl wissend, dass eine kleine zarte Berührung sicherlich nicht schaden kann und wie erhofft, verfehle ich auch dieses Mal meine Wirkung nicht. „Das klingt gut", flüstert sie schon beinahe.

~~~~~~

Ein lauter Knall lässt mich plötzlich aus einem wunderschönen Traum hochschrecken. Was um...? Verwirrt sehe ich mich um und ein lautes „Verdammt!" aus dem Flur, gefolgt von einem erneuten Poltern, löst schließlich das Rätsel. „Alles klar bei dir?" Ein grummelnder Ben kommt durch die Tür.

„Du hast zu viele Schuhe! Die sind einfach überall." Er schüttelt den Kopf und humpelt zu mir aufs Sofa. Ein Blick auf die Uhr verrät mir, dass es mittlerweile fast sechs Uhr morgens ist.

„Man merkt, dass du schon seit einem halben Jahr keine Frau mehr hast, sonst wüsstest du, dass ich definitiv in der Norm liege, was meine Schuhe anbelangt." Ich strecke ihm die Zunge heraus und kuschle mich gleichzeitig an ihn. Schnell schlingt er seinen Arm um mich und nach einer kurzen Pause beginnt er zu lachen.

„Wenn ich gewusst hätte, welches Programm bei dir läuft, wäre ich vielleicht sogar schon früher nach Hause gekommen. Ich hätte nicht gedacht, dass du so etwas guckst." Mit breitem Grinsen beobachtet er mich und erst jetzt sehe ich, dass mittlerweile ein drittklassiger Sexfilm über die Mattscheibe läuft. „Tja, da siehst du mal, es gibt immer noch Dinge, die du nicht über mich weißt. Aber ich tippe mal schwer darauf, dass du so etwas in der Art vor nicht allzu vielen Minuten noch selbst gemacht hast." „Da tippst du gar nicht mal so falsch, meine Liebe." Er zuckt die Schultern und zieht seinen Arm noch etwas enger um mich, während er mir gleichzeitig ein Küsschen auf den Haaransatz haucht.

Es war wohl klug von mir, von vornherein mit ihm zu vereinbaren, dass er keine Frauen, mit denen er es nicht wirklich ernst meint, mit in meine Wohnung bringt, solange er hier wohnt. Bei aller Liebe, aber das muss nun wirklich nicht sein. Ben hatte sofort zugestimmt, für diese Aktivitäten auf ein Hotelzimmer auszuweichen und ich bin wirklich froh, dass er sich auch daran hält.

„Hast du mich eigentlich so vermisst?", unterbricht er schließlich meine Gedanken. „Was?" Mein fragender Blick lässt ihn grinsen.

„Na, weil du hier in meinem Bettchen schläfst." „Das ist MEINE Couch, Mr. Rockstar. Bild dir mal nicht zu viel ein."

Er haucht mir ein Küsschen auf die Stirn, während ich mich langsam aus seinen Armen befreie und mich auf den Weg in mein Schlafzimmer mache. Ein paar weitere Stunden Schlaf würden auch mir nicht schaden.

~~~~~~

Geschafft lasse ich mich auf die Couch fallen. Was für ein Abend! Es ist nicht zu leugnen, dass Sandy ihre Qualitäten hat, das muss man ihr lassen. Wir haben ein paar schöne Stunden verbracht und sind schließlich Arm in Arm eingeschlafen, doch kaum war ich wach, spürte ich wieder, was ich so oft fühle in letzter Zeit. Es war schlichtweg nicht richtig. Es fühlte sich nicht gut an, in ihren Armen aufzuwachen.

Früher hat mir das nichts ausgemacht. Vor Romina habe ich mich auch gerne mal ausgetobt und damals war es ganz normal für mich, in einem fremden Bett oder fremden Armen aufzuwachen, meistens gab es dann einfach die nächste `Runde`, doch mittlerweile fühle ich mich meistens leer, wenn alles vorbei ist.

Ich nehme einen großen Schluck aus dem Weinglas, das Alicia nicht mehr geleert hat und genieße das warme Gefühl, das die leckere Flüssigkeit in meinem Körper hinterlässt. Eine Weile lasse ich noch die Bilder, die vor mir über die Mattscheibe flimmern, auf mich einprasseln, bis ich schließlich erschöpft einschlafe.

~~~~~~

12

Gegen zehn Uhr krieche ich schließlich geplättet aus meinem Bett. Ich habe geträumt, dass Ben nachts mit drei Frauen in meine Wohnung gestürmt ist und sie vor meinen Augen vernaschen wollte. Schnell schüttle ich mich und husche durchs Wohnzimmer in Richtung Küche. Ein kurzer Blick zur Couch bestätigt, was ich vermutet habe - er schläft immer noch tief und fest.

Einen Augenblick bleibe ich stehen und beobachte ihn. Sein Atem geht ruhig und gleichmäßig und ein sanftes Röcheln ist zu hören, was mich zum Grinsen bringt. Verstehen kann ich die diversen Damen ja schon, wieso sie ihm so zahlreich verfallen. Er kann wirklich charmant sein, wenn er will und sein Äußeres ist nicht gerade von schlechten Eltern.

Er ist weit über 1,80 m groß, hat dunkelblonde Haare, die gerne mal in alle Richtungen abstehen, wenn er beim Nachdenken seine Hände darin vergräbt, ist dank regelmäßiger Trainingseinheiten wirklich ansehnlich gebaut und mit ein paar nicht allzu aufdringlichen Tattoos auf seinen Oberarmen und an seiner Seite verziert. Aber vor allem ist es wohl seine Art, die Frauen meist direkt in ihren Bann zieht, denn er findet diesen schmalen Grat zwischen echtem Kerl und spitzbübischem Kuschelbären scheinbar mühelos und wenn er mit einer Frau spricht, hat jede davon sofort das Gefühl, das Zentrum seines Interesses zu sein. Eine Mischung, der nicht viele widerstehen können. Aber natürlich kann er auch ganz anders, auch diese Seite konnte ich mehr als einmal kennen lernen.

Er ist eben ein normaler Mensch, wie jeder andere auch, mit schönen und weniger schönen Seiten und dennoch ist er in den vergangenen Jahren zu einem besonderen Punkt in meinem Leben geworden.

Ich beobachte eine Haarsträhne, die sich mit jedem seiner Atemzüge auf und ab bewegt und muss unweigerlich lächeln. Genau in diesem Moment schlägt er seine Augen auf und blinzelt mich an. „Erwischt!" Für einen kleinen Moment komme ich mir tatsächlich ertappt vor.

„Soso, du beobachtest mich also während ich schlafe." Er grinst mich an, seine Augen ziemlich verquollen und die Kissenabdrücke noch sichtbar im Gesicht. „Was dagegen?", antworte ich ihm nur knapp und will sogleich in die Küche verschwinden, doch da habe ich die Rechnung ohne meinen Mitbewohner gemacht, denn der klopft lachend neben sich auf die Couch.

„Du kannst mich gerne aus der Nähe betrachten." Ich rolle die Augen und schüttle deutlich den Kopf. „Das würde ich ja unheimlich gerne, aber ich muss gleich los zu einem Termin und sollte vorher noch duschen. Ich wollte mir nur eben etwas zu trinken holen."

Schnell greife ich nach der angebrochenen Wasserflasche von gestern Abend, die immer noch auf dem Tisch steht. Er streckt sich einmal ausgiebig und setzt sich auf. „Soll ich mitkommen?" „Unter die Dusche?" Er nickt und angesichts des Blickes, den er aufsetzt, muss ich grinsen. Da ist er wieder, dieser spitzbübische Ausdruck, für den ihm niemand böse sein kann.

„Ich denke, ich schaffe das auch alleine, danke." Mit diesen Worten verschwinde ich lachend im Schlafzimmer, von wo aus es direkt ins Badezimmer geht.

~~~~~

Lachend sehe ich Alicia hinterher. Sie ist wirklich so etwas wie mein bester Freund. Zugegeben ein äußerst hübscher bester Freund, mit ihren geschätzten 1,75 m und den schulterlangen dunkelblonden Haaren, doch wenn ich sie ansehe, sehe ich nicht das, was ich üblicherweise an einer Frau sehe. Dass sie eine nahezu perfekte Figur hat, weiß ich, aber das alles spielt keine Rolle, wenn ich in ihrer Nähe bin. Wenn sie mich ansieht, habe ich das Gefühl, dass sie nicht nur meine blauen Augen sieht, sondern viel mehr das, was dahinter vor sich geht. Es ist, als könnte sie in mich hineinsehen und wenn ich in ihre grünen Augen blicke, dann fühle ich mich geborgen.

Ihr Humor, ihre Art mit mir umzugehen, die Lockerheit, die sie versprüht, das alles macht sie für mich so besonders und ich bin froh, dass wir damals ziemlich schnell beschlossen haben, Freunde zu werden, denn Freunde bleiben einem ein Leben lang und ich könnte mir nicht vorstellen, sie jemals missen zu müssen.

Wahrscheinlich war es Glück, dass der Funke damals bei unserem ersten Date nicht übergesprungen ist, zumindest nicht auf körperlicher Ebene, obwohl ich mir den Grund dafür nicht wirklich erklären kann, aber es war gut so, das weiß ich heute. Wie schnell man einen Menschen verlieren kann, den man emotional und körperlich an sich heranlässt, das habe ich vor gar nicht langer Zeit mit Romina erst wieder einmal erkennen müssen, dabei habe ich wirklich gedacht, in ihr endlich wieder eine Frau gefunden zu haben, mit der ich mein Leben teilen möchte. Doch leider wurden wir beide eines Besseren belehrt und mussten erfahren, dass es gar nicht so einfach ist, Probleme, die sich einem zweifelsohne in den Weg stellen, zu überwinden, wenn man dabei räumlich so häufig voneinander getrennt ist.

Durch das Klingeln meines Handys werde ich plötzlich aus meinen Gedanken gerissen.

~~~~~~

Eine gute Stunde später bin ich zu meinem Termin eingetroffen. Als Journalistin im Bereich Lifestyle und Musik hat man mich heute dazu verdonnert, eine derzeit total angesagte Nachwuchs-Teenie-Band zu interviewen. Gleichzeitig haben zwei unserer Leserinnen ein Treffen mit den Jungs gewonnen und meine Aufgabe ist es nun, dieses Treffen zu organisieren und die beiden Mädchen am Interview teilhaben zu lassen und jede von ihnen ihre eigene Frage formulieren zu lassen.

Innerlich hoffe ich, dass die Mädchen – Lisa und Maria – das ganze Ereignis hier möglichst cool über die Bühne bringen und sich nicht danebenbenehmen, schließlich ist die Anhängerschaft der Band dafür bekannt, dass sie überall für einen wahren Kreischalarm sorgen, wo auch immer die Band auftaucht, was ich selbst bereits am eigenen Leib erfahren durfte, als ich mich vor etwa zehn Minuten durch die wartende Menge am Eingang des Studios schlängeln musste.

Ein Blick auf die Uhr verrät mir, dass die Mädchen jeden Moment eintreffen müssten, von da an habe ich noch genau fünfzehn Minuten, um mit ihnen alles durchzugehen, bevor die Jungs eintreffen werden.

Durch ein deutliches Vibrieren macht sich mein Handy in meiner hinteren Hosentasche bemerkbar. Hoffentlich keine unangenehmen Zwischenfälle, denke ich, bin jedoch froh, als ich sehe, dass es lediglich eine Nachricht von Ben ist.

Auf dem Bildschirm prangt eine Nahaufnahme seiner ausgestreckten Zunge. Er hat die Kamera so nah an sich herangezogen, dass man außer seinem Geschmacksorgan nur noch ein paar Zentimeter Haut und den unteren Teil seiner Nase erkennen kann. Darunter steht in Großbuchstaben: „NOCH EINMAL ENTKOMMST DU MIR NICHT. Heute

Abend Party bei einer weiteren Sponsoring-Firma, ausnahmsweise sogar mit guter Musik und ich werde NICHT alleine dorthin gehen, verstehst du? Du weißt, das endet NIE gut!"

Ich schüttle den Kopf und stecke das Handy lachend zurück in meine Hosentasche. Genau in diesem Moment öffnet sich auch schon die Tür und die Mädchen werden von einem Mitarbeiter des Studios hereingebracht.

~~~~~

Etwas erschrocken betrachte ich die Menge an Schaum, die sich über mir in der riesigen Badewanne türmt. Ich habe es vielleicht ein kleines Bisschen zu gut gemeint mit dem Schaumbad, aber der Inhalt der Flasche roch einfach so unglaublich gut, dass ich nicht widerstehen konnte.

Genussvoll schließe ich meine Augen und genieße die Ruhe. Viel zu wenige dieser Augenblicke gab es in den letzten Monaten und obwohl 90 Prozent meines Körpers eindeutig auf Rockstar getrimmt sind, gibt es da immer noch die zehn Prozent, die zwischendurch auch mal nach Ruhe und Erholung verlangen. Eigentlich sollte ich den heutigen Tag frei haben, doch vor einer guten Stunde kam der nächste Party-Termin eingetrudelt, auf dem ich doch unbedingt erscheinen sollte. „Das ist einer unserer wichtigsten Sponsoren auf euren Deutschland-Tourneen mein Lieber, das können wir einfach nicht ausschlagen", höre ich noch die Stimme unseres Managers in meinen Ohren und natürlich hat er Recht, aber dieses Mal würde ich auf keinen Fall alleine dorthin gehen. Eine Nachricht an Alicia war längst verschickt und ein ‚Nein' werde ich heute auf keinen Fall dulden.

Langsam tauche ich meinen Kopf durch die Schaummassen hindurch in das heiße Nass. Ich halte die Luft an und genieße das leichte Gefühl im Wasser, bis ich das Brummen meines Handys auf der Badewannenkante höre. Schnell tauche ich wieder auf und trockne meine Hände am bereitliegenden Handtuch.

Ein Selfie von Alicia blinkt mir entgegen. Sie hängt in einem Sessel, die Hand theatralisch auf der Stirn platziert und ein mitleiderregender Blick auf ihrem Gesicht. Darunter folgender Text: „Hysterie pur, aber ich habe die kreischende Menge überlebt. Schnaps, ich brauche Schnaps!! Party geht in

Ordnung, aber zähle nicht darauf, dass ich auf dich aufpasse!!" Ein Zwinker-Smiley bildet das Ende ihrer Nachricht.

Schnell tauche ich meine linke Hand in den Schaum und erstelle einen Schnappschuss von meinem erhobenen Daumen, der Schaumberg dahinter deutlich sichtbar. „Perfekt! 20 Uhr geht's los! Und sorry wegen deinem Badezimmer." Lachend betrachte ich den Boden, der mittlerweile einer Pfütze gleicht.

KAPITEL 2

„Und du bist dir sicher, dass du da einfach so in Begleitung auftauchen kannst?", schreie ich aus meinem Schlafzimmer in Richtung Wohnzimmer, während ich meinen linken Fuß in diesen wirklich unbequemen Schuh presse und gleichzeitig mit der rechten Hand nach dem Glas Rotwein greife, das ich mir vorsorglich genehmigt habe. Es war bereits knapp sieben Uhr, als ich hier ankam und Ben hatte in Frage gestellt, ob ich es noch rechtzeitig schaffen würde, doch nach einer kurzen Dusche, ein bisschen Haare zurecht zupfen, einer Schicht Make-Up und einer blitzartigen Kleiderwahl, befinde ich mich fünfzehn Minuten vor Abfahrt bereits auf der Zielgeraden. Noch den rechten Schuh, das Glas leeren – in anderen Ländern verdursten schließlich Menschen – und schon bin ich fertig.

„Ich bin Stargast auf dieser Party, da kann ich doch wohl entscheiden, ob ich in Begleitung komme." Gerade als er zu Ende spricht, betrete ich das Wohnzimmer und blicke in zwei weit geöffnete blaue Augen.

„Aber hallo!' Ein machohafter Pfiff folgt seinen Worten und ein anerkennendes Kopfnicken soll mir wohl signalisieren, dass er mit meiner Kleiderwahl zufrieden ist. Ja, ich habe vielleicht nicht immer das allergrößte Selbstbewusstsein, aber dass mir dieses magenta-farbene Stückchen Stoff außerordentlich gut steht, das erkenne sogar ich. Eine eingearbeitete Korsage schmiegt den seidenen Stoff eng an meinen Oberkörper, während es nach unten hin fließend ausläuft und schließlich kurz über meinem Knie endet. Die strahlende Farbe schmeichelt meinem sonnenverwöhnten Teint und das zarte silberne Halskettchen, zusammen mit den feinen silbernen Ohrringen, komplettiert das Outfit. Ich fühle mich wirklich wohl darin, mal abgesehen von den silberfarbenen Pumps, die ich eher als Strafe sehe, aber wenn sie nun mal zum Rest passen, wer wäre ich, wenn ich dann in Frage stellen würde, warum man 200 Euro teure Schuhe nicht einfach bequemer gestalten kann.

„Nimmst du mich so mit, du Stargast?" Erst jetzt bemerke ich, dass auch er sich in richtig in Schale geschmissen hat. Statt dem üblichen rockigen Look, trägt er tatsächlich ein schwarzes Sakko zum ebenfalls schwarzen Hemd, dazu eine Jeans und – wer hätte das gedacht – Anzugschuhe. Auch ich muss anerkennend nicken. „Donnerwetter, du bist aber auch nicht von schlechten Eltern." Lachend klopft er sich selbst auf die Schulter. „Danke, danke. Ich werde meiner Mama das Kompliment gerne überbringen. Und zu deiner Frage, mit diesem Outfit nehme ich dich überall hin mit." Wir lachen beide los und nachdem die Formalitäten also geklärt sind, machen wir uns auf den Weg nach unten, wo jeden Moment das Taxi ankommen müsste.

~~~~~~

„Du weißt, dass wir über den roten Teppich müssen, oder?", frage ich schließlich mit leiser Stimme, während uns der Taxifahrer durch die Dämmerung chauffiert und lache innerlich schon, als sie loskreischt und einen bitterbösen Blick mit auf den Weg schickt.

„Waaas?" Ich wusste, dass ich sie damit kriege. Schnell lache ich los und schon hat sie erfasst, dass dies nur ein Spaß war. „Du Arsch!" Sie untermalt ihre nicht wirklich herzlichen Worte mit einem Faustschlag gegen meinen Oberarm. „Mein Schätzchen, du weißt, das würde ich dir nicht antun." Schnell lege ich einen Arm um ihre Schultern und ziehe sie zu mir.

Durch ihren Beruf lernt sie jede Menge bekannter Leute kennen und auch Events wie diese sind keine Seltenheit für sie. Sie bewegt sich in der Medienlandschaft mit wirklich beeindruckender Sicherheit, obwohl dies weiß Gott nicht immer einfach ist, aber kaum sieht sie einen roten Teppich, sieht sie im wahrsten Sinne des Wortes rot. Sie hasst dieses Blitzlichtgewitter, selbst dann, wenn sie nicht im Mittelpunkt des Interesses steht und vor allem verabscheut sie die oft höchst überzogenen Kommentare, die am nächsten Tag in den diversen Boulevardblättern unter den geschossenen Bildern prangen.

„Weiß ich das?" Alicia hebt eine Augenbraue und schenkt mir schließlich doch ein süßes Zahnpasta-Lächeln.

Mittlerweile sind wir ganz in der Nähe des Veranstaltungsortes angekommen. Natürlich habe ich mit dem Fahrer vereinbart, dass wir durch die Tiefgarage in das Gebäude gebracht werden, ich wollte Alicia schließlich nicht für den Rest unseres Lebens als Partybegleitung verlieren und so finden wir uns kurze Zeit später auch schon im Aufzug auf dem Weg nach oben.

~~~~~~

Eine Viertelstunde später stehe ich mit meinem ersten Glas Wein an der Bar und lasse den Blick durch die Menge kreisen. Kaum waren wir angekommen, hatte der Veranstalter höchstpersönlich sich Ben angenommen und nach den ersten geschüttelten Händen habe ich mich schnell aus dem Staub gemacht. „Wir sehen uns später zum gemütlichen Teil des Abends", habe ich Ben ins Ohr geflüstert und mich bei den umstehenden Leuten mit einem „Entschuldigen Sie bitte, ich muss mich mal frisch machen", freundlich verabschiedet.

Aus der Ferne beobachte ich, wie er mittlerweile das bestimmt zwanzigste Hände-Paar schüttelt und wohlerzogen wie er – zumindest manchmal - ist, merkt keiner der Umstehenden, dass er viel lieber die Bar stürmen würde. Ein Stück weiter rechts steht eine Gruppe bildhübscher Mädchen, die aussehen als wären sie gerade mal eben einer Castingshow für angehende Models entflohen. Ich sehe, wie sie Ben fest im Blick haben und hinter vorgehaltener Hand vor sich hin kichern und muss automatisch loslachen. Eigentlich muss er sich doch fühlen wie bei einem lebenden Buffet.

Mein Blick kreist weiter und ich kann ein paar bekannte Gesichter aus der Medienbranche erkennen, jedoch niemanden, mit dem ich wirklich Lust auf ein Gespräch hätte. Überhaupt ist der Platz an dieser Bar hier ganz nach meinem Geschmack. Eine etwas dunklere Ecke, abseits vom großen Trubel und dennoch mit perfektem Blick auf die Menge an Leuten und auf die kleine Bühne, auf der momentan noch ein DJ ein etwas eigenwilliges Set zum Besten gibt. Schnell habe ich das erste Glas Wein geleert und halte das nächste in Händen.

~~~~~~

„Und das hier ist unser Marketingexperte, Herr Schneider", wird mir mittlerweile die gefühlt hundertste Person vorgestellt. Artig strecke ich Herrn Schneider meine Hand entgegen und tausche wie automatisch ein paar nette

Floskeln mit ihm aus. Meine Augen machen sich jedoch bereits weiter auf die Suche nach Alicia. Es würde mich wundern, wenn ich sie nicht an einer der Bars ausfindig machen könnte. Eine Gruppe von jungen, hübschen Mädchen fängt meinen Blick kurz ein, doch als sie zu kichern beginnen, sehe ich schnell weiter und Bingo, an der Bar, in der dunkelsten Ecke, kann ich schließlich die strahlende Farbe von Alicias Kleid ausfindig machen.

„Dann wünsche ich Ihnen noch einen schönen Abend, Herr Lindqvist", höre ich Herrn Schneiders Worte und nicke. „Danke." „So, Herr Lindqvist, dann würde ich sagen, sie haben sich jetzt erst mal eine kleine Erfrischung verdient und wie ich sehe, wartet ihre Begleitung auch schon auf sie. Dann will ich sie mal nicht länger in Beschlag nehmen."

Das waren die schönsten Worte, die ich heute Abend gehört habe. Mit einem Lächeln bedanke ich mich noch für die kleine Führung und schon bin ich auf dem Weg zu Alicia, nicht ohne jedoch vorher noch ein kurzes Nicken und ein Lächeln in die kleine Model-Runde zu werfen. Wieder kichern sie los und mit einem Kopfschütteln, aber endlich wieder gut gelaunt, erreiche ich Alicia.

„Bier, ich brauche Bier!" Sie kichert los und deutet auf ihr fast leeres Weinglas. „Der Wein hier ist wirklich gut." „Okay, dann zwei Gläser Wein bitte! Und zwei Wodka!", rufe ich dem Barkeeper entgegen, der binnen Sekunden vier Gläser herbeizaubert.

„Na dann, Prost! Auf einen hoffentlich tollen Abend!" Wieder ein Kichern von Alicia. Scheinbar schmeckt der Wein etwas zu gut.

~~~~~~

Mittlerweile ist der Abend in vollem Gange. Vor ein paar Minuten hat die Band – eine aufstrebende Gruppe aus Irland – die Bühne betreten und Ben und ich haben uns auf zwei der Barhocker verfrachtet und nippen an unseren gerade eben wieder gefüllten Weingläsern. „Geht's nur mir so oder schmeckt das Zeug einfach himmlisch?", frage ich ihn und ernte dafür ein Nicken. „Ich weiß nicht, ob es an der Menge liegt oder am Geschmack, aber ich kann nicht klagen. Gar nicht so schlecht die Party."

Schnell hält er mir sein Glas zum Anstoßen entgegen. „Prost!" „Prost!" Der Klang der hochwertigen Weingläser lässt mich erneut loskichern oder sind es vielleicht doch die diversen Wodka, die wir zwischendurch zu uns genommen haben? „Vor jedem Glas Wein muss man einen davon trinken, so macht man das heutzutage", hatte er felsenfest behauptet und wer war ich schon, dass ich einem Mann mit schwedischer Staatsbürgerschaft misstrauen würde, wenn es um das Thema Alkohol ging, also hatte ich mich widerstandslos gefügt.

„Hey schau mal, ich bin mir sicher, da ginge heute noch was." Lachend deute ich auf die Gruppe Models, die mittlerweile ein ganzes Stück näher gekommen sind. Muss wohl an der natürlichen Anziehungskraft liegen, was ist schon die Erdanziehung gegen die meiner Rockstar-Begleitung?

Ben wirft einen Blick auf die Gruppe, scannt jede einzelne davon einmal der Körperlänge nach und schlingt schließlich einen Arm um meine Schultern, was mich für einen Moment bedenklich auf meinem Stuhl wackeln lässt. „Danke für den netten Hinweis, aber ich hatte gestern erst das Vergnügen. Ich bin doch keine Maschine!", witzelt er und zieht seinen Arm noch ein Stück fester um mich.

„Na hör mal, in deinem Alter sollte es schon noch möglich sein, so zwei Nächte hintereinander..." Ich verpasse ihm einen kumpelhaften Stoß in die Rippen und ernte dafür einen kurzen Schmatzer auf meine Backe, ehe er mich endlich wieder loslässt. Alleine habe ich eindeutig bessere Chancen, mich auf diesem wackeligen Stuhl halten zu können. „Danke, dass du so großes Vertrauen in mich hast, ich weiß das wirklich zu schätzen, aber ich werde dennoch dankend ablehnen", spricht es und leert den Rest seines Weinglases in einem Zug.

~~~~~~

Zwei weitere Gläser Wein und den jeweils zugehörigen Wodka später, stehe ich nach Luft japsend und mit meinem Gleichgewichtssinn hadernd neben Alicia auf der Tanzfläche. „Nur ein Song und dann fahren wir heim, okay?", hatte sie mich mehrmals mit dem zugehörigen Wimpernschlag gefragt und mich schließlich einfach hinter sich her gezogen und obwohl Tanzen nicht gerade zu meinen Lieblingsbeschäftigungen zählt, habe ich es angesichts der Promillemenge in meinem Blut gar nicht so schrecklich empfunden, aber genug ist genug.

„So Mäuschen, jetzt aber ab ins Taxi. Du hast einen alten Mann ganz schön fertig gemacht." Schon wieder dieses Kichern. „Du bist mit deinen 34 Jahren nur vier Jahre älter als ich, das muss schon an etwas anderem liegen als am Alter." Schnell macht sie die zugehörige Handbewegung und bläst gespielt Zigarettenrauch in die Luft. Ja, ein Laster, das sie nicht verstehen kann.

Ohne darauf zu antworten packe ich meinen Arm um sie und ziehe sie mit mir in Richtung Aufzug. Kaum sind wir in der Tiefgarage angekommen, merke ich, wie mir die kalte Luft noch ein Stück mehr die Sinne vernebelt und auch Alicia schwankt bedenklich in meinem Arm. „Wir zwei sind reif fürs Bett, würde ich sagen." Sie nickt zustimmend und so lassen wir uns beide geschafft, aber zufrieden, auf den Rücksitz eines der dort wartenden Fahrzeuge fallen.

~~~~~~

„So Madame, hier wären wir." Grinsend zieht Ben mich durch die Wohnungstür und während ich sorgsam darauf achte, dass ich meine Beine beim Gehen nicht verknote, passt er auf, dass er nirgendwo gegen stoße, was gar nicht so einfach ist, angesichts dessen, dass er selbst nicht mehr ganz rund läuft.

Irgendwie schaffen wir es schließlich doch bis in mein Schlafzimmer und ohne noch einen Moment zu zögern, lasse ich mich auf das weiche Bett fallen. Wie schwer sich doch Gliedmaßen anfühlen können, wenn man ein, zwei Gläschen Wein intus hat. Wie soll ich nur diese verdammten Schuhe von meinen Füßen bekommen?

„Benniiii?? Hilfst du mir?" Ich setze einen mitleidigen Blick auf und deute auf meine Pumps, die mittlerweile doppelt so eng geworden sind.

„Schuhlöffel spielen?", lacht er und lässt sich neben mich auf das Bett fallen. Ich nicke und werfe meinen linken Fuß etwas unkontrolliert auf seinen Oberschenkel.

„Meinetwegen." Ich sehe sein Gesicht nicht, aber ich hätte schwören können, dass er die Augen verdreht. „Was tut man nicht alles für gute Freunde", grummelt er in seinen nicht vorhandenen Bart, während er den ersten Schuh von meinem Fuß streift und sich schließlich etwas unkoordiniert auf die Suche nach meinem zweiten Fuß macht. Vielleicht hätten wir doch das Licht im Schlafzimmer anmachen sollen.

Kurze Zeit später spüre ich jedoch auch an meinem rechten Fuß die befreiende Erlösung. „Danke!", hauche ich und greife um mich, bis ich seinen Oberarm zu fassen bekomme. „Benniiii?" „Noch was?" Geschafft lässt er sich neben mich fallen und als ich seinen warmen Körper bei mir spüre, kuschle ich mich einfach dagegen. „Alles gut!", flüstere ich noch und schon bin ich im Land der Träume angekommen.

~~~~~~

Ich muss ebenfalls eingeschlafen sein, denn als ich meine Augen das nächste Mal öffne, liege ich immer noch neben Alicia, allerdings mittlerweile in Löffelchen-Stellung. Ihr warmer, weicher Körper liegt ganz eng an meinem. Ihr Atem geht gleichmäßig und meine Hand auf ihrem Bauch hebt und senkt sich mit jedem ihrer Atemzüge.

Vorsichtig hebe ich meinen Kopf ein Stück an, doch nachdem das Karussell immer noch nicht Feierabend hat, beschließe ich, auf einen Ortswechsel zu verzichten. Ein kleines Seufzen gleitet im Schlaf über Alicias Lippen und ich spüre, wie sie sich noch etwas enger an mich kuschelt. Ohne es zu ahnen, drückt sie ihren süßen Po weiter gegen mein Becken und ich muss einmal tief durchatmen. Sie ist zwar nur eine sehr gute Freundin, aber mein Körper scheint das in diesem Moment nicht wirklich zu realisieren.

Ich spüre, wie ein warmes Gefühl durch mich hindurch zieht und sich schließlich in meinem Schritt sammelt. Wie selbstverständlich vergrabe ich mein Gesicht in ihrem Haar und sauge ihren Duft tief in mich auf, während ich meine Hand über den zarten Stoff ihres Kleides gleiten lasse. Eine Gänsehaut zieht sich über meinen Körper und schärft meine Sinne nur noch mehr.

An ihrer Schulter angekommen, lasse ich meine Finger sanft über ihre nackte Haut gleiten. War sie immer schon so unendlich weich? Noch einmal lasse ich meine Finger kreisen und spüre in meinem Schritt die eindeutige Bestätigung dafür, dass sie sich unheimlich gut anfühlt.

„Mach weiter so und...", höre ich plötzlich ihre heisere Stimme, doch mitten im Satz verstummt sie.

~~~~~~

Ich spüre wie eine Welle des Verlangens durch meinen Körper zieht, während mein vernebelter Kopf scheinbar nicht mehr in der Lage ist, das was hier gerade passiert, in Frage zu stellen. Sein warmer Körper an meinem, seine Hand, die immer noch über die Haut an meiner Schulter kreist und langsam den Weg auf meinen Rücken sucht und sein Atem in meinem Haar, alles fühlt sich so gut an.

Jede Faser meines Körpers scheint auf seine Berührungen zu reagieren. Mir ist heiß und es fühlt sich einfach richtig an in diesem Moment. Ein kleiner Laut huscht wie von Zauberhand über meine Lippen.

„Und was?", höre ich Bens Stimme in mein Haar flüstern. Er lässt einen zarten Kuss folgen und schickt seinen Mund sogleich auf die Reise in meinen Nacken. Sofort zieht sich eine wohlige Gänsehaut über meinen gesamten Körper. Ich muss schlucken, um überhaupt noch Worte über meine Lippen zu bekommen. „…und ich kann fürs nichts mehr garantieren", hauche ich, während ich ganz automatisch meinen Po gegen seinen Schritt drücke und meinen Kopf etwas nach vorne beuge, um ihm besseren Zugang zu meinem Nacken zu gewähren.

„Damit kann ich leben", flüstert er mit rauer Stimme und lässt seine Lippen meinen Nacken entlang, bis zu meiner Schulter wandern. Ein sanfter Biss folgt den zarten Berührungen und entlockt mir ein leises Stöhnen. Seine Hand hat mittlerweile den Reißverschluss auf meinem Rücken gefunden und ich spüre, wie er ihn langsam, Stück für Stück öffnet. Jeder Zentimeter meiner freigelegten Haut scheint zu brennen und ich kann es kaum erwarten, das lästige Stück Stoff loszuwerden. Ich will ihn, hier, jetzt und vor allem sofort!

Am Ende des Reißverschlusses angekommen, hält er einen Moment inne, so als würde er wortlos um meine Erlaubnis bitten. Ich nicke und ein leises, aber bestimmtes „Ich will dich spüren…" aus meinem Mund scheint endlich die letzten Zügel in ihm zu lösen. Mit bestimmtem Druck befördert er mich auf meinen Rücken und schiebt sich selbst ein Stück auf mich. Ich spüre sein Gesicht an meinem und obwohl ich durch das spärliche Licht nur seine Umrisse erkennen kann, bemerke ich das Funkeln in seinen Augen und im nächsten Moment senkt er auch schon seine weichen Lippen auf meine.

~~~~~~

Nie hätte ich gedacht, wie gut diese Lippen schmecken können und unsere Zungen beginnen, ohne noch lange Zeit zu verlieren, ein heißes Spiel. Ich muss sie einfach haben, hier und jetzt. Mein gesamter Körper scheint bereits vor Verlangen zu beben. Hier ist längst kein Raum mehr für Gedanken, für Zweifel, längst haben meine Sinne den Moment für sich vereinnahmt.

Vorsichtig beginne ich damit, sie Stück für Stück aus ihrem Kleid zu befreien und während ich meine Lippen auf Reise schicke, die freigelegte Haut

zu verwöhnen, vergräbt sie ihre Hände mit festem Griff in meinen Haaren. Die kleinen genussvollen Laute, die sie immer wieder von sich gibt, wenn meine Lippen ihre Haut berühren, bringen mich schier um den Verstand.

Es dauert nicht lange, da ist das Kleid Geschichte und ich halte einen Moment inne, um die Umrisse ihres wunderschönen Körpers zu betrachten. Ihre nackte Brust streckt sich mir entgegen und mit sanftem Druck deutet sie mir, wie sehr sie sich danach sehnt, meine Lippen darauf zu spüren.

~~~~~~

Mein ganzer Körper beginnt zu kribbeln, als er seine Zunge über meine Brustwarze gleiten lässt und mit einer Hand gleichzeitig die andere umspielt. Wie von selbst beugt sich mein Körper ihm noch ein Stück weiter entgegen. Alles in mir schreit danach, ihn endlich richtig zu spüren, ihn ganz zu spüren. So schön dieses Spiel hier ist, aber wenn er es noch weiter in die Länge zieht, dann platze ich.

„Ben...", hauche ich ihm schließlich entgegen und er unterbricht sein Spiel, um mich anzusehen. Ich deute ihm, dass dies nun mein Turn ist und ohne Widerworte lässt er sich neben mich in die Kissen fallen.

Mit einem Ruck setze ich mich auf ihn und ohne noch eine Sekunde zu verschwenden, öffne ich die Knöpfe seines Hemdes, schäle ihn aus dem überflüssigen Stück Stoff und kratze mit meinen Fingernägeln über die freigewordene Haut. Sein muskulöser Oberkörper spannt sich an unter meinen Berührungen und die Laute, die er durch seine Lippen dabei hervor presst, geben mir in jeder meiner Bewegungen Recht. Kaum sind meine Hände am Bund seiner Jeans angekommen, öffne ich den Gürtel und die Knöpfe, die darunter zum Vorschein kommen. Es dauert keine Minute, da liegt er auch schon, nackt wie Gott ihn schuf, vor mir. Einen Augenblick betrachte ich, was ich in dem spärlichen Licht erkennen kann.

~~~~~~

Es macht mich unheimlich an, wie sie mich ansieht. Sie scheut nicht davor, ihren Blick schamlos über meinen gesamten Körper streifen zu lassen und als sie schließlich fertig ist, spüre ich mit einem Mal, wie sie mich endlich dort berührt, wo ich es so sehr herbei gesehnt habe.

„Wenn du so weiter machst, hab hier nur ich meinen Spaß, Süße!" Sie kichert. „Herrje, das wollen wir nicht", antwortet sie mir und lässt sofort von mir ab, jedoch nur um sich ohne weitere Umschweife ihres noch verbliebenen Höschens zu entledigen. Es ist unheimlich sexy, wie selbstverständlich sie dies alles tut, wie sie nicht scheut, mir zu zeigen, was sie braucht und was sie will und mein Verlangen steigt mit jeder Sekunde.

Ich weiß, dass ich hier das Ruder übernehmen muss, wenn mir die Sache nicht entgleiten soll, also packe ich sie und befördere sie wieder auf ihren Rücken. Etwas erstaunt quittiert sie mein Handeln mit einem leisen Aufschrei. Hier liegen wir nun, nur noch wenige Zentimeter trennen uns voneinander.

Vorsichtig schiebe ich eine Hand zwischen uns und entlocke ihr mit meiner Berührung einen heiseren Laut. Sanft beginne ich, sie zu verwöhnen und ernte dafür ein „Ich will dich ganz!", das sie in mein Ohr raunt. Ein Schauer durchzieht meinen gesamten Körper und da ich weiß, dass sie die Pille nimmt und wir beide nach einem erst kürzlich unternommenen Ausflug zum Blutspenden wissen, dass wir auch gesund sind, schlage ich ihr diesen Wunsch natürlich nicht aus.

Sie fühlt sich gut an, unheimlich gut!

KAPITEL 3

Ein schriller Ton, der sich förmlich durch meinen Kopf zu bohren scheint, lässt mich am nächsten Morgen aus einem tiefen Schlaf erwachen. Ich brauche einen Moment, ehe ich registriere, dass ich nicht alleine in meinem Bett liege, doch kaum fällt mein Blick auf den leise vor sich hin röchelnden Kerl neben mir, drängen sich die Bilder der letzten Nacht in mein Gedächtnis. Es war also kein Traum, wir hatten Sex, noch dazu wirklich guten.

Ich spüre, wie ein sanfter Schauer über meinen Körper gleitet, beim Gedanken daran, wie es war, ihn in mir zu spüren. Aber was war nur in uns gefahren?

Wieder fährt dieser grelle Ton, der mich eben geweckt hat, wie eine Lokomotive durch meinen Kopf und erst jetzt registriere ich, dass es mein Handy ist, das diesen unheimlichen Lärm veranstaltet.

Schnell hüpfe ich aus dem Bett, ein Bein immer noch im Laken gefangen, muss ich mich erst einmal am Nachttisch festhalten, um nicht hinzufallen. Nachdem die erste Hürde genommen ist und ich mir einmal an den Kopf gefasst habe, um den dröhnenden Schmerz zu lokalisieren, schaffe ich es schließlich, in dem Durcheinander an Klamotten auf dem Boden, mein Handy zu finden.

„Wer stört?", frage ich nicht gerade in meinem nettesten Tonfall und ernte dafür einen aufgebrachten, quietschenden Ton vom anderen Ende der Leitung. „Ali, sag mal, wie lange soll ich denn noch hier auf dich warten?", höre ich die anklagende Stimme meiner besten Freundin Emily. „Was? Emmi?" Ich brauche einen Moment, doch plötzlich fällt es mir wie Schuppen von den Augen. „Emmi, wir waren verabredet. Scheiße!", fluche ich ins Telefon, während ich gleichzeitig mit der freien Hand durch meine Haare raufe und im Spiegel gegenüber erschrocken mein eigenes Antlitz registriere.

„Ich hab... total die Zeit übersehen", stammle ich vor mich hin, während ich mich sofort daran mache, frische Unterwäsche aus dem entsprechenden Fach meines Kleiderschrankes zu suchen. „Ach, was du nicht sagst. Kann ich denn noch mit dir rechnen oder muss ich mir hier jemanden suchen, der mich unterhält?", höre ich sie nun schon etwas freundlicher durch die Leitung, während ich alle Schranktüren aufreiße, um irgendetwas Brauchbares herauszufischen. „Gib mir noch zwanzig Minuten, ja? Fünfundzwanzig maximal. Bestell dir ein Glas Sekt – ich zahle. Okay?" Ich flehe sie beinahe an, denn wir haben uns die letzten drei Wochen wirklich viel zu selten gesehen.

Sie atmet einmal deutlich hörbar durch, doch dann lacht sie. „Meinetwegen, aber beschwer dich ja nicht, wenn ich dem hübschen Kerl zwei Tische weiter auch einen auf deine Kosten ausgebe." Schnell ziehe ich schwarze Lederleggins aus dem Fach, ein einfaches weißes Shirt dazu, das muss reichen.

„Alles was du willst, meine Süße! Bis gleich!" Schon hat sie aufgelegt und ich haste weiter ins Badezimmer. Den Blick in den Spiegel meide ich dieses Mal, stattdessen werfe ich die Dusche an und hüpfe unter den warmen Wasserstrahl. Herrje, mein ganzer Kopf pocht.

~~~~~~

Als ich die Augen öffne, sehe ich bloß noch, wie Alicia hastig im Badezimmer verschwindet. Irgendein lästiger Ton hat meinen Schlaf durchdrungen. Was war das denn für ein Traum? Ich strecke mich einmal ausgiebig und bekomme dafür umgehend die Quittung. Wie ein Blitz fährt es mir durch den Kopf und ich halte sofort inne. Wahrscheinlich ist es einfach noch zu früh, um aufzustehen. Und was um Himmels willen hat Alicia so früh aus dem Bett getrieben? Ich weiß, dass sie heute frei hat.

Ganz automatisch muss ich an die letzte Nacht zurückdenken, wie sie sich mir hingegeben hat, die Leidenschaft, die sie ausgestrahlt hat und diese süßen Töne, als sie schließlich ihren Höhepunkt erreicht hat. Es fällt mir schwer, die Bilder meiner lieben Freundin, mit der Frau von gestern Nacht zu einem Gesamtwerk verschmelzen zu lassen. Was hat uns nur geritten? Andererseits, es war gut, richtig gut sogar, also warum sollte ich mich beklagen?

Ruckartig wird die Badezimmertür wieder aufgerissen und Alicia steht voll angezogen im Zimmer. Suchend blickt sie sich um und registriert noch nicht einmal, dass ich wach bin. „Bist du auf der Flucht?", kann ich mir schließlich einen Kommentar nicht verkneifen und sie zuckt zusammen. „Scheiße, ich hab nicht gemerkt, dass du wach bist. Ich suche meine weißen Turnschuhe." Aha.

Ohne mich noch eines weiteren Blickes zu würdigen, rennt sie in eine Ecke des Zimmers und lässt einen fröhlichen Aufschrei los. Ich vermute, sie hat die Schuhe gefunden, vermeide es aber lieber, den Kopf deswegen anzuheben. „Brauchst du die, damit du schneller laufen kannst?", frotzle ich noch hinter ihr her, doch da ist sie bereits im Wohnzimmer verschwunden. So schlecht kann ich nun auch wieder nicht gewesen sein, dass sie so fluchtartig das Land verlassen muss, denke ich noch, da geht die Tür zum Schlafzimmer noch einmal auf.

„Hier, wirst du brauchen. Wasser steht neben dem Bett. Bis später. Ich muss los." Bevor ich auch nur irgendwie reagieren kann, fliegt mir auch schon eine Kopfschmerztablette entgegen und während ich sie von der Bettdecke fische, ist Alicia auch schon weg. Ich schüttle etwas überfordert den Kopf. Naja, immerhin scheint sie vorzuhaben, wiederzukommen, scheint wohl doch nur eine vorübergehende Flucht zu sein.

~~~~~~

Als ich im Café ankomme, erwartet mich Emily schon freudestrahlend mit zwei Gläsern Sekt. „Na endlich Süße, ich hab schon mal Nachschub bestellt." Ich drücke ihr einen Kuss auf die Wange und setze mich ihr gegenüber hin. Beim Anblick der prickelnden Flüssigkeit überkommt mich eine leichte Übelkeit, aber immerhin halten sich meine Kopfschmerzen dank der Tablette mittlerweile einigermaßen in Grenzen.

„Emmi, es tut mir unendlich leid. Ich hab total verschlafen", flöte ich gleich erst mal meine Entschuldigung über den Tisch, doch Emily achtet nicht wirklich auf meine Worte, sondern scannt mich mit einem gezielten Blick. „Sag mal, wie siehst du denn aus? Was hast du letzte Nacht gemacht? Solche Augenringe bekommt man doch nicht von zu viel Schlaf." Charmant wie immer.

Ich ziehe meine Augenbrauen hoch und zucke mit den Schultern. „Ich war auf einer Party gestern Abend", antworte ich ihr wahrheitsgemäß, wohl wissend, dass sie sich damit alleine nicht abspeisen lassen wird. „Also nur von ein bisschen tanzen und zwei Gläsern Wein siehst du aber bestimmt nicht so müde aus und warum wirkst du so gut gelaunt, wenn du eigentlich so kaputt bist?!" Ich hätte es ahnen sollen, dass ich bei einem Treffen mit meiner besten Freundin, nach so einer Nacht, mit ein paar halbherzigen Aussagen nicht weit komme.

„Was war das eigentlich für eine Party?", hakt sie nach, ohne mich zwischendurch überhaupt zu Wort kommen zu lassen. Angesichts ihrer Hartnäckigkeit beschließe ich nun doch, dem Glas Sekt eine Chance zu geben und nehme einen kleinen Schluck.

„Ein Sponsor von Bens Band hat diese Veranstaltung organisiert und ich habe mich spontan angeschlossen", versuche ich das Ganze möglichst unspektakulär klingen zu lassen. Ich will Emily nichts verheimlichen, aber gleichzeitig ist dies vielleicht nicht unbedingt das perfekte Kater-Gespräch, doch da habe ich natürlich die Rechnung ohne ihren scharfsinnigen Verstand gemacht.

Mit einem Mal reißt sie ihre großen blauen Augen auf und schlägt eine Hand vor den Mund. „Ali! Sag bloß nicht, du hast mit Ben geschlafen... Das ist es doch, oder? Hab ich Recht?"

Wieso nur kennt sie mich so unheimlich gut? Schnell greife ich nochmal nach dem Sektglas und wage dieses Mal einen größeren Schluck. „Müssen wir darüber reden?", versuche ich es nun mit der diplomatischen Masche. „Ha, wusste ich es doch!", ist die Antwort, die ich dafür ernte. „Und ja, natürlich MÜSSEN wir darüber reden!", fügt sie noch lachend hinzu. „Und bitte keines der schmutzigen Details auslassen."

~~~~~~

Nach einer ausgiebigen Dusche, einer großen Tasse dampfend heißem Kaffee und ein paar Resten aus dem Kühlschrank, habe ich es schließlich sogar geschafft, wie ein halbwegs normaler Mensch auszusehen und nun sitze ich hier in einem viel zu warmen Raum, bei irgendeinem Fernsehsender und warte darauf, von einer extrem aufgetakelten Blondine, in zu hohen Highheels, interviewt zu werden. Rund um mich herum herrscht geschäftiges Treiben und ich würde am liebsten die Stopp-Taste drücken und einfach wieder zurück ins Bett kriechen, was jedoch aussichtslos ist.

„So, wir sind soweit. Können wir loslegen, Ben?" Blondie setzt sich mir gegenüber und ich nicke nur und murmle ein leises „Klar.". „Gut." Sie wirft einen flüchtigen Blick auf die Karten in ihrer Hand und schießt schließlich los.

„Ben, du bist nun schon eine ganze Weile in Deutschland. Was gefällt dir hier am besten?" Ah, die Frage habe ich natürlich noch nie gehört. Ich rolle innerlich mit den Augen und spule wie automatisch eine meiner dazu passenden Antworten ab. Prinzipiell mag ich ja Interviews, aber es gibt Fragen, die kann man nach dem fünfzigsten Mal eben nicht mehr hören.

Es folgen drei weitere dieser Standard-Fragen und ich beantworte auch diese brav und scheinbar auch zur Zufriedenheit meiner Interviewpartnerin, denn jedes Mal nickt sie nur brav oder gibt mir bestätigende Antworten. Ich bin innerlich schon dabei zu planen, was ich mit Jonas bei unserem anschließenden Treffen noch alles zu klären habe, als sie plötzlich etwas auspackt, womit ich nicht gerechnet habe.

„Ben, aber nun mal raus mit der Sprache. Mir ist zu Ohren gekommen, dass du hier in Deutschland nicht nur der Arbeit wegen so lange bist. Wie läuft es denn mit deiner neuen Liebe? Möchtest du nicht die Gelegenheit nutzen und deinen Fans ein bisschen was über sie erzählen?"

Was? Habe ich etwas verpasst? Mein Gesichtsausdruck muss wohl Bände sprechen, denn sie lächelt und greift aus den Händen ihres Kameramannes ein Stück Papier, das sie mir schließlich unter die Nase hält. „Ihr seid doch so ein hübsches Paar." Das hat gesessen.

Neugierig betrachte ich den Ausdruck und sehe darauf ein Bild von Alicia und mir auf der Party. Mein Arm liegt um Alicias Schultern und ihr Kopf lehnt an meinem. Da das Foto etwas von der Seite aufgenommen wurde, sieht es fast so aus, als würden wir uns küssen, in Wahrheit haben wir miteinander gesprochen.

~~~~~~

Ein leckeres Frühstück, ein Glas Sekt und eine ausführliche Beichte über die Ereignisse der letzten Nacht später, brechen Emily und ich zu einem kleinen Einkaufsbummel auf. Der erste Stopp ist unsere Lieblingsboutique und schnell stellt sich heraus, dass wir beide wirklich in Shoppinglaune sind.

Es dauert keine zwanzig Minuten, bis die Kreditkarte das erste Mal zum Einsatz kommt. Auch Emily schlägt ordentlich zu und so tingeln wir mit unseren Tüten bepackt und einem seligen Grinsen auf den Lippen zum nächsten Laden - ein Schuhgeschäft. Bestimmt eine halbe Stunde probieren wir uns durch diverse Pumps und Peeptoes und ein besonderes Paar roter Heels findet schließlich ebenfalls den Weg in mein Herz und in meinen Schuhschrank. Emily nimmt ein paar weiße Peeptoes, in die sie sich - so sagt sie - sofort verliebt hat. Wieder tingeln wir eine Weile durch die Straßen, bis Emily mit einem kleinen Aufschrei vor einem der Schaufenster stehen bleibt.

„Schau mal, ist das nicht toll?" Ich folge ihrem Blick und muss ihr sofort beipflichten. Hinter der Glasscheibe, die zu einem exklusiven Dessous-Store gehört, steht ein Puppen-Torso, bekleidet mit einem wirklich bezaubernden Hauch von Nichts.

„Komm, lass uns da rein. Du brauchst ohnehin ein paar sexy Dessous für dein nächstes Date mit Bennilein." „Waaas?", kann ich gerade noch empört über meine Lippen pressen, da hat Emily mich bereits hinter sich her in den Laden gezogen, wo uns bereits eine dieser Verkäuferinnen erwartet, die selbst zum Dessous-Model taugen würde.

„Guten Tag die Damen, kann ich Ihnen behilflich sein?", flötet sie uns entgegen, während sie sofort zu zwei Gläsern Sekt greift, die bereits auf kaufwillige Kunden warten. „Damit können sie uns immer helfen", lacht Emily und nimmt ihr die zwei Gläser aus den Händen. „Aber bei den Dessous würden wir uns bitte gerne in Ruhe umsehen, wenn es Recht ist." Die Verkäuferin nickt freundlich. „Aber gerne doch, die Umkleiden finden sie zu ihrer Rechten und scheuen sie nicht, mich zu fragen, wenn sie Hilfe brauchen." Wir nicken beide, nehmen einen kleinen Schluck Sekt zu uns und schließlich folge ich Emily, die genau zu wissen scheint, was sie sucht.

~~~~~~

Als ich am Nachmittag wieder nach Hause komme, stelle ich fest, dass Alicia den Heimweg wohl immer noch nicht angetreten hat. Keine Spur von ihr in der Wohnung und eigentlich kommt mir das auch ganz Recht. Ohne

Umschweife ziehe ich mein T-Shirt aus, werfe es auf das Sofa im Wohnzimmer und flüchte hinaus auf den Balkon. Schnell fische ich die Packung Zigaretten und das Feuerzeug aus meiner Hosentasche und lasse mich auf die riesige Liege fallen, die den meisten Platz des Balkons einnimmt.

Hastig nehme ich einen ersten Zug von meiner Zigarette, während ich mein Gesicht und meinen Oberkörper in der prallen Juli-Sonne positioniere. Endlich etwas Ruhe und endlich etwas Zeit, um darüber nachzudenken, wie ich Alicia am besten von dem Foto erzähle. Sie wird nicht gerade darüber erfreut sein, dessen bin ich mir sicher, doch andererseits, was ist schon dabei? Fieberhaft suche ich nach ein paar passenden Worten, die ich ihr für den Fall der Fälle präsentieren kann.

Ja, das sollte klappen. Ich werde ihr erzählen, dass ich der Blondine vom TV-Sender natürlich nichts über sie verraten habe. Ich habe ihr geantwortet wie immer, wenn es um mein Privatleben geht. Ein flapsiger Kommentar und dann eine Klarstellung, dass ich mich zu derart persönlichen Dingen nicht äußere. Das muss doch reichen.

Ich nehme einen letzten Zug von meiner Zigarette und drücke sie im bereitstehenden Aschenbecher aus. Wie herrlich es doch ist, einfach nur in der Sonne zu liegen und die Ruhe zu genießen. Ich fühle mich so wohl hier, als wäre ich in meinem eigenen Zuhause und dazu trägt Alicia einen großen Teil bei.

„Fühl dich wie Zuhause, was mein ist, ist auch dein solange du da bist, ja?!", waren die einzigen Worte, die sie für mich parat hatte, als ich mit meinem Koffer hier ankam. Keine Regeln, mit Ausnahme der, dass ich keine fremden Frauen hier anschleppe. Kein Tabu was ihre Sachen anbelangt, nichts. Es ist wirklich einfach, hier mit ihr zu wohnen und ich hoffe inständig, dass die gestrige Nacht auf all das keinen Einfluss haben wird. Sie zu verlieren, wäre für mich absolut undenkbar.

~~~~~~

„Alter Schwede – im wahrsten Sinne des Wortes - wenn er dich DARIN sieht, dann haut es den armen Kerl aus den Latschen!" Emily steht vor mir in der Umkleidekabine, ihr Sektglas fest im Griff und wedelt sich mit einer Hand gespielt Luft zu.

„Emmi!" Ich verdrehe die Augen. „Zum fünften Mal jetzt, wir hatten Sex, ja, aber das heißt nicht, dass das wiederholt wird. Ben und ich sind Freunde, nichts weiter." Vorsichtig lasse ich meine Hand über den zarten dunkelblauen Spitzenstoff des BHs gleiten. Er sitzt wirklich perfekt. Der goldfarbene seidene Stoff, der darunter angebracht ist, blitzt durch die Spitze hindurch und verleiht dem Ganzen einen besonders edlen Touch.

„Meine liebe Ali, ihr hattet sogar 'sehr guten Sex', wenn ich deine Wortwahl von vorhin einmal aufgreifen darf, er wohnt bei dir, ihr habt euch lieb, ist doch perfekt, oder?" Sie schlingt einen Arm um meine Schultern und lehnt ihren Kopf an meinen. „Und wenn du ihn schon nicht gleich heiraten willst, dann hab doch einfach mal Spaß und genieße dein Leben."

Ich schüttle den Kopf und greife verzweifelt nach meinem Sektglas. „Keine Sorge meine Liebe, ich genieße mein Leben, aber nicht so, wie du dir das vorstellt." Ich zwinkere ihr zu und beginne nach einem großen Schluck Prickelwasser, mich langsam wieder aus den Dessous zu schälen.

Emily hebt ergeben die Hände. „Meinetwegen, tu was dich glücklich macht, aber versprich mir eins..." „Was denn?" „...kauf diese hammermäßigen Dessous. Du siehst einfach mega scharf darin aus." Ich lache. „Weil du es bist." Emily lässt einen kurzen Freudenschrei los, klatscht kurz in ihre Hände und verschwindet schließlich wieder aus der Kabine.

Eine Kreditkartenbelastung und eine gesäuselte Verabschiedung durch die Verkäuferin später, stehen wir wieder auf der Straße, ein Tütchen mit sündhaft teurem Inhalt mehr baumelt um mein Handgelenk und langsam spüre ich, wie der letzte Schluck Sekt sich den Weg in meinen Kopf bahnt.

„Ich muss etwas essen, sonst bin ich gleich wieder betrunken", stelle ich entschlossen fest und Emily nickt. „Gute Idee, lass uns etwas vom Italiener holen, hm?! Sicher hat dein reiiiin platonischer Freund auch Hunger." Sie zieht die Worte unnötig in die Länge und ich verpasse ihr dafür einen freundschaftlichen Klaps auf den Hinterkopf.

„Meinetwegen. Aber kein Wort zu Ben über das was gestern Abend passiert ist, verstanden? Ich möchte die Sache nicht unnötig kompliziert machen." Emily sieht mich einen Moment an und nickt schließlich. „Okay."

Es dauert keine dreiviertel Stunde, da stehen wir auch schon mit diversen Schüsselchen, Schälchen, einem großen Pizzakarton und einer Gratis-Flasche Wein bewaffnet vor meiner Wohnungstür. Schnell fische ich den Schlüssel aus meiner Handtasche und öffne die Tür. „Ich würde vorschlagen, wir essen im Wohnzimmer, da ist es gemütlicher, nm?!" Emily nickt. „Ich stell das Zeug schon mal dort ab, hol du doch noch Besteck und einen Korkenzieher."

Während sie den Berg Essen ins Wohnzimmer bringt, gehe ich in die Küche und frage mich, ob Ben womöglich noch gar nicht von seinen Terminen zurück ist, doch genau in diesem Moment huscht Emily auf Zehenspitzen durch die Küchentür und deutet mir mit einem Finger am Mund, dass ich ihr möglichst lautlos folgen soll. Ich schenke ihr einen skeptischen Blick, folge ihr jedoch schließlich durch das Wohnzimmer hindurch zur Balkontür, die komplett offen steht.

Draußen auf der Liege sehe ich dann auch, worauf sie hinaus will. Er liegt da, ein Arm über seinen Augen, sein nackter Oberkörper hebt und senkt sich gleichmäßig und die Hand des anderen Armes ruht auf seinem Bauch, kurz über dem Bund seiner Shorts, die ein Stück weit aus seiner Jeans herausragen. „Ben?", flüstere ich, doch keine Reaktion.

„Und so etwas willst du echt von der Bettkante stoßen?", lacht Emily auf halber Lautstärke los und versetzt mir mit ihrem Ellbogen einen sanften Hieb. „Emmi!", herrsche ich sie an und deute ihr, leise zu sein, doch das scheint ihr nichts auszumachen. Sie scannt ihn noch einmal mit ihrem Blick und deutet schließlich auf seinen Bauch. „Ist dieser Kratzer da von dir?" „Was?" „Sieht noch recht frisch aus würde ich sagen", lacht sie los und bringt mich einmal mehr dazu, die Augen zu verdrehen.

„Ihr wisst, dass ich nicht schlafe, oder?", lässt uns Bens Stimme plötzlich zusammen-schrecken.

KAPITEL 4

Mit einem breiten Grinsen im Gesicht ziehe ich den Arm von meinen Augen und setze mich auf. Die Reaktion der beiden kann ich mir auf keinen Fall entgehen lassen. Emilys Wangen sind rot und ihre Stirn in kleine Falten gezogen, wobei ich mir fast sicher bin, dass es sie mehr berührt, dass sie Alicia geoutet hat, als die Tatsache, dass ich sie gehört habe. Schnell blicke ich weiter zu Alicia, doch statt ein tiefrotes Gesicht zu haben, schüttelt diese nur den Kopf und lacht los.

„Ich hätte es ja wissen müssen." Sie zuckt mit ihren Schultern, setzt sich neben mich, schlingt einen Arm um meinen nackten Oberkörper und tätschelt sanft meinen Oberarm. „Mr. Sexgott, ich habe mich so nach dir verzehrt, ich dachte, vielleicht bekomme ich dich mit einem leckeren italienischen Mahl noch einmal rum."

Okay, jetzt bin ich es, der etwas baff ist. Eigentlich kenne ich sie ja und ich weiß auch, dass sie nicht auf den Mund gefallen ist, aber dass sie selbst in dieser Situation so souverän reagiert, das verblüfft mich trotzdem.

Ich räuspere mich kurz und beiße ihr für ihre Antwort spielerisch in den Unterarm. „So darfst du mich ab jetzt gerne immer nennen!", antworte ich ihr mit einem Zwinkern und ohne noch weiter einen Moment zu zögern, stehen wir beide gleichzeitig auf.

„Hey Emmi, schön dich mal wieder zu sehen", flöte ich ihr noch zu, während ich an ihr vorbei ins Wohnzimmer gehe, wo mir bereits ein herrlicher Duft entgegen strömt. „Herr Lindqvist, es ist mir eine Ehre", lacht sie.

„Wer kommt denn noch?", frage ich mit hochgezogener Augenbraue, als ich die Berge an Schüsseln sehe, die sich auf dem Wohnzimmertisch türmen, doch die beiden reagieren gar nicht auf meine Frage, sondern beginnen sofort damit, sämtliche Pappsachen zu öffnen und Berge von Essen auf ihre Teller zu schaufeln. Ich verteile großzügig Wein in die Gläser und schließe mich ebenfalls der Fressorgie an.

Zu meiner Erleichterung stelle ich schnell fest, dass die gestrige Nacht scheinbar keine Spuren in Alicias Umgang mit mir hinterlassen hat. Sie scheint sich wohl zu fühlen und so entwickelt sich ein lockeres Gespräch zwischen uns dreien, während wir ein um die andere Gabel in uns hineinstopfen.

~~~~~~~

„Noch ein Bissen und mir geht's wie dem Typen aus Monty Phytons 'Sinn des Lebens'!" Schwer atmend lasse ich mich schließlich in die Couchkissen fallen und lege die Hand auf meinen Bauch, der sich jetzt deutlich unter meinem Shirt wölbt.

„Wie gut, dass du wenigstens ordentlich nachgespült hast", lacht Ben, während er mein Weinglas inspiziert und es schließlich erneut füllt. Emily ist längst fertig und hängt müde und ebenfalls vollgefressen im Sessel gegenüber. „Ich geb's auf für heute, meine Lieben, ich hab noch ein Date und wenn ich noch irgendetwas esse oder trinke, dann übernachte ich hier an Ort und Stelle. Ihr schafft das bisschen Wein sicher auch ohne mich."

Kaum hat sie die Worte ausgesprochen, hievt sie sich auch schon müde aus ihrem Sessel und kommt zur Couch, um mir einen Kuss auf die Wange zu drücken. „War schön, meine Süße. Ruf mich an, wenn du wieder mal etwas Freizeit von deinem Sexgott brauchen kannst." Ich nicke, küsse sie zurück und Ben begleitet Emily zur Tür. Einen kurzen Moment überlege ich aufzustehen, doch die weichen Sofakissen scheinen mich bereits zu tief in sich aufgesaugt zu haben. Ich will mich einfach nicht mehr bewegen.

Es dauert keine zwei Minuten, da ist Ben auch schon wieder zurück und lässt sich neben mich fallen. „Danke für das leckere Essen!" Er drückt mir einen flüchtigen Kuss auf die Stirn und kuschelt sich schließlich neben mich. Ich überlege einen Moment, ihn auf den gestrigen Abend anzusprechen, doch ich fühle mich einfach rundum zufrieden. Der Wein schwebt wie eine sanfte Wolke in meinem Kopf, ich bin satt, alles fühlt sich gut an. Warum sollte ich dieses Wohlgefühl jetzt zerstören? Und was gibt es eigentlich zu bereden? Wir sind beide erwachsen und wir hatten Sex, das kommt schließlich in den

besten Freundschaften vor. Ohne es zu merken, huscht ein leises Kichern über meine
Lippen.

~~~~~~

„Ich nehme an, dir geht's gut?", kommentiere ich das kleine Geräusch, das eben über ihre Lippen geglitten war, während ich eine Haarsträhne aus ihrem Gesicht streiche, die sich in ihren Wimpern verfangen hat. Sie nickt und kuschelt sich wie selbstverständlich an meine Brust.

Ich mag es unheimlich gerne, wie unkompliziert einfach alles zwischen uns ist. Sie scheut nicht, mich anzufassen, drückt mir ein Küsschen auf, wann immer ihr danach ist, liest mir die Leviten, wenn sie es für richtig hält und sagt, was sie denkt. So war es vom ersten Tag an und genau das war es, was sie in meinen Augen sofort zu etwas ganz Besonderem gemacht hat.

Ich lerne viele Menschen kennen, eigentlich fast täglich ein paar neue, doch gerade in den letzten Jahren merke ich auch, dass mich Menschen anders wahrnehmen, anders auf mich zugehen, als sie es bei jemandem machen würden, den sie nicht aus den Medien oder von irgendwelchen Bühnen kennen. Klar gibt es einem manchmal ein unheimlich gutes Gefühl, wenn man von Frauen umschwärmt wird und wenn man als öffentliche Person wahrgenommen wird, aber genau das ist es auch, was einen manchmal einsam macht, selbst wenn man nicht alleine ist. Ich fühle, denke und handle immer noch wie vor vielen Jahren, manchmal vielleicht ein klein wenig erwachsener, aber mir geht es eben wie jedem anderen Menschen auf dieser Welt auch. Ich habe dieselben Ängste, die gleichen Wünsche, ich habe Bedürfnisse, kurz gesagt, ich bin ich und werde es auch immer bleiben und so schön es ist, erfolgreich zu sein, so sehr ich es genieße, auf der Bühne beklatscht zu werden und so sehr es manchmal schmeichelt, wenn man auf der Straße erkannt wird, so seltsam empfinde ich es auch, wie viele Leute mir gegenübertreten. Dabei kann ich es verstehen.

„Ich glaub, ich hab einen kleinen Schwips", grinst Alicia, während sie ihre Hand auf meinem Bauch parkt. Ich spüre wie ihr Atem meine immer noch nackte Brust streift und ein kleiner Gänsehaut-Schauer zieht über meinen Oberkörper.

„Was du nicht sagst", lache ich. „Aber doch nicht nur von dem bisschen Wein, oder?" Sie schüttelt den Kopf. „Emmi und ich haben heute Nachmittag schon etwas... geübt", grinst sie und als sie ihre Hand ein kleines Stückchen bewegt, spüre ich wieder dieses zarte Kribbeln.

„Frierst du?" Sie kichert erneut und berührt mit ihren Fingern meine rechte Brustwarze, was mich für einen Moment die Luft anhalten lässt. ‚Nein Herr Lindqvist, nicht schon wieder!', schelte ich mich innerlich selbst für das warme Gefühl, das sich zwischen meinen Beinen breit macht. Das wäre wirklich nicht das Klügste.

~~~~~~

Ganz automatisch lasse ich meinen Finger über seine Brustwarze kreisen und genieße den Anblick für einen Moment, bis mir schließlich bewusst wird, dass dies vielleicht doch ein Schritt zu weit ist. Alkohol scheint wirklich nicht gut für mich zu sein!

Ich bemerke, wie Ben stoßartig ausatmet. „Frieren? Leider kann davon keine Rede sein", antwortet er schließlich und ich muss lachen. Wenn er spricht, vibriert sein ganzer Oberkörper. „Du findest das lustig?" Ich spüre, wie er neckisch an meinem Ohrläppchen zieht und winde mich ein klein wenig, ohne jedoch meinen Kopf von seiner Brust zu nehmen. Es fühlt sich einfach unheimlich gut an hier.

„Na sieh doch." Noch einmal fasse ich sanft an seine Brustwarze. Wieso nur kann ich es nicht einfach lassen? „Das wird nicht besser, wenn du daran herumspielst", brummt er und ich merke, wie er noch einmal tief ein- und ausatmet. Langsam lasse ich davon ab und lege meine Hand zurück auf seinen Bauch. „Besser?", frage ich ihn, mit einem Grinsen im Gesicht und beginne stattdessen, meine Finger mit den feinen Härchen unterhalb seines Bauchnabels zu beschäftigen.

~~~~~~

Ihre Augen funkeln, als ihr Blick mich trifft und ich spüre, wie mir noch wärmer wird, als ohnehin schon. Ihre Finger spielen weiter an dem feinen Flaum, der von meinem Bauchnabel aus dorthin führt, wo sich bereits merklich etwas regt. So sehr ich mir auch wünsche, dass mein Körper mich von dieser Reaktion verschonen würde, ihm scheint das völlig egal zu sein, dabei will ich dem Gefühl widerstehen, das durch mich hindurch rast, wie ein Ferrari auf einer deutschen Autobahn.

„Alicia...", höre ich meine eigene Stimme mit einem viel zu schmachtenden Unterton und ich muss mich erneut räuspern. „Weißt du, was du da tust?" Ich wähle die Worte bewusst. Ich weiß, dass sie ein Gläschen zu viel getrunken hat. Ihre Augen blitzen regelrecht auf und ein verschmitztes Grinsen zieht sich über ihr Gesicht. „Stört es dich denn?" Während sie die Worte ausspricht, lässt sie ihre Fingernägel mit sanftem Druck über meinen Bauch gleiten, was meine gesamte Bauchmuskulatur dazu bringt, sich zusammenzuziehen. Ein lauter Atemstoß gleitet automatisch über meine Lippen.

„Soll ich aufhören?", flüstert sie beinahe, ihre Augen immer noch auf meine gerichtet. Aufhören? Mein Körper will ein lautes ‚Nein' schreien, während mein Kopf noch versucht, dagegen anzukämpfen, doch wie es so oft im Leben eines Mannes ist, dessen Hose bereits deutlich zu eng geworden ist, der Kopf gewinnt selten und so schüttle ich den Kopf, ehe ich mich versehen kann.

~~~~~~

Wieso nur macht mich dieser nackte Oberkörper so dermaßen an? Der Alkohol muss schuld sein, was sonst?! Aber wieso sollte ich nicht den Moment genießen? Was ist schon dabei?

Kaum habe ich Bens lautlose Zustimmung, setze ich mich auf und knie mich neben ihn. Mein Kopf dreht sich etwas, aber gerade noch so, dass es sich gut anfühlt. Ein warmes Gefühl zieht durch mich hindurch und ein sanftes Kribbeln legt sich wie von Zauberhand über meine Haut.

Ben beobachtet mich genau, als ich ein Bein über seinen Körper schlinge und mich über ihn setze, ohne ihn jedoch wirklich zu berühren. Langsam führe ich meine Hände an den Gürtel seiner Jeans, mein Blick beständig auf seine Augen gerichtet.

„Darf ich?", frage ich heiser und öffne vorsichtig den Verschluss. Er schluckt und an seinem schnellen Atem kann ich erkennen, wie sehr ihn die Situation in den Bann zieht. Nach außen hin verzieht er jedoch keine Miene und lässt mich stattdessen einfach

gewähren. Schnell sind sein Gürtel und seine Hose vollständig offen und ich setze an, ihn von dem unnötigen Stück Stoff zu befreien, doch in dem Moment spüre ich, wie er mich an den Oberarmen packt und mich festhält.

Etwas erstaunt blicke ich ihn an, doch da schiebt er auch schon seine Hände unter mein T-Shirt und zieht es mit einem Ruck über meinen Kopf. „Besser!", haucht er und so schnell er mich gepackt hat, lässt er auch wieder von mir ab.

Ich grinse ihn an und setze meine begonnene Reise fort. Binnen Sekunden habe ich ihn aus seiner Jeans und den darunter befindlichen Shorts befreit. Noch immer knie ich so über ihm, dass sich unsere Haut nur an den Oberschenkeln berührt und mit zufriedenem Blick stelle ich fest, dass er mehr als bereit für mich ist, was mir ein leises Kichern entlockt.

~~~~~~

Ob sie weiß, wie sehr dieses Kichern mich anmacht? Einen Moment bin ich versucht, sie einfach zu mir zu ziehen und sie zu küssen, doch dann überwiegt die Neugierde, was sie vorhat.

Sie scheut nicht, ihren Blick ausgiebig über meinen gesamten Körper gleiten zu lassen, selbst jetzt, da wir nicht von der Dunkelheit eingehüllt sind. Ihre Augen funkeln und ihre wunderschönen Brüste, die sie in einen feinen dunkelgrünen Spitzen-BH verpackt hat, bewegen sich mit jedem Atemzug gleichmäßig auf und ab. Wieder muss ich der Versuchung widerstehen, sie anzufassen.

„Bereit?", haucht sie schließlich und zwinkert mir zu, während sie sich schon fast verstohlen über ihre weichen Lippen leckt. Ob sie weiß, wie unheimlich sexy sie ist? „Wofür auch immer... Definitiv!", höre ich mich selbst antworten, ohne die Worte dafür bewusst gewählt zu haben. Und ohne Umschweife, ohne langes Rumgeplänkel, beugt sie ihren Kopf nach unten und schickt ihren Mund gezielt auf die Reise von meinem Bauchnabel, über die Linie aus Härchen, hinunter in meinen Schritt.

~~~~~~

Das warme Kribbeln hat längst meinen gesamten Körper im Griff.. Mit jeder Sekunde steigt das Verlangen, ihn noch einmal in mir zu spüren, mit ihm gemeinsam einem Höhepunkt entgegenzusteuern und als könnte er meine Gedanken lesen, fasst er urplötzlich mit einem festen Griff in meine Haare, um mich wortlos darum zu bitten, zu ihm aufzusehen.

Als ich ihn ansehe, scheint das Blau seiner Augen einen Ton dunkler zu sein. Es ist pures Verlangen, das ich in seinen Augen sehe.

Er befreit seine Hand aus meinem Haar und während ich mich langsam erhebe, setzt er sich auf und zieht mich zu sich. „Du bist unglaublich, weißt du das?!", brummt er mit seiner tiefen, männlichen Stimme und ohne zu zögern, drückt er seine Lippen auf meine. Er küsst mich, als würde es kein Morgen geben, wild, leidenschaftlich und dennoch gefühlvoll.

Genauso schnell, wie ich seine Lippen gespürt habe, entzieht er sich mir jedoch auch wieder. „Zieh deine Hose aus!", raunt er, während er sich mit beiden Händen auf der Couch abstützt und mich auffordernd ansieht.

Ich stehe zwar nicht auf Machos, aber an der richtigen Stelle angebracht, ist dieses Kommando einfach unheimlich scharf, also folge ich seiner Aufforderung.

Langsam erhebe ich mich von ihm und stelle mich vor die Couch. Sein Blick kreist über meinen Körper, während ich langsam und möglichst bedacht die Lederleggings von meinen Beinen streife und meinen dunkelgrünen Spitzenstring ebenfalls mit zu Boden fallen lasse. Ich bleibe einen Augenblick stehen, um ihm freie Sicht auf das zu gewähren, was sein Blick in diesem Moment so sehr zu begehren scheint, ehe ich mich wieder auf die Couch begebe und mich erneut über ihn knie.

Wieder zieht er mich für einen stürmischen Kuss an sich, dieses Mal schickt er seine Hände jedoch gleichzeitig auf den Weg, um mich aus meinem BH zu befreien. Mit einem geschickten Griff öffnet er ihn und streift ihn von meinen Armen.

„Lass mich dich spüren!", raunt er an mein Ohr und jagt damit einen wahren Blitz quer durch meinen Körper. Schnell schlinge ich meine Arme um seinen Nacken und blicke ihn durchdringend an. Unser beider Atem geht schnell und unkontrolliert. „Weißt du denn, was du da tust?", bin ich es nun, die ihn herausfordernd anblickt, doch statt einer Antwort, beißt er einmal herzhaft in meinen Nacken, was gefühlt eine ganze Ameisenarmee über meinen Körper schickt.

~~~~~~

Schwer atmend lassen wir uns schließlich in die Couchkissen sinken, als wir beide die süße Erlösung gefunden haben. Alicia liegt auf mir, ein paar Haarsträhnen kleben an ihrer verschwitzten Stirn und ihr Kopf ist in meine Halsbeuge gebettet. Ich spüre ihren heißen Atem auf meiner Haut und während sie ihre Arme locker fallen lässt, ziehe ich kleine Kreise mit meinen Fingern über ihren Rücken, was sie mir mit einem leisen, wohligen Seufzen dankt. Ich mag es, wie sehr sie sich fallen lassen kann, wie selbstverständlich sie mit allem umgeht und eines muss man ihr wirklich lassen, sie weiß ganz genau was sie tut.

Ein zufriedenes Lächeln legt sich über mein Gesicht und jetzt bin ich es, der sich ein kleines Kichern nicht verkneifen kann. „Alles klar bei dir?" Alicia hat ihren Kopf ein paar Zentimeter angehoben und blickt mich mit ihren großen, strahlenden Augen an.

Sanft streiche ich ihr mit einer Hand eine Strähne aus der Stirn, während ich mit der anderen Hand weiter über ihren Rücken streiche. „Alles bestens! Ich wurde gerade eben nach allen Regeln der Kunst verführt. Was sollte ich zu klagen haben?"

Für diesen Spruch kneift sie mich herzhaft in meine linke Seite. „Hey, ich sag doch nur die Wahrheit. Aber du kannst ja nichts dafür, ich bin eben unwiderstehlich." Sie lässt ihren Kopf wieder sinken, beißt aber gleichzeitig in meinen Hals, was mir sofort eine Gänsehaut beschert.

„Lindqvist, noch so n Spruch und ich zieh einmal deutlich mein Knie an, wenn du verstehst, was ich meine." Ihre Stimme klingt immer noch weich und zärtlich, obwohl die Bedeutung der Worte eine andere Sprache spricht. Ich muss unweigerlich lachen. „Überleg dir das gut! Man sollte nichts kaputt machen, womit man noch spielen möchte." Jetzt bin ich es, der sie einmal neckisch in die Seite piekt, doch natürlich ist sie auch dieses Mal nicht um eine Antwort verlegen.

„Du, als Kind war mir immer schnell langweilig mit neuem Spielzeug." Ich sehe sie an, überlege noch etwas zu antworten und schlage stattdessen einfach eine Hand gegen meine Stirn. Diese Frau...

~~~~~~

Innerlich beginne ich zu lachen, doch nach außen hin sitzt mein Pokerface einfach perfekt. Ja, ich muss zugeben, kalt lässt mich der Sex mit Ben ganz gewiss nicht, aber ich finde, Frau muss nicht immer alle Karten offen auf den Tisch legen. Dies hier soll kein Dauerzustand werden. So ein geplantes ‚Friends with benefits'-Arrangement hatte ich bereits einmal und schlussendlich habe ich es nicht unbedingt für empfehlenswert befunden, aber darüber möchte ich mir hier und jetzt auch wirklich keinerlei Gedanken machen.

Ben ist ein lockerer Kerl und ich finde es gut so wie es ist. Ich bereue die beiden Male, die wir uns einander hingegeben haben keineswegs, aber ich will mich ehrlich gesagt gar nicht damit beschäftigen, wieso das passiert ist, ob es nochmal passiert, ob das alles eine Bedeutung hat oder nicht, alles was ich will ist, dass sich an unserem Umgang miteinander nichts ändert. Viel zu oft habe ich in der Vergangenheit den Fehler gemacht und alles bis ins kleinste Detail analysiert und gebracht hat es nicht ein einziges Mal etwas, von der ein oder anderen Sorgenfalte einmal abgesehen. Im Leben kommt doch ohnehin alles so, wie man es nicht erwartet, das habe ich immer wieder erkennen müssen und deswegen lebe ich eben einfach mein Leben, mit all den Kurven und Steigungen, aber auch mit all den schönen Dingen, die es zu bieten hat.

„Dein Spielzeug müsste mal ‚Pipi'", höre ich schließlich Bens Stimme durch meine Gedanken fegen und während er mir noch einen sanften Kuss auf mein Haar haucht, lasse ich mich langsam von ihm gleiten.

~~~~~~

Erleichtert lasse ich mich auf den Toilettensitz fallen. Ja, ich gebe es zu, diese eine Regel musste ich doch noch akzeptieren. „Es wird nicht, ich betone KEINESFALLS, im Stehen gepinkelt! Ist das klar?", war der exakte Wortlaut aus Alicias Mund, als sie mir gezeigt hat, wo ich im Badezimmer meine Sachen ablegen kann.

Ich lehne meinen Kopf gegen die kalte Wand hinter mir und schließe die Augen. Eine tiefe Entspannung macht sich in mir breit und noch einmal läuft die letzte Stunde vor meinem inneren Auge ab.

Sie ist schon scharf, das muss man ihr lassen, dabei fällt es mir immer noch schwer, mein bisheriges Bild von ihr, mit der Alicia zu kombinieren, die sie ist, wenn wir uns so nahe kommen und ich weiß auch nicht, ob ich die neuen Umstände nun gut heißen soll oder nicht. Ob sie wirklich mit all dem so locker umgehen kann, wie es den Anschein hat?

Schnell schüttle ich den Kopf. Alicia ist nicht wie andere Frauen und jetzt ist schon gar nicht der richtige Zeitpunkt, um sich darüber Gedanken zu machen. Schnell spüle ich, wasche mir die Hände und fahre ein paar Mal durch mein wild abstehendes Haar, jedoch ohne wirklichen Erfolg.

Als ich die Tür zum Wohnzimmer wieder öffne, liegt Alicia immer noch an Ort und Stelle, ihren nackten Körper nun bis zur Hüfte spärlich in eine dünne Decke gehüllt. Sie beachtet mich nicht, sondern starrt nun gebannt auf den mittlerweile laufenden Fernseher. Ich frage mich für einen Moment, was an der Werbesendung interessanter ist, als an mir, lasse mich dann jedoch einfach neben sie fallen und schnappe mir eine Ecke der Decke. Noch immer ruht ihr Blick starr auf dem Fernseher.

KAPITEL 5

‚Tief durchatmen!', rufe ich mich innerlich selbst zur Ruhe, als ich Ben erneut dicht an mir spüre. Ich versuche gleichmäßig zu atmen, doch es fällt mir schwer.

„Interessant die Werbung?", höre ich schließlich seine Stimme nach zwei weiteren Werbeclips, während er gleichzeitig einen Arm um meine Schultern schlingt und mich noch dichter zu sich ziehen will. „Ich warte eher auf das, was danach kommt", antworte ich nur knapp und sorge für ein klein wenig mehr Distanz zwischen uns, obwohl ich seinen Arm weiter dulde.

„Klärst du mich auf?" Er flüstert beinahe und vergräbt gleichzeitig seine Nase in mein Haar, was mich wiederum dazu veranlasst, meinen Kopf etwas von ihm wegzudrehen. „Vielleicht kannst DU MICH ja aufklären?!", antworte ich knapp und frage mich ernsthaft, was nach dieser verdammten Werbepause zu sehen sein wird. „Die Sache mit den Bienchen und Blümchen?" Er lacht, doch dazu ist mir nun wirklich nicht zumute.

„Wie wäre es mit der Sache mit dem dunkelblonden Schweden, der Deutschen und dem Foto?" Ich bin selbst etwas erstaunt über meinen harschen Tonfall, wollte ich doch die Ruhe bewahren, bis ich weiß, was wirklich Sache ist.

Ben unterbricht sein Lachen und sieht mich an, sein Arm bleibt fest um mich geschlungen. Für einen Moment scheint er zu überlegen oder viel mehr nach Worten zu suchen, doch dann entspannen sich seine Gesichtszüge wieder.

„Oh, das Interview von heute Morgen? Davon wollte ich dir noch erzählen." Er hält einen Moment inne, doch nachdem ich nur kurz nicke, fährt er fort. „Es gibt ein Foto von uns beiden auf der Party gestern Abend, das zugegebenermaßen etwas ‚innig' aussieht und für die Presse bist du deswegen natürlich meine Neue."

Ja, soviel habe ich in der kurzen Vorschau auf das Interview auch schon gesehen. Ich warte darauf, dass er weiterspricht, doch stattdessen gräbt er sich nur entspannt ein Stück weiter in die Couchkissen.

„Und?", hake ich nach und deute ihm mit meiner rechten Hand, dass ich auf Fortsetzung warte. „Und was?" Tut er nur so oder ist er so dämlich? „Und du hast gesagt, dass das nicht stimmt und ich nur deine gute, beste - was auch immer - Freundin bin. Richtig?", will ich ihm auf die Sprünge helfen, doch ich ernte nur ein herzhaftes Lachen dafür.

„Habe ich schon jemals über mein Privatleben im Fernsehen gesprochen?" Ich spüre, wie mein Herz schneller zu schlagen beginnt. „Nein, eher nicht. Das soll heißen? Was hast du gesagt, Ben?" Mein Tonfall müsste ihm eindeutig verraten, dass ich nicht gerade zum Scherzen aufgelegt bin. Er sieht mich für einen Moment an, streicht eine lose Haarsträhne hinter mein Ohr und haucht mir einen flüchtigen Kuss auf die Wange.

„Ganz einfach. ‚Habe ich nicht einen guten Geschmack?', und dann meine übliche Floskel, dass ich mich dazu nicht äußere. Das war's!" Ich spüre, wie mein Herz immer kräftiger gegen meine Brust hämmert und zwinge mich dazu, ein paar Mal tief ein- und auszuatmen. ‚Es ist nur ein Foto! Es ist nur ein Foto! Nichts dabei! Morgen ist alles vergessen!', versuche ich mich innerlich selbst zur Ruhe zu zwingen, doch es klappt nicht wirklich.

Das ist das erste Mal, dass ich mir wünschen würde, Ben wäre einer dieser Typen, die sich jedes Wochenende mit einer neuen Errungenschaft ablichten lassen, aber für gewöhnlich sorgt er sehr sorgsam dafür, dass er mit keiner seiner flüchtigen Bekanntschaften in irgendwelchen verräterischen Posen abgelichtet wird, auch wenn jeder sich denken kann, dass er kein Kind von Traurigkeit ist. Aber genau deshalb ist dieses Bild für die Presse natürlich ein gefundenes Fressen.

~~~~~~

Ich sehe ihr an, wie es in ihr arbeitet und streiche ein paar Mal sanft mit meinem Daumen über ihren Oberarm. Meinen Griff lockere ich absichtlich nicht, bin mir jedoch nicht sicher, ob sie ihn noch länger dulden wird. Ja, ich hätte es ihr gleich sagen müssen, hätte sie am besten sofort anrufen sollen, aber geändert hätte das im Endeffekt auch nichts. Sie kommt selbst im

weitesten Sinne aus diesem Geschäft und muss doch wissen, dass solche Geschichten auch schnell wieder aus den Medien verschwunden sind, dennoch verstehe ich, dass sie nicht begeistert davon ist.

Sie atmet erneut tief ein und aus, ehe sie mich durchdringend anblickt. „Du hast einen guten Geschmack? Sag mir BITTE, dass du das nicht wortwörtlich so von dir gegeben hast!" Ihre Stimme klingt kühl, während sie die Worte durch ihre Lippen presst und ihre Augen fixieren die meinen.

„Na habe ich doch, sieh dich an!", versuche ich die Situation mit meinem liebsten Lächeln noch zu retten, doch in dem Moment befreit sie sich auch schon aus meiner Umarmung und kniet sich nun direkt mir gegenüber hin, ihre Schultern aufrecht, ihre Augen funkeln, dieses Mal aber nicht vor Leidenschaft. Dass sie immer noch völlig nackt ist, scheint ihr egal zu sein und auch der Fernseher ist nicht mehr länger von Interesse.

„Ben, das klingt in den Ohren der Reporter so, als wären wir zusammen! Ist dir das eigentlich klar?" Sie reißt die Augen auf und fährt sich durch ihre zerzausten Haare. Ich würde sie am liebsten einfach wieder in meine Arme nehmen. Ich wollte nicht, dass sie wegen mir diesen Stress hat, aber gleichzeitig verstehe ich auch die Aufregung nicht wirklich.

„Es ist mir ehrlich gesagt scheißegal, was DIE glauben. Das spielt doch keine Rolle!", versuche ich ihr meine Sicht der Dinge zu erklären, doch sie schüttelt nur den Kopf.

„Für DICH, Ben, spielt es keine Rolle. DU stehst ohnehin im Rampenlicht, DU bist es gewohnt, dass die Leute dir irgendetwas andichten, dass man dich überall erkennt. DU kannst das scheinbar ausblenden oder zumindest damit umgehen, aber wer fragt MICH denn bei dieser Sache danach, was ICH will und was MIR Recht ist?" Sie wird nicht laut, aber ihre Worte durchdringen mich trotzdem wie ein Dolch. Ich weiß, dass sie das alles nur sagt, weil sie überfordert ist, aber trotzdem finde ich es nicht gerecht.

Jetzt hocke auch ich mich aufrecht hin und ziehe meine Beine an. „Ganz ehrlich, ist es denn so überaus schlimm, MICH als Lebenspartner zu haben? Wäre das etwas, wofür man sich in deinen Augen schämen muss?" Ich spüre, wie allmählich eine Wut in mir hochkriecht und schaffe es nicht, an mich zu halten – ich spreche einfach weiter, dieses Mal noch ein wenig lauter. „Und was denkst du überhaupt, wie unsere Freundschaft funktionieren soll, wenn du nicht damit klarkommst, dass es um mich nun mal diesen gewissen Rummel gibt? Möchtest du dich von mir abwenden, weil ich jetzt mehr im Interesse der Öffentlichkeit stehe als früher?"

Ich weiß im selben Moment, da die Worte über meine Lippen geglitten sind, dass ich ihr Unrecht tue, aber mein Herz war einfach schneller als mein Verstand und mein Herz fühlt sich seltsamerweise verletzt durch ihre Worte. Ich blicke sie an, warte auf Antwort, doch stattdessen steht sie nur auf, greift nach ihrer Unterwäsche, die auf dem Boden verstreut liegt, packt ihr Handy und geht ohne ein Wort in ihr Schlafzimmer. Die Türe schließt sie hinter sich – nein, sie knallt sie nicht zu, wie man vermuten möchte, sondern sie schließt sie einfach und ich sitze da, mit dieser Mischung aus Wut und Reue in meinem Bauch und starre hinter ihr her.

~~~~~~

Ich schlüpfe noch kurz in meine Unterwäsche und lasse mich umgehend auf mein Bett fallen. Die seidene Bettwäsche schmiegt sich an meinen Körper und ich vergrabe meinen Kopf darin.

Denkt er allen Ernstes, dass ich unsere Freundschaft wegschmeißen würde deswegen? Denkt er wirklich, dass ich SO bin? Ich weiß, dass auch meine Worte vielleicht nicht unbedingt klug gewählt waren, aber Tatsache ist doch, dass die Geschichte auf mein Leben eine weitaus größere Auswirkung haben könnte, als auf sein Leben. Klar war auch mein Gesicht schon in diversen Zeitschriften zu sehen, aber ganz ehrlich, für den Reporter hinter einer Geschichte interessiert sich – glücklicherweise – kaum jemand und das ist auch gut so.

Und ich weiß ganz genau wie das abläuft, selbst ein Dementi wäre an dieser Stelle wohl ein Schuss ins Leere. Bens Worte sind für die Boulevardblätter durchaus als zementierte Zustimmung zu sehen. Klar hat er sich nichts dabei gedacht und es kann auch gut sein, dass er Recht hat, dass in ein paar Tagen alles vergessen ist, aber ich kann nicht verstehen, warum er nicht mit mir darüber spricht, bevor er so etwas vom Stapel lässt. Ich habe schon meine Gründe, warum ich nicht im Interesse der

Öffentlichkeit stehen möchte. Mal auf einem Bildchen zu sein, das ist nicht das Problem, aber zur Hauptperson auf einem solchen Bild wollte und will ich nie werden.

Ich kralle meine Hände in das Bettlaken und schließe für einen Moment die Augen, bis das Vibrieren meines Handys mich plötzlich aus meinen Gedanken holt.

Schnell greife ich danach und finde eine Nachricht von Ben vor. Ich öffne das Bild und muss unweigerlich etwas schmunzeln. Er hat um die Fernbedienung des Fernsehers ein weißes Stofftuch gewickelt, das normalerweise als Unterlage für eine Schale dient und nun seitlich von der Fernbedienung absteht. Darunter steht: „Ich habe die weiße Fahne gehisst. Darf ich reinkommen? Biiiitte!!"

So sehr ich mich auch bemühe, meinen Ärger noch etwas zu schüren, diese paar Worte gehen direkt in mein Herz und ohne noch zu überlegen, tippe ich eine Antwort: „Wenn du meine Klamotten mitbringst, meinetwegen."

Ich höre ein Krachen, gefolgt von einem lauten Fluchen und Sekunden später kommt er auch schon durch die Tür gehumpelt, mittlerweile mit Shorts bekleidet und mit meinen Klamotten in der Hand.

„Alles klar bei dir?", frage ich mit hochgezogenen Augenbrauen, während er sich neben mich aufs Bett fallen lässt und seinen Fuß mit schmerzverzerrtem Gesicht auf seinen Schoß zieht. „Ich glaube, ich habe mir den Fuß gebrochen an deinem blöden Couchtisch." Vorsichtig beginnt er damit, an seinem Fuß herumzudrücken, natürlich nicht ohne ein paar jämmerliche Laute von sich zu geben.

„Das sind die Zehen, nicht der Fuß", deute ich. „Und der Tisch ist nicht blöd, nur weil du dagegen rumpelst." Ich schüttle meinen Kopf und muss lachen, woraufhin ich einen bitterbösen Blick ernte. „Schön, dass es dich so amüsiert, wenn ich Schmerzen habe." Er drückt weiter darauf herum und verzieht schließlich erneut das Gesicht. „Ich bin mir sicher, du wirst das überleben", grinse ich und weiß ganz genau, dass es nicht das ist, was er hören will.

„Ach, lass mich doch in Ruhe!", herrscht er mich an und dreht sich etwas von mir ab. Ohne ein weiteres Wort stehe ich auf, gehe in die Küche, hole ein Coolpack aus dem Kühlschrank, gehe zurück ins Schlafzimmer, werfe es neben ihn aufs Bett und verschwinde im Badezimmer. Eine heiße Dusche ist das einzige, das ich jetzt noch will.

~~~~~~

Etwas verdutzt blicke ich hinter ihr her, während ich gleichzeitig das Coolpack auf meinen lädierten Fuß lege. Ganz so hatte ich das mit der Versöhnung nicht geplant, aber zumindest konnte sie schon wieder lachen, wenn auch eindeutig auf meine Kosten.

Ich höre, wie im Badezimmer die Dusche angeht und stelle mir vor, wie sie gerade in die Duschwanne steigt und die heißen Wassertropfen über ihren wunderschönen, wohlgeformten Körper laufen. ‚Lindqvist, reiß dich zusammen!‘, weise ich mich selbst gedanklich zurecht und widme mich wieder den pochenden Schmerzen an meinem Zeh, als ich das Vibrieren von Alicias Handy vernehme.

Ohne nachzudenken greife ich danach und als ich Emilys Bild auf dem Display sehe, gehe ich ran. „Hallo?" „Ben?" „Gut erkannt", antworte ich knapp. „Ben, wo auch immer Ali steckt, sag ihr, sie soll ihr Online-Profil ansehen, scheinbar denkt die halbe Welt aus irgendeinem Grund, dass sie deine neue Freundin ist." Emily klingt außer Atem und ich höre, dass sie sich irgendwo im Freien aufhält, denn immer wieder hört man Autos vorbeifahren.

Ich atme tief durch, weiß ich doch, dass das Alicias Laune wohl kaum anheben wird. „Ben, hörst du mich?", höre ich Emily erneut durchs Telefon. „Ja, schon gut, Emmi. Ich sage es ihr, aber wenn ich danach heute Nacht Asyl brauche, dann musst du deine Couch freischaufeln." Ich lache halbherzig.

„Hast du etwas mit der Sache zu tun?", hakt sie nach. „Das ist etwas kompliziert. Ich sage es ihr, okay?", handle ich das Gespräch so schnell wie möglich ab und Emily scheint zu verstehen. „Sei für sie da, ja? Sie wird das nicht so lustig finden." Ich nicke nur und obwohl sie mich nicht sehen kann, scheint ihr mein Schweigen zu genügen.

„Ich muss los. Sag ihr liebe Grüße.", höre ich sie noch und schon ist das Gespräch beendet. Ich lasse mich rückwärts in die Kissen fallen und schlage die Hände über meinem Kopf zusammen.

~~~~~

Um einiges entspannter steige ich eine ganze Weile später aus der heißen Dusche und wickle mich in eines der weichen sandfarbenen Badetücher. Minutenlang habe ich die Augen geschlossen gehalten und einfach nur das schöne Gefühl auf meiner Haut genossen. Wieso kann man nicht einfach drei Tage dort stehen bleiben, eingehüllt von heißem Dampf, abgeschnitten von der Außenwelt?

Ich werfe einen Blick in den Spiegel vor mir und entgegen meiner Vermutung wirken meine Augen nicht etwa geschockt oder traurig, nein, immer noch sehe ich den Glanz in meinen Augen, diesen unverschämt zufriedenen Ausdruck, den nur wirklich guter Sex oder allenfalls ein ausgiebiger Besuch im Süßigkeiten-Laden hinterlassen können, doch so ganz wollen mein äußeres Bild und mein inneres Befinden nicht zusammenpassen.

Schnell löse ich den Gummi aus meinem Haar und schüttle es locker über meine Schultern, um schließlich zurück ins Schlafzimmer zu gehen, wo ich Ben immer noch auf meinem Bett vorfinde. Er liegt auf dem Rücken, den Arm über seinen Augen, seinen Fuß von sich gestreckt und das Coolpack liegt einen halben Meter daneben.

Ich gehe ein paar Schritte auf ihn zu und während er seinen Arm wegbewegt, um mich anzusehen, erschrecke ich, als ich seinen Fuß genauer betrachte. Er ist mittlerweile etwas angeschwollen, aber viel schlimmer ist die Farbe, die er angenommen hat.

„Ach du Scheiße!", schreie ich auf und ernte damit nur einen verblüfften Gesichtsausdruck. Schnell deute ich auf seinen Fuß. „Wir sollten vielleicht besser ins Krankenhaus fahren, nicht dass du dir tatsächlich noch etwas gebrochen hast!" Ben setzt sich auf und betrachtet das Unheil, doch statt los zu jammern, zuckt er nur mit den Schultern. „Das bleibt vermutlich heute nicht meine einzige Verletzung. Vielleicht sollte ich zuerst den Rest hinter mich bringen, dann lohnt sich die Fahrt wenigstens." Nun bin ich es, die ihn doof anguckt.

„Emmi hat angerufen, auf deinem Online-Profil scheint mächtig was los zu sein seit dem Fernseh-Interview", fügt er erklärend hinzu.

Seine Worte versetzen mir einen kleinen Stich in die Magengegend und ich spüre, wie sich ein ungutes Gefühl in mir ausbreitet. Das alles ist langsam zu viel, auch wenn es nicht sonderlich überraschend ist, aber es scheint genauso zu kommen, wie ich befürchtet habe.

~~~~~~

Mit gesenktem Kopf sehe ich sie an. Sie ist deutlich um Fassung bemüht und atmet ein paar Mal tief durch. Sie wirkt blass, doch ihre Augen haben

ihren Glanz nicht verloren. Eine ganze Weile sagt sie gar nichts und mit jeder Sekunde wächst mein schlechtes Gewissen ein Stück an, während mein Zeh unablässig tobt. Er sieht wirklich nicht gut aus, aber das ist im Moment mein kleinstes Problem.

„Alicia, es tut mir leid, das weißt du!", hauche ich ihr eine ehrlich gemeinte Entschuldigung entgegen und lasse meinen Blick nun auf ihr ruhen. Sie nickt zaghaft und atmet erneut tief durch. Scheiße, sie ist wirklich verdammt sauer.

Ich beginne gerade damit, mich innerlich von meinem neuen Zuhause auf Zeit zu verabschieden, als sie endlich das Wort ergreift.

„Ich ziehe mir jetzt etwas an, bringe dir frische Klamotten und dann ab ins Krankenhaus." Wie bitte? Völlig perplex sehe ich sie an, was ihr tatsächlich für einen flüchtigen Moment ein Lächeln auf die Lippen zaubert.

„Und…" Weiter lässt sie mich nicht sprechen. „Um alles andere kümmern wir uns später!", fügt sie erklärend hinzu und beginnt im selben Moment damit, in der Schrank-Schublade nach frischer Unterwäsche zu suchen. Ich starre sie immer noch an. Diese Frau reagiert aber auch grundsätzlich nie so, wie ich vermute.

~~~~~~

Geschlagene zweieinhalb Stunden später humpelt Ben mit einer Schachtel Tabletten in der Hand aus dem Behandlungszimmer. „Na Patient, wie schlimm ist es?", frage ich ihn, als er einen Arm um meine Schultern schlingt, um sich etwas auf mir abzustützen.

„Sechs Wochen absolute Ruhe! Ich hoffe, du kannst dir solange frei nehmen und mich versorgen?" Kaum habe ich seine Worte aufgenommen, bleibe ich abrupt stehen und bringe ihn damit etwas ins Wanken. „Sechs Wochen?" Meine Worte klingen genauso entsetzt, wie ich sie meine und während ich mir innerlich schon ausmale, wie um Himmels willen ich aus der Nummer wieder raus komme, beginnt er lauthals zu lachen.

„Beruhige dich mein Schatz, war nur Spaß! Es ist nichts gebrochen, ich soll ein paar Tage etwas langsam machen und ein paar von diesen netten Pillen schlucken und dann wird schnell wieder alles gut."

Er drückt mir einen Kuss auf die Stirn und bugsiert mich schon fast weiter in Richtung Ausgang. Ich überlege einen Moment, ihm dafür einen ordentlichen Stoß in die Rippen zu verpassen, aber ich will unmöglich riskieren, dass er tatsächlich noch sechs Wochen bewegungsunfähig bei mir zuhause sitzt, also schüttle ich nur den Kopf und wir gehen schweigend nebeneinander her in Richtung der wartenden Taxis.

~~~~~

Zuhause angekommen lasse ich mich geschafft auf die Couch fallen. Der Tag war wirklich lange und ereignisreich genug. Schnell schütte ich das letzte bisschen Wein in mein Glas und nehme eine Tablette aus der Verpackung. Der Schmerz muss dringend betäubt werden, doch da habe ich die Rechnung ohne meine Krankenschwester gemacht. Mit einem gekonnten Griff entledigt sie mich meines Glases und steht nun kopfschüttelnd vor mir.

„Mann, da ist bestimmt noch eine weitere Flasche in der Küche, wenn du auch einen möchtest", grummle ich. „Ja, bestimmt sogar, aber du wirst die Schmerztablette bestimmt nicht mit Alkohol runterspülen. Hier..." Alicia wedelt mit einer Wasserflasche vor meinem Gesicht umher und ich muss lachen, angesichts ihres strengen Gesichtsausdruckes, den sie mir widmet.

„Hey, ich bin ein Rockstar, schon vergessen? Wir spülen so etwas runter wie echte Kerle", versuche ich sie doch noch zu überzeugen, doch sie lacht nur. „In diesem Fall bräuchtest du wohl eher ein Glas Whiskey, damit kann ich allerdings leider nicht dienen." Ich atme einmal tief durch und füge mich schließlich meinem Schicksal. Mit einem großen Schluck Wasser spüle ich die Tablette hinunter und klopfe neben mich auf die Couch.

„Komm, setz dich zu mir, ich denke wir haben noch einiges an Gesprächsbedarf, hm?" Alicia sieht mich an, blickt auf den freien Platz neben mir und schüttelt schließlich den Kopf. „Sei mir nicht böse, aber ich will nur noch ins Bett. Der Kater von gestern, das Shoppen, die ganze Aufregung, ich bin einfach nur noch müde."

Ich spüre, wie sich eine leichte Enttäuschung in mir breit macht, wünsche ich mir doch so sehr, dass zwischen uns beiden wieder alles in Ordnung ist, aber ich will mein Glück auch nicht überstrapazieren. Dass sie mich zum Krankenhaus gebracht hat und dort auch noch so lange auf mich gewartet hat, war schon mehr, als ich für den Tag erwarten konnte, nach allem was passiert war und so nicke ich.

„Kein Problem. Morgen ist auch noch ein Tag." Sie nickt ebenfalls. „Gute Nacht, Ben!" „Gute Nacht!" Sie schenkt mir ein kurzes, geplagtes Lächeln und verschwindet sogleich im Schlafzimmer, ohne sich noch einmal umzudrehen.

KAPITEL 6

Als ich am nächsten Morgen die Augen öffne, höre ich, dass Alicia bereits im Badezimmer ist. Langsam versuche ich, meine Zehen zu bewegen und stelle zu meiner Erleichterung fest, dass der Schmerz etwas besser geworden ist, was man von der Farbe jedoch nicht unbedingt behaupten kann.

Schnell greife ich zu meinem Telefon und wähle die Nummer meines Managers. „Ben, verdammt, es ist gerade mal acht Uhr durch, bist du des Wahnsinns?", wird mein Anruf nur mäßig freundlich nach mehrmaligem Klingeln angenommen. Ich muss lachen. Wenn jemand morgens noch länger braucht, um wach zu werden, als ich, dann ist es mein werter Herr Manager. Wahrscheinlich einer der Gründe, warum wir uns so gut verstehen.

„Jonathan, sag bitte meinen Termin heute ab, ich liege hier etwas angeschlagen herum. Die nächsten Termine sind ohnehin erst wieder nächste Woche, oder?", komme ich ohne Umschweife auf den Punkt. Ich höre ein kurzes Grummeln durch die Leitung.

„Zuviel Sex mit deiner Neuen?", raunt er mir entgegen und lacht gleichzeitig los. „Sehr witzig, mein Lieber. Du kennst die News scheinbar auch schon?" „War nicht zu übersehen. Ist etwas dran?" Etwas verwundert, dass die unwahren Neuigkeiten schon bis nach Schweden vorgedrungen sind, brauche ich einen Moment, ehe ich ihm antworte. „Nein. Und das eigentliche Problem ist, dass mein Fuß ein bisschen angeschlagen ist und ich ein paar Tage Ruhe brauche", erkläre ich ihm meine Situation und weiß schon, dass Jonathan in diese 'Wunde' noch einmal mit Freude bohren wird.

„Ich frag lieber mal nicht, wobei du dich verletzt hast. Den Termin verschiebe ich, das dürfte kein Problem sein." „Danke, Mann." Mit einem

Lachen beende ich das Gespräch und sende noch eine Nachricht an Jonas, dass auch unser Treffen erst einmal ausfällt. Ich drücke gerade auf ‚Senden', als Alicia aus dem Schlafzimmer kommt.

„Guten Morgen!" Sie zuckt kurz zusammen, als sie meine Stimme hört. „Herrje, du bist schon auf?" Sie wirkt nicht gerade gut gelaunt. „Sieht so aus", antworte ich ihr nur kurz und sie geht ohne ein Wort an mir vorbei. Etwas verdutzt blicke ich hinter ihr her. War die Versöhnung gestern Abend doch nur ein vorübergehender Waffenstillstand?

~~~~~~

Diesen kleinen Denkzettel hat er sich verdient, denke ich mir und gehe vor mich hin grinsend in die Küche, um mir für den Weg zu Arbeit noch schnell ein Brötchen zu krallen. Ein wenig Nervennahrung werde ich schon brauchen, denn heute steht ein Interview mit einer Newcomer-Band an und nach allem, was ich über die fünf Jungs bereits gehört habe, wird dies sicher nicht mein einfachster Termin, weshalb ich auch beschlossen habe, mich mit privaten Dingen, wie das Checken meines Online-Profils, erst einmal noch nicht zu beschäftigen.

Ben bleibt an Ort und Stelle und ohne ihn zu sehen, kann ich mir bestens vorstellen, wie sein Gesicht gerade aussieht. Er hasst Streit und unausgesprochene Dinge, das weiß ich und ich finde durchaus, dass er für das Interview gestern, heute ruhig noch einmal etwas zappeln soll.

Zufrieden mit mir selbst, greife ich mir ein Brötchen, packe es in Frischhaltefolie und stecke es in meine Tasche. Schnell setze ich wieder mein Pokerface auf und gehe lautlos an Ben vorbei in den Flur. Seine Augen mustern mich, aber er sagt kein Wort und ich murmle nur noch ein kurzes „Ich muss zur Arbeit. Schönen Tag", bevor ich aus der Tür verschwinde.

Draußen angekommen, klopfe ich mir selbst für meine schauspielerische Leistung auf die Schulter und gehe gut gelaunt durchs Treppenhaus nach unten. Als ich unten ankomme und die Haustüre öffne, bekommt meine gute Laune jedoch einen ersten Dämpfer.

Sechs Mädchen stehen ein paar Meter von mir entfernt und starren mich durchdringend an. Klar, wer mein Online-Profil findet, kann sicher auch meinen Wohnort herausfinden und da liegt die Vermutung scheinbar nahe, dass Ben sich ebenfalls hier bei seiner 'neuen Freundin' aufhält. Na super, das kann ja noch heiter werden, wenn sich sein Aufenthaltsort erst einmal weiter herumgesprochen hat, denke ich, versuche jedoch, mich nicht weiter beirren zu lassen.

Ich werfe ihnen ein freundliches „Guten Morgen!" entgegen, welches sie schüchtern erwidern und gehe weiter in Richtung Haltestelle. Meine Schritte sind schnell und ich versuche mich nur auf mein Ziel zu konzentrieren, doch da schließt schließlich ein Mädchen, das mir vorher gar nicht aufgefallen war, zu mir auf.

„Hallo, du bist Alicia, oder?" Ich gehe etwas langsamer und nicke. „Ja. Kennen wir uns?" Ich sehe sie an. Sie ist wirklich hübsch, definitiv ein paar Jahre jünger als ich, hat lange braune Haare, braune Augen und eine sehr zierliche Figur. Sie trägt eine grünes Spitzenkleid und dazu schwarze Highheels, was mich angesichts der Tageszeit innerlich etwas den Kopf schütteln lässt. Ihr Outfit sieht aus, als wäre sie auf dem Weg zu einer Party.

„Nein. Ich bin Sandy", sagt sie schließlich und spricht weiter, ehe ich irgendetwas erwidern kann. „Hast du meine Online-Nachricht nicht bekommen?" Was? Ich bleibe stehen und sehe sie verblüfft an. „Sollte ich denn?" Sie nickt. „Vielleicht liest du die mal besser. Könnte dich interessieren", fügt sie hinzu.

Ich überlege, was ich ihr antworten soll, doch da verschwindet sie auch schon wieder genauso schnell wie sie aufgetaucht war. Völlig verdutzt sehe ich hinter ihr her. Einen Moment bin ich versucht, sie aufzuhalten, doch dann schüttle ich nur den Kopf. Mein Termin wartet und ich habe keine Lust, mich von irgendwelchen Irren davon abhalten zu lassen.

~~~~~~

Eine ganze Weile noch habe ich hinter Alicia her gestarrt, als sie schon längst verschwunden war. Was um Himmels willen ist nur in sie gefahren? Was war über Nacht geschehen, dass sie morgens plötzlich wie ausgewechselt ist? Antwort fand ich keine, daher habe ich beschlossen, mich erst einmal meinem Rundum-Tuning zu widmen und nach einer heißen Dusche und mit frischen Klamotten am Leib fühle ich mich nun schon fast wieder wie ein neuer

Mensch. Allerdings verstehe ich immer noch nicht, wieso Alicia nun so herum zickt.

Der Gedanke an ihr Verhalten macht mich ehrlich gesagt etwas wütend. Sie hat sich nicht einmal erkundigt, wie es mir geht, nichts, kein Wort. Ich bin doch nicht an allem schuld. Ihr muss doch klar sein, dass sie – auch wenn sie nur meine gute Freundin ist – mit ein klein wenig Rampenlicht leben muss und das sollte ich ihr doch wert sein.

Ich humple weiter in die Küche und drücke den Knopf der Kaffeemaschine so energisch, dass die Maschine um ein Haar hintenüberkippt. Schnell halte ich sie fest und kann damit ein größeres Missgeschick verhindern. Gerade als die dampfend heiße Flüssigkeit den Weg in die Tasse findet, klingelt es plötzlich an der Türe.

Besuch? Das hat mir gerade noch gefehlt. Ich warte noch kurz, bis die Tasse voll ist und mache mich schließlich auf den Weg zur Türe. Ohne zu fragen, betätige ich den Öffner und schon Sekunden später höre ich das Klappern von Highheels. Vermutlich eine Freundin von Alicia, denke ich mir, doch da taucht plötzlich das Gesicht von Sandy in meinem Blickfeld auf.

„Hallo", flötet sie mir entgegen und schlägt dabei ihre großen braunen Augen auf. Verblüfft lasse ich meinen Blick einmal quer über ihren Körper streifen. „Freust du dich, mich zu sehen?", fragt sie, als sie an der Tür angekommen ist und ohne eine Antwort abzuwarten, schlüpft sie an mir vorbei in die Wohnung. „Äh, komm doch rein", blaffe ich ironisch, was sie jedoch nicht weiter zu stören scheint. Sie ist längst im Wohnzimmer angekommen und als ich ihr schließlich gegenüberstehe, schlingt sie einen Arm um meinen Hals und fasst mir mit einer Hand an meine Wange.

„Ich dachte mir, ich komm einfach mal vorbei. Vielleicht können wir ja da weitermachen, wo wir neulich Nacht aufgehört haben?" Sie säuselt die Worte geradezu und schiebt gleichzeitig ein Bein zwischen meine, um es nun an meinem Hosenbein entlang zu reiben.

~~~~~~

Völlig geschafft lasse ich mich auf den Sitz des Busses fallen. Das Interview war eine einzige Katastrophe. Die fünf Jungs sind gerade mal mit ihrem ersten Album auf dem Weg nach oben, ihre Allüren gleichen jedoch denen einer Showbiz-Diva par excellence und ich hatte alle Hände voll zu tun, um ein paar anständige Worte aus den bereits leicht angetrunkenen Kerlen herauszuholen, von den Fotos, die wir gemacht haben, mag ich lieber erst gar nicht sprechen. Was bin ich froh, dass endlich Wochenende ist, noch dazu ein langes, denn auch am Montag und Dienstag steht nur dick und fett ‚Erholung' in meinem Kalender, genügend Zeit also, um durchzuatmen, ehe ich mich Mittwoch an die Ausarbeitung des Interviews machen werde.

Für einen Moment schließe ich die Augen und versuche den Lärm der Leute um mich herum auszublenden, doch da höre ich auch schon das Tuscheln von meinen Sitznachbarn schräg gegenüber. „Das ist sie doch, oder?" „Denkst du echt?" „Ja, hier, guck doch mal.' Ich öffne meine Augen einen Spalt und sehe, wie eines der Mädchen demonstrativ ihr Handy unter die Nase der anderen hält und mich dabei anstarrt. „Du hast Recht!", kommt es plötzlich nicht mehr ganz so leise über die Lippen der bisher Ungläubigen und sie rückt etwas unsicher auf ihrem Platz hin und her, während sie mich ungeniert anstarrt.

Schnell schließe ich meine Augen wieder und nachdem ich noch ein „Ich sagte dir doch, dass ich die hier schon öfter gesehen habe", vernommen habe, stecke ich mir meine Kopfhörer in die Ohren und drehe die Musik auf meinem Handy auf volle Lautstärke.

~~~~~~

„Das war so schön!", flüstert Sandy in mein Ohr, als ich endlich auch mein Ziel erreicht habe und mich schwer atmend neben sie fallen lasse.

Ja, ich weiß, das hier ist mit Sicherheit nicht die feine schwedische Art, aber scheiß drauf, ich bin Musiker, also mache ich, was ich will und wenn einem das Schokoladentütchen schon unter die Nase gehalten wird, dann greift man eben einfach mal zu. Alicia ist doch selbst schuld. Was verhält sie sich denn auch so bescheuert?

Gerade als ich Alicias Bild vor Augen habe, merke ich, wie Sandy sich liebevoll an mich kuscheln will. Schnell schiebe ich meine Hand zwischen uns

und drücke sie gefühlvoll von mir. „Tut mir echt leid, Sandy, aber ich habe gleich noch einen Termin. Du müsstest bitte gehen, damit ich mich noch in Ruhe vorbereiten kann!", sage ich bestimmt, aber mit einem sanften Unterton. Auf großes Rumgezicke habe ich nun wirklich keine Lust im Moment.

Sandy betrachtet mich einen Moment eindringlich, nickt jedoch schließlich. „Rufst du mich an?" Ihre Augen funkeln und ich hasse mich in dem Moment selbst dafür, dass ich einfach nur nicke, obwohl ich genau weiß, dass ich das nicht tun werde.

„Schön!", flüstert sie und haucht mir einen Kuss auf die Wange, während sie gleichzeitig aufsteht und in ihre spärlichen Klamotten schlüpft. Schnell ziehe ich das Kondom ab und werfe es in den nächsten Mülleimer. Ich will nur noch duschen, meine Ruhe haben und endlich mit Alicia sprechen.

~~~~~~

An der Haltestelle angekommen, steige ich aus und bin froh, dass die beiden Ladies schräg gegenüber sitzen bleiben. Fast hatte ich befürchtet, dass sie hinter mir her schleichen, doch da war meine Paranoia wohl doch eine Nummer zu groß.

Ich lache und während ich mein Handy und die Kopfhörer wieder in meiner Tasche verstaue, mache ich mich auf den Weg zu meiner Wohnung. Aus den sechs Mädchen von heute Morgen sind ein paar mehr geworden, aber immerhin stehen alle ein paar Meter von meiner Wohnungstür entfernt und verhalten sich ruhig.

Ich überquere gerade die Straße, als ich sehe, wie sich meine Haustüre von innen öffnet und beim Anblick der Person, die dort heraus kommt, stockt mir fast der Atem.

Was um Himmels Willen macht diese Sandy in meinem Gebäude?

Ich kann mir kaum vorstellen, dass sie in eine der Wohnungen neben mir gezogen ist, nein, ihr breites Grinsen, das sie den wartenden Mädchen zuwirft und die Art, wie sie an ihrem winzigen Kleid herumzupft und sich ihre Haare richtet, lässt mich erahnen, dass hier jemand gleich in mächtigen Schwierigkeiten sein wird – und das ist kein Geringerer als BEN!

~~~~~~

Ich habe gerade die Dusche betreten, als Alicia ohne anzuklopfen in den Raum stürmt. Schnell wische ich mit einer Hand über die beschlagene Glaswand und werfe ihr ein breites Grinsen zu. „Konntest du es nicht erwarten, mich endlich wieder nackt zu sehen?", flöte ich ihr zu, doch kaum habe ich die Worte ausgesprochen, sehe ich an ihrem Gesichtsausdruck, dass sie keineswegs hier ist, um mir unter der Dusche Gesellschaft zu leisten.

Ihre Augen wirken streng und die Tatsache, dass sie etwas außer Atem ist, sagt mir, dass sie wohl in aller Eile die Stufen zur Wohnung hinauf ist und schon im nächsten Moment schreit sie los:

„Hast du sie eigentlich noch alle? Was um Himmels Willen ist so schwer daran zu verstehen, dass ich KEINEN Damenbesuch hier dulde? K E I N E N !" Sie atmet einmal tief durch, doch nicht lange genug, um mir die Chance zum Antworten zu geben.

„Zwei verdammte Regeln habe ich aufgestellt. Keinen Damenbesuch und nicht im Sitzen pinkeln. Und ich brauche wohl nicht zu erwähnen, welche der beiden Regeln ich für wichtiger erachtet habe! WIESO schleppst du dann diese ... Sandy ... hier an? Erklär mir das! Und sag mir bloß nicht, dass nichts gelaufen ist! Du kannst poppen wen immer du willst, mein lieber Ben, meinetwegen vierundzwanzig Stunden lang und das täglich, von mir aus jeden Tag eine andere, aber NICHT in MEINER Wohnung!" Ohne noch eine Sekunde zu verschwenden, dreht sie sich um, läuft wieder aus dem Zimmer und knallt die Tür hinter sich zu. Erst jetzt merke ich, dass ich die ganze Zeit Luft angehalten habe.

~~~~~

Zurück im Wohnzimmer atme ich erst einmal tief durch und tatsächlich geht es mir etwas besser. Vielleicht habe ich etwas überreagiert. Ich bin mir fast sicher, dass Ben diese Sandy nicht bewusst hierher eingeladen hat, aber die Tatsache, dass er sie hier wohl geduldet hat und noch schlimmer, dass er mit ihr in meiner Wohnung Sex hatte – wovon ich ausgehe, wenn er gleich nach ihrem Besuch in der Dusche verschwindet und wenn ich das Durcheinander auf der Couch betrachte – ist doch wohl Grund genug, um ihm mal ordentlich die Leviten zu lesen und WEHE er schickt mir jetzt wieder eines dieser bescheuerten Bilder auf mein Handy.

Kopfschüttelnd gehe ich weiter in die Küche und hole mir ein paar Reste aus dem Kühlschrank, um sie in der Mikrowelle warm zu machen. Gerade als ich den Knopf betätige, räuspert sich Ben hinter mir. Als ich mich umdrehe, lehnt er in der Küchentür, lediglich mit einem Handtuch um seine Hüften bekleidet. Ein paar Wasserperlen, die sich aus seinen Haaren gelöst haben, bahnen sich den Weg über seinen Oberkörper und die Arme hat er so vor seiner Brust verschränkt, dass die Tattoos auf seinen Oberarmen deutlich sichtbar sind.

„Wir müssen reden! Jetzt!", kommt es angesichts meiner Ansage eben, doch ziemlich selbstbewusst über seine Lippen. Ich weiß, er hat Recht und sein Anblick macht es mir nicht gerade leichter, weiter auf stur zu stellen, also nicke ich schließlich, nehme das fertige Essen aus der Mikrowelle, hole zwei Gabeln aus der Schublade und lege alles auf den Küchentisch.

Ohne ein Wort setzen wir uns beide hin. Ich überlege, ob ich anfangen soll, doch er nimmt mir die Entscheidung ab. „Woher weißt du eigentlich, dass sie Sandy heißt?", fragt er, während er sich in aller Seelenruhe eine Gabel voll Reis in den Mund steckt.

Ist das seine größte Sorge? „Sie hat sich mir vorgestellt. Heute Morgen, auf dem Weg zur Bushaltestelle." Ich sehe, wie er seine Stirn runzelt und einen Moment nachdenkt. „Das tut mir leid." Ich nicke. „DAS ist noch das, was dir am wenigsten leidtun muss", gebe ich ihm die Gelegenheit fortzufahren, während auch ich die erste Gabel voll in meinen Mund schiebe.

Ben scheint erneut nachzudenken und fährt schließlich fort. „Du kannst dir sicher sein, dass das nicht mehr vorkommt. Ich weiß auch nicht, was in mich gefahren ist, aber du warst heute Morgen so distanziert zu mir und meine Laune war nicht die Beste und dann stand sie einfach da und…"

Schnell halte ich ihm meine flache Hand entgegen. „Schon gut, schon gut, mehr Details brauche ich wirklich nicht. Sie ist ja zugegebenermaßen wirklich hübsch und du bist eben auch nur ein Mann." Doch er schüttelt den Kopf. „Ich hab sie auf der Party neulich kennen gelernt und glaub mir, sie mag zwar gut aussehen, ist aber ansonsten völlig langweilig."

Wieso um alles in der Welt erzählt er mir das alles? „Ben, das geht mich nichts an. Es geht mir auch nicht um die Tatsache, dass du mit einem deiner Groupies geschlafen hast, es geht mir darum, dass es HIER in MEINER Wohnung passiert ist. Schwör mir, dass das nicht mehr vorkommt, sonst muss ich dich bitten, auszuziehen."

Ich lege meine Gabel beiseite und sehe ihn an und auch er lässt seine Gabel auf den Teller sinken.

„Möchtest du denn, dass ich ausziehe?" Seine blauen Augen durchdringen mich förmlich, und ich sehe, wie er schluckt und sein Kopf sich automatisch etwas senkt.

~~~~~~

Eine ganze Weile sieht sie mich einfach an und die Stille zwischen uns ist einfach nur schrecklich. Ich will sie nicht verlieren – um Nichts auf der Welt. Das darf einfach nicht passieren!

„Alicia?", frage ich noch einmal zögerlich nach und hoffe inständig, dass die Antwort mir nicht gleich einen Stoß mitten in mein Herz versetzt, doch dann räuspert sie sich.

„Nein Ben, wie kommst du darauf? Ich sage lediglich, dass ich keinen Frauenbesuch hier mehr dulden werde. Ich sage nicht, dass ich MÖCHTE, dass du ausziehst. Ich mag es, dich um mich zu haben, auch wenn ich diesen Rummel im Moment geradezu hasse, aber wenn du dich nicht an zwei kleine Regeln halten kannst, dann zwingst du mich faktisch dazu, dass ich unser Zusammenleben hier beende."

Ich lasse ihre Worte in mir sacken und spüre, wie eine ungeheure Last von mir abfällt. Ich bin so froh, dass ich mich nicht in ihr getäuscht habe, dass sie auch zu mir steht, wenn es etwas schwieriger wird und beschließe noch in dieser Sekunde, dass ich alles dafür tun werde, dass sie erst einmal wieder richtig durchatmen kann.

Okay, vielleicht kann sie das auch erst, nachdem ich sie jetzt gleich in eine ganz feste Umarmung gezogen haben. Gedacht, getan. Ohne zu zögern schlinge ich meinen Arm um sie und drücke sie, bis sie sich vor Atemnot in meinen Armen zu winden beginnt.

„Willst du mich umbringen?", fragt sie, kaum habe ich etwas von ihr abgelassen, aber auf ihren Lippen liegt ein Lächeln. „Das ist so ungefähr das Gegenteil von dem was ich will", antworte ich ihr und beginne gleich damit, am weiteren Plan zu feilen.

„Ich will vielmehr, dass du mir vertraust und morgen mit mir einen Ausflug unternimmst", füge ich an und ernte dafür einen fragenden Blick.

„Wohin denn?" Doch so einfach will ich es ihr nicht machen. „Vertraust du mir?" „Sollte ich?" „Unbedingt!" Sie sieht mich einen Moment an und nickt schließlich. „Meinetwegen."

~~~~~~

„Und, wohin entführt er dich?", fragt Emmi mich aufgeregt, während sie den Strohhalm von ihrem Cocktail in den Mund nimmt und einmal ordentlich daran zieht. Nach der Aussprache mit Ben, kam mir Emmis spontaner Vorschlag, etwas trinken zu gehen, gerade Recht und auch er schien nicht enttäuscht zu sein, dass ich mich noch einmal aus dem Staub mache und so sitzen wir nun hier in einer unserer Lieblingsbars und genießen zwei fruchtige, dieses Mal jedoch alkoholfreie, Getränke.

Ich zucke mit den Schultern und genieße ebenfalls einen Schluck der süßen Flüssigkeit. „Keine Ahnung." Emmi rollt mit den Augen. „Na super, wie soll ich das nun bis morgen aushalten? Ich bin doch so neugierig." Sie zieht einen Schmollmund und bringt mich damit zum Lachen. „Wenn ich es aushalte, dann wirst du es bestimmt auch schaffen." Ich zwinkere ihr zu und ernte nur einen gespielt bösen Gesichtsausdruck. „Du raubst mir noch meine letzten Nerven, weißt du das?!" Ich strecke ihr kurz die Zunge heraus und beschließe, schnellstmöglich das Thema zu wechseln.

„Jetzt erzähl du lieber mal, wie dein Date lief? Etwas Vielversprechendes? War es noch ein schöner Abend?" Emmi blickt mich einen Moment an und gerade als sie antworten will, kommt ein junges Mädchen zu uns an den Tisch.

„Hallo", flüstert sie beinahe und während sie abwechselnd zwischen mir und ihrer Mama am Tisch gegenüber hin und her blickt, zieht eine leichte Röte durch ihr Gesicht. „Hallo. Können wir dir helfen?", fragt Emmi sie schließlich in mütterlichem Ton und legt ihr eine Hand auf den Oberarm. Das Mädchen nickt und ein Lächeln huscht über ihr Gesicht. „Können wir ein Foto zusammen machen?" Sie sieht mich aus großen,

hoffnungsvollen Augen an und ich merke, wie sie immer nervöser wird und von einem Bein auf das andere tippelt.

Ich sehe sie fragend an und werfe schließlich ihrer Mutter ebenfalls einen fragenden Blick entgegen, was diese dazu bringt, aufzustehen und zu uns zu kommen.

„Tut mir leid, wenn wir euch stören, aber Marie hat dich auf dem Foto mit dem Kerl aus dieser Band gesehen – das bist doch du, oder?" Sie wartet meine Antwort gar nicht ab. „Und sie wollte unbedingt ein Foto mit dir zusammen. Wäre das okay? Wir stellen es auch nicht online, sie will es nur für sich."

Völlig perplex blicke ich zwischen Emmi, Marie und ihrer Mama hin und her. Was bitte will jemand mit einem Foto von mir? „Klar kannst du ein Foto mit ihr haben!", höre ich Emmi auch schon für mich antworten und ehe ich mich versehen kann, hat sie Marie auch schon neben mich geschoben und das Foto ist im Kasten.

„Danke, du bist cool!", flüstert Marie mir ins Ohr und bei ihrem süßen Augenaufschlag wird mir wirklich warm ums Herz. „Kein Problem", flüstere ich zurück.

~~~~~~

Geschafft lasse ich mich auf die Couch fallen und werfe mir erst einmal eine Schmerztablette ein. Ich muss grinsen, während ich sie mit einem Glas Wein hinunterspüle und noch mehr muss ich grinsen über all das, was ich in den letzten Stunden während Alicias Abwesenheit geschafft habe.

Alles ist fertig geplant und ich bin mir sicher, dass sie sich darüber freuen wird. Sie muss einfach mal etwas Zeit haben, um durchzuatmen und die Ereignisse der letzten Tage zu verdauen.

Für mich ist das alles mittlerweile ‚Business as usual' geworden, aber ich weiß noch genau, wie seltsam das alles für mich am Anfang meiner Karriere war und gerade im letzten Jahr hat sich alles noch einmal derartig gesteigert, dass es mir selbst zum Teil etwas unheimlich ist. ICH habe diesen Rummel jedoch bewusst gewählt und so sehr er mich manchmal erschreckt, so sehr schmeichelt er mir gleichzeitig. Alicia hingegen ist die Frau, die sich gerne im Hintergrund hält, dabei ist sie schlagfertig und offen, aber mit den roten Teppichen und Blitzlichtern dieser Welt hat sie es nicht so. Sie hat schon ihre Gründe dafür, hat sie mir damals erzählt und so wird es wohl auch sein. Dieses

Business ist eben nicht jedermanns Sache und ich will versuchen, meinen Fehler wieder einigermaßen gut zu machen und Alicia zeigen, dass das Leben, das ich führe, nicht nur Schattenseiten hat.

Natürlich habe ich auch meinen Manager gefragt, ob es Sinn machen würde, ein Dementi online zu stellen und klarzustellen, dass Alicia nur eine gute Freundin ist, aber er hat mir tunlichst davon abgeraten. ‚Entweder sie stellen sie dann als die Verlassene hin und du willst sie angeblich nur durch deine Worte beschützen oder es wird dir sowieso keiner glauben. Es kann auch sein, dass sie dann öffentlich als eine kurze Affäre dargestellt wird, oder oder oder…‘, waren seine Worte und ich denke, er hat Recht damit. Die Leute glauben doch sowieso nur das, was sie glauben wollen, soviel hat mich die Erfahrung in diesem Job schon gelehrt.

Vorsichtig bette ich meinen Fuß auf ein Couchkissen und wähle auf der Fernbedienung die Nummer für meinen Lieblings-Musiksender und noch ehe das zweite Lied rum ist, bin ich auch schon weggedöst.

~~~~~

„Guten Morgen!" Bens tiefe Stimme dringt an mein Ohr und ich öffne langsam die Augen. Das Zimmer ist bereits in strahlendes Sonnenlicht getaucht.

Ich brauche einen Moment, ehe ich etwas sehen kann, doch dann taucht Bens grinsendes Gesicht vor meinen Augen auf. „Guten Morgen!", krächze ich noch etwas heiser und strecke mich erst einmal ausgiebig.

Als ich gestern Abend nach Hause gekommen bin, hat Ben bereits tief und fest auf der Couch geschlafen. Eine ganze Weile habe ich ihn beobachtet und die letzten Tage in meinem Kopf Revue passieren lassen. Einen Moment war ich sogar versucht, mein Online-Profil endlich einmal aufzurufen, habe mich dann jedoch dagegen entschieden. Was auch immer dort mittlerweile los war, würde auch nach dem Wochenende noch auf mich warten und so bin ich schließlich auf direktem Wege ins Bett und war innerhalb der nächsten Minuten auch schon eingeschlafen.

„Du musst aufstehen! Wir müssen in einer dreiviertel Stunde los!", höre ich Ben erneut zu mir sprechen, doch dieses Mal zieht er gleichzeitig die Bettdecke von mir. „Hey!", schreie ich auf und ziehe als Zeichen meines Protestes einen Schmollmund. „Ab in

die Dusche mit dir, ich koche in der Zwischenzeit den Kaffee!" Schon wieder dieser Befehlston und das um diese Uhrzeit. „Wie spät ist es eigentlich?", frage ich mit einem Gähnen und versuche nochmal nach der Bettdecke zu greifen, doch da habe ich die Rechnung ohne Ben gemacht. Schnell greift er danach und hält sie erneut fest. „Kurz vor." „Was?" „Kurz vor Abfahrt, also los jetzt!" Ich sehe ihn an, rolle mit den Augen und gebe mich schließlich geschlagen.

~~~~~~

„Na, das sieht ja schon viel besser aus!", grinse ich, als Alicia zwanzig Minuten später in knallengen Jeans und mit einem roten Top bekleidet in die Küche kommt. Die Haare hat sie locker nach hinten gebunden, was ihr hübsches Gesicht perfekt zur Geltung bringt.

„Passt das Outfit für den Ausflug?" Fragend sieht sie an sich hinunter und fährt einmal demonstrativ mit ihren Händen an ihren Seiten entlang. „Perfekt!"

Schnell halte ich ihr eine Tasse wohlduftenden Kaffee entgegen, welche sie dankend annimmt. „Wohin geht es denn nun?" Sie lehnt sich gegen die Küchenzeile und nimmt einen großen Schluck der belebenden Flüssigkeit zu sich.

„Worauf hast du denn Lust?", frage ich sie und sehe sie auffordernd an, doch sie zuckt nur mit den Schultern. „Am besten etwas, wo möglichst wenig Menschen sind, zumindest möglichst wenige deiner Fans."

Ihre großen Augen fixieren mich, doch ihr Gesichtsausdruck wirkt überraschend entspannt. Sie scheint wohl gut geträumt zu haben, oder warum ist sie heute so gelassen?

Ich nicke. Einen Moment wartet sie auf eine erklärende Antwort von mir, doch schnell hat sie kapiert, dass diese nicht kommen wird. „Du verrätst es mir noch nicht, oder?", hakt sie noch einmal nach und erntet dafür von mir nur noch ein kurzes Augenzwinkern.

~~~~~~

Kaum haben wir beide unsere Tassen geleert, packt Ben mich nach einem prüfenden Blick auf seine Uhr auch schon an der Hand und zieht mich hinter sich her ins Wohnzimmer. „So, nimm deine Handtasche und los geht es!" „Alles klar, Sir!", antworte ich nur knapp und schon finde ich mich hinter ihm her laufend im Hausflur wieder.

Als wir durch die Haustüre nach draußen treten, bin ich etwas erleichtert, dass zu dieser frühen Uhrzeit nur zwei seiner Fans den Weg hierher gefunden haben. Er begrüßt die beiden, erklärt auf eine Frage hin kurz, warum er etwas humpelt und lenkt seinen Blick schließlich ohne Umschweife zur Straße.

Erstaunt stelle ich fest, dass bereits ein Taxi auf uns wartet, in welches Ben mich ohne zu zögern hineinschiebt und sich wenige Augenblicke später neben mich fallen lässt. Der Taxifahrer begrüßt uns mit einem „Guten Morgen!" und nachdem er und Ben ein paar Blicke und ein Nicken ausgetauscht haben, fährt er ohne ein weiteres Wort los. Ich überlege, noch einmal nachzufragen, entscheide mich jedoch schließlich dagegen. Das wäre eindeutig vergebene Mühe.

~~~~~

Eine ganze Weile fahren wir durch die Straßen Berlins und jetzt wo wir uns langsam dem Flughafen nähern, werde ich zugegebenermaßen etwas nervös. Ob Alicia sich wirklich freut, wenn sie erfährt, wohin es geht? So sicher ich mir gestern noch war, dass die Idee perfekt ist, jetzt, da der Abflug näher rückt, kommen erste Zweifel in mir auf. Ich hoffe inständig, dass sie sich nicht überfordert oder überrumpelt fühlt, wenn sie erfährt, dass wir erst Dienstag wieder zurückkommen.

Schnell sehe ich zu ihr, doch sie scheint immer noch die Ruhe selbst zu sein. Ihr Blick ist aus dem Fenster gerichtet und sie summt leise die Melodie des Songs aus dem Radio mit, was mir ein Lächeln auf die Lippen zaubert.

Emmi war begeistert, als ich ihr am Telefon von meinem Plan erzählt habe und hat auch gleich mitgespielt. Binnen Minuten hatte sie es geschafft, Alicia aus der Wohnung zu locken, damit ich in Ruhe ein paar ihrer Sachen für unseren Ausflug packen konnte. Die kleinen Trolleys hat eine gemeinsame Freundin der beiden – Anni – gestern noch abgeholt, auch das hatte Emmi

eingefädelt. Soweit also alles perfekt, jetzt muss sie nur noch tatsächlich mit in dieses Flugzeug steigen.

~~~~~~

„Wir sind am Flughafen! Bist du dir sicher, dass du hier hin wolltest?" Ich ziehe eine Augenbraue hoch und blicke skeptisch zu Ben, der mich nachdenklich ansieht, schließlich jedoch nickt.

„Sehr sicher sogar. Vielleicht sollte ich dir aber noch eine Kleinigkeit sagen." Dessen bin ich mir sogar sicher. „Und das wäre?" Er nestelt mit seinen Fingern an der Naht seiner Jeans herum. Wieso nur habe ich das Gefühl, dass er ein klein wenig unsicher ist?

„Ben?", hake ich noch einmal nach. Er räuspert sich kurz, ehe er mit der Sprache herausrückt. „Wir werden erst Dienstagnachmittag zurückkommen." Es dauert einen Moment, ehe seine Worte wirklich in mein Gehirn vorgedrungen sind. „Wie am Dienstag? Wohin geht es denn? Fliegen wir weg? Du weißt schon, dass ich nur meine Handtasche mit habe?"

Demonstrativ wedle ich damit vor seinen Augen hin und her, doch er grinst nur. „Das stimmt so nicht ganz." Ich muss ziemlich dämlich gucken, denn jetzt fängt er richtig an zu lachen. „Schön, dass dich das scheinbar amüsiert, aber könntest du mich bitte aufklären?"

Er sieht mich einen Moment an. „Die letzten Tage hatte ich eigentlich den Eindruck, dass das längst jemand gemacht haben muss." Ich verpasse ihm einen Stoß in seine Rippen, was ihn ergeben die Hände heben lässt.

„Schon gut, schon gut. Bevor du mir noch etwas brichst... Also, ein Trolley mit deinen Sachen ist im Kofferraum des Taxis." Er fängt tatsächlich an, an seinem Fingernagel herum zu kauen, dabei ist er normalerweise so bemüht um seine gepflegten Hände und ich kapiere noch weniger, was hier vor sich geht.

Das Taxi hat mittlerweile angehalten und wir stehen tatsächlich am Flughafenterminal. „Ben, ich gebe dir noch genau zwei Minuten, um Tacheles zu reden, sonst bitte ich den netten Herrn hier, mich wieder zurück zu bringen."

Der nette Mann blickt demonstrativ aus dem Fenster. Tolle Hilfe. „Emmi hat mir geholfen und Anni hat die Sachen abgeholt und heute Morgen ins Taxi geladen. Vertrau mir, wir werden ein schönes Wochenende haben, jenseits von dem ganzen Stress hier und wenn wir zurückkommen, ist hoffentlich ein klein wenig Gras über alles gewachsen. Ja?"

Seine Augen fixieren mich und ich kann immer noch nicht fassen, was er da soeben von sich gegeben hat. Zwei meiner Freundinnen haben hinter meinem Rücken mitgeholfen und ich habe nichts bemerkt?

Ungläubig schüttle ich den Kopf. Andererseits hätten sie wohl nie mitgemacht, wenn sie Bens Plan schlecht finden würden. Ich überlege einen ganzen Moment, was ich von all dem halten soll, doch im Prinzip ist es doch genau das, was ich will. Einfach weg. Abschalten. Raus. Ruhe.

Ich gönne mir noch ein paar extra Sekunden, um Bens aufsteigende Nervosität zu genießen und lache schließlich. „Na dann. Worauf warten wir noch?"

~~~~~~

Wieder einmal hat sie es geschafft, dass ich dumm aus der Wäsche gucke. „Es ist okay für dich, obwohl du gar nicht weißt, wohin wir fliegen?" Sie zuckt mit den Schultern und lässt ein Augenzwinkern folgen. „Du wirst mich schon nicht ins letzte Loch irgendwo am Ende der Welt schleppen, oder?"

Einen Moment mustere ich sie, doch sie scheint tatsächlich jedes Wort so zu meinen, wie sie es ausspricht. „Für manche ist es vielleicht das Ende der Welt, aber das letzte Loch ist es ganz sicher nicht, nein. Ich bin mir sicher, dass es das Richtige ist, um etwas zur Ruhe zu finden." Völlig erleichtert über ihre Reaktion ziehe ich sie zu mir und drücke ihr einen flüchtigen Kuss auf die Schläfe. „Lass uns los."

Minuten später stehen wir mit unserem Gepäck im Terminal des Flughafens. Gleich wird sie wissen, wohin es geht. Sobald wir uns einreihen, um unser Gepäck abzugeben, wird sie auf der Anzeige sehen, was unser Flugziel ist und dann wird sich zeigen, ob sie immer noch gut gelaunt ist.

„So, hier sind wir." Vorsichtig deute ich auf den Schalter der Fluggesellschaft, an dem gerade ein junges Pärchen eincheckt. Alicia sieht auf die Anzeige, blickt mich an und beginnt zu grinsen.

„Stockholm? Du nimmst mich mit zu dir nach Hause?" Ich spüre, wie angesichts ihrer Reaktion die letzte Last von mir abfällt und atme erst einmal tief durch. Es ist ohnehin längst überfällig, dass sie sieht, wo ich her komme und scheinbar sieht sie das genauso.

„Eigentlich wollte ich dich irgendwo im Nirgendwo aussetzen, aber wenn dir das lieber wäre, dann kannst du ausnahmsweise auch zu mir mitkommen." Schnell schlinge ich einen Arm um ihre Schultern und drücke sie einmal fest. „Hm...", sagt sie und fährt mit ihren Fingern gespielt nachdenklich an ihrem Kinn entlang, „... vielleicht sagst du mir erst einmal wie der Plan für das Wochenende aussieht und ich entscheide mich dann für eine der beiden Optionen."

Ich muss lachen. „Lass uns erst einmal einchecken, dann bin ich wenigstens schon einmal sicher, dass du mir nicht mehr entkommst." Sie nickt und wir ziehen unsere Koffer an den Schalter, an dem die freundlich wirkende Dame dem Pärchen gerade noch einen guten Flug wünscht, ehe sie sich uns zuwendet und mich mit funkelnden Augen anstrahlt.

„Hallo Herr Lindqvist, schön dass Sie uns wieder beehren!", lächelt sie mich an und ich sehe, wie Alicia grinst, als sie dabei auch noch etwas unsicher auf ihrem Stuhl hin und her rutscht.

KAPITEL 7

Es ist gerade einmal 13 Uhr durch, als das Taxi, das uns vom Flughafen Stockholm Arlanda in die Innenstadt Stockholms gebracht hat, vor einem Gebäude hält, in dem sich wohl Bens Wohnung befindet.

Der Flug war ruhig und während dem Landeanflug habe ich alle kleinen Details regelrecht in mich aufgesogen. Schon aus der Luft kann man erkennen, dass es hier viel unberührte Natur in beinahe unmittelbarer Nähe der Stadt gibt und selbst hier in der Stadt hat man nicht das Gefühl, dass man von Menschen geradezu überrannt wird, wie man es an manchen Tagen aus Berlin kennt.

Ich atme tief durch, als wir aus dem Taxi steigen und unsere Koffer aus dem Kofferraum holen und sauge die fremde Luft in mich auf. Es ist überraschend heiß, kaum anders als in Deutschland, lediglich ein leichter Wind macht den Unterschied, der ist allerdings auch herzlich willkommen.

„Varmt Välkommen!", grinst Ben mich an, wohl wissend, dass ich höchstens erahnen kann, was er mir damit sagen will. „Eh klar!", antworte ich, was mir nur ein kurzes Kopfschütteln einbringt, während er an mir vorbei zur Eingangstüre geht.

Von außen sieht das Gebäude äußerst gewöhnlich aus. Es reiht sich nahtlos in das Bild der Straße ein, doch schon der Flur lässt erkennen, dass der Rest des Gebäudes wohl ziemlich modern gehalten ist. Ben geht mit seinem Koffer voran zum Aufzug, der sich auf der linken Seite befindet, ich folge ihm und staune nicht schlecht, als er einen Code in ein kleines Zahlenfeld eintippt und schließlich den Knopf für die oberste Etage drückt.

„Du magst gerne hoch hinaus, was?", frage ich ihn und ernte dafür ein Augenzwinkern. „Immer!" Es dauert eine Weile, bis der Aufzug stehen bleibt und als sich die Türe öffnet, stehen wir direkt in Bens Wohnung, lediglich eine kleine Milchglasfront teilt den Teil, der als Flur dient, vom Wohnbereich ab.

Ben betritt den Raum vor mir und schiebt seinen Koffer in die nächste Ecke. Auch meinen nimmt er und stellt ihn erst einmal daneben. Schnell streife ich mir meine Ballerinas von den Füßen und freue mich über das angenehme Gefühl des kühlen, mahagoni-farbenen Holzbodens unter meinen nackten Zehen.

„Fühl dich wie Zuhause! Einzige Bedingung ist, im Sitzen pinkeln und keine Männerbesuche!" Er grinst über das ganze Gesicht und ich verpasse ihm einen kleinen Stoß gegen seine Brust, welchen er jedoch abfängt, indem er meine Hand festhält.

„Hey!", protestiere ich und versuche, mich ihm zu entziehen, doch er zieht mich einfach noch etwas näher an sich heran, bis uns nur noch wenige Zentimeter voneinander trennen. Ich hebe meinen Kopf an, um ihm in die Augen zu sehen und atme seinen männlichen Duft ein. Gibt es hier denn keine Klimaanlage?

~~~~~~

Einen ganzen Moment lang bleiben wir stehen und sehen uns an. Der blumige Duft, der sie umgibt, schmeichelt meiner Nase und ich sehe, wie sie sich flüchtig über die Lippen leckt. Herrje, ob sie weiß, wie verführerisch sie sein kann, wenn sie eigentlich gar nichts macht?

Schnell räuspere ich mich und lockere meinen Griff. „Dort drüben ist die Küche, wie du sehen kannst, hier hinter uns geht es ins Schlafzimmer, von dort aus ins Badezimmer, neben dem Schlafzimmer befindet sich ein Arbeitszimmer und auf der Seite da drüben findest du eine kleine – nennen wir es mal - Wellnessoase", erkläre ich ihr schnell alles, indem ich mit dem Finger in alle möglichen Richtungen zeige. „Das Herzstück der Wohnung ist allerdings dort draußen." Ich deute zur Dachterrasse, die man durch die große Glasfront des Wohnzimmers betreten kann.

Alicia verfolgt meine Erklärungen aufmerksam und als ich die Dachterrasse erwähne, reißt sie sich von mir los und hopst geradewegs auf die Tür zu. Mit einem Griff hat sie sie geöffnet und tritt nach draußen.

„Wow! Das ist einfach… umwerfend!" Sie haucht die Worte geradezu und als ich ihr schließlich folge, sehe ich, wie ihre Augen regelrecht funkeln, als sie das ganze Ausmaß der Dachterrasse sieht, von der aus man einen gigantischen Blick über die Stadt hat.

Fast andächtig tritt sie an das Geländer und saugt die Eindrücke regelrecht in sich auf. „Hier hat man fast das Gefühl, als würde einem die Welt zu Füßen liegen", flüstert sie schon beinahe.

„Das tut sie meine Süße, du musst nur fest daran glauben und hart dafür kämpfen." Sie nimmt die Worte auf und nickt schließlich. Noch eine ganze Weile steht sie da und sieht in die Ferne, ehe sie sich mit dem Rücken an das Geländer lehnt und auch den Rest der Terrasse betrachtet.

~~~~~~

Große Pflanzen stehen in den Ecken. Zu unserer Linken ist eine riesige Sitzgruppe mit Platz für bestimmt acht Personen, daneben ein typischer Männer-Grill, groß, klobig und scheinbar häufig in Gebrauch, zumindest sieht er alles andere als neu aus. Mittig steht eine fast überdimensionale Liege mit cremefarbenen Kissen und zur Rechten befindet sich – wie soll es auch anders sein – ein Whirlpool. Ich muss lachen.

„Das war so klar!" Ben sieht mich fragend an. „Na, der hier ist doch für die ganzen Häschen, die du mit nach Hause bringst, hm? Sterne gucken im Whirlpool? Das sollte ziehen." Ich kneife ihm spielerisch in die Seite und lehne meinen Kopf an seine Schulter, woraufhin er einen Arm um mich schlingt. „Klar, so machen Rockstars das doch, oder?" „Unbedingt."

Langsam schlendern wir wieder zurück ins Wohnzimmer. Eine große beigefarbene Couch bildet das Kernstück, davor ein vergleichsweise winziger Glastisch. An der Wand gegenüber hängt ein riesiger Flachbild-Fernseher und wie vermutet drei verschiedene Spielekonsolen. „Dann ist das wohl mein Bett, oder?" Grinsend deute ich auf die Couch, die übersät ist von diversen Kissen, doch Ben schüttelt den Kopf. „Kommt nicht in Frage, du bist mein Gast, du schläfst natürlich im Bett."

Fragend sehe ich ihn an. „Und du?" Er lacht und zwinkert mir zu. „Ich auch." Aha. Ich überlege einen Moment, etwas zu erwidern, doch Ben kommt mir zuvor. „Die Couch sieht zwar gut aus, ist aber alles andere als bequem und auch nicht ausziehbar. Oder denkst du, du kannst dich nicht beherrschen, wenn ich neben dir liege?" Er grinst über das ganze Gesicht, während er sich gespielt sexy durch seine Haare fährt.

„Um MEINE Beherrschung mache ich mir da weniger Sorgen." Ben streckt die Zunge heraus und fährt mir frech durch die Haare. „Dann ist ja alles gut. Und jetzt umziehen,

wir müssen los." Fragend sehe ich ihn an. „Soll ich fragen wohin?" „Mach dich einfach fertig."

~~~~~~

„Los geht's!" Ich stecke den Zündschlüssel ins Schloss und drücke den 'Start-Knopf' meines Cabrios. Wie habe ich es vermisst, mit meinem Baby durch die Straßen zu düsen.

Ich lenke das Auto aus dem Parkhaus und draußen angekommen, lasse ich erst einmal das Verdeck herunter. „Männer und ihr Spielzeug", lacht Alicia neben mir, während sie ihre Sonnenbrille aus ihrem Haar löst und auf ihre süße Nase setzt. Sie trägt nun eine schwarze Lederhose, dazu eine azur-blaue Bluse und darüber eine schwarze Lederjacke. Der etwas rockige Style passt wirklich gut zu ihr und vor allem passt er in mein ebenfalls schickes deutsches Baby hier.

„Was gibt es denn Schöneres, als ein paar ordentliche PS unter dem Hintern, den Fahrtwind in den Haaren und eine hübsche Frau auf dem Beifahrersitz?", lasse ich meinen Macho-Spruch los und Alicia schüttelt nur den Kopf, während ich das Auto durch die Straßen lenke.

„Darf ich jetzt erfahren, wie der Plan für den Rest des Tages aussieht?", fragt sie schließlich, während ihr Blick alle Gebäude regelrecht scannt, die wir auf dem Weg passieren und mir ist klar, dass ich sie langsam in die ersten beiden Programmpunkte einweihen sollte.

„Erst mal zu meiner Mama. Sie hat mich schon so lange nicht mehr gesehen, dass sie mir den Kopf abreißen würde, wenn sie mich nicht zu Gesicht bekäme. Und nachher treffen wir noch ein paar Freunde von mir. Sonst habe ich für heute nichts mehr geplant."

Alicia sieht mich einen Augenblick an und nickt schließlich. „Okay. Du kannst mich aber auch einfach in der Stadt abladen, wenn du deine Mama besuchen willst und mich anschließend wieder auflesen, dann könntest du mit ihr alleine sein. Ich bin mir nicht sicher, was sie davon hält, wenn du einfach fremde Leute mitbringst."

Ich muss lachen. „Wahrscheinlich würde mich meine Mama um einen Kopf kürzen, wenn sie mitbekommen würde, dass ich dich alleine in die Stadt schicke, während ich sie besuche."

Sie sieht mich etwas zweifelnd an. „Du bist hier in Schweden", füge ich noch hinzu, als wäre das Erklärung genug. „Ach, das wär mir gar nicht aufgefallen." Alicia grinst mich an, ehe sie weiterspricht. „Hätte genauso gut Finnland sein können", lacht sie und erntet dafür von mir einen bösen Blick.

„Du weißt, dass darauf die Höchststrafe steht, oder?" „Ach ja?" Ein gespielt unschuldiger Blick ziert ihr Gesicht und ich sehe ihr förmlich an, wie sie dieses Spiel genießt. „Warte nur ab." Mit einem Lachen schlägt sie ihre Hand vor den Mund. „Oje, jetzt hab ich Angst", grinst sie. Diese Frau...

~~~~~

Es dauert keine zwanzig Minuten, da biegen wir auch schon in eine Zufahrtsstraße ein, die schließlich in einen gepflasterten Weg übergeht. Dort ganz am Ende befindet sich ein hübsches Haus, nicht allzu groß, aber dafür mit einem riesigen Grundstück. Schon von vorne kann man erkennen, dass sich nach hinten ein großer Garten erstreckt und ich glaube sogar einen kleinen Teich erkennen zu können.

Ben lenkt das Cabrio vor eine der beiden Garagen und stellt den Motor ab. „Da sind wir!", grinst er mich an und ich sehe förmlich in seinen Augen, wie sehr er sich freut, hier zu sein. Ich bin mir immer noch etwas unsicher, ob meine Anwesenheit wirklich so erwünscht sein wird, doch in diesem Moment wird auch schon die Haustür aufgerissen und eine blonde Frau, die schon von Weitem eine unverkennbare Ähnlichkeit mit Ben hat, stürmt strahlend auf das Auto zu.

Ben steigt aus und sofort fällt sie ihm um den Hals. „Na endlich! Ich dachte schon, ich würde dich gar nicht mehr zu Gesicht bekommen! Dass mir das ja nie wieder so lange dauert, hörst du?!" Sie drückt ihm einen Kuss auf die Wange und sieht ihn von oben bis unten an. „Geht es dir gut?" Ben nickt und küsst sie ebenfalls auf die Wange. „Ja Mama, ich habe ein paar Tage frei, weil ich mir den Zeh etwas demoliert habe, aber sonst ist alles Bestens!"

Ich habe extra einen Moment gewartet, beschließe nun aber, endlich auszusteigen. Kaum habe ich die Beifahrertür geöffnet, habe ich sofort die Aufmerksamkeit der beiden und ehe ich mich versehen kann, ist Bens Mama auch schon bei mir und zieht mich ebenfalls in eine liebevolle Umarmung. „Ach, dann musst du Alicia sein, ja? Ich habe schon viel von dir gehört. Freut mich, dass ich dich endlich einmal kennen lerne!"

Völlig überwältigt sehe ich sie an und spüre, wie mein Herz einen kleinen Freudensprung macht. Meine eigenen Eltern wohnen mehrere hundert Kilometer von mir entfernt im Süden von Deutschland und jetzt wo ich hier stehe, merke ich, wie sehr einem doch diese mütterliche Liebe manchmal fehlt. „Freut mich auch, Frau…", doch weiter lässt sie mich gar nicht sprechen. „Ellen, einfach nur Ellen, meine Liebe." „Ellen", nicke ich und muss grinsen, als sie einen Arm um meine Schultern schlingt, genauso, wie Ben es immer tut und mit mir und Ben langsam in Richtung Haus schlendert.

„Ich habe Kaffee gemacht und Kuchen. Ich hoffe, du magst Sahnetorte mit Moltebeeren?" Sie sieht mich erwartungsvoll an und obwohl ich keine Ahnung habe, was Moltebeeren sind, nicke ich. „Sehr gerne."

Ben sieht mich an und lacht los. „Ich bin mir sicher, sie hat keine Ahnung, welche Früchte das sind." Ich werfe ihm dafür einen bösen Blick zu und als Ellen ihm dafür einen sanften Klaps auf den Hinterkopf verpasst, weiß ich, dass wir uns verstehen werden.

„Ben Loke Lindqvist, Alicia wollte sicher nur höflich sein, da musst du sie doch nicht bloßstellen. Was habe ich da nur großgezogen?" Ich blicke zwischen den beiden hin und her und wie auf Kommando lachen wir alle drei los.

Ein paar Augenblicke später geht sie auch schon voran durch das Haus und führt uns durch die Terrassentür in den großen Garten, wo bereits ein einladender Tisch gedeckt ist. „Setzt euch ihr zwei. Greift zu! Ihr seid bestimmt hungrig von der Reise."

Sie wartet, bis wir uns gesetzt haben und lässt sich schließlich ebenfalls nieder. Ben greift sofort nach der Kaffeekanne und beginnt damit, die wohlduftende Flüssigkeit in die bereit stehenden Tassen zu verteilen, während Ellen riesige Stücke der Sahnetorte auf die Teller verteilt. Einen Moment lang verbringen wir einfach damit, die leckere Torte in uns hineinzuschieben, bis Ellen die Stille unterbricht.

„Aber jetzt sagt mal, wie lange geht das denn schon mit euch beiden? Ein bisschen traurig war ich ja schon, dass ich aus dem Internet erfahren musste, dass mein Sohn wieder eine Frau an seiner Seite hat, aber so ist es nun mal, Mütter erfahren so etwas doch immer zuletzt."

~~~~~

Ich sehe, wie Alicia fast der Bissen im Hals stecken bleibt. Sie räuspert sich und guckt mich durchdringend an. Ob ich sie ein bisschen schwitzen lassen soll?

„Ach Mama, wir wollten dir ja Bescheid sagen, bevor die Öffentlichkeit davon Wind bekommt, aber du weißt ja wie das ist", antworte ich und lache innerlich, als ich sehe, wie Alicia unruhig auf ihrem Stuhl hin und her rutscht und ihre Gabel erst einmal ablegt, vermutlich um mir gleich eine Standpauke zu halten. Aber die Genugtuung möchte ich ihr dann doch nicht vergönnen, also lache ich laut los.

„Sorry, Süße, aber das musste jetzt sein", packe ich hinterher und ernte dafür ein erleichtertes, aber durchaus ernst gemeintes „Arsch!".

Ich will gerade damit beginnen, meine Mama über die Vorkommnisse aufzuklären, doch da nimmt Alicia schon von sich aus das Ruder in die Hand.

„Ellen, was Ben eigentlich sagen möchte ist, dass das alles nur ein Missverständnis war. Wir waren auf dieser Party und dort wurde ein Foto von uns geschossen, das die Presse schlichtweg falsch gedeutet hat. Du weißt ja wie das ist, die sehen immer das, was sie sehen wollen. Tatsache ist, Ben und ich sind gute Freunde, wirklich richtig gute Freunde und ich würde so ziemlich alles für deinen Sohn tun und ich denke, er auch für mich, aber wir sind kein Paar. Ben hat die Situation bei dem darauffolgenden Interview wohl etwas unterschätzt und da er es nicht direkt richtig gestellt hat, glaubt jetzt die halbe Welt, dass wir zusammen sind und ein Dementi macht laut unserer Einschätzung wenig Sinn."

Ja, ich hätte es selber wohl nicht besser formulieren können, allerdings habe ich da noch etwas hinzuzufügen.

„Mama, Alicia hat Recht, allerdings nicht in allen Punkten." Die beiden sehen mich fragend an. „Ich habe die Situation im Interview nicht unterschätzt, es war mir schlichtweg scheißegal was die Leute denken."

Ich sehe, wie Alicia ihre Gabel wieder zur Hand nimmt und meine Mutter scheint einen Moment zu überlegen, doch schließlich nickt sie. „Okay, gut.

Solange ihr beiden glücklich seid mit der Situation, bin auch ich zufrieden. Aber an diese Pressegeschichten werde ich mich wohl nie gewöhnen."

Sie nimmt einen Schluck aus ihrer Kaffeetasse und wirkt immer noch etwas nachdenklich, doch für mich ist das Thema damit abgehakt. Alicia hingegen hakt noch einmal nach.

„Wo hast du denn das im Internet gesehen?" Prompt erntet sie dafür einen fragenden Blick von meiner Mama. „Ihr beide hattet wohl keinen Computer an in den letzten Tagen, was?" Diese Reaktion lässt Alicia erneut erschrocken zu mir blicken und gleichzeitig schütteln wir beide den Kopf. „Mit Absicht nicht", füge ich erklärend hinzu.

„Nun ja, wenn das so ist. Ihr seid auf ganz schön vielen Seiten zu sehen. Ich habe durch ein paar deutsche Seiten gestöbert, weil ich sonst ja nicht viel mitbekomme von meinem werten Herrn Sohn und da kam man um das Bild von euch beiden gar nicht herum. Es hat sich ganz schön verbreitet. Das liegt sicher an diesem ganzen Hype, der durch eure letzte Tour und auch durch dieses Label, bei dem du einsteigst, um dich entstanden ist."

Alicia und ich nicken nur und für mich ist das Thema damit auch eigentlich gegessen, wie es in Alicia aussieht, kann ich im Moment nur erahnen.

~~~~~

,Okay, ruhig bleiben! Ruhig bleiben!', bete ich mir innerlich regelrecht vor. Eigentlich nichts Neues. Es war doch klar, dass sich so ein Foto schnell verbreitet, oder? Damit mussten wir beide doch rechnen.

Ich werfe einen Blick zu Ben, doch der scheint längst wieder auf Tagesordnung übergegangen zu sein und erzählt seiner Mama gerade fröhlich von seinen nächsten Terminen und auch diese scheint das Thema wesentlich gelassener zu sehen als ich. Vielleicht übertreibe ich auch einfach nur. Vielleicht ist nach den paar Tagen hier in Schweden wirklich weitestgehend Gras über die Sache gewachsen. Ich wünsche es mir! Wahrscheinlich ist es auch das Beste, einfach gar nicht auf das alles zu reagieren. So haben doch die ganzen Leute, die derartige Dinge verbreiten, was sie wollen, oder? Sicher ist in ein paar Tagen ein anderes Thema viel spannender, ziemlich sicher sogar.

Ich nicke innerlich und beschließe, mir den Ausflug hier nicht länger durch diese doofen Schlagzeilen vermiesen zu lassen. Es ist so wunderschön hier und Ellen ist wirklich unheimlich nett, das muss man einfach genießen. Ich mache gedanklich noch eine kurze Notiz, meine Eltern anzurufen, wenn ich zuhause bin, um sie ebenfalls aufzuklären. Sie treiben sich zwar so gut wie nie im Internet herum und meiden Boulevard-Fernsehsendungen, aber man weiß ja nie und widme mich schließlich wieder dem Gespräch am Tisch.

~~~~~~

Zwei Stunden später gehen wir in Begleitung meiner Mutter wieder zurück zum Wagen. Es war unheimlich schön, sie wiederzusehen und wie jedes Mal, wenn es ans Abschied nehmen geht, fühle ich mich doch ein klein wenig traurig. Ich hätte sie gerne viel öfter um mich, aber das ständige Reisen ist nun mal nichts für sie und so bleiben eben diese wenigen Momente etwas besonders Wertvolles.

Es hat mich nicht im Geringsten erstaunt, dass Alicia und meine Mama sofort einen Draht zueinander hatten, denn in gewisser Weise sind sie sich wirklich ähnlich, beide nicht auf den Mund gefallen, schlagfertig, aber trotzdem einfühlsam und meistens darauf bedacht, ein möglichst gutes Benehmen an den Tag zu legen, in den richtigen Situationen können beide aber auch einmal so richtig daneben schlagen.

Ich muss grinsen, als die beiden sich mit einer herzlichen Umarmung voneinander verabschieden und als meine Mama schließlich ihre Arme um mich schlingt, geht Alicia automatisch ein paar Schritte weiter weg, um uns beiden noch einen kurzen Moment für uns zu geben.

„Mein Schatz, es war so schön, dass du hier warst." Sie fährt mit ihren Händen an meinem Gesicht entlang und ihre Augen blicken tief in meine. „Ich sehe zu, dass es das nächste Mal nicht wieder so lange dauert, bis ich dich besuchen kann, ja?!" Sie nickt.

„Und Ben, bist du dir sicher, dass das nur Freundschaft zwischen euch beiden ist?" Verwirrt sehe ich sie an. „Ich lüge dich doch nicht an." Ein Lächeln huscht über ihre Lippen. „Das weiß ich doch. So war das auch gar nicht gemeint." „Wie denn?" Mein fragender Blick lässt sie loslachen. „Schon gut. Vielleicht wäre ich auch einfach nur froh gewesen, wenn ich wieder eine Frau an deiner Seite gewusst hätte, noch dazu so eine aufgeweckte und herzliche junge Dame."

Sie streicht erneut über meine Wange. „Mama, irgendwann finde ich schon die Richtige. Und bis dahin habe ich mit Alicia eine wundervolle Freundin an meiner Seite." Nun nickt sie. „Freunde sind etwas ganz Besonderes. Bewahre dir das!" „Das werde ich! Versprochen!" Noch einmal zieht sie mich fest an sich heran und drückt mir einen Kuss auf die Wange.

~~~~~~

„Wirklich lieb deine Mama und wie gut sie Deutsch spricht." Ich lächle Ben an, während er das Cabrio aus der Einfahrt lenkt und uns ungewöhnlich gemütlich zurück in Richtung Innenstadt chauffiert. Ich habe bemerkt, dass er etwas nachdenklich ist und kann dies nur allzu gut nachvollziehen. Dieser Gesichtsausdruck, den habe ich auch immer, wenn ich meine Eltern wieder hinter mir lassen muss.

Ben nickt. „Ja, sie hat extra Deutschunterricht genommen, damit sie die ganzen Berichte über uns in Deutschland versteht, nachdem sie irgendwann akzeptiert hat, dass wir dort so viel unterwegs sind und sie mag dich."

Auch ich nicke. „Sie macht es einem aber auch wirklich leicht, einfach man selbst zu sein. Ich habe mich richtig wohl gefühlt." Ein Lächeln huscht über sein Gesicht und wieder schweigen wir beide einen Moment, bis er schließlich die Ruhe durchbricht.

„Möchtest du über die ganze Sache mit dem Internet reden?" Er sieht mich einen Moment an und blickt dann wieder zur Straße. „Nein. Lass uns einfach die Tage genießen. Ändern können wir sowieso nichts mehr an der Situation."

Erneutes Schweigen und wieder ist es Ben, der weiterspricht. „Weißt du, ich hätte ja echt Lust, die Presse mal so richtig an der Nase herum zu führen." Ich lache. „Was meinst du?"

Er überlegt einen Augenblick und schüttelt schließlich den Kopf. „Schon gut." Fragend sehe ich ihn an, doch in diesem Moment biegen wir auch schon in eine Parklücke ein. „Hier sind wir!"

KAPITEL 8

Als wir ein paar Minuten später den Innenhof des Restaurants betreten, werden wir auch schon lautstark von meinen Freunden begrüßt.

Elias, Olle, Will und Liv sitzen bereits an einem der bunt gedeckten Tische und winken wie die Verrückten. Kaum sind wir dort angekommen, springen auch schon alle auf und wir begrüßen uns mit stürmischen Umarmungen und ein paar äußerst lauten Begrüßungsworten, was die Blicke der Gäste an den Nebentischen auf uns zieht. Liv hauche ich wie immer ein Küsschen auf die Wange.

„Leute, das ist Alicia. Alicia das sind Elias, Olle, Will und Liv", deute ich in die Runde und Alicia schüttelt abwechselnd jedem die Hand, ehe wir uns schließlich zu ihnen setzen.

„Eine Runde Wodka – oder besser gleich zwei!", ordert Olle beim Kellner, der sofort den Weg an unseren Tisch gesucht hat und Elias nutzt die Gelegenheit, um die bereits auf uns wartenden Weingläser ordentlich zu füllen. „Wir haben gleich mal zwei Flaschen Wein bestellt. Ihr mögt doch, oder?" Für eine Antwort wäre es ohnehin zu spät.

„So, Alicia, und du hast also unseren Ben hier gezähmt, was?", höre ich Elias über den Tisch brüllen. Warum auch lange Zeit verschwenden, oder? Ich werfe ihm einen bösen Blick zu und sehe dann zu Alicia. Sie blickt ihn einen Moment an, greift nach ihrem Weinglas, trinkt einen ordentlichen Schluck daraus und lacht schließlich.

„Ein paar Handschellen, eine Rute und ein ordentlicher Tritt in den Hintern und schon war er mein."

Schnell setze ich mein Weinglas wieder ab und spucke beinahe den Inhalt aus meinem Mund über den Tisch. Lachend schüttle ich den Kopf und auch die anderen stimmen mit ein, nur Liv blickt etwas dümmlich aus der Wäsche.

„Ach so geht das also. Nicht schlecht. Macht ihr deutschen Frauen das alle so?", höre ich Elias dieses Mal und im gleichen Moment erreicht die erste Runde Wodka den Tisch.

Alicia grinst ihn an, greift auf dem Tablett nach einem der Schnapsgläser und deutet den anderen, dass es Zeit ist, anzustoßen. „Skål!" Schnell greifen auch alle anderen nach einem der Gläser und ohne zu zögern stimmen wir mit ein. „Skål!"

Mit einem Zug leert sie ihr Glas und stellt es wieder auf das Tablett. „Du würdest dich wundern, was deutsche Frauen so alles machen." Sie zwinkert Elias zu und hat erneut die Lacher auf ihrer Seite.

Ich schlinge einen Arm um ihre Schultern und hauche ihr einen Kuss auf die Schläfe, was sie mir mit einem Kichern dankt. „Willst du sie nicht aufklären?", flüstere ich ihr ins Ohr, während die anderen gerade eine Diskussion darüber beginnen, was sie zu Essen bestellen wollen.

Alicia sieht mich an, lächelt und nimmt noch einen Schluck aus dem Weinglas. „Das können wir doch auch noch, bevor wir nach Hause gehen, oder?" Ich lache. „Du reagierst grundsätzlich nicht so, wie man es von dir erwartet, oder?" Sie schlägt ihre Augen auf und grinst. „Richtig. Dann wäre das Leben ja auch langweilig."

~~~~~~

„Ich bin satt – und wie!" Geschafft lege ich mein Besteck auf den restlos geleerten Teller und nehme einen Schluck aus meinem Weinglas, das sich seltsamerweise seit unserer Ankunft vor bestimmt eineinhalb Stunden nicht geleert hat, dabei deutet das schummrige Gefühl in meinem Kopf eindeutig darauf hin, dass es bestimmt nicht mein erstes Glas war.

Ich lasse meinen Blick in die Runde schweifen und stelle fest, dass auch die anderen bereits leere Teller vor sich haben. „Dann wird es ja Zeit, nachzuspülen", höre ich Ben neben mir und er winkt dem Kellner eine seltsame Geste entgegen, die dieser im

Gegensatz zu mir jedoch zu verstehen scheint, denn zwei Minuten später finden erneut zwei Runden Wodka den Weg an unseren Tisch, was von den anderen mit einem kleinen Applaus bedacht wird.

„Du willst mich umbringen, gib es zu!", flüstere ich Ben zu, der mir dafür ein Lächeln schenkt. „Na dann…", höre ich Elias und schon greifen wir alle automatisch nach den kleinen Gläschen. „Skål!" „Skål!", stimmen wir alle mit ein und kippen die scharfe Flüssigkeit in uns. Dieses Mal kriecht der Alkohol jedoch erst gar nicht mehr in meine Kehle, sondern scheint direkt den Weg in meinen Kopf zu finden. Wieso habe ich nur das Gefühl, dass alle hier mehr vertragen als ich?

Ich kichere und ernte dafür einen seltsamen Blick von Ben. „Schmeckt es denn?" Bens Augen funkeln mich an und ich spüre, wie ein heißer Schauer durch meinen Körper fährt. Was um Himmels Willen haben die denn in dieses Zeug gemischt?

Lachend schüttle ich den Kopf. „Schmecken würde ich das nicht nennen, aber es wirkt." Er nickt und deutet in die Runde. „Einer ist keiner, oder?" Allgemeines Zustimmen und so füge ich mich meinem Schicksal und greife nach dem zweiten Schnapsglas. „Skål!" Schon ist auch die zweite Runde vernichtet und ich brauche erst mal einen Schluck Wasser, um den brennenden Geschmack etwas zu mildern. Hier zu wohnen würde mich vermutlich endgültig ums Eck bringen, soviel scheint sicher.

Ich werfe einen Blick zu Liv und stelle mit Erleichterung fest, dass wenigstens sie ebenfalls mit der Menge an Alkohol zu kämpfen hat.

„Entschuldigt ihr mich bitte einen Augenblick?" Ich deute Ben, dass ich zur Toilette muss, doch er grinst mich nur an und macht keine Anstalten aufzustehen. Möchte er, dass ich über seinen Schoß klettere?

Noch einmal deute ich ihm aufzustehen, doch er zwinkert mir nur zu. Okay, wie er will. Schnell erhebe ich mich und als ich schließlich über ihn klettere, drücke ich meinen Po für einen kurzen Moment extra in seinen Schoß, worauf er nur gewartet zu haben scheint, denn er schlingt einen Arm um meine Taille und drückt mich noch einmal fest auf sich. Fühle ich richtig? Hat er etwa…

„Spürst du das?", raunt er mir leise ins Ohr und lässt mich im selben Moment auch schon wieder los.

Ich gerate etwas ins Wanken, als ich mich endlich auf die andere Seite hieve und spüre, wie mir gleichzeitig heiß und kalt wird. Ich werfe Ben einen kurzen Blick zu, doch der scheint bereits wieder in ein Gespräch mit den anderen vertieft zu sein.

Ich sammle mich einen kurzen Moment und gerade als ich aufstehen will, spüre ich, wie seine Hand einmal meinen Rücken entlangfährt und dabei ein warmes Gefühl hinterlässt, sein Blick ist jedoch immer noch in die Runde gerichtet.

Na warte, wenn ich erst einmal zurück bin, dann wird er das büßen. Ohne noch eine Sekunde zu zögern stehe ich auf, um endlich dort hin zu kommen, wo die Natur so dringend hin verlangt.

„Warte, ich komme mit!", höre ich Liv und schon steht sie neben mir und hakt sich bei mir unter.

~~~~~~

Ich atme ein paar Mal tief durch, als Alicia mit Liv auf der Toilette verschwunden ist. Wieso nur turnt mich diese Frau seit ein paar Tagen pausenlos an? Mein kleiner Freund zwischen meinen Beinen scheint total auf sie fixiert zu sein. Nun gut, nicht, dass er normalerweise sehr wählerisch ist, aber dass ich hier mit einem Ständer sitze, nur weil sie immer mal wieder beim Reden mit ihrer Hand meinen Oberschenkel berührt hat und mir ins Ohr gekichert hat, das ist auch für meine Verhältnisse wirklich ungewöhnlich. Aber wer wäre ich denn, den Willen meines besten Stückes in Frage zu stellen?!

Grinsend greife ich nach dem Weinglas und leere es in einem Zug. Der Abend hat bereits Spuren hinterlassen, ich fühle mich nicht wirklich betrunken, aber nüchtern bin ich längst nicht mehr.

Ich spüre, wie meine Wangen förmlich glühen und meine Zunge doch schon etwas schwerer geworden ist, aber ich genieße das Gefühl. Viel zu selten kann ich das alles hier mit meinen Freunden teilen, also werde ich den Abend auch in vollen Zügen auskosten.

~~~~~~

Erleichtert komme ich aus der Kabine und drehe das kalte Wasser an, um meine Hände zu waschen.

„Darf ich ehrlich zu dir sein?", höre ich schließlich Livs Stimme direkt neben mir, während ich gerade die wohlduftende Seife wieder abwasche. Schnell blicke ich zu ihr und nicke. „Das sollst du sogar." Ich lache und greife ein paar der Papiertücher, um mich abzutrocknen.

Liv atmet einmal tief durch und plötzlich sprudelt es nur so aus ihr heraus. „Weißt du, ich bin sehr gut mit Romina befreundet – Bens Ex-Freundin. Als ihr beide heute hier angekommen seid, war ich echt etwas skeptisch. Das letzte Mal als ich ihn gesehen habe, ist schon eine ganze Weile her und damals war er noch mit Romina zusammen. Für mich waren die beiden einfach das perfekte Paar und sie haben beide sehr unter der Trennung gelitten. Deshalb war ich dir gegenüber heute auch erst sehr reserviert, wie du vielleicht bemerkt hast. Ich habe das Foto von euch im Internet gesehen und … nun ja, Romina war immer etwas eifersüchtig auf dich, wie du vielleicht weißt und im ersten Moment habe ich mir nur gedacht, dass sie wohl doch immer Recht hatte, obwohl ich ihr immer gepredigt habe, dass sie ihm zu hundert Prozent vertrauen kann. Ich war mir immer so sicher, dass er ihr nicht fremdgehen würde. Als ich das Foto gesehen habe, dachte ich plötzlich, vielleicht hatte sie die ganze Zeit Recht. Vielleicht geht das ja schon länger mit euch. Ja und ich wollte dich deswegen gar nicht nett finden, wollte dich nicht an seiner Seite sehen. Aber jetzt denke ich, dass ich dir damit vielleicht Unrecht getan habe."

Liv atmet erneut tief durch und sieht mich an. Was? Wie? Ich merke, wie sich mein Kopf noch mehr dreht, als vor ihrem Monolog. Was bitte ist hier los? Wovon spricht sie? Ich brauche einen Moment, um einigermaßen klar zu werden und schaffe es schließlich doch noch, die passenden Worte in meinem Mund zu formen.

„Liv, hör mal. Das alles war nur ein Scherz. Es tut mir leid. Ben und ich, wir sind nicht zusammen, die Reporter haben das Foto nur falsch gedeutet und daraus sofort eine riesige Geschichte gemacht. Wir sind nach wie vor nur Freunde. Wir wollten es euch noch sagen, aber nachdem wir den Nachmittag damit verbracht haben, seiner Mama alles zu erklären, war es uns einfach zu doof, sofort da weiter zu machen. Und wieso sollte Romina auf mich eifersüchtig gewesen sein? Hör mal, solange die beiden zusammen waren, lief wirklich überhaupt nichts zwischen uns! Das musst du mir glauben! Bitte!" Ich fächere mir etwas Luft zu. Es ist wirklich stickig hier drinnen.

Liv sieht mich an, überlegt einen Moment und lacht schließlich los. Habe ich etwas Lustiges gesagt? „Okay, okay. Ich glaube dir das, Alicia. Darum bin ich dir jetzt auch hierher gefolgt. Ich habe das Gefühl, dass du echt in Ordnung bist und Ben scheint sich so wohl zu fühlen in deiner Gegenwart. Deswegen wollte ich auch ehrlich zu dir sein. Es tut mir leid, wenn ich dir innerlich unterstellt habe, eines dieser Miststücke zu sein, die ich über alles hasse."

Ich muss ebenfalls lachen. „Kein Problem, Liv." Sie nickt und wäscht sich ebenfalls die Hände. Als sie nach dem Papier greift, kichert sie jedoch. „Aber nun warte mal. Du hast gerade eben gesagt, ihr seid kein Paar. Gut, soweit verstanden, das mit dem Foto leuchtet mir von mir aus auch ein, aber im selben Satz hast du gesagt, es lief nichts, solange er mit Romina zusammen war. Mir scheint, da gibt es also doch noch etwas?" Sie zwinkert mir zu und ihr Gesichtsausdruck deutet mir, dass sie eine Antwort von mir dringend erwartet, doch ich schüttle nur den Kopf.

„Da hatte ich wohl ein paar von euren Wodkas zu viel. Ben und ich sind Freunde. Nichts weiter." Schnell zupfe ich ein paar Haarsträhnen zurecht, um Liv nicht ansehen zu müssen, doch diese scheint ihre Antwort längst selbst gefunden zu haben.

„Ich verstehe schon", antwortet sie. „Solange es euch beiden gut damit geht, ist doch alles bestens." Sie lacht, schüttelt den Kopf und hakt sich schließlich wieder bei mir unter, um zurück zum Tisch zu gehen.

Ich beschließe, es damit auf sich beruhen zu lassen und widme mich lieber meinen kleinen Rachegedanken. Da am Tisch habe ich schließlich noch eine kleine Rechnung offen.

~~~~~~

Arm in Arm kommen Alicia und Liv wieder zurück an den Tisch. Ich beobachte Liv, wie sie sich wieder an ihren Platz setzt und es kommt mir so vor, als hätte sie plötzlich noch bessere Laune. Ich würde ja zu gerne einmal Mäuschen spielen, wenn zwei Frauen gemeinsam auf der Toilette sind, aber was immer sie dort besprochen haben, es scheint den beiden gut getan zu haben, denn auch Alicia grinst über das ganze Gesicht und dieses Mal versucht sie erst gar nicht, mich zum Aufstehen zu bewegen, stattdessen nutzt sie direkt den Weg über meinen Schoß, jedoch ohne den kleinen Zwischenstopp auf mir, was mich beinahe etwas enttäuscht.

Als sie wieder auf ihrem Platz sitzt, greift sie nach ihrem Weinglas und nimmt einen großen Schluck daraus.

„Ich habe Liv über uns beide aufgeklärt", flüstert sie mir zu und räuspert sich gleichzeitig laut, um die Aufmerksamkeit der anderen am Tisch zu bekommen. „Jungs, wir müssen euch noch etwas sagen." Schnell sind alle Augen auf sie gerichtet. „Also Ben und ich, wir sind kein Paar. Das Foto, das ihr gesehen habt, wurde von der Presse nur falsch interpretiert. Ich denke, das solltet ihr vielleicht noch wissen. Sorry für den kleinen Spaß. Aber ich bin froh, euch kennen gelernt zu haben."

Sie greift erneut nach ihrem Glas und hält es hoch, um die anderen dazu zu bringen, mit ihr anzustoßen. Ich blicke in die Runde und es dauert einen Moment, bis Olle schließlich das Wort ergreift.

„Ich habe mich schon gefragt, wie der Kerl so eine Frau abbekommen hat. Dann ist mein Weltbild ja wieder zurecht gerückt. Skål!" Mit diesen Worten hat er die Lacher der anderen sofort auf seiner Seite und schnell greifen wir alle zu unseren Gläsern. „Skål!"

Ich spare mir jeden weiteren Kommentar, denn gerade als ich mein Weinglas an die Lippen setze, spüre ich unter dem Tisch Alicias Hand auf meinem Oberschenkel nach oben wandern. Schnell nehme ich einen großen Schluck und setze das Glas hastig wieder auf den Tisch zurück.

„Was wird das, wenn ich fragen darf?", flüstere ich ihr ins Ohr, während die anderen noch den ein oder anderen Witz reißen, von denen mich jedoch keiner mehr erreicht. Sofort ist mein kleiner Freund wieder in Bereitschaft und drückt gegen den Stoff meiner Jeans. 'Echt jetzt? So einfach ist das?', spreche ich in Gedanken mit ihm und rolle meine Augen.

„Schieben wir es einfach auf den Alkohol", säuselt Alicia mir entgegen und ich weiß nicht, ob es Zufall ist, aber ihre Lippen berühren dabei ganz leicht mein Ohr, was einen wahren Gänsehautschauer über meinen Körper jagt.

„Hey Lindqvist, wie stehen denn eigentlich die Musikaktien? Etwas Neues in Planung?", höre ich Elias schließlich über den Tisch hinweg rufen.

~~~~~~

Grinsend betrachte ich, wie Ben um Fassung ringt, um Elias eine anständige Antwort zukommen zu lassen. Er schluckt, wirft einen kurzen Blick zu mir und gerade als er anfängt zu sprechen, lasse ich meine Finger mit bestimmten Druck über die Wölbung in seinem Schritt gleiten, immer darauf bedacht, meinen Arm möglichst wenig zu bewegen, um die Aufmerksamkeit der anderen nicht auf mich zu ziehen.

Ein kleines Zittern in seiner Stimme lässt mich erahnen, wie schwer es ihm fällt, sich nichts anmerken zu lassen und ich muss grinsen. So in etwa habe ich mir das vorgestellt. „... ja und wenn ich wieder zurück bin, dann geht es ... erst einmal ins Studio, ehe wir dann wieder auf eine kleine Akustik-Tour gehen", beendet er seine Ausführung und zu Bens Glück wird Elias von Will abgelenkt, bevor er noch weiter nachhaken kann.

Ben beugt sich etwas weiter über den Tisch und lauscht dem Gespräch der beiden oder tut zumindest so, während ich vorsichtig den Reißverschluss seiner Jeans öffne, natürlich mit dem Blick ebenfalls bei den anderen.

Ben schluckt erneut und greift nach seinem Weinglas, das er in einem Zug leert. Ich kichere leise, als ich meine Finger langsam in den offenstehenden Hosenschlitz gleiten lasse und dabei auch noch den Eingriff seiner Boxershorts passiere.

„Was, wenn ich jetzt laut los stöhne?", haucht er mir in mein Ohr und atmet dabei einmal schwer aus und ein. Ich grinse ihn an. „Das würdest du nicht."

~~~~~~

Verdammt ist das heiß! Ich bemühe mich, langsam zu atmen und richte den Blick wieder auf die anderen, die Gott sei Dank in ein Gespräch vertieft sind.

Ich kann mich nur mehr sehr schwer auf die Details des Gespräches konzentrieren, denn Alicias Finger arbeiten sich nun mit forderndem Druck voran und ich bin beinahe froh, dass sie nicht mehr Spielraum hat, sonst könnte ich definitiv nicht mehr an mich halten. Dieses kleine Miststück. Ich werfe ihr einen eindeutigen Blick zu, doch sie lächelt nur unschuldig. Wie gerne würde ich sie jetzt packen und sie hinter die nächste Ecke zerren, um sie dort einfach nur ordentlich durchzu...

„Erde an Herrn Lindqvist?" Verblüfft schüttle ich den Kopf. „Was?" Elias lacht. „Wovon träumst DU denn? Ich habe gefragt, ob wir noch eine Runde

trinken wollen oder ob ihr gehen wollt?" Gehen? Ein verlockender Gedanke. Das Aufstehen könnte allerdings ein kleines Problem werden.

Ich versuche die passende Antwort zu finden, doch da springt Alicia bereits für mich ein, jedoch nicht so, wie ich erhofft hatte. „Eine Runde geht schon noch, würde ich sagen." Elias nickt und Liv lacht los. „Noch ein Punkt für dich bei den Jungs." Sie zwinkert Alicia zu und während die anderen einvernehmlich nicken, bestellt Elias noch eine doppelte Runde Wodka.

Ich blicke zu Alicia, die unter dem Tisch fortsetzt, was sie begonnen hat. „Warte nur, wenn wir zuhause sind", presse ich zwischen meinen Lippen hervor, so dass nur sie mich hören kann und ernte dafür ein Kichern. „Muss ich jetzt Angst haben?" Ich lache, erspare mir jedoch jedes weitere Wort.

~~~~~

„Worauf wartest du noch?" Mit einem breiten Grinsen auf dem Gesicht, deute ich Ben schließlich, dass es an der Zeit ist, aufzustehen. Die zwei Runden Wodka haben nicht sonderlich lange überlebt und nachdem wir alle bezahlt haben, stehen die anderen bereits vor dem Tisch und warten darauf, sich von uns zu verabschieden. Ich war so lieb und habe sogar den Reißverschluss seiner Jeans wieder hochgezogen, als er dem Kellner die Kreditkarte entgegengestreckt hat, er hat also nun wirklich keinen Grund, sich zu beklagen.

„Du stellst dich sofort vor mich, damit das klar ist, ja?", raunt er, während er sich langsam erhebt und ein Kichern von mir beantwortet er lediglich mit einem Augenrollen. „Jawohl, Sir!" Er schüttelt den Kopf und kaum stehen wir neben dem Tisch, schiebt er mich förmlich vor sich. Sein Griff bleibt fest an meinen Oberarmen und ich wehre mich nicht dagegen, denn so kann ich wenigstens nicht zu sehr schwanken.

Es dauert eine ganze Weile, bis wir uns von allen verabschiedet haben und ehrlich gesagt finde ich es richtig schade, dass ich die Truppe wohl für eine lange Zeit nicht mehr sehen werde. „Dann kommt gut heim ihr Zwei!", höre ich Liv noch rufen, während sie bereits um die Ecke biegen. Sie winkt noch einmal kurz und schon sind sie alle verschwunden.

„Ich denke, wir brauchen ein Taxi." Ben nickt. *„Ein paar Häuser weiter ist ein Hotel."* *Er deutet mit seiner Hand in die Richtung. „Hältst du es nicht mehr aus, bis wir bei dir sind?", lache ich und ernte dafür erneut einen skeptischen Blick.*

„VOR dem Hotel stehen Taxis, meine liebe Alicia."

~~~~~~

Ich lache. Wer es hier wohl nicht mehr aushält. Einen Moment warte ich darauf, dass sie rot anläuft, peinlich berührt zu Boden starrt oder was auch immer, aber natürlich werde ich auch dieses Mal eines Besseren belehrt.

„Schade eigentlich", ist die einzige Reaktion, die von ihr kommt. „Los jetzt!" Schnell hake ich ihren Arm unter meinen und ziehe sie schon fast hinter mir her. Die zehn Minuten Taxifahrt werden noch lange genug sein, da sollten wir wirklich nicht noch zusätzlich Zeit verschwenden.

KAPITEL 9

„Stimmt so!", murmle ich und lasse den Taxifahrer gar nicht mehr zu Wort kommen, der sich vermutlich darüber wundert, womit er so ein exorbitant hohes Trinkgeld verdient hat. Schnell springe ich aus dem Wagen und packe Alicia, die gerade ihre scharfen Kurven aus dem Auto hievt, an der Hand.

„Komm!" Sie kichert nur, als ich sie bestimmt mit mir ziehe und folgt mir ohne Widerrede. Schnell reiße ich die Haustür auf und drücke den Knopf für den Fahrtstuhl. Es dauert keine halbe Minute bis sich die Tür öffnet. Ich tippe den Code ein, drücke den Knopf für das Penthouse und kaum haben sich die Türen geschlossen, presse ich Alicia gegen die Wand und schiebe ein Bein zwischen ihre.

Ihre Augen funkeln mich an und ich kann regelrecht sehen, wie sehr ihr dieses Spiel zusagt. „Du bist einfach nur wahnsinnig, weißt du das?", raune ich und meine Lippen berühren dabei ihre Nasenspitze. Alicia lächelt. „Gut wahnsinnig oder schlecht wahnsinnig?", fragt sie und ich spüre, wie sie sanft in mein Kinn beißt, was sofort eine heiße Welle durch meinen gesamten Körper schickt.

Ich atme tief durch und warte einen Moment, ehe ich ihr antworte. „Verdammte Scheiße, um ein Haar wäre ich vor den Augen der anderen einfach über dich hergefallen. Du weißt ganz genau, wie man einen Mann um seinen Verstand bringt."

Ich packe sie am Kinn und drücke ihr einen fordernden Kuss auf, entziehe mich ihr jedoch sofort wieder.

Sie sieht mich an, bewegt sich aber keinen Zentimeter. Ihre Hände ruhen lässig auf ihren Hüften. Sie berühren mich nicht und dennoch fühle ich mich, als wäre sie es, die mich vollends im Griff hat.

„Verstand?", kichert sie und ich beiße ihr als Antwort sanft in ihre gerötete Wange.

~~~~~

Mit einem lauten 'Pling' kündigt der Fahrstuhl unser Ziel an und schon öffnet sich die Tür. Keinen Moment zu früh, denn noch länger hätte ich meine Hände nicht bei mir behalten können. Ich finde es unheimlich scharf, wenn Ben das Kommando an sich reißt, ich aber trotzdem genau weiß, dass er bei allem was folgen wird, in erster Linie auf mein Wohl bedacht sein wird, soviel habe ich bereits von ihm kennen gelernt und ich kann es kaum mehr erwarten, endlich wieder seine Hände auf meinem Körper zu spüren. Klar kann das nicht ewig so weitergehen, aber das hier ist Urlaub und im Urlaub haben Bedenken und Einschränkungen nichts zu suchen, richtig? Hier zählt nur das Hier und Jetzt und hier und jetzt will ich einfach nur spüren.

Es dauert einen Moment, bis er von mir ablässt und mich stattdessen wieder bei der Hand nimmt. Er scheint keine Sekunde zu überlegen und stolziert geradewegs auf die große Glasfront zu. Dort angekommen, öffnet er die Tür zur Dachterrasse und mit einem Knopfdruck beginnen die kleinen Glaskugeln, die am Rand der Terrasse angebracht sind, zu leuchten und tauchen alles in ein sanftes Licht, obwohl es ohnehin nicht vollständig dunkel ist, ein klarer Vorteil am Sommer in Schweden.

Ich unterdrücke ein Kopfschütteln, angesichts dessen, wie klischeehaft das alles hier ist, aber immerhin passt es für den Moment ganz gut.

Ben grinst mich an, lässt meine Hand los, geht um mich herum und sein Atem an meinem Haar lässt mich spüren, dass er direkt hinter mir stehen bleibt. Er wartet einen Moment und ich merke, wie ich automatisch die Luft anhalte, bis ich schließlich seinen festen Griff an meinen Hüften spüre. Schritt für Schritt schiebt er mich zur großen Liege. Dort angekommen, dreht er mich ruckartig um, so dass ich ihm in die Augen sehe. Langsam nähern sich seine Lippen meinen, doch bevor sie sich berühren, zieht er seinen Kopf wieder etwas zurück, stattdessen schiebt er seine Hände unter meine Jacke und schiebt sie mit einer fließenden Handbewegung von meinen Schultern. Seine Augen blicken dabei unablässig in meine und wie von selbst lasse ich meine Zunge über meine Unterlippe gleiten. Ich will seine Lippen spüren und hebe instinktiv mein Kinn noch etwas an, um ihm etwas entgegen zu kommen, doch er schüttelt den Kopf.

„Mein Spiel", haucht er und lässt seine Hände nun unter meine Bluse wandern. Mit einem geschickten Griff öffnet er den Verschluss meines BHs und ohne zu zögern streift er beides gleichzeitig von meinem Körper und lässt alles zu Boden fallen.

Mein Atem wird schneller und ich spüre, wie eine Gänsehaut quer über meinen gesamten Oberkörper zieht und ein heißes Gefühl in meiner Körpermitte hinterlässt.

Vorsichtig lege ich meine Hände an seine Hüften, doch wieder schüttelt er den Kopf. „Wenn du mich anfasst, ist das hier viel zu schnell vorbei, nachdem was du vorhin im Restaurant abgezogen hast. Ich bin dran!"

Seine Augen funkeln und ohne zu zögern öffnet er den Verschluss meiner Hose, um sie sogleich samt meiner Shorts von mir zu streifen.

Ich schüttle meine Schuhe ab und hebe abwechselnd beide Füße, um mich auch vom letzten Stückchen Stoff zu befreien.

Nackt stehe ich nun vor ihm und eine ganze Weile lässt er seinen Blick ungeniert über meinen Körper streifen.

„Setz dich!" Wieder dieser bestimmende Tonfall, der meinen Puls noch höher schlagen lässt. Ich lächle ihn an, folge seinen Worten und setze mich auf den Rand der riesigen runden Liegeinsel. Ben wartet etwas und kniet sich schließlich vor mich auf den Boden.

Einen Moment sehen wir uns einfach in die Augen. Unser beider Atem ist deutlich beschleunigt und das Prickeln zwischen uns ist förmlich greifbar. Nun ist er es, der sich über die Unterlippe leckt und schon im nächsten Moment spüre ich seine weichen Lippen auf meinen. Er küsst mich leidenschaftlich, aber nicht hastig.

Eine ganze Weile suchen unsere Lippen die des anderen und er ist es schließlich wieder, der das Spiel unterbricht. Seine Augen bleiben fest auf meine gerichtet, während seine linke Hand meinen Oberarm umschließt und meinen Oberkörper mit sanftem Druck auf die Liege befördert, während er gleichzeitig ein Kissen unter meinen Kopf schiebt.

„Lass dich fallen!", flüstert er und ich folge nur zu gerne seinem Kommando, während er seine Hände über meinen gesamten Oberkörper gleiten lässt und mir damit ein leises Stöhnen entlockt. An meinen Hüften angekommen, lässt er seine Hände weiter an *meinen Beinen entlang wandern und als er meine Knie erreicht hat, umschließt er diese mit festem Griff und öffnet fordernd meine Schenkel.*

In nüchternem Zustand wäre es mir vielleicht etwas unangenehm gewesen, ihm so ausgeliefert zu sein, während er noch die gesamten Klamotten am Körper trägt, aber mit diesem leicht vernebelten Gefühl im Kopf, ist der Umstand einfach nur antörnend.

Ich spüre, wie seine Fingernägel innen an meinen Oberschenkeln entlang kratzen und das Kribbeln, das sie dort hinterlassen, fühlt sich wundervoll an.

„Schließ die Augen!", höre ich erneut seine tiefe Stimme und kaum habe ich sie geschlossen, spüre ich auch schon seine warmen, weichen Lippen.

~~~~~~

Mit zufriedenem Grinsen beobachte ich, wie sie schließlich den Gipfel der Lust erreicht und sich regelrecht unter mir windet. Ihr Atem geht schnell und während sie ihre Augen immer noch geschlossen hat, greift sie zielstrebig in mein Haar, um mich vorsichtig dazu zu bringen, zu ihr nach oben zu kommen.

Kaum lasse ich mich neben sie fallen, öffnet sie ihre Augen und sieht mich an. Ihr Blick durchfährt meinen Körper regelrecht, ihre grünen Augen funkeln mich an und in diesem Moment könnte ich ihr keinen Wunsch der Welt abschlagen.

„Das ... war ... gar nicht mal so schlecht!", säuselt sie atemlos und grinst dabei übers ganze Gesicht. Ich ziehe eine Augenbraue nach oben und räuspere mich. „Gar nicht mal so schlecht also, ja?" Ich pieke ihr mit dem Finger in die Seite, woraufhin sie mich gespielt böse anguckt.

„Was muss man denn tun, um ein ‚gut' oder sogar ein ‚sehr gut' zu erreichen?" Ich zwinkere ihr zu und vergrabe mein Gesicht in ihrem zerzausten Haar, während ich eine Strähne löse, die an ihrer Stirn klebt.

Alicia blickt in den Himmel, überlegt einen Moment und lacht schließlich. „Du hast ja noch etwas Zeit, um das herauszufinden." Mit diesen Worten zieht sie mich zu sich, drückt ihre Lippen leidenschaftlich auf meine, richtet sich seitlich etwas auf und lässt ihre rechte Hand unter mein T-Shirt gleiten, um mit ihren Fingernägeln über meinen Bauch zu kratzen. Automatisch halte ich für einen Moment die Luft an, um den Gefühlen, die durch meinen Körper wirbeln, freie Fahrt zu gewähren.

Meine Haut scheint förmlich zu brennen unter ihrer Hand und sie scheint genau zu wissen, wie ich fühle. „Du hast eindeutig zu viele Klamotten an", flüstert sie an meine Lippen und ein Lächeln huscht über ihr Gesicht. „Zieh dich aus!", flüstert sie erneut, dieses Mal aber mit einem weitaus bestimmteren Tonfall und um mir zu signalisieren, dass ich dabei auf mich alleine gestellt bin, lässt sie von mir ab, verschränkt ihre beiden Arme unter ihrem Kopf und blickt mich herausfordernd an. Ach so ist das also.

~~~~~~

Ich grinse, als Ben sich vorsichtig wieder von der Liege erhebt und sich vor mich stellt. Mit einem Schmunzeln auf den Lippen lässt er seine Hände unter seinem T-Shirt verschwinden, um es im nächsten Moment mit einer einzigen Bewegung über seinen Kopf zu streifen.

Ich genieße den Anblick seines nackten Oberkörpers im sanften Licht und sehe ihm schließlich zu, wie er sich am Gürtel seiner Jeans zu schaffen macht. Es dauert nicht lange, da streift er sie auch schon samt seiner Shorts von seinen Beinen.

Nun steht er nackt vor mir und es besteht kein Zweifel mehr daran, dass er mehr als bereit für den Rest des Abends ist. „Und nun?", fragt er, die Hände auf seine Hüften gestützt und mit einem unheimlich süßen Grinsen im Gesicht. Ich lasse meine Zunge über meine Unterlippe gleiten und genieße noch einen ganzen Moment den Anblick, ehe ich ebenfalls aufstehe.

Nur wenige Zentimeter trennen unsere Körper voneinander. Vorsichtig hebe ich meine Hände und lege sie auf seinen Schultern ab, um sie gleich darauf über seine männlichen Oberarme und den Schriftzug gleiten zu lassen, der auf die Innenseite seines Oberarms über seinen Bizeps tätowiert ist.

Er drückt seinen Mund gegen meine Stirn und als ich höre, wie sein Atem immer schneller und lauter wird, will ich ihn nur noch spüren.

„Und nun…", flüstere ich mit einem Zwinkern, doch da hat er mich auch schon hochgehoben, um mich auf die Liege zu befördern.

„Du bist definitiv GUT wahnsinnig", raunt er noch mit heiserer Stimme.

~~~~~~

„Scheiße, das war wirklich GUT!", raunt Alicia an mein Ohr, während ihr Atem allmählich wieder einen normalen Rhythmus findet. Ihre Hand ruht auf meiner Brust, die sich immer noch deutlich zu schnell hebt und senkt.

„Denkst du, du überlebst?" Sie kichert und ich atme erneut ein paar Mal tief aus und ein. „Hey, ich hab hier schließlich die ganze Arbeit gemacht und keinerlei Beschwerden deinerseits gehört. Was verlangst du noch von einem alten Mann?" Ich beiße ihr spielerisch in den Hals, während ich gleichzeitig eine Hand durch ihre Haare gleiten lasse, was sie mit einem genussvollen Laut beantwortet.

„Mein Superheld", flüstert sie und fährt dabei mit ihrer rechten Hand über meine Wange, „denkst du, du kannst mit deinen Superkräften auch etwas zu trinken herbeizaubern?"

Ich rolle die Augen, entscheide mich jedoch schließlich gegen einen Protest und stehe mit einem kleinen Grummeln von der Liege auf. Ganz automatisch greife ich dabei in der Jeans auf dem Boden nach meinem Handy und nehme es mit nach drinnen. Ein kurzer Blick zeigt mir, dass mich außer meinem Manager keiner vermisst zu haben scheint und dieser kann sicher bis morgen warten. Schnell lege ich das Handy auf den Küchentisch und hole aus dem Kühlschrank zwei Flaschen Bier.

Gerade als ich wieder zurück zur Terrasse will, brummt mein Handy los. Etwas genervt über die späte Störung sehe ich auf das Display und bin überrascht, als ich eine Nachricht von Alicia vorfinde. Es ist ein Foto – genauer gesagt ein ‚Selfie' von ihr auf der Liege, ihre Haare noch immer zerzaust und auf ihren Lippen liegt ein strahlendes Lächeln, während mir ihre grünen Augen regelrecht entgegenfunkeln. Ob sie eigentlich weiß, wie wunderschön sie ist?

Ich suche den zugehörigen Text, doch da ist keiner. Mit einem Grinsen auf den Lippen und dem Handy in der Hand, gehe ich schließlich wieder hinaus zu ihr und halte ihr eine der beiden Flaschen entgegen, die sie etwas argwöhnisch betrachtet, sich aber den Kommentar dazu erspart und stattdessen den Deckel abzieht und einen großen Schluck daraus nimmt.

Sie hat sich mittlerweile eine der vielen Decken über den Körper gezogen, die ich überall auf der Terrasse gebunkert habe. Lediglich ein Stück ihrer nackten Brust ragt noch heraus und ich kann nicht umhin, ihr einen sanften Kuss auf die freie Brustwarze zu hauchen, was sie mit einem Kichern quittiert.

~~~~~~

Sofort spüre ich, wie die bittere Flüssigkeit meinen Kopf wieder in dieses Wattegefühl taucht, das mir in den letzten Minuten glatt etwas abhandengekommen war. Ich hatte ja eigentlich an ein Glas Wasser gedacht, als ich ihn nach drinnen geschickt habe, aber beklagen will ich mich über ein leckeres Bier sicher auch nicht. Heute ist es ohnehin schon egal.

Ich sehe Ben dabei zu, wie er meine Decke ein Stück anhebt und ebenfalls darunter kriecht. Sofort spüre ich die wohlige Wärme, die von ihm ausgeht. Es ist zwar ein wirklich warmer Sommerabend, aber ganz ohne ihn war es doch etwas kühl geworden und so rücke ich instinktiv noch ein Stück näher an ihn heran.

„Ich habe da eine wirklich wunderschöne Nachricht erhalten", grinst er und streckt mir das Handy entgegen. „So? Ich finde die Dame auf dem Bild sieht ganz schön fertig aus", lache ich und ernte dafür ein erneutes Augenrollen.

„Ich finde sie sieht aus, als wäre ihr soeben etwas Wunderbares wiederfahren." Er lacht ebenfalls und beißt dabei sanft in meine Schulter. Ich nehme einen weiteren Schluck aus meiner Flasche und weiß im selben Moment, dass Wasser wahrscheinlich die wesentlich bessere Alternative gewesen wäre, denn dieser Schluck spart sich bereits den Umweg über meinen Bauch und wandert sofort in meinen Kopf.

Ben blickt erneut auf sein Handy und lässt seinen Daumen über das Display gleiten. „Was denkst du?", frage ich ihn, als sich seine Lippen schließlich zu einem breiten Grinsen ziehen. Er zögert einen Moment, ehe er mir antwortet.

„Dass das Foto dringend in die weite Welt hinaus müsste." Mein Blick muss wohl Bände sprechen, denn er lacht erneut und lässt sofort eine Erklärung folgen. „Na, diese ganzen Heinis da draußen, die sich all den Mist immer ausdenken über mich, die sollte man eigentlich einmal ordentlich an der Nase herumführen." Mein jetziger Blick muss wohl noch etwas eindeutiger sein, denn sofort haucht er mir einen Kuss auf die Stirn. „Keine Sorge! War nur eine spontane Idee. Ich werde es natürlich für mich behalten."

Schnell schlingt er einen Arm um mich und zieht mich auf seine Brust, was ich gerne annehme, denn mein Kopf beginnt bereits wieder mit einer lustigen Karussellfahrt.

~~~~~~

Gerade als ich das Handy wieder ablegen will, um einen Schluck Bier zu mir zu nehmen, beginnt Alicia zu kichern. „Okay. Machen wir's."

Verblüfft sehe ich sie an. Sie hebt ihren Kopf ein kleines Stück an und grinst über das ganze Gesicht. „Zeigen wir den Leuten doch, was sie sehen wollen. Vielleicht kann man ihnen mal eine Lektion erteilen, dass nicht alles so ist, wie es auf den ersten Blick aussieht." Ihre Augen funkeln und sie greift zielstrebig nach meinem Handy.

Mein Gesichtsausdruck muss Bände sprechen, denn als sie mir in die Augen blickt, beginnt sie laut zu lachen. „Nun schau nicht so dumm!" „Mäuschen, weißt du, was du da gerade von dir gibst? Frau ‚Ich-will-mein-Gesicht-um-nichts-in-der-Welt-in-so-einem-Boulevardblatt-sehen'?"

Sie legt ihren Kopf zurück auf meine Brust und scheint einen Moment zu überlegen. „Es ist doch so... Wie es scheint hat sich das Foto von uns in Windeseile überall verbreitet und wir können nur zusehen. Die Leute werden weiterhin schreiben, wozu sie Lust haben. Die Spekulationen werden ohnehin vorangetrieben, also warum zeigen wir ihnen nicht, dass nicht alles Gold ist, was glänzt?"

Ihr Grinsen deutet mir, dass sie es durchaus ernst meint und zum bestimmt tausendsten Mal hat sie es geschafft, mich sprachlos zu machen. „Huhu? Was meinst du?" Lachend wedelt sie mit ihrer Hand vor meinen Augen. „Kannst du damit leben, dass die halbe Welt meint, wir sind ein Paar? Also für ein paar Tage oder so?"

Sie meint es tatsächlich so. Kaum ist die Erkenntnis in mich gesackt, lache ich los. „Solange wir dazu nicht heiraten müssen. Meinetwegen." Ich pieke ihr mit dem Finger neckisch in die Seite und sofort lacht sie los. „Um Himmels willen, so drastisch wollte ich das Ganze nun wirklich nicht gestalten. Ich stürze mich doch nicht höchstpersönlich in mein Unglück." Sie streckt mir die

Zunge heraus, legt mein Handy zurück auf die Decke und greift stattdessen nach ihrem.

„Läääächeln!", höre ich sie und schon hat sie den Auslöser betätigt. „Ich brauche ja auch ein Bild, das ich online stellen kann." Schnell zeigt sie mir das Ergebnis. Auch von mir ist nur der Kopf zu sehen, auch ich habe noch diesen typischen Ausdruck einer tollen Nacht auf dem Gesicht und auch meine Haare sind längst nicht dort, wo sie normalerweise liegen sollten. „Perfekt", flüstert sie. „Also? Online stellen?"

Sie deutet auf unsere beiden Handys und auch wenn ich mir nicht hundertprozentig sicher bin, ob sie das im Morgengrauen auch noch für eine gute Sache hält, die Idee ist einfach zu verlockend für mich und so nicke ich nur.

~~~~~~

Lachend rufe ich mein Online-Profil auf, mit dem guten Vorsatz, nichts von alldem, das seit dem ersten Bild dort passiert ist, zu lesen. Schnell tippe ich das Passwort ein und als ich eingeloggt bin, wird mir erst einmal bewusst, was hier seitdem geschehen ist.

„Du liebe Scheiße!", kreische ich und ernte dafür einen zweifelnden Blick von Ben. „Was ist denn los?" Ich checke noch einmal die Zahlen, ehe ich sie ihm vorlese. „451 Freundschaftsanfragen, 73 private Nachrichten und unzählige öffentliche Einträge." Ich vermeide es, auch nur einen der öffentlichen Einträge zu lesen und beginne sofort fieberhaft mit der Suche nach der Einstellung, die es anderen untersagt, auf mein Profil zu posten.

Ben lacht. „Da siehst du mal, wie schnell man neue Freundschaften schließen kann." Er schüttelt den Kopf und starrt weiter unablässig auf sein Handy, sein Blick wirkt dabei jedoch wesentlich weniger geschockt als meiner, dabei will ich gar nicht wissen, was auf seinem Profil erst los ist.

„Das ist doch nicht normal! Die kennen mich doch gar nicht!", protestiere ich nun eher halbherzig, denn natürlich weiß ich, wie so etwas läuft. Ben tippt etwas auf seinem Display herum und sieht mich schließlich durchdringend an. „Ich wäre dann soweit. Soll ich?"

Er hält mir sein Handy unter die Nase, auf dem das Bild von mir prangt, darüber folgender Text: „Wunderschön... Stockholm rockt..." Einen Moment zögere ich, doch prinzipiell ist der Text doch passend. Es ist nicht zu erkennen, ob wir zusammen sind oder nicht und dennoch wird es jeder so deuten, also nicke ich. „Hau's rein!" Ich sehe, wie er seinen Finger ein Stück bewegt und schon beginnt er zu grinsen. „Nun gibt es kein Zurück mehr, Frau Lindqvist."

Ich rolle die Augen angesichts seiner Worte, während ich schnell die neuen Einstellungen bestätige und mich ebenfalls an eine Nachricht mache. Es dauert eine ganze Weile, bis ich Ben schließlich mein Werk präsentieren kann. „Okay so?", frage ich ihn und schon beginnt er, meinen Text laut vorzulesen: „Grandiose Nacht in Stockholm – welch unschuldiger Blick..."

Ben beginnt zu grinsen und drückt gleich selbst die Taste, um den Text zu veröffentlichen. „So, und jetzt weg mit den Dingern." Schnell nimmt er mein Handy und legt es zusammen mit seinem neben die Liege und ehe ich mich versehen kann, drückt er mich fest an sich und zieht die Decke noch ein Stück weiter über uns.

„Was wird das, wenn ich fragen darf?", grinse ich, als er seinen Kopf in meine Halsbeuge vergräbt und ein paar süße Geräusche von sich gibt. „Schlafen?" „Hier?" Er nickt. Einen Moment überlege ich, ob ich die Idee so gut finde, doch Ben scheint mit der Situation vollends zufrieden zu sein, also füge ich mich. Wie oft hat man schon die Gelegenheit, unter freiem Himmel in den Armen eines ganz kuscheligen Typen einzuschlafen?!

~~~~~

Ich bin schon fast weggedöst, als ich Alicias Stimme noch einmal vernehme. „Ben?" „Hm?", brumme ich. „Du weißt schon, dass das mit uns nicht ewig so weitergeht, oder?" Ich spüre, wie mein Körper sofort wieder etwas wacher wird und öffne die Augen.

Alicia bewegt sich keinen Zentimeter, auch ihren Hintern, der an meinen Schoß gekuschelt ist, lässt sie genau dort, wo er ist.

„Was meinst du?" Alicia wartet einen kleinen Moment, ehe sie weiterspricht. „Irgendwann müssen wir wieder zurück in die Realität und in

106

der sind wir beide einfach nur sehr gute Freunde." Sie schluckt und hält erneut einen kleinen Moment inne, den ich nutze.

„Alicia, hast du ein Problem damit, wie es jetzt ist? Ich möchte nicht, dass du dich unwohl fühlst."

Ich hebe meinen Kopf ein kleines Stück an, doch sie bleibt einfach liegen und ihr Gesichtsausdruck wirkt weiterhin gelöst.

„Ich glaube, ich habe dir heute schon gezeigt, wie wohl ich mich dabei fühle." Sie kichert kurz und fährt schließlich fort. „Lass uns das alles als wunderschönen Urlaub sehen, ja?" Ihre Worte klingen ehrlich und sie fühlen sich gut an, als sie sie ausspricht, sehr gut sogar, also nicke ich und kann es nicht lassen, noch etwas hinzuzufügen.

„Heißt das, solange wir hier auf Urlaub sind, ist alles erlaubt?" Mein Grinsen kann sie nicht sehen, aber dennoch ernte ich einen Kniff in meinen Oberschenkel. „Alles?" Jetzt ist sie es, die ihren Kopf kurz anhebt. Ich lache, gebe ihr jedoch keine Antwort.

„Sagen wir, alles was hier unter vier Augen passiert", flüstert sie und bringt mich damit zum Grinsen.

„Klingt perfekt!" Dass ich mit ihrer Reaktion so nicht gerechnet hatte, brauche ich wohl mittlerweile kaum mehr zu erwähnen, aber auch dieses Mal mag ich es unheimlich gern, wie sie mich überrascht und so kuschle ich mich noch etwas fester an sie und ein paar Minuten später bin ich auch schon eingeschlafen.

~~~~~~

Als ich am nächsten Morgen die Augen wieder öffne, ist die gesamte Terrasse bereits in strahlendes Sonnenlicht getaucht. Die teilweise Überdachung ist scheinbar so angebracht, dass hier erst ab dem Nachmittag ein paar schattige Plätze zu finden sind. Ein sanfter Wind weht um meine Nase und in meinem Nacken spüre ich Bens gleichmäßigen Atem. Seine Arme sind fest um mich geschlungen und sein Schoß ebenfalls fest gegen meinen Po gedrückt.

Ich spüre ein dumpfes Gefühl in meinem Kopf, woran wohl der Alkohol Schuld ist, aber die wohlige Wärme, die mich umgibt und die weichen Kissen, in die ich gebettet bin, sorgen dafür, dass das gute Gefühl weitaus überwiegt.

Noch einmal denke ich an das Gespräch von gestern Abend zurück. „Heißt das, solange wir hier auf Urlaub sind, ist alles erlaubt?", waren Bens Worte und ich kann nur grinsen. Die beiden Tage will ich einfach nur ausgiebig genießen, ehe wir ohnehin beide in die Realität zurückkehren müssen und in dieser Realität werden wir dringend wieder etwas Abstand voneinander finden müssen, denn auf Dauer würde uns diese Situation sicher beide nur unglücklich machen. Auf Dauer funktionieren solche Arrangements einfach nicht, das habe ich selbst doch schon erlebt. Aber hier und jetzt kann und will ich diesem süßen schwedischen Charme und diesem unglaublich sexy Körper einfach nicht widerstehen.

Vorsichtig bewege ich meinen Po ein Stück, was Ben dazu bringt, im Schlaf einen kleinen Laut von sich zu geben und seinen Arm noch etwas enger um mich zu ziehen. Ich kichere leise und bewege mich erneut, wieder nur ein paar Zentimeter.

Bens Atem bleibt gleichmäßig, aber ich spüre, wie sich sein Becken automatisch etwas meinem Po entgegen bewegt. Ich grinse und setze mein Spiel fort und es dauert es nicht lange, bis ich eine deutliche Regung zwischen unseren Körpern spüre.

Sein Atem ist mittlerweile ein klein wenig schneller geworden und während ich meine sanften Bewegungen fortsetze, höre ich plötzlich seine kratzige Stimme in meinem Nacken.

„Du weißt, dass du zu Ende bringen musst, was du hier gerade verursacht hast, oder?" Die Vibration seiner Stimme breitet sich von meinem Nacken über meinen gesamten Körper aus und ohne Umschweife spüre ich seine Hand auch schon nach unten wandern.

„Ich nehme an, das heißt 'ja'."

~~~~~~

Ich sauge ihren Duft tief in mir auf, als sie ihren Kopf schließlich schwer atmend auf meine Brust fallen lässt und genieße das unheimlich wohlige Gefühl in meinem Körper. So könnte ich ewig liegen bleiben, doch gerade als

mir diese Gedanken durch den Kopf schießen, spüre ich, wie Alicia sich langsam von mir erhebt.

Ich sehe sie an, doch sie lächelt nur und lässt sich im selben Moment neben mich fallen und haucht mir einen Kuss auf meine Schulter.

Gerade als ich überlege, sie noch einmal auf mich zu ziehen, steht sie plötzlich auf − und geht. Etwas perplex sehe ich hinter ihr her. Völlig nackt tippelt sie durch mein Wohnzimmer und verschwindet schließlich im Schlafzimmer, wo ich hören kann, wie sie die Badezimmertür hinter sich schließt.

Ich kann ihr nur kopfschüttelnd hinterher gucken. Dann eben kein Kuscheln danach. Ich strecke mich einmal ausgiebig und setze mich langsam auf, um dem Tag die Stirn zu bieten.

~~~~~~

Als ich ein paar Minuten später aus dem Badezimmer komme, ist Ben ebenfalls bereits aufgestanden und rennt nun − immer noch völlig nackt − mit dem Telefon am Ohr herum durch die Küche, wo er sich an der Kaffeemaschine zu schaffen macht, während er auf Schwedisch mit seinem Gegenüber an der anderen Leitung spricht. Ich verstehe kein Wort und besinne mich fürs Erste darauf, meine Klamotten auf der Terrasse zusammen zu suchen.

Schnell ziehe ich mir Bens T-Shirt über den Kopf und trage alles nach drinnen. Ben lehnt an der Küchenzeile und während er weiterspricht, stellt er zwei Tassen mit dampfend heißem Kaffee neben sich.

Ich grinse ihn an und hopse direkt neben den Tassen auf die Arbeitsplatte. Er beobachtet mich und spricht unbeirrt weiter. Es dauert noch eine ganze Weile, ehe ich schließlich ein „Vi hörs!" vernehme, das ich von unseren Telefonaten schon kenne und als Verabschiedung einzuordnen weiß.

Etwas genervt legt er das Handy ab und sieht mich an. „Alles okay?" Ich sehe ihn an, doch er entweicht schon nach wenigen Sekunden meinem Blick. „Mein Manager. Nichts Wichtiges", antwortet er mir und greift nach seiner Kaffeetasse, um einen Schluck daraus zu nehmen. Ich tue es ihm gleich.

„Bist du dir sicher, dass es nichts Wichtiges war? Du wirkst etwas...", doch weiter lässt er mich nicht sprechen. „Ich sag doch, es ist alles okay." Er spricht die Worte so ruhig, dass man ihm eigentlich Glauben schenken könnte, doch irgendetwas an seinem Tonfall sagt mir, dass das Gespräch mit dem Manager ihn dennoch gestresst hat, aber ich kenne ihn lange genug, um zu wissen, dass er damit nicht rausrücken wird. „Na dann, Prost." Ich lächle ihn an und halte ihm meine Kaffeetasse entgegen. „Skål!"

Fünf Minuten später sind unsere Tassen geleert und Ben scheint wieder der Alte zu sein. Sein Gesichtsausdruck hat sich wieder entspannt und während er die Tassen in die Spülmaschine packt, komme ich zu dem Ergebnis, dass wohl eher das fehlende Koffein schuld an seinem kleinen Tief war, als das Telefongespräch.

„Und, was machen wir heute?", fragend sehe ich ihn an, während er die Spülmaschinentür schließt und schließlich vor mir stehen bleibt. Er überlegt einen Moment und grinst los.

Schnell schüttle ich den Kopf. „Das meinte ich nicht", lache ich. Ben tritt einen Schritt näher an mich heran und lässt seine Finger innen an meinem Oberschenkel entlang nach oben streifen. „Schade eigentlich", flüstert er, lacht jedoch im gleichen Augenblick los. „Dann eben Plan B."

KAPITEL 10

„So, Frau Lindqvist, bitte einsteigen!" Mit einem breiten Grinsen öffne ich ihr die Türe zu meinem Cabrio und winke dem Taxifahrer, dass er wieder verschwinden kann. Alicias Blick weitet sich und als ob ich ihr gerade etwas Bahnbrechendes erzählt hätte, schlägt sie die Hand gegen ihre Stirn und schüttelt den Kopf.

„Scheiße, das habe ich ja total verdrängt!" Ich lache. „Was? Dass wir geheiratet haben?" Ich zwinkere ihr zu und ernte dafür einen − nun sagen wir mal − nicht gerade netten Blick.

„Ich stürze mich doch nicht in mein Unheil. Ich meinte unsere tollen Postings von gestern Abend." Sie schüttelt erneut den Kopf, während sie gleichzeitig ins Auto steigt.

Schnell schließe ich ihre Türe und nehme auf dem Fahrersitz Platz. „Den ersten Teil lasse ich mal besser unkommentiert stehen", antworte ich ihr, während ich den Wagen langsam aus der Parklücke lenke. „Und den zweiten Teil?" Ich blicke neben mich und stelle zu meiner Erleichterung fest, dass sich in ihrem Gesicht zumindest keine bevorstehende Panikattacke abzeichnet.

„Bereust du es?", frage ich vorsichtig nach. Sie presst etwas Luft durch ihre Lippen, schüttelt jedoch schließlich den Kopf. „Ich will einfach nicht darüber nachdenken, ob die Idee so klug war. Ändern lässt sich ja ohnehin nichts mehr daran."

Ich nicke und bin froh, dass das Thema damit fürs Erste abgehakt zu sein scheint. Ich freue mich so auf diesen Nachmittag, dass es mich wirklich traurig gestimmt hätte, wenn Alicia es nicht genießen könnte.

Schnell schiebe ich meine Sonnenbrille auf die Nase und lehne mich in meinen Sitz zurück, um die Fahrt zu genießen und auch Alicia rückt ein paar Mal auf ihrem Sitz hin und her, um es sich bequem zu machen.

~~~~~~

Gedankenverloren sitzen wir nebeneinander, während Ben das Auto immer weiter in die schwedische Natur lenkt. Ich sauge sämtliche Eindrücke regelrecht in mich auf und genieße die endlose Weite, die sich jenseits der Straße zu unseren beiden Seiten erstreckt. Wir sind auf dem Weg zum Familien-Ferienhäuschen irgendwo im Nirgendwo, so hat Ben es bezeichnet. Seine Schwester, ihre Familie und ein paar ihrer Freunde erwarten uns dort. Ich habe Bens Schwester Nora bereits einmal kurz kennengelernt als sie ihn während der Tournee in Deutschland besucht hat, den Rest der Truppe kenne ich jedoch nicht.

Das Vibrieren meines Handys holt mich aus meinen Gedanken. Schnell greife ich danach. „Hallo?" „Ali! Endlich erreiche ich dich!", höre ich Emmis Stimme durch die Leitung. „Süße, du weißt doch, dass ich in Schweden bin, oder?" Sie lacht kurz auf. „Ja klar weiß ich das, aber hast du mir nicht noch was zu erzählen?" Sie zieht die letzten Worte etwas in die Länge, doch ich verstehe nicht, worauf sie hinaus will.

„Solltest du mir nicht vielleicht eher erklären, warum du mit Ben hinter meinem Rücken so etwas ausheckst?", grinse ich und werfe ihm gleichzeitig einen strengen Blick zu, den er nur mit einem Augenzwinkern beantwortet.

„Nein nein, so nicht meine Süße! Sag mir jetzt sofort, was es mit den Fotos von euch beiden auf sich hat!" Jetzt fällt der Groschen und ich muss herzhaft loslachen. „Emmi, du verbringst einfach zu viel Zeit im Internet."

Ein quietschender Ton fährt durch die Leitung direkt in mein Ohr. „Pfff... Vielleicht müsste ich mich da gar nicht so viel herumtreiben, wenn du mich auch so auf dem Laufenden halten würdest?" Ich höre ihrem Tonfall genau an, dass sie gar nicht wirklich eingeschnappt ist und grinse.

„Hätte ich dich nach dem Sex anrufen sollen oder doch lieber währenddessen?" Mit diesen Worten habe ich auch Bens Aufmerksamkeit wieder auf mich gezogen, der mir ein breites Grinsen entgegenwirft und Emmi beginnt zu lachen. „Ne du. Lass mal lieber. Dein

Süßer ist zwar heiß, aber miteinbeziehen müsst ihr mich nicht unbedingt. Aber nun sag schon. Gibt es etwas, das du mir erzählen möchtest?"

Ich rolle mit den Augen, gebe aber schließlich klein bei, denn ich weiß genau, dass sie vorher nicht zur Ruhe findet. „Süße, das ist nur ein kleiner Spaß, den wir uns gemacht haben. Alle denken, dass wir zusammen sind, obwohl das keiner so gesagt hat. Wir wollen den Leuten mal zeigen, dass nicht alles so ist, wie es aussieht. War vielleicht im wahrsten Sinne des Wortes eine Schnapsidee, aber jetzt ist es schon passiert."

Ich atme kurz durch, während Emmi meine Worte scheinbar noch verarbeitet. „Aber sag mal, wenn du schon auf meinem Online-Profil herumstöberst, dann kannst du mir sicher auch sagen, was dort so los ist." Wieder ein quietschender Ton.

„Paah, jetzt sag bloß nicht, du guckst nicht mal rein?" Ich schüttle den Kopf. „Nein, ehrlich gesagt schwanke ich zwischen Neugierde und dem Drang, mich bloß davon fern zu halten und da ich hier in Schweden ohnehin nicht so viel online gehen kann mit meinem Handy, fiel es mir gar nicht so schwer, mich für Zweites zu entscheiden."

Emily lacht. „Ich sag nur so viel, sogar ICH habe schon diverse Freundschaftsanfragen erhalten und das wohl nur, weil ich auf deinem Profil auf einigen deiner Fotos verlinkt bin. Was in deinem Postfach los ist, will ich mir mal gar nicht vorstellen. Stell dir vor, mich hat sogar so eine Tussi angeschrieben. Sandy heißt die. Sie hat mir eine Nachricht geschickt und wollte mir mitteilen, dass wir gemeinsame Bekannte haben – damit hat sie wohl euch beide gemeint. Echt seltsam. Was denken sich diese Mädels, was sie von einem Kontakt mit MIR haben? Aber okay, ist auch egal. Immerhin kann ich dir sagen, dass die meisten Reaktionen in Bezug auf das Foto von Ben auf deiner Seite wirklich süß waren. Die meisten freuen sich für euch, bewundern das Foto, wünschen euch viel Glück und so. Natürlich sind auch ein paar andere Kommentare dazwischen, aber die habe ich ganz schnell überblättert."

Emmi beendet ihre Erzählung mit einem zufriedenen Tonfall, mir hingegen ist bei alldem nicht wirklich wohl bei der Sache. Die Tatsache, dass sogar meine beste Freundin nun in die Geschichte mit hineingezogen wird, finde ich gar nicht gut.

„Emmi, es tut mir leid, dass du jetzt auch noch darunter leiden musst", erkläre ich ihr schuldbewusst, doch sie lacht nur. „Quatsch. Wegen ein paar Freundschaftsanfragen und der ein oder andern Nachricht komm ich schon nicht um. Ist doch schön, wenn man plötzlich so beliebt ist."

So ist sie meine Emmi. Ich muss lachen, denn ich kann mir genau vorstellen, wie sie nun dasitzt und mit welchen Gesten sie ihre Worte untermalt. „Du bist ein Schatz, meine Süße! Kannst du vielleicht ab und an mal ein Auge auf mein Profil werfen, solange ich noch hier bin? Ich befürchte, ich habe für den Rest des Tages ohnehin keinen Empfang mehr, weil wir gleich irgendwo in der Pampa landen."

Emmi zögert nicht eine Sekunde. „Aber klar doch, Ali! Ist doch Ehrensache!" Ich hauche ihr einen Kuss durch die Leitung. „Und Emmi, ich glaube es ist besser, wenn du dieser Sandy erst gar nicht antwortest", füge ich noch hinzu und erneut mustert Ben mich, dieses Mal ist sein Blick jedoch weniger amüsiert.

Emmi bekommt von alldem natürlich nichts mit und versichert mir nur, dass ich mich auf sie verlassen kann und genau in diesem Moment beginnt es auch schon in der Leitung zu knacksen. „Ich glaub, wir müssen Schluss machen, Süße, der Empfang scheint jeden Moment abzubrechen." Schnell verabschieden wir uns noch liebevoll voneinander und schon wird die Leitung getrennt.

„Sandy?" Bens Blick gleitet zwischen der mittlerweile sehr engen Straße und mir hin und her.

~~~~~~

Verdammte Scheiße. Eigentlich bin ich keiner, der One-Night-Stands bereut, aber langsam wird mir die Nummer mit dieser Sandy etwas zu dumm. Dabei wirkte sie wirklich unheimlich lieb, als ich sie kennen gelernt habe, eher zurückhaltend. Nun gut, dass sie auch eine andere Seite hat, hat sie spätestens gezeigt, als sie in Alicias Wohnung aufgetaucht ist, aber auch das hatte seinen Reiz. Dass nun aber sogar schon Emmi über sie spricht, das gefällt mir gar nicht, vor allem, nachdem Jonathan vorhin...

„Dein Betthäschen scheint es ganz schön auf dich abgesehen zu haben", antwortet Alicia mir plötzlich mit einem Schulterzucken, während sie ihr Handy gleichzeitig zurück in ihre Tasche fallen lässt und scheinbar unberührt von allem lenkt sie ihren Blick nun wieder auf die endlose Landschaft, die sich um uns herum erstreckt.

„Was hat Emmi denn erzählt?", hake ich nach, doch Alicia scheint keine Lust mehr zu haben, dem Thema noch länger Aufmerksamkeit zu schenken.

114

„Ben, lass uns doch einfach das Wochenende genießen, hm? Und vielleicht sprichst du ja mal mit Sandy, wenn wir wieder zurück in Deutschland sind. Die Frau scheint's ja ganz schön erwischt zu haben."

Ich ziehe eine Augenbraue nach oben und schüttle den Kopf. „Das ist doch ihr Problem", antworte ich in schroffem Ton und widme mich wieder dem Weg vor mir. Vorsichtig lenke ich den Wagen von der asphaltierten Straße auf einen Schotterweg. Von hier aus sind es nur mehr ein paar Kilometer bis zu unserem Ferienhäuschen, allerdings würde ich mein Auto jedes Mal am liebsten über den restlichen Weg tragen, so uneben wie hier alles ist.

Ich höre wie Alicia etwas Luft durch ihre Lippen presst und dabei einen kleinen entsetzten Ton von sich gibt. „Ist das dein Ernst?"

Ich verstehe nicht ganz worauf sie hinaus will. „Was?" „Dass das ihr Problem ist?" Noch einmal blicke ich neben mich und stelle fest, dass Alicia mich förmlich anstarrt.

„Ist es nicht?" Sie schüttelt den Kopf. „Hast du ihr denn gesagt, dass es nur ein One-Night-Stand war, bzw. zwei Mal oder hast du gesagt, du meldest dich?" Meine Augen sind längst wieder auf den Weg gerichtet, doch ich spüre ihren bohrenden Blick förmlich und natürlich fühle ich mich etwas ertappt, aber das muss ich ja nun nicht unbedingt sofort zugeben.

„Tut das denn etwas zur Sache?" Sie gibt einen kurzen Laut von sich. „Bist du so ein Macho oder tust du nur so?" Ich spüre, wie ich langsam etwas ärgerlich werde.

„Was willst du denn von mir? Denkst du, die Frauen sind so blöd und wissen nicht von selbst, dass das nichts für die Zukunft ist, wenn sie mich auf einer Party aufreißen und sofort mit mir ins Bett springen?" Ich umklammere das Lenkrad noch fester und bemühe mich, meinen Tonfall ruhig zu halten.

Alicia braucht einen Moment ehe sie mir antwortet und auch sie klingt längst nicht mehr besonders ruhig. „Weißt du, das ist doch mal wieder typisch Mann. Klar sollte sie von vornherein wissen, dass das vermutlich nur eine Bettgeschichte ist. Aber was, wenn sie sich einfach in dich verliebt hat? Klare Worte können da vielleicht manchmal Wunder bewirken, auch wenn sie schmerzen. So gibst du den Gefühlen doch nur noch mehr Nahrung. Frauen machen sich eben manchmal Hoffnungen, bis wirklich klipp und klar ausgesprochen wurde, was Sache ist. Sie sind doch auch gut genug, um mit dir zu schlafen, also kannst du sie doch auch hinterher mit Respekt behandeln. Das hätte ich dir echt nicht zugetraut, muss ich sagen."

Alicia wirkt aufgebracht und ich verstehe nicht, wieso ausgerechnet sie eines meiner ‚Betthäschen' − wie sie es so schön nennt − verteidigt. Dafür habe ich wirklich kein Verständnis.

„Ganz ehrlich… Was weißt du schon von alledem?", antworte ich ihr beleidigt und gebe automatisch etwas mehr Gas, scheißegal, ob das Auto ein paar Schrammen abbekommt oder nicht.

Alicia hält sich fest, als wir ein besonders tiefes Schlagloch passieren, sagt jedoch kein Wort zu meinem Fahrstil, sondern fängt nur an, spöttisch zu lachen. „Von deinen Affären nichts, da hast du vollkommen Recht und das will ich auch gar nicht. Ich frage mich nur, ob du immer so bist? Habe ich mich so in dir getäuscht? Ich habe dich bislang nicht für einen Kerl gehalten, dem die Gefühle der Frauen am Arsch vorbeigehen. Was, wenn ICH mich jetzt in dich verliebt hätte nach unserer ersten Nacht? Hättest du mich genauso behandelt?"

Ihre Worte treffen mich mitten ins Herz und ich trete automatisch etwas auf die Bremse, um sie in Ruhe ansehen zu können. Ihre Augen sind geweitet, aber sie sieht mich nicht an, sondern blickt konzentriert auf den Weg vor uns. Ganz am Ende kann man bereits das Ferienhaus erkennen und ich sehe die Autos der anderen, die bereits davor parken.

Schnell räuspere ich mich, um wieder zu einem normalen Tonfall zurück zu finden. „Alicia, willst du mir etwas damit sagen? Hast du dich in mich verliebt?" Meine Worte kommen leiser über die Lippen, als ich gedacht habe, doch sie scheint mich zu verstehen, denn sofort lacht sie los.

„Herrje, NEIN. Das war doch nur ein Beispiel. Aber ich hasse es nun mal, wenn du diese ‚Starallüren' raushängen lässt." Sie sieht mich an und schüttelt amüsiert den Kopf. Ich schlucke. „Gut, wir sind gleich da."

~~~~~~

Ich nicke nur und greife nach meiner Handtasche, während Ben die letzten paar Meter fast nur noch im Schritttempo absolviert, wahrscheinlich wohlwissentlich, dass er schnell noch ein paar Schlichtungsversuche unternehmen sollte, wenn seine Schwester nicht sofort hautnah alles miterleben soll.

„Alicia, du willst dich doch nicht allen Ernstes mit einer dieser Frauen vergleichen?", versucht er es diplomatisch und schenkt mir einen dieser Blicke, für die ihm normalerweise niemand böse sein kann.

Ich suche einen Moment nach den richtigen Worten, denn auch ich will die Situation keineswegs eskalieren lassen, kurz bevor ich den Nachmittag mit seiner Familie verbringe.

„Ben, warum denn eigentlich nicht? Natürlich VERGLEICHE ich mich nicht mit ihnen, denn uns beide verbinden weitaus mehr Dinge, aber auch diese Sandys & Co. sind doch einfach nur Frauen. Auch ich könnte doch jemanden kennen lernen und mit ihm eine Nacht verbringen und mich dabei verlieben. Ganz ehrlich, sollte es in deinen Augen für mich einen Unterschied machen, was der Kerl beruflich macht? Denkst du echt, dass ich nicht das Anrecht hätte, mich in jemanden zu verlieben, weil er erfolgreich ist? Das hat doch mit Gefühlen nichts zu tun, zumindest sollte es das nicht. Sicher bin ich nicht so naiv, wie manche der Mädchen, aber dafür kann doch niemand was. Was ich damit sagen will ist, dass jeder Mensch gleich viel wert ist und dass jeder Mensch ein Recht auf die Wahrheit verdient hat und ich kenne dich, wenn du einer Frau in die Augen blickst und ihr deine ganze Aufmerksamkeit schenkst, dann hast du die Gabe, derjenigen ohne Worte zu vermitteln, dass sie etwas ganz Besonderes für dich ist, auch wenn das manchmal nur für diesen einen kurzen Moment gilt, aber nicht jede Frau weiß das genau einzuschätzen und vielleicht geht es dieser Sandy ganz genauso. Bestimmt warst du unheimlich lieb und zuvorkommend zu ihr. Vielleicht hatte sie wirklich den Eindruck, dass du sie magst. Und vielleicht verbaust du dir selbst auf diese Art und Weise die ein oder andere Chance, einen richtig tollen Menschen kennenzulernen, wer weiß?!"

Ben parkt den Wagen etwas seitlich der anderen. Kaum hat er den Motor abgestellt, dreht er sich zu mir. „Ich hasse es, wenn du deinen Gerechtigkeitssinn spielen lässt, weißt du das?"

Er unterbricht einen kurzen Moment. „Aber gleichzeitig finde ich es unheimlich süß", fügt er fast flüsternd hinzu. Einen Moment überlege ich, loszuschreien, denn das war nun *wirklich nicht die Reaktion, die ich erwartet habe, aber angesichts dessen, dass Bens Schwester Nora gerade ums Haus-Eck auf uns zu kommt, spare ich mir jegliche Reaktion.*

~~~~~~

Innerlich lache ich, denn ich weiß genau, dass Alicia DAS ganz bestimmt nicht hören wollte, aber ich weiß auch, dass sie vor Nora nicht weiter nachbohren wird. „Schwesterchen!", grinse ich und steige ohne zu zögern aus dem Auto. Schnell schlinge ich meine Arme um sie und drücke sie fest an mich.

„Na du treulose Tomate?! Ich dachte schon, du hast vergessen, wo du zuhause bist." Sie gibt mir einen liebevollen Klaps auf den Hinterkopf, drückt mich aber gleichzeitig ebenfalls fest an sich und haucht mir einen Kuss auf die Wange.

Nora ist toll, mit ihren 28 Jahren ist sie zwar sechs Jahre jünger als ich, aber das merkt man nur äußerlich. Innerlich ist sie mir so manches Mal ein paar Schritte voraus, was wahrscheinlich nicht zuletzt daran liegt, dass sie bereits seit acht Jahren verheiratet ist und eine sechsjährige Tochter hat.

Linnea ist ein wahrer Sonnenschein und für ihr junges Alter ganz gewiss nicht auf den Mund gefallen, was natürlich erst recht dazu beiträgt, dass ich total vernarrt in die Kleine bin.

Langsam lasse ich wieder von Nora ab und gehe zum Kofferraum, in dem ich eine Kleinigkeit für Linnea versteckt habe, die ich bereits vor vielen Wochen gekauft habe.

~~~~~~

Schnell steige ich ebenfalls aus dem Wagen und erst jetzt scheint Nora mich erkannt zu haben, denn sofort kommt sie zu mir und breitet ihre Arme aus. „Alicia! Ich wusste gar nicht, dass du mitkommst." Auch ich schlinge meine Arme um sie und obwohl wir uns erst einmal getroffen haben, begrüßen wir uns wie alte Freunde. Das ist definitiv etwas, das ich an diesem Land liebe.

„Tut mir leid, wenn ich hier einfach so mit reinschneie, aber ich wusste es bis vor zwei Stunden selbst nicht", lache ich und Nora schüttelt nur den Kopf. „Das braucht dir

ganz gewiss nicht leidtun. Ich freue mich doch, dich wieder zu sehen." Ich sehe ihr in die strahlenden grauen Augen und weiß, dass sie jedes Wort ernst meint.

„So meine Damen, können wir dann mal?", höre ich Ben, der mittlerweile mit einem kleinen knallpinken Fahrrad unter dem Arm neben uns steht. Ich muss lachen. Mr. Rockstar kauft für seine kleine Nichte ein pinkes Fahrrad mit silber-glitzernden Streifen? Nicht zu vergessen, der Fahrradhelm, den er in der anderen Hand trägt – lila, mit einem pinken Band.

„Bruderherz, soll ich mit dir schimpfen oder soll ich es mir gleich sparen? Du weißt, dass ich nicht mag, wenn du immer so große Geschenke mitbringst." Ben grinst sie an. „Schwester, hab ich jemals in meinem Leben schon mal auf dich gehört, wenn es darum geht, was ich meiner kleinen Maus mitbringe?" Nora schüttelt vehement den Kopf und geht schließlich voran, ums Häuschen herum, zur großen Holzterrasse, auf der bereits ein paar Leute sitzen.

Ben und ich folgen ihr und werden sofort von freudestrahlenden Gesichtern begrüßt, allen voran ein kleines blondes Mädchen, das mit weit ausgetreckten Armen auf Ben zuläuft, der gerade noch das Fahrrad abstellen kann, ehe sie ihm überschwänglich in die Arme fällt. Schnell schlingt er seine – an ihr – überdimensional wirkenden Arme um sie und wirbelt sie ein paar Mal im Kreis, bis sie zu quietschen beginnt.

Es ist so schön, den beiden zuzusehen, dass ich fast nicht bemerkt hätte, dass auch die anderen Leute sich bereits zu uns gesellt haben. Nora beginnt sofort sämtliche Namen aufzuzählen, doch schon nach Senja und Marten bin ich raus. Mehr kann ich im Moment unmöglich auf einmal für mich behalten.

Alle strecken mir abwechselnd die Hand entgegen und ich bin froh, dass sämtliche Floskeln, die auf mich einprasseln in einer mir verständlichen Sprache sind, es bemühen sich alle, entweder Englisch oder Deutsch mit mir zu sprechen. Ich nicke freundlich, beantworte die ein oder andere kurze Frage und versuche, das Chaos um mich herum erst einmal etwas zu sortieren, aber ich spüre, wie mir eher etwas schwindelig wird von dem ganzen Durcheinander.

Es sind bestimmt zehn Leute, die um uns herumstehen und in allen möglichen Sprachen durcheinander sprechen. Die Sonne brennt dazu unablässig auf meinen Kopf und mein Magen fühlt sich wie aus dem Nichts plötzlich etwas flau an. Ich hätte eben nicht nur einen Kaffee trinken sollen. Ein kleines Frühstück hätte sicher nicht geschadet nach dem ganzen Alkohol gestern, das sollte ich eigentlich von mir kennen, aber morgens war mir eben nicht danach.

Schnell atme ich ein paar Mal tief durch und finde damit die Aufmerksamkeit von Nora. „Ist dir nicht gut? Du siehst etwas blass aus.", stellt sie leise fest und legt einen Arm um meine Schultern. „Ich... habe noch nichts gegessen heute und diese Hitze, die ganze Sonne auf dem Weg hierher... Ich glaube, ich muss mich mal einen Moment setzen."

Nora nickt und zieht mich sofort hinter sich her zur Terrasse. „Alles okay bei dir?", höre ich Ben hinter uns herrufen, doch im selben Moment fordert Linnea auch schon wieder seine Aufmerksamkeit.

Nora deutet ihm kurz mit einer Geste, dass sie sich um mich kümmert und schon schiebt sie mich förmlich auf eine der Bänke, die um den riesigen Holztisch stehen. „Bleib erst mal sitzen, ich hole dir etwas zu trinken und einen kleinen Snack, dann bist du gleich wieder fit. Nachher wird ohnehin gegrillt, dann wirst du ordentlich satt. Mir wird auch immer schlecht, wenn ich ohne Kopfbedeckung längere Zeit mit dem Cabrio unterwegs bin. Durch den Wind unterschätzt man die Sonne sehr schnell und die ist hier im Sommer wirklich ziemlich stark." Völlig gerührt sehe ich ihr nach, als sie im Häuschen verschwindet.

~~~~~~

„Was war denn los?", frage ich Alicia und lasse mich geschafft neben ihr auf die Bank fallen. Bestimmt eine halbe Stunde hat Linnea mich durch den riesigen Garten gejagt, von der Terrasse bis ans Seeufer und zurück und dann dieselbe Strecke nochmal und anschließend wieder. Sie saß dabei auf ihrem neuen pinken Fahrrad und ich durfte ihr Hund sein. Gott sei Dank konnte ich ihr gerade noch ausreden, dass ich die Strecke auf allen Vieren absolvieren muss, eine etwas gebückte Haltung tat es zum Glück auch. Doch selbst auf zwei Beinen war es anstrengend genug, mit dem Energiebündel mitzuhalten.

Alicia lacht und deutet auf meine schweißüberströmte Stirn. „Bei mir ist alles wieder gut, mir war nur etwas komisch. Aber deine Schwester hat mir etwas zu Essen gegeben und etwas Wasser und jetzt bin ich wieder fit. Du hingegen siehst etwas mitgenommen aus, mein Lieber."

„Iiich habe mich ja auch gerade sportlich betätigt und das auf leeren Magen." Ich ziehe eine Schnute und lehne meinen Kopf an ihre Schulter. Genau in diesem Moment kommt Linnea zu uns und schiebt sich förmlich auf meinen Schoß.

„Onkel Ben, stellst du mir deine Freundin vor?" Sie schiebt ihre Hand etwas vor ihr Gesicht und man sieht, dass es ihr peinlich ist, danach zu fragen. Ich muss unweigerlich grinsen und Alicia sieht mich nur fragend an, denn natürlich spricht die Kleine Schwedisch. Der Rest der Truppe ist in ein Gespräch vertieft, doch es entgeht mir nicht, dass Nora für einen kurzen Moment inne hält und uns aus den Augenwinkeln ansieht.

„Das hier", ich hebe meinen Kopf wieder und deute neben mich, „ist Alicia. Sie kommt aus Deutschland, weißt du? Aber Alicia versteht dich leider nicht. Sie kann nur Englisch sprechen", erkläre ich der kleinen Maus und lege gleichzeitig einen Arm um Alicias Schultern und einen um Linneas Bauch. Sofort lehnt sie ihren Kopf an meine Brust, lässt Alicia jedoch nicht aus den Augen.

Einen ganzen Moment scheint sie zu überlegen, doch dann beginnt sie plötzlich in super süßem, gebrochenem Englisch mit Alicia zu sprechen. „Hallo, ich bin Linnea. Du bist hübsch." Wieder vergräbt sie ihren Kopf leicht, dieses Mal in mein T-Shirt. Wie süß sie doch ist. Schnell streiche ich über ihren Hinterkopf und beobachte Alicia, wie sie ebenfalls zu strahlen beginnt.

„Hallo Linnea. Dankeschön, aber du bist auch eine ganz Hübsche mit deinem coolen Röckchen." Alicia deutet auf das pinke Stückchen Stoff, das Linnea trägt und diese scheint sich total zu freuen, denn sofort grinst sie über das ganze Gesicht und nickt. Haben wir am Wochenende gekauft, als wir shoppen waren", antwortet sie wie eine Große und kichert dabei. Ich bin selbst erstaunt, wie gut sie inzwischen Englisch spricht.

~~~~~~

Ich muss lachen. Die Kleine ist wirklich zuckersüß. Ich kann schon verstehen, wieso Ben so vernarrt in sie ist, mit ihren blonden Löckchen, dem weißen Top mit lila Blumen darauf und ihrem pinken Röckchen. Ihre himmelblauen Augen leuchten förmlich wenn sie spricht und ihre Stimme ist so süß piepsig, dass man sie am liebsten einfach nur knuddeln möchte. Bens Hand wirkt riesig auf ihrem Bauch und man sieht, wie wohl sie sich bei ihm fühlt.

„Alicia?", fragt sie schließlich. „Hm?" „Hast du auch Kinder?", fragt sie nun und man merkt, dass sie allmählich auftaut mir gegenüber. Ich schüttle den Kopf und zwinkere ihr zu. „Nein, ich habe keine Kinder", antworte ich ihr, doch das scheint ihr nicht genug zu sein.

„Magst du denn keine Kinder?", fragt sie nun fast etwas enttäuscht und ich muss lachen. „Doch Linnea, ich mag Kinder sehr gerne." Die Kleine nickt zufrieden und blickt schließlich zwischen Ben und mir hin und her. „Dann kannst du ja mit Onkel Ben ein Baby bekommen und ich pass dann darauf auf", stellt sie ohne Umschweife fest und scheint sich über ihre Idee von Herzen zu freuen.

Ich sehe, wie Nora ein Lächeln über die Lippen huscht und bemerke erst jetzt, dass sie sich aus dem Gespräch der anderen ausgeklinkt hat.

„Linnea, diese Entscheidung musst du den beiden schon selbst überlassen", erklärt sie der kleinen Maus gegenüber, ehe sie mich ansieht und in fast entschuldigendem Ton hinzufügt: „Tut mir leid, sie wünscht sich ein Geschwisterchen, weil ihre Freundinnen fast alle eines haben und ich habe ihr erklärt, dass man sich das nicht einfach so wünschen kann. Darüber war sie etwas enttäuscht."

Nora lacht und ich stimme mit ein, während Ben Linnea irgendetwas auf Schwedisch ins Ohr flüstert, woraufhin die Kleine zu kichern beginnt.

KAPITEL 11

Gut zwei Stunden später sitzen wir mit vollgeschlagenen Bäuchen um den Tisch und während wir Männer im Vorfeld für das Grillen zuständig waren, machen sich nun die Frauen daran, die Geschirrberge nach drinnen zu tragen und sie in die Spülmaschine zu verfrachten.

Ich bin normalerweise kein Verfechter der klassischen Rollenverteilung, aber das hier hat Tradition. Schon seit meiner frühesten Kindheit wird die Verteilung hier im Ferienhaus so gehandhabt. Und auch Alicia lässt es sich nicht nehmen, mitanzupacken, dabei hat Nora ihr mehrfach erklärt, dass sie gerne sitzen bleiben darf, doch Alicia ist nicht aufzuhalten.

Rundum zufrieden erhebe ich mich von meinem Platz und begebe mich beinahe schon automatisch zur riesigen Hängematte, die im Garten zwischen zwei Bäumen hängt. Hier habe ich mich als Kind schon oft stundenlang aufgehalten. Natürlich wurde die Hängematte in der Zwischenzeit diverse Male erneuert, aber die Bäume und die Natur drum herum sind immer noch dieselben.

Ich lasse mich in den weichen Stoff fallen, verschränke meine Arme hinter meinem Kopf und schließe die Augen. Das sanfte Schaukeln lässt mich einen Moment gedanklich abdriften, bis mich ein leises Räuspern wieder in die Wirklichkeit zurückholt.

„Hey", höre ich eine mir äußerst gut bekannte weibliche Stimme und als ich die Augen öffne, sehe ich wie Senja sich gerade neben mich setzt. Die Hängematte wackelt ziemlich, doch sie stützt sich mit einem Fuß am Boden ab und ich rücke automatisch etwas weiter auf die andere Seite, damit wir nicht beide zu Boden fallen.

Senja ist seit ihrer Kindheit mit Nora sehr eng befreundet. Die beiden waren gemeinsam in der Schule und sind von Anbeginn ihrer Freundschaft an beinahe unzertrennlich. Und Senja steht in etwa ebenfalls so lange total auf mich, was jedoch nicht auf Gegenseitigkeit beruht. Sie ist zwar bildhübsch und wirklich nett, aber für mich eben wie eine Art kleine Schwester.

„Hey Senja", antworte ich ihr und zwinkere ihr zu. Ohne zu zögern legt sie eine Hand auf meinen Bauch und strahlt mich an. „Schön dich wieder mal zu sehen, Ben. Sonst muss man ja schon im Fernsehen oder Internet nachsehen, um dich mal zu Gesicht zu bekommen." Ihre Augen funkeln und ich muss innerlich etwas grinsen, denn ich kann mir vorstellen, dass sie ein regelmäßiger Besucher meines Online-Profils ist.

„Alles gut bei dir, Senja? Was macht die Männersuche?" Eine Frage, die ich immer stelle, wenn ich sie sehe, dabei bekomme ich meist dieselbe Antwort. „Wie immer Ben, du weißt doch, so viele gute Männer laufen nicht rum da draußen." Sie kichert leise, lässt mich dabei aber nicht aus den Augen.

„Ach Senja, irgendwann wird es schon einer kapieren, was du für ein Glücksgriff bist." Ich pieke sie sanft in die Seite, woraufhin sie erneut los kichert. Dabei meine ich es ernst. Senja ist eine tolle Frau, dass sie immer noch auf der Suche ist, lässt sicher so manch andere Frau in größte Zweifel ihre eigene Zukunft betreffend ausbrechen.

„Du scheinst ja gut über Romina hinweg gekommen zu sein", stellt sie schließlich fest und nimmt dabei ihre Hand wieder von meinem Bauch. Ihre Augen ruhen jedoch weiterhin fest auf mir.

Ich nicke. „Ich hätte mir gewünscht, dass sie die Liebe fürs Leben gewesen wäre, aber mittlerweile weiß ich, dass es genau so richtig war, wie es gekommen ist." Senja mustert mich weiterhin und nickt ebenfalls. „Deine Neue scheint ja wirklich ganz okay zu sein." Ich lache. „Alicia?" Senja nickt.

„Ich habe eure Fotos im Internet gesehen." Sie nestelt mit ihren Fingern am Saum ihres Rockes und senkt ihren Kopf dabei etwas ab. „Alicia ist sogar mehr als okay. Du würdest sie toll finden, wenn du sie besser kennen würdest." Ich zwinkere ihr erneut zu und merke, wie sie erst einmal schluckt.

~~~~~

„Alicia, du kannst ruhig wieder raus gehen zu den anderen, du musst mir hier nicht beim Abtrocknen helfen." Nora schüttelt lachend den Kopf, während sie die restlichen Teile, die keinen Platz mehr im Geschirrspüler gefunden haben, nach und nach mit der Hand wäscht. Die anderen Frauen haben sich bereits wieder nach draußen verzogen, doch ich habe beschlossen, Nora noch eben zu helfen.

„Wie oft denn noch, ich helfe dir gerne. Sind doch eh nur noch ein paar Teile, das geht zu zweit doch viel schneller." Schnell greife ich nach dem nächsten Glas, um es trocken zu rubbeln. Nora nickt. „Wenn du meinst. Du bist fast genau so stur wie mein Bruder, weißt du das?", lacht sie und zwinkert mir dabei zu, genauso, wie Ben es schon so oft getan hat. Die beiden sind sich wirklich unheimlich ähnlich. Weniger optisch, sondern viel mehr in ihren kleinen Gesten und der Art, wie sie einen ansehen.

„Ja, da ist vielleicht etwas dran." Nora reicht mir das nächste gewaschene Glas und greift selbst nach einem weiteren. „Wie funktioniert das Zusammenleben denn? Ist er sehr anstrengend?" Schnell schüttle ich den Kopf. „Überhaupt nicht. Ich mag es, ihn um mich zu haben, wenn ich ehrlich bin. Okay, manchmal bin ich auch froh, wenn ich meine Wohnung ein paar Stunden für mich habe, aber im Großen und Ganzen, könnte es nicht besser laufen."

Nora nimmt meine Worte auf und mustert mich einen kleinen Moment. „Man merkt, dass es gut läuft zwischen euch beiden." Kaum hat sie die Worte ausgesprochen, fällt es mir wie Schuppen von den Augen. Auch Nora muss denken, dass Ben und ich zusammen sind, zumindest wüsste ich nicht, wann Ben sie aufgeklärt hätte.

„Nora, wenn du auf das Foto anspielst, das ist nicht so wie es aussieht", lache ich, ernte dafür jedoch einen fragenden Blick. „Foto?" „Das Foto von Ben und mir im Internet, Fernsehen oder wo auch immer?" Nora zuckt mit den Schultern. „Von letzter Woche?" Nun lacht sie. „Ich weiß nicht, welches Foto du meinst. Da musst du mich wohl aufklären. Wir sind seit 10 Tagen hier, das heißt, kein Internet und es gäbe zwar Radio und Fernsehen, aber das hier ist unsere Ruhe-Oase. Wenn wir hier sind, gibt es nur die Familie, sonst nichts. Ganz ehrlich bin ich schon etwas froh, wenn wir morgen wieder zurück in die Stadt fahren."

Sie lacht kurz auf, widmet mir jedoch umgehend wieder ihre Aufmerksamkeit. „Also, was hat es mit diesem Foto auf sich?" Schnell schüttle ich meinen Kopf. „Oh, das wusste ich nicht. Ich dachte nur, weil du so eine kleine Andeutung gemacht hast, dass du auf ein Foto von Ben und mir anspielst, das uns in einer etwas zweideutigen Situation zeigt. Seither meint die halbe Welt, dass wir ein Paar sind." Nun lache ich, Nora hingegen blickt immer noch fragend.

„Seid ihr nicht?" Ich brauche wohl nicht zu erwähnen, dass sie von mir dafür einen schiefen Blick erntet. „Nein? Du weißt doch, dass wir Freunde sind", antworte ich ihr und mache mich an das letzte Glas. Nora sieht mich an und scheint zu überlegen.

„Alicia, es tut mir leid, aber ich hatte die letzten Stunden wirklich den Eindruck, als hättet ihr das mittlerweile hinter euch gelassen. Ich dachte echt, ihr hättet den nächsten Schritt gemacht. Die Blicke zwischen euch, diese kleinen Berührungen, da habe ich wohl etwas missverstanden. Tut mir leid."

Ich sehe, dass es ihr wirklich unangenehm ist, dass sie sich da in etwas hinein manövriert hat und muss unweigerlich lachen. Natürlich habe auch ich bemerkt, dass sich die Blicke zwischen Ben und mir verändert haben, allerdings weiß ich es einzuordnen, wie sollte sie das aber können?

„Kein nächster Schritt", antworte ich ihr mit einem Augenzwinkern. „Ich bin nur eine von seinen wirklich richtig guten Freundinnen." Nun ist es Nora die loslacht. „Eine davon? Solange ich denken kann, kommt Ben mit Frauen zwar BESTENS klar, aber entweder er schläft mit ihnen oder er hält Smalltalk und hat sie im nächsten Moment vergessen. Eine BESTE FREUNDIN hatte er noch nie, da bist du die absolute Ausnahme. Bens sonstige wirklich guten Freunde sind eigentlich ausnahmslos männlich. Ist dir das noch nicht aufgefallen? Das ist wahrscheinlich auch der Grund, warum ich immer davon ausgegangen bin, dass 'der nächste Schritt' irgendwann passieren wird."

Sie schüttelt amüsiert den Kopf und wendet sich von mir ab, um zum Kühlschrank zu gehen. Ich bleibe etwas verdutzt stehen, doch dann zucke ich mit den Schultern. „Ich nehme mal an, das spricht dann für mich und meinen Charakter."

Nora lässt einen Laut los, den ich nicht deuten kann, nickt jedoch gleichzeitig und holt zwei volle und zwei angebrochene Flaschen Schnaps aus dem Kühlschrank. Schnell deutet sie auf ein Tablett voller Schnapsgläser und ich verstehe meinen Job umgehend. Schwer beladen gehen wir schließlich wieder nach draußen.

~~~~~~

Noch eine ganze Weile habe ich Senjas Fragen bezüglich Alicia und mir beantwortet, jedoch absichtlich vermieden, restlos aufzuklären, dass wir beide keine Paar sind, denn so war ich mir wenigstens sicher, dass sie den nötigen Abstand halten würde, doch irgendwie habe ich das Gefühl, dass sie ständig ein Stück näher an mich heranrückt, obwohl ich mir sicher bin, dass sie das noch nicht einmal selbst wirklich realisiert.

Normalerweise habe ich kein Problem damit, eine Frau abzuweisen, wenn ich nichts von ihr will, aber bei Senja ist die Sache doch etwas anderes. Es liegt mir fern, ihr in irgendeiner Weise weh zu tun, dafür habe ich sie in all den Jahren, seit ich sie kenne, viel zu sehr ins Herz geschlossen, wie ein Bruder seine Schwester eben.

„Da ist sie ja wieder. Ich hoffe, es macht ihr nichts aus, dass ich hier bei dir sitze", höre ich Senja, während wir beide einen Blick zur Terrasse werfen, wo Nora und Alicia gerade eben wieder nach draußen kommen. Ich muss lachen. „Ganz bestimmt nicht", antworte ich ihr umgehend, was mir einen fragenden Blick einbringt.

~~~~~

Kaum haben wir die Sachen unter freudigem Jubel der anderen auf dem Tisch abgestellt, packt Nora mich am Arm und zieht mich einen Schritt weg. „Oje, guck mal." Sie deutet auf eine Hängematte im Garten und erst jetzt sehe ich Ben mit einer der Frauen dort, den Namen habe ich leider vergessen.

„Was ist denn?", frage ich Nora, die bereits den Kopf schüttelt. „Senja ist meine beste Freundin, aber sie hat einen kleinen Fehler." Sie lacht kurz auf. „Sie ist seit Jahren unheimlich in Ben verschossen und der Gute schafft es nicht, ihr einmal klipp und klar zu sagen, dass sie keine Chance bei ihm hat. Er will ihr nicht wehtun, weil sie wie eine zweite Schwester für ihn ist, sagt er immer und ich darf sie auch nicht aufklären. Vielleicht solltest du ihm besser da raushelfen?" Sie deutet erneut auf die beiden und ich sehe sie dafür zweifelnd an.

„Ich?" Nora nickt. „Er wird sie sonst vermutlich für den restlichen Abend nicht mehr los." Noch einmal sehe ich zu den beiden und erkenne erst jetzt, dass Ben mich förmlich *mit seinem Blick fixiert. Ich lache. „Soll ich wirklich?" „Auf jeden Fall." Mit diesen Worten schubst Nora mich regelrecht ein Stückchen vorwärts.*

~~~~~~

Ich mache gedanklich eine 'Strike'-Geste, als ich sehe, dass Alicia langsam auf Senja und mich zukommt. Ich habe genau gesehen, dass Nora sie geschickt hat und notiere in meinem Kopf, dass ich ihr etwas schuldig bin. Sie weiß genau, dass ich es nicht schaffe, Senja einen Korb zu geben.

Jetzt scheint auch Senja bewusst zu werden, dass Alicia auf dem Weg zu uns ist, denn sie kichert etwas verlegen. „Da kommt dich wohl jemand abholen." Erneut nestelt sie am Saum ihres Rockes.

„Wahrscheinlich hat sie nach gestern Abend Angst, dass sie all den Schnaps alleine trinken muss", antworte ich flapsig und ernte dafür einen seltsamen Gesichtsausdruck von Senja.

„Ist was?", hake ich nach, nachdem mich ihr Blick förmlich durchdringt. „Sie trinkt mit?" Nun sehe ich wohl etwas verwundert drein. „Wieso nicht?" Ein fast schon erleichterter Laut – eine Mischung aus Lachen und Verwunderung – huscht über Senjas Lippen.

„Sorry, und ich dachte schon..." Sie hält inne und ich sehe, wie ihr eine leichte Röte ins Gesicht steigt. „Was dachtest du?" „Dass sie vielleicht sogar schon schwanger ist von dir." Ich lache. „Wie kommst du denn auf so was?" „Ach, weil ihr doch vorhin so schwindelig und übel war und als Nora ihr dann etwas zu essen und zu trinken gebracht hat, sagte sie nur irgendwas davon, dass es ihr während ihrer Schwangerschaft ständig so ging und dass sie deshalb wüsste, wie man den Körper am schnellsten wieder fit bekommen könnte. Da hab ich wohl den Zusammenhang völlig missverstanden."

Senjas Kopf wird immer farbiger. „Nein, nein... Alicia hatte bloß mit leerem Magen und der Hitze zu kämpfen", antworte ich ihr und tätschle ihr dabei den Oberarm. Genau in diesem Moment hat Alicia uns auch schon erreicht.

~~~~~~

„Senja, richtig?" Ich schenke ihr mein nettestes Lächeln und sehe, wie Senja automatisch etwas verunsichert wirkt, doch dann nickt sie. „Könnte ich Ben bitte mal unter vier Augen sprechen?" Täusche ich mich, oder blitzen Bens Augen tatsächlich zufrieden auf? Senja hingegen scheint meine Anwesenheit nicht ganz so prickelnd zu finden, doch erneut nickt sie. „Kein Problem, Alicia." Sie wirft Ben noch einen Blick zu, den ich jedoch nicht deuten kann, da sie mir dabei mit dem Rücken zugekehrt ist. Ben wirkt mehr als zufrieden mit der Situation und so schleicht Senja schließlich langsam davon.

Kaum ist sie außer Hörweite, spüre ich Bens Hand an meinem Handgelenk und mit einem geschickten Griff zieht er mich zu sich auf die Hängematte, ein breites Grinsen im Gesicht.

„Eifersüchtig?" Seine Augen blitzen mich regelrecht an. „Ha, vergiss es mein Lieber, deine Schwester hat mich regelrecht hierzu verdonnert", antworte ich ihm wahrheitsgemäß und an seiner Reaktion sehe ich gleich, dass er das ohnehin wusste.

Schnell verpasse ich ihm einen halb liebevollen, halb ernst gemeinten Fausthieb gegen den Oberschenkel, woraufhin er einen gespielten Aufschrei loslässt. „Du stehst wohl darauf, mich zu schlagen." Ist es möglich, dass seine Augen plötzlich einen intensiveren Blau-Ton angenommen haben? „Absolut. Du nicht?", antworte ich ihm kurz und ohne es zu wollen, beginnen meine Finger wie von selbst am unteren Ende seines Shirts herumzuspielen.

„Zählt das eigentlich als 'hier unter vier Augen'?", fragt er etwas heiser und ich sehe, wie er automatisch schneller zu atmen beginnt, als meine Finger immer wieder zufällig seine Haut am Bauch berühren. Sofort erinnere ich mich an unsere Abmachung zurück. 'Alles was hier unter vier Augen passiert, ist erlaubt.' So in etwa waren meine eigenen Worte gewesen.

Ich schlucke, denn ein wohl bekanntes Kribbeln breitet sich in mir aus. „Vier Augen nenne ich das nicht gerade", flüstere ich ihm zu und deute dabei auf die Terrasse, wo gerade die erste Ration Schnaps die Runde macht.

Ben lacht. „Nicht jetzt, aber später sind wir hier bestimmt unter vier Augen." Sofort erkennt er meinen ratlosen Blick. „Nora hat mir angeboten, dass wir beide heute hier übernachten können, damit wir auch ein bisschen was mittrinken können und wie ich mein Schwesterchen und ihren Gatten kenne, gehen die beiden spätestens eine halbe Stunde nach Linnea schlafen. Und die anderen fahren sowieso heute noch alle zurück."

Mit diesen Worten lässt er langsam eine Hand unter meinem Sommerkleid verschwinden. Automatisch halte ich die Luft an, als ich spüre, wie er mit einem Finger über den Stoff meines Höschens fährt. Wie sehr würde ich mir wünschen, dass wir jetzt bereits alleine wären und Ben scheint jeden meiner Gedanken genau zu erahnen, denn das offensichtliche Grinsen auf seinem Gesicht spricht Bände.

~~~~~~

„Ich brauche Schnaps!", presst Alicia zwischen ihren wohlgeformten Lippen hervor, als mein Daumen über den zarten Spitzenstoff kreist. Ich frage mich, welche Farbe das kleine Stückchen Stoff wohl hat, doch leider wird mir dieses Wissen noch eine ganze Weile verwehrt bleiben.

„Aber, aber Frau Lindqvist!" Mit einem verschmitzten Lächeln beobachte ich, wie ihre Wangen eine leicht rötliche Farbe annehmen und sie scheint derart in meinen Bann gezogen zu sein, dass sie es sogar unterlässt, mich für meine Namensgebung zu rügen. Stattdessen haucht sie nur ein kurzes „Jetzt! Alkohol!" und schließt ihre Beine etwas, damit ich meine Hand wieder zurückziehe.

Ich gehorche, kann allerdings nicht umhin, ihr noch eine kleine Spitze zuzuwerfen: „In Ihrem Zustand, Frau Lindqvist?" Lachend denke ich an Senjas Kommentar zurück, den Alicia natürlich nicht mitbekommen hat und dementsprechend reagiert sie auch gar nicht weiter darauf, sondern steht auf und packt mich nun ihrerseits am Handgelenk.

„Auf geht's Herr Lindqvist, wir sind in Schweden, da gehört es zum guten Ton, sich beim Barbecue den ein oder anderen hinter die Binde zu kippen und wir wollen doch gewiss nicht unhöflich sein." Ihre Augen funkeln mich an und noch immer ist die Röte aus ihrem Gesicht nicht gänzlich verflogen. Zu wissen, dass ICH der Grund dafür bin und nicht etwa die Hitze, ist einfach wunderbar.

~~~~~~

Der restliche Nachmittag vergeht wie im Fluge. Diverse Runden eines schaurigen Kräuterlikörs finden in uns dankbare Abnehmer, wobei Senja und eine Frau, deren Namen ich mir nicht merken kann, als Fahrerinnen nüchtern bleiben. Die Männer der Runde gönnen sich nebenher noch das ein oder andere Bier, während wir Frauen uns lieber ein paar fruchtige, alkoholfreie Cocktails zu Gemüte führen.

Gegen neun Uhr abends machen sich schließlich alle auf den Heimweg und so bleiben nur noch Nora, ihr Mann Marten, Linnea, Ben und ich zurück. Noch eine ganze Stunde etwa sitzen wir alle um ein kleines Lagerfeuer, das die Männer unbedingt machen mussten, obwohl es auch ohne warm genug wäre und auch hell genug.

Nora lehnt in Martens Armen, während die kleine Linnea mit dem Kopf auf ihren Schoß gebettet ist und mühsam gegen den Schlaf ankämpft. Immer wieder fallen ihr die kleinen Augen zu und immer wieder reißt sie sie anschließend mühevoll wieder auf, um ja nichts zu verpassen. Ich beobachte, wie Nora unablässig über die Stirn der Kleinen streicht und Marten jedes Mal einen drohenden Blick zuwirft, wenn dieser im Gespräch einmal mehr laut loslacht und natürlich stimmt Ben auch jedes Mal prompt mit ein.

Ich muss lachen. Es ist nicht einfach, diese schwedischen Kerle soweit abzufüllen, dass sie zu lallen beginnen, doch die Mischung heute, wahrscheinlich zusammen mit dem sehr warmen Wetter, hat es doch geschafft und es ist einfach zu komisch, ihnen zuzuhören, wie sie versuchen, mir zuliebe beim Englisch zu bleiben, aber immer häufiger an der Aussprache scheitern.

Nora ist es schließlich, die der fröhlichen Runde ein Ende setzt. „Seid mir nicht böse ihr Lieben, aber ich denke, wir sollten jetzt ins Bett, Linnea ist definitiv durch für heute und mir geht es nicht anders." Sie legt eine Hand auf Martens Oberschenkel und wirft ihm einen fragenden Blick zu. Er sieht sie an, nickt und haucht ihr einen flüchtigen Kuss auf die Schläfe. „Okay Schatz, llass uns gehen." Die Worte gleiten ihm etwas mühsam über die Lippen, doch zu meiner Verwunderung schafft er es, gleichzeitig aufzustehen, ohne allzu sehr mit dem Gleichgewicht hadern zu müssen.

Nora nimmt Linnea auf ihren Arm und nachdem wir ein paar Gute-Nacht-Floskeln ausgetauscht haben, sind die beiden auch schon in der Hütte verschwunden. Ben hingegen scheint nicht vorzuhaben, sich in naher Zukunft noch einmal zu bewegen.

~~~~~~

Mit fragendem Blick steht Alicia plötzlich neben mir. „Sollten wir nicht auch langsam schlafen gehen?" Sie deutet in Richtung Hütte, in der die drei soeben verschwunden sind. Schnell schüttle ich den Kopf und überlege, die entsprechenden Worte zu formen, was mir jedoch zu mühevoll erscheint.

„Ich bin müde Ben und mein Kopf dreht sich von euren seltsamen Shots. Ich würde ja alleine gehen, aber ich habe keine Ahnung wo das Zimmer ist." Sie fasst sich mit einer Hand an die Stirn und tritt gleichzeitig direkt vor mich, was ich nutze, um meine Hände um ihre Taille zu schlingen und sie auf meinen Schoß zu ziehen.

Sie lässt einen kurzen Aufschrei los, kichert jedoch gleichzeitig. „Beeeen!" „Besser!", grinse ich und kuschle meinen Kopf in ihre Halsbeuge, wo ich ein paar gespielte Schlafgeräusche von mir gebe. Sie zappelt etwas, doch meine Arme sind so fest um sie geschlungen, dass sie nicht entkommt.

„Ab ins Bett mit dir!" Worte, die ich nur zu gerne aus dem Munde einer Frau höre, aber so habe ich es nicht geplant. „Ich lliebe es, wenn du dasch saagst, aber nein...", antworte ich ihr und ehe sie kontern kann, stehe ich samt ihr auf, was sie erneut losquietschen lässt.

Ich warte einen Augenblick, bis die Umgebung um mich herum wieder einigermaßen stillsteht und setze schließlich einen Schritt vor den anderen. „Ben, spinnst du? Wohin willst du? Dort ist die Haustür und lass mich runter!"

Sie wedelt mit ihrer Hand vor meinem Gesicht herum und der Klang ihrer Stimme ist eine Mischung aus amüsiert und ängstlich. Sie glaubt doch nicht etwa, dass ich sie fallen lassen könnte?

„Hier hin." Ich deute mit dem Kopf in Richtung Hängematte und mache mich etwas wackeligen Schrittes auf den Weg. Alicia schüttelt resigniert den Kopf. „Wenn du mich fallen lässt, dann kannst du dir nächstes Jahr zu Ostern vom Hasen höchstpersönlich neue Eier wünschen!", knurrt sie und krallt sich mit voller Kraft an meinem Oberarm fest.

Es dauert ein paar Sekunden bis ihre Worte in meinem Hirn verarbeitet sind und ich laut zu lachen beginne. „Dasch s'cool." Sie stößt einen Laut durch ihre Lippen. „Ob du das dann immer noch cool findest, werden wir sehen." Ich nicke überschwänglich und übersehe dabei irgendetwas, das da nicht auf den

Boden gehört. Einen Moment wanken wir beide bedrohlich, doch gerade noch rechtzeitig kann ich sie in der Hängematte abladen. Etwas unsanft, aber sie liegt, dass sie dabei einen Schrei loslässt, kann sich wohl jeder denken.

„Siehsch, alles geklappt", grinse ich und lasse mich sofort neben sie fallen. Sie schüttelt erneut den Kopf und lacht. „Du bist mein Held." Den ironischen Unterton ignoriere ich gekonnt und ziehe sie stattdessen heldenhaft auf meine Brust.

„Und jetzt?", fragt sie. „Ben schlafen", antworte ich ihr noch und bemerke, wie mir im selben Moment auch schon die Augen zufallen.

KAPITEL 12

Durch ein Kitzeln an meiner Nasenspitze werde ich am nächsten Morgen aus einem erstaunlich erholsamen Schlaf geweckt. Langsam öffne ich die Augen und muss ein paar Mal blinzeln. Unser Schlafplatz hängt zwar durch die beiden riesigen Bäume im Schatten, aber dennoch haben einzelne Sonnenstrahlen bereits durch das Meer an Blättern hindurch zu uns gefunden.

„Guten Morgen, Schlafmütze!", flüstert mir ein bis über beide Ohren strahlender Ben entgegen und kitzelt mich erneut mit einem Stück Papier an der Nasenspitze. „Was ist das?", frage ich ihn und staune nicht schlecht, als ich bemerke, dass mittlerweile eine kuschelige Decke über uns beiden liegt. Ben kann doch unmöglich aufgestanden sein? Ich liege doch quasi immer noch halb auf ihm.

Er hält den Zettel ein paar Zentimeter weiter weg, so dass ich die Schrift darauf erkennen kann: „Guten Morgen ihr zwei Langschläfer. Wir mussten schon früh aufbrechen, weil Marten einen Termin in der Stadt hat. Ich habe es nicht übers Herz gebracht, euch zu wecken und euch dafür eine warme Decke gebracht. Schön, dass ihr hier gewesen seid! Genießt noch das Frühstück, das auf der Terrasse auf euch wartet und Ben – ich soll dir von Linnea erzählen, dass sie dir noch einen Abschiedskuss gegeben hat, du hast aber nur etwas gegrunzt dabei. Nora"

Ich muss lachen, denn diese kleinen Laute, die er während dem Schlaf von sich gibt, wenn ihn irgendetwas von außen stört, die kenne ich mittlerweile selbst nur zu gut.

„Lachst du über mich?" Mit diesen Worten lässt er seine rechte Hand unter die Decke gleiten und versucht mich zu kitzeln. „Hey!", protestiere ich lautstark. „Hörst du wohl auf?!" Bens Augen blitzen auf, doch entgegen meiner Vermutung, dass er sich davon nicht abhalten lassen wird, beendet er tatsächlich seine Kitzelattacke.

„Braver Ben." Ich streiche ihm ein paar Mal über das wild abstehende blonde Haar und ernte dafür einen mehr als zweifelhaften Blick. „Die Bewegungen stimmen schon mal, aber die Stelle noch nicht so ganz." Schnell lasse ich meine Finger ein Stück nach unten wandern, an den untersten Rand seines Haaransatzes. „Hier?", frage ich ihn grinsend, doch statt einer Antwort zieht er mich mit einem einzigen Ruck gänzlich auf sich, was die Hängematte ordentlich zum Wackeln bringt.

„Willst du, dass wir abstürzen?", frage ich ihn, mein Gesicht nur wenige Zentimeter von seinem entfernt. „Das bin ich gestern schon. Jetzt gerade will ich was ganz anderes", grinst er und schon spüre ich seine weichen Lippen auf meinen.

~~~~~~

Ich liebe es, wie sie schmeckt, selbst jetzt am Morgen und kann gar nicht genug davon bekommen. Es vergehen bestimmt Minuten, bis sie sich schließlich langsam von mir löst.

„Du, Ben?", fragt sie heiser, ihre Wangen gerötet und ein wunderschöner Glanz liegt in ihren Augen, ein Glanz, den nur Leidenschaft hervorzaubern kann. Ich lasse meine Hände durch ihre Haare gleiten und wundere mich, wie sie nach einer Nacht in der Hängematte so gepflegt aussehen kann.

„Alicia?", brumme ich als Antwort und meine Hände suchen automatisch den Weg über ihren Hals, hinunter auf ihren Rücken, wo ich mir nichts sehnlicher wünsche, als dass dieses Stückchen Stoff ihres Kleides sich in Luft auflöst.

Für einen Moment blickt sie furchtbar ernst und bringt damit meinen Kopf unweigerlich zum Rattern, doch dann strahlt sie wieder. „Erzählst du mir, was das ist, das du jetzt gerade willst?" Ein leises Kichern begleitet ihre Worte und sogar ich vernehme ein Kichern aus meinem Mund. Herrje, was bringt diese Frau noch aus mir hervor?

Ich spüre, wie sie eine Hand langsam unter mein Shirt schiebt. Sofort konzentrieren sich all meine Sinne auf diese eine Stelle meines Körpers.

Mit einem leisen Seufzen lasse ich meine Hände weiter nach unten gleiten und ziehe neckisch an ihrem Kleid. „Ich will DICH, hier. Ich will dieses wunderhübsche, aber völlig unnütze Stückchen Stoff von deinem Körper streifen."

Ihr Atem wird eine Spur schneller und vorsichtig erhebt sie sich ein Stück, um sich auf mich zu setzen, ihre Beine links und rechts von meinen Schenkeln, die Decke schüttelt sie locker ab. Wieder wackelt die Hängematte etwas, aber sie bewegt sich so geschickt, dass wir nicht Gefahr laufen, herunter zu fallen.

Ohne zu zögern lasse ich meine beiden Hände über ihre nackten Oberschenkel gleiten und nehme dabei das Kleid gleich mit. Es dauert nur ein paar Sekunden, da habe ich das Stück Stoff auch schon über ihren Kopf gezogen und lasse es nun neben uns zu Boden fallen.

Einen Augenblick betrachte ich das Bild, das sich mir bietet, ehe ich sie wieder ein kleines Stück heranziehe, um hinter ihr den Verschluss ihres BHs zu öffnen. Auch dieser Hauch von Nichts folgt dem Kleid zu Boden.

„Und was jetzt, Ben?" Sie haucht meinen Namen, dass mir alleine der Klang ihrer Stimme schon einen wohligen Schauer über den Körper jagt. Ich sehe, wie sie mit ihrer Zunge über ihre Unterlippe gleitet und würde sie am liebsten zu mir ziehen, aber noch befindet sich definitiv zu viel Stoff zwischen uns.

„Jetzt hilf mir, mich auszuziehen." Sie grinst mich an. „Gar nicht so einfach, ohne runter zu fallen." Ich nicke, doch schon beginnen wir beide damit, mich aus meinen Klamotten zu schälen und ohne mein Hinzutun streift sie auch noch ihr Höschen von ihrem wunderhübschen Po.

„Geschafft", flüstert sie, als wir schließlich völlig nackt sind und wir warten einen Moment, bis die Hängematte wieder stillsteht. „Sag mir, was du jetzt möchtest", flüstert sie beinahe, während sie sich zu mir beugt und sanft an meinem Ohrläppchen knabbert. Vorsichtig schiebe ich eine Hand zwischen uns und muss feststellen, dass nicht nur ich dieses Spiel unheimlich erregend finde.

Vorsichtig entziehe ich mich ihr wieder und grinse sie an. „Jetzt", flüstere ich und sehe ihr dabei tief in die Augen, „will ich dich spüren. Ganz."

Kaum habe ich die Worte ausgesprochen, bemerke ich auch schon, wie sie ihr Becken anhebt und im nächsten Moment fühle ich das himmlische Gefühl, das ich so sehr herbei gesehnt habe.

„Langsam, Alicia, ganz langsam", hauche ich an ihren Mund, darauf bedacht, das hier ohne Sturz zu überstehen und genau deshalb ist jede kleine Geste, jede minimale Bewegung, jeder Blick noch intensiver und ich will jede Sekunde davon auskosten.

~~~~~

„Das… war…", hauche ich atemlos an Bens Mund, während ich meinen restlichen Körper auf ihn sacken lasse. Weiter komme ich nicht, denn er verschließt meinen Mund mit einem zarten Kuss und schlingt seine Arme fest um meinen Rücken.

Eigentlich war jedes einzelne Mal mit ihm bisher etwas Besonderes gewesen, aber dieses Erlebnis soeben, hat mich regelrecht sprachlos gemacht. Wir waren uns so nahe. Jede kleine Bewegung, jeder leidenschaftliche Blick aus seinen Augen, jede zarte Berührung seiner Hände, alles war intensiver und durch den langsamen Rhythmus schien es, als wären all unsere Sinne mit in dieses Spiel einbezogen. Für einen Moment hatte es sich seltsam angefühlt, ihm so nahe zu sein, auf diese ganz besondere Art, doch schnell hat mein Körper meinen Gedanken keinen Raum mehr gelassen und alles was dann folgte, war schlichtweg unbeschreiblich.

Vorsichtig löst Ben seine Lippen wieder von meinen. „Ja, das war's", flüstert er und streicht mir dabei eine Haarsträhne aus der Stirn. Sein Blick ruht auf meinen Augen und noch immer spüre ich die wohlige Wärme zwischen uns. Er räuspert sich etwas. „Alicia, ich…" „Ach du Scheiße!", unterbricht schließlich eine weibliche Stimme seine Worte. Wir zucken beide zusammen und realisieren erst jetzt, dass Nora ein paar Meter von uns entfernt steht und in unsere Richtung sieht, dabei aber jedoch – mehr alibihalber – eine Hand vor ihre Augen hält.

Geistesgegenwärtig schiebe ich mit einem Fuß die Decke ein Stück nach oben, bis ich sie greifen und über uns ziehen kann und am liebsten würde ich sie gleich weiter über meinen Kopf ziehen.

Ich werfe einen Blick auf Ben und versuche gleichzeitig, mich ein kleines Stückchen von seinem Körper zu rollen, doch statt mich frei zu lassen, zieht er seinen Griff nur noch etwas fester um mich. „Lass doch los!", flüstere ich im Befehlston, doch er grinst nur – erst zu mir und schließlich wieder zurück zu Nora.

„Schwesterchen, mit dir hatte ich nicht unbedingt gerechnet." Hätte ich mir ja auch denken können, dass er das witzig findet. Ich rolle mit den Augen, während Nora langsam die Hand wegnimmt und sich schließlich ebenfalls dafür entscheidet, zu lachen. „Was du nicht sagst... Tut mir leid ihr zwei. Wir waren schon Zuhause, als Linnea aufgefallen ist, dass sie ihr Lieblingsstofftier hier vergessen hat und ohne dieses Plüschhäschen kann, oder sollte ich besser sagen, will sie nicht einschlafen abends, deshalb bin ich nochmal eben zurück. Ich... gehe es dann mal holen und ihr beiden .. ja... äh... weitermachen - würde ich sagen, oder vielleicht besser erst, wenn ich wieder weg bin, denn ich muss hier nochmal vorbei."

Sie spricht etwas schneller als sonst und kaum ist sie fertig, dreht sie sich um und geht forschen Schrittes in Richtung Eingangstür. Ben und ich sehen ihr hinterher und kaum ist sie drinnen verschwunden, müssen wir beide loslachen.

~~~~~~

„Was denkst du, sollten wir auf sie hören?" Ich lasse meine Hände etwas weiter nach unten wandern und umschließe ihren Po mit festem Griff. Alicia sieht mich an, als hätte ich nicht mehr alle Latten am Zaun. „Sonst geht's dir gut, oder?" Sie gibt einen kurzen Ton von sich und schüttelt den Kopf. „Anziehen, Lindqvist. JETZT!"

Ich muss lachen, bin aber doch ganz froh über ihre Reaktion, denn nach dem Alkoholkonsum gestern verlangt mein geschundener Körper nach der morgendlichen Sporteinlage mittlerweile sehnsüchtig nach einer ordentlichen Portion Koffein und einer noch größeren Ration Futter.

„Okay, okay. Wenn du meinst..." Mit diesen Worten drehe ich mich ruckartig zur Seite und während Alicia völlig perplex neben mir in der Hängematte landet, ziehe ich mit einem gekonnten Griff die Decke komplett von ihrem Körper. Sie quietscht los, hat jedoch so viel damit zu tun, irgendwie das Gleichgewicht zu halten, dass sie sich nicht weiter wehren kann und ich somit – zumindest vorerst – verschont bleibe.

„Lindqvist! Das macht man nicht ungestraft mit mir, merk dir das!", lacht sie und während ich vorsichtig mit einem Fuß nach draußen steige, passe ich dieses Mal auch tatsächlich auf, dass ihr nichts passiert. „Soll ich Ihnen raushelfen, Madame?" Schnell reiche ich ihr meine Hand zur Hilfe und nach einem etwas argwöhnischen Blick, nimmt sie sie schließlich doch an. „Danke, mein Herr." Vorsichtig rutscht sie ein Stück weiter an den Rand und setzt schließlich ihre Füße auf den Boden. Doch gerade, als ich sie loslassen will, sackt sie völlig unvermittelt ein Stück zusammen.

„Alicia!" Schnell schlinge ich einen Arm um sie und halte sie fest, doch da schüttelt sie auch schon den Kopf. „Alles okay. Mir war nur kurz komisch. Dieser ‚Seegang' hier die ganze Nacht und dann plötzlich fester Boden unter den Füßen, das ist nicht meins."

Sie befreit sich aus meinem Griff und als sie sieht, dass ich sie immer noch anstarre, grinst sie. „Lindqvist, echt, alles gut. Du bist vielleicht nicht empfindlich was so was anbelangt, aber ich werde manchmal schon im Schlauchboot seekrank und dieses Gewackel hier unterscheidet sich nicht unbedingt groß davon."

Sie nimmt ihre Kleider vom Boden und wirft sie auf die Hängematte, um gleich darauf in ihre Unterwäsche zu schlüpfen. Noch einmal inspiziere ich sie eingehend, doch sie scheint wieder völlig fit zu sein. „Hier." Sie hält mir meine Shorts unter die Nase und ganz automatisch greife ich danach und verfrachte meine Beine in die dafür vorgesehenen Löcher. Gerade als ich sie über meinen Hintern ziehe, schleicht sich eine Stimme in meinen Kopf, die mich für einen Moment erstarren lässt. Es sind Senjas Worte vom Vortag: „... und ich dachte schon, dass sie vielleicht sogar schon schwanger ist von dir."

Schwanger? Es besteht doch nicht die Möglichkeit? Oder doch? Erst die Übelkeit, jetzt das? Nein, sie nimmt die Pille. Das kann gar nicht sein. Obwohl... „Alicia an Ben. Was hältst du davon?" Etwas verwirrt sehe ich Alicia an, die strahlend vor mir steht, nun mit meinem T-Shirt vor meiner Nase wedelt und mir scheinbar irgendeine Frage gestellt hat.

„Was?" „Frühstück mit Nora? Wenn sie sich schon die Mühe gegeben hat, all das für uns vorzubereiten? Wo bist du denn mit deinen Gedanken?" Ich lasse meinen Blick noch einmal über ihren gesamten Körper streifen, dieses Mal ganz langsam, aber natürlich finde ich keine Anzeichen, die meinen Fragen eine Antwort geben könnten. „Ben?", hakt sie erneut nach. „Äh... Ja, klar."

~~~~~~

Nachdem sie sich gefühlte zehn Mal versichert hat, dass sie uns auch wirklich nicht stört, setzt Nora sich schließlich zu uns an den Tisch. Man muss ihr lassen, sie hat wirklich an alles gedacht. Sogar Kaffee ist schon in einer Thermoskanne vorbereitet und neben frischem Brot, das sie am Vortag eigenhändig gebacken hat, warten viele weitere Leckereien auf uns. Wurst, Käse, gekochte Eier, Butter, Marmelade und sogar Kuchen stehen bereit. In Windeseile haben wir alle Plastikdosen geöffnet, in die sie alles verpackt hat, um es vor diversen Vier-, Sechs- oder Achtbeinern zu schützen und beginnen damit, unsere Teller vollzuladen.

Ben ist ungewöhnlich still, wirkt fast etwas nachdenklich, aber wahrscheinlich erörtert er in seinem Kopf nur, wie er möglichst viele der Köstlichkeiten in möglichst schneller Zeit in seinen Körper befördern kann, denn an Appetit scheint es ihm nicht zu mangeln.

„Vielleicht klingt die Frage jetzt blöd", beginnt Nora plötzlich, während sie kleine Stückchen der Eierschale abpellt, „aber das mit euch beiden, hat das nun was zu bedeuten? Ich mein nur, weil gestern hast du", sie deutet auf mich, „na da hast du mir erzählt, dass ihr nur Freunde seid?! Ich weiß, es geht mich nichts an, aber wo ich nun schon so, äh, hineingestolpert bin in diese Situation... Nun ja, ihr wisst schon worauf ich hinauswill."

Ich finde es süß, wie sie versucht die richtigen Worte zu finden und dabei schon fast etwas nervös zwischen dem Ei und uns hin und her blickt. Ich warte einen Moment, um Ben die Gelegenheit zu geben, ihr zu antworten, doch dieser sieht uns zwar abwechselnd an, scheint gedanklich jedoch nicht wirklich unter uns zu weilen.

Nun gut, dann eben ich. „Nora, was ich dir gestern erzählt habe, das hat auch heute noch Gültigkeit. Es ist nur so", ich suche einen Moment nach den passenden Worten, „also, kurz gesagt, wir genießen einfach unseren gemeinsamen Urlaub im Moment. Vielleicht etwas anders, als beste Freunde das normalerweise tun, aber es hat weiter keinen tieferen Hintergrund." Schnell beiße ich in ein Stück Kuchen, um mich irgendwie abzulenken, während ich auf Noras Reaktion warte. Und was ist eigentlich mit Ben los? Er nickt, blickt immer noch zwischen uns hin und her, aber macht weiterhin keine Anstalten, auch nur einen Ton von sich zu geben. Ich bin mir nicht einmal sicher, ob eines meiner Worte bei ihm angekommen ist. Nora hingegen scheint mich sehr wohl verstanden zu haben und zwinkert mir mit einem Lächeln auf den Lippen zu.

„Okay, Urlaub also, ich verstehe. Nun gut, dann frag ich lieber auch gar nicht weiter nach. Solange es euch beiden gut geht, werde ich mich da gewiss nicht einmischen." Ich muss lachen. „Na dann, Prost." Grinsend halte ich Nora und Ben meine Kaffeetasse entgegen und während Nora es mir gleichtut und ein fröhliches „Skål!" von sich gibt, blickt Ben nur erstaunt auf.

„Worauf stoßen wir an?" Nora blickt zu mir, ich zu ihr und gleichzeitig schütteln wir ungläubig den Kopf. „Auf die Männer dieser Welt", antworte ich ihm kurzerhand mit einem Augenzwinkern.

~~~~~~

Eineinhalb Stunden später sind unsere Bäuche gefüllt, das Geschirr verräumt und Alicia und ich sitzen im Auto, um die Rückreise nach Stockholm anzutreten. Eineinhalb Stunden in denen ich mir immer wieder dieselben Fragen gestellt habe. Kann es denn möglich sein und wie finde ich das heraus? Und falls ja, was dann? Was würde das bedeuten? Wie würde es mein Leben verändern? Und Alicia? Was würde sie denken?

Ja, sicher, für einen Mann vielleicht ein paar Fragen zu viel auf einmal, aber genau so lief es eben ab in meinem Hirn. Ich schwankte zwischen Panik, Ratlosigkeit und einem anderen undefinierbaren Gefühl. Alicia hingegen schien keinen Gedanken daran zu verschwenden, woher ihre kleinen Wehwehchen rühren. Bestens gelaunt hat sie sich mit Nora unterhalten. Worüber? Keine Ahnung. Ihre Augen haben gestrahlt, ihr Lächeln war so offen und ehrlich und in dem Moment wusste ich einfach, dass egal welche Antworten ich auf all meine Fragen bekommen werde, ich nie bereuen werde, diese intimen Momente mit ihr geteilt zu haben. Natürlich hoffe ich inständig, dass sie nicht schwanger ist, denn ein Kind groß zu ziehen, auf dem Höhepunkt meiner Musikkarriere und mit einer Frau, mit der ich nicht einmal zusammen bin, ist nicht das, was ich mir letztes Silvester für dieses Jahr heimlich gewünscht habe. Im Gegenteil, in meiner letzten Beziehung hat dieses Thema viele Uneinigkeiten und Streitereien hervorgebracht und ich bin schlichtweg froh, wenn ich bis auf Weiteres nicht mehr damit in Berührung komme. Aber dennoch, da ist dieses mulmige Gefühl in mir, dass es durchaus im Bereich des Möglichen liegen könnte und je mehr ich darüber nachdenke, desto mehr wünsche ich mir, dass die wichtigste meiner Fragen schnell beantwortet wird.

„Sag mal, hat es dir die Sprache verschlagen?", höre ich plötzlich Alicias Stimme zu mir durchdringen, während ich das Cabrio sorgsam über die Schotterstraße bewege. „Nein, wieso?", antworte ich ihr scheinheilig. "Na seit wir aus der Hängematte gekrabbelt sind, hast du - völlig entgegen deinem Naturell - fast nur einsilbige Worte von dir gegeben."

Ich nicke und es braucht ein Räuspern von Alicia, um mich vom erneuten gedanklichen Abdriften abzuhalten. „Tut mir leid. Ich denke, der Kater steckt noch in den Knochen. Geht bestimmt gleich wieder." Ich gratuliere mir innerlich selbst für meine geschickte Antwort, doch Alicia ist nicht so leichtgläubig wie ich vermutet habe.

„Mein lieber Ben, ich weiß genau, dass DAS nicht das Problem ist. Da hab ich dich schon nach ganz anderen Saufgelagen erlebt, aber wenn du nicht mit der Wahrheit rausrücken möchtest, meinetwegen. Vielleicht kannst du mir ja dann wenigstens verraten, was wir heute noch machen? Unser letzter Tag in Stockholm..."

Sie wirft einen wehmütigen Blick auf die Landschaft um uns herum und ruft damit ein kleines Glücksgefühl in mir hervor. Es gefällt ihr sichtlich hier und obwohl ich für die schöne Landschaft nichts kann, gratuliere ich mir innerlich für die Idee, sie hier her zu bringen, bevor ich mich gedanklich daran mache, den Plan für heute durchzugehen. Vorneweg notiere ich jedoch noch einen dringenden Programmpunkt: Schwangerschaftstest kaufen. Ob man den überhaupt schon machen kann? Und wie soll ich ihr beibringen, dass sie auf das Stäbchen pinkeln soll?

„BEN!", höre ich erneut ihre Stimme, dieses Mal ein ganzes Stück lauter und verbunden mit einem hektischen Winken.

~~~~~~

„Hm?" Mit ratlosem Gesichtsausdruck blickt er mich an. So lange kann die Leitung doch nun auch nicht sein, dass meine Frage noch nicht bei ihm angekommen ist, oder?

„Ich habe dir eine Frage gestellt." Ich werfe ihm einen herausfordernden Blick zu und endlich nickt er. „Ah, ja, was wir machen, wolltest du wissen. Das wirst du dann schon sehen", ist seine ganze Antwort.

Mittlerweile sind wir wieder auf einer befestigten Straße angekommen und Ben tritt ordentlich aufs Gaspedal. Ich atme tief durch, denn ich mag zwar schnittige Autos, mit der hohen Geschwindigkeit habe ich es allerdings gar nicht so, aber wenn es ihm denn gut tut.

Schnell lehne ich mich etwas weiter in den Sitz zurück und schließe die Augen. Wenn ich nicht sehe, wie schnell wir fahren, kann ich die Fahrt ja vielleicht sogar genießen. Der leichte Fahrtwind, der mir um die Nase weht, fühlt sich jedenfalls gut an, nach Freiheit und Sorglosigkeit.

S o r g l o s i g k e i t – eine ganze Weile lasse ich das Wort in meinem Kopf auf mich wirken. Wie lange dieses Gefühl wohl noch anhalten wird? Ob ich einen Blick auf mein Handy riskieren soll? Der Empfang dürfte allmählich zurückgekehrt sein und ich bin mir nicht wirklich sicher, ob ich das gutheißen soll. Vorsichtig öffne ich die Augen wieder und bewege den Reißverschluss meiner Handtasche ganz langsam Stück für Stück, als könnte mein Handy jeden Moment herausspringen und die Flucht ergreifen.

„Suchst du irgendwas?" Mit fragendem Blick deutet Ben auf meine Finger, die in dem kleinen Schlitz der Tasche stecken, der bereits offen ist. Ich muss lachen. „Ich ringe mit mir selbst, ob ich wohl einen Blick auf mein Handy wagen soll", antworte ich ihm wahrheitsgemäß und überwinde mich schließlich, den Rest des Reißverschlusses ebenfalls zu öffnen.

Ben grinst – das erste Mal seit Stunden. „Was denkst du, was passiert? Dass es dich packt und bei lebendigem Leibe in sein Inneres zieht?" Wieder einmal ein Augenrollen meinerseits. „Haha, Herr Lindqvist, sehr witzig." Er lacht los. Na immerhin scheint meine Unsicherheit dazu beizutragen, dass sich seine Laune schlagartig bessert.

„Alicia-Schatz, was soll schon groß sein?" Ich zucke mit den Schultern. „Na siehst du. Apropos, sollen wir die Meute nochmal füttern?" Ah, da ist es ja wieder, dieses verschwörerische Funkeln in seinen Augen, das ebenfalls verschwunden war.

„Was meinst du? Noch ein Foto?" Er nickt und grinst dabei übers ganze Gesicht. „Beug dich zu mir und mach ein Foto von uns beiden." Ich überlege einen Moment, ob ich das Spiel wirklich noch weiter herausfordern will, aber für einen Rückzieher ist es doch ohnehin zu spät und meine Oma sagt schließlich immer zu mir: „Mach in deinem Leben das, wozu du Lust hast und denk daran, wenn die Leute darüber den Kopf schütteln oder hinter deinem Rücken darüber reden, dann beginnt der Spaß erst richtig!". So langer Lebenserfahrung soll man doch wirklich nicht widersprechen, oder?

„Ich würde ja zu gerne wissen, was dir dieses Grinsen jetzt plötzlich auf die Lippen gezaubert hat", höre ich Ben, der lachend zwischen mir und der Straße hin und her blickt und zu meiner Erleichterung wieder ein paar km/h langsamer fährt.

Ich erspare mir eine direkte Antwort darauf und hole dafür mit einem entschlossenen Griff mein Handy aus der Tasche. Ohne lange nachzusehen, wer mich in der Zwischenzeit erreichen wollte, öffne ich die Kamerafunktion und während ich mich zu Ben beuge, fasse ich kurzerhand einen Entschluss. Wenn schon, denn schon. Grinsend hauche ich ihm einen Kuss auf die Wange und drücke im selben Moment den Auslöser.

„Die Idee finde ich sogar noch besser", lacht er und schüttelt erstaunt den Kopf. Schnell checke ich das Foto und es ist wirklich super süß. Wir strahlen beide regelrecht um die Wette und erst jetzt sehe ich, dass der komplette Tag im Freien uns beiden einen richtig frischen und erholten Teint verpasst hat.

Ich halte es Ben hin, der einen kurzen Blick darauf wirft und zufrieden nickt. „Rein damit! Ich stelle nachher auch noch eines rein."

~~~~~~

Aus den Augenwinkeln beobachte ich wie Alicia konzentriert auf ihrem Handy herum tippt und frage mich allmählich, ob der Text so lang wird, oder wie viele Male sie ihn bereits gelöscht und wieder neu verfasst hat. Es dauert bestimmt zehn Minuten, bis sie zufrieden nickt.

„Schweden ist einfach der Hammer! Ich bin verliebt... in dieses wunderschöne Land. <3", liest sie die Worte aus ihrem Handydisplay ab, die sie soeben verfasst hat.

„Geschickt gewählt, Frau Lindqvist", nicke ich zufrieden und lenke den Wagen in die Straße, die nun direkt in die Stadt führt. Gedanklich mache ich mich bereits auf die Suche nach einer Apotheke und lege mir ein paar Worte zurecht, für den Fall, dass man mich dort erkennt. Einen Moment hatte ich ja schon überlegt, meinen Bandkollegen Erik zum Kauf des Tests zu verdonnern,

aber angesichts der Fragen, die mich dabei erwarten würden, plus der möglichen Anspielungen Alicia gegenüber, habe ich beschlossen, diesen Schritt lieber selbst zu gehen.

„So, abgeschickt", grinst Alicia und während ich das Auto annähernd auf Stadt-Geschwindigkeit abbremse, sucht sie weiterhin in ihrem Handy herum.

~~~~~~

Eine Textnachricht von Emmi: „Meine Süße, alles beim Alten auf deinem Profil. Eine Menge los dort, aber alles im erträglichen Rahmen. Auf Bens Profil waren mir eindeutig viel zu viele Kommentare, um mich dort durchzuforsten. Wenn er wissen möchte, was dort abgeht, sollte er vielleicht lieber jemanden einstellen, der das alles liest. Könnte ein Fulltime-Job werden. Dieser Sandy habe ich geschrieben, dass ich nicht denke, dass wir all zu viel gemeinsam haben, sonst nichts. Bisher keine weitere Nachricht von ihr. Hoffe, euch geht es gut. Warte auf das nächste Bild der Turteltäubchen zur Bestätigung oder einen Anruf. P.S.: Unsere wichtigsten Bekannten habe ich informiert, dass alles nicht so heiß gegessen wird, wie es gekocht wird. Sie haben mir versprochen, dir zumindest für die Dauer deines Urlaubs weitestgehend deine Ruhe zu lassen. Ob es klappt, weiß ich nicht, aber ich drücke dir die Daumen. Sie haben eine MENGE Fragen. ;-) Emmi"

Ich lache, als ich die Zeilen lese, die sie noch spät am gestrigen Abend verfasst hat. Also alles okay soweit. Ich scrolle weiter durch meine entgangenen Textnachrichten und tatsächlich haben sich zumindest die meisten zurückgehalten. Lediglich ein paar unverfängliche Nachrichten, die ich jedoch vorerst nicht beantworten möchte.

Dann zu den entgangenen Anrufen. Ich drücke auf das entsprechende Symbol und als ich sehe, was dort zum Vorschein kommt, halte ich für einen Moment die Luft an. Gleich acht Anrufe von meinen Eltern und zwei Nachrichten auf der Sprachbox.

Ich spüre, wie mir mein Herz allmählich in die Hose rutscht. Ich hätte sie längst anrufen sollen, das weiß ich. Zögerlich drücke ich die Taste für die Sprachbox, um die aufgebracht klingende Stimme meines Vaters zu hören.

„Alicia, dein Vater hier! Es wäre unheimlich schön gewesen, von der neuen Beziehung meiner Tochter NICHT über Umwege erfahren zu müssen. Die Tochter unserer Nachbarin hat mich gefragt, ob ich deinen neuen Freund denn schon persönlich kennen gelernt habe und ob er denn mal hier vorbeikommt. Du kannst dir denken, wie dumm deine

Mutter und ich aus der Wäsche geguckt haben, vor allem, als sie uns dann auch noch erzählt hat, dass das Foto von euch beiden sogar im Fernsehen zu sehen war. Ich weiß, du bist erwachsen, aber ich hoffe, du hast nicht vergessen, dass wir dennoch das Recht haben sollten, zumindest über die großen Schritte in deinem Leben informiert zu werden. Heute Morgen hat sie mir sogar noch freudestrahlend berichtet, dass du dich derzeit in Schweden aufhältst. Denkst du denn, dass du uns wenigstens Bescheid sagst, bevor du heiratest oder ein Kind zur Welt bringst? Oder sollen wir das ebenfalls aus dem Fernsehen oder über den Gartenzaun hinweg erf..."

Oh, da hat er wohl beim Sprechen wieder einmal die Taste zum Beenden des Gespräches erwischt. Erneut zögerlich starte ich die zweite Nachricht.

„Ich hasse diese neumodernen Dinger! Wie dem auch sei. Vielleicht wärst du ja mal so freundlich und würdest dich bei uns melden!" Zack, aufgelegt. Da war wohl jemand ganz schön in Rage und ich weiß, dass es nicht richtig von mir war, die beiden im Dunkeln tappen zu lassen.

„Du guckst so ernst. Ist etwas?" Bens fragender Gesichtsausdruck trifft mich, während er das Auto gerade in eine Parklücke lenkt. Ich sehe mich kurz um. Das hier ist nicht sein Wohnblock oder bin ich jetzt total blöd?

„Wo sind wir?" Ben räuspert sich kurz und greift auf der Rücksitzbank nach einer Kappe, um sie sich über seinen blonden Wuschelkopf zu ziehen. „Ich muss kurz zur Apotheke. Kopfschmerzen", erklärt er und deutet auf ein Gebäude am Ende der Straße. Ich nicke. Meinetwegen. Dann habe ich kurz Zeit, um meine Eltern aufzuklären.

Ben springt aus dem Auto und ich atme einmal tief durch, bevor ich die Handynummer meines Papas wähle.

~~~~~~

Glücklich darüber, dass die Verkäuferin in der Apotheke zwar weiblichen Geschlechts, aber weit jenseits der Altersgruppe war, in der sich meine Fans bewegen und bepackt mit einem Tütchen, in dem sich sowohl Kopfschmerztabletten, als auch ein Schwangerschaftstest befinden, mache ich mich wieder auf den Rückweg zum Auto.

„Sie können es ja mal probieren", war ihre Antwort, als ich sie gefragt habe, ob der Test denn nach ein paar Tagen bereits etwas anzeigen würde.

Irgendwas von Frühtest hat sie gefaselt, dass sich die Geister über diese Tests sehr scheiden würden und dass das doch noch sehr sehr unsicher sei ihrer Meinung nach, aber seien wir doch mal ehrlich, lieber erst einmal ein sehr sehr unsicheres, als überhaupt kein Ergebnis. Genau das habe ich ihr auch mitgeteilt und den Test schließlich gekauft.

Mit einem freundlichen Lächeln hat sie mir die Tüte überreicht. „Viel Glück für Sie und Ihre Frau!" Es versteht sich von selbst, dass ich mir jeglichen Kommentar dazu erspart habe. Sie darüber aufzuklären, dass die Frau noch nicht einmal meine Freundin ist und dass das Glück in diesem Falle eher darin bestünde, dass der Test negativ ausfällt, das schien mir dann doch etwas übertrieben, obwohl ich mir fast sicher bin, dass sie auch das schon mehrmals gehört hat.

Gerade als ich am Auto ankomme, verabschiedet sich Alicia am Telefon von jemandem. Auf meinen fragenden Blick hin, verdreht sie nur die Augen und grummelt ein kurzes: „Meine Eltern." „Wegen dem Foto?", frage ich sie, während ich das Tütchen schnell auf die Rücksitzbank fallen lasse und ins Auto hüpfe. Sie nickt. „Ich bin mir nicht wirklich sicher, ob sie meine Version nun geglaubt haben oder lieber auf die Nachbarschaft und das Fernsehen vertrauen, aber meine Schuldigkeit ist somit auf jeden Fall erledigt."

Sie lässt den Kopf gegen die Kopfstütze fallen und schließt die Augen einen Moment, während ich den Wagen starte und in Richtung Wohnung aufbreche. Eine Weile sitzen wir schweigend nebeneinander und in meinem Kopf rattert es bereits wieder.

Ich muss sie irgendwie darauf ansprechen, denn die Chance, ihr unbemerkt Urin zu klauen, schätze ich doch als sehr gering ein. Aber wie?

„Verrätst du mir immer noch nicht, was du für den Rest des Tages geplant hast?", höre ich sie plötzlich durch meine Gedanken hindurchdringen. „Nein", ist alles, was sie von mir dazu als Antwort erhält und mal abgesehen, dass sie vom ersten Programmpunkt sicher nicht begeistert sein wird, bin ich mir auch noch nicht ganz schlüssig darüber, ob sie den Rest meines Planes denn wenigstens gut findet.

~~~~~~

Ich gebe mich geschlagen und vertraue darauf, dass Ben sicher auch für den heutigen Tag etwas in Petto hat, was mir einigermaßen gefällt. Fürs Erste freue ich mich einfach auf eine Dusche und vor allem auf frische Unterwäsche. „So, da wären wir", höre ich Ben, kaum haben wir die Tiefgarage seines Wohnhauses erreicht und ehe ich mich versehen kann, ist er auch schon, ohne die Tür zu öffnen, aus dem Auto gesprungen.

Schnell nehme ich meine Handtasche und greife auf dem Rücksitz nach der kleinen Tüte aus der Apotheke, um sie ebenfalls mit hoch zu nehmen. Herr Lindqvist scheint in Gedanken ja bereits wieder irgendwo anders zu sein.

Wortlos folge ich ihm zum Aufzug und drinnen angekommen, lehne ich mich gegen die kühle Seitenwand. Die Fahrt dauert nicht lange und so öffnet sich auch schon bald die Tür zu Bens Wohnung. „Nach dir." Er deutet mir, dass ich vor ihm aussteigen soll und ich sehe, wie er dabei auf seiner Unterlippe herumkaut. Was ist nur los mit ihm? Sind die Kopfschmerzen so schlimm? Oder übertreibt er einfach nur wieder, wie es mit Männern und Wehwehchen so häufig ist?

Kopfschüttelnd gehe ich zum großen Küchentisch und lasse sowohl meine Tasche als auch das Tütchen darauf fallen, Ben hingegen sucht den direkten Weg in die offene Küchenzeile und greift nach einer Flasche Wasser, vermutlich, um sich sofort eine Tablette zu gönnen. „Warte, ich gebe dir eine", erkläre ihm und greife, ohne ihn aus den Augen zu lassen, in die Tüte. „Hier!" Schnell halte ich ihm das Päckchen entgegen, doch als ich einen Blick darauf werfe, stockt mir einen Moment der Atem. Das sind keine Kopfschmerztabletten, in meiner Hand befindet sich ein Schwangerschaftstest. Um genauer zu sein, ein Frühtest.

„Scheiße!", höre ich ihn und in Windeseile steht er neben mir. „Alicia, ich…" Noch immer sehe ich ihn mit fragendem Blick an, während es in meinem Kopf zu rattern beginnt und auch ihm scheint es die Sprache verschlagen zu haben. Ich sehe förmlich, wie er nach Worten sucht und genau in diesem Moment fällt es mir wie Schuppen von den Augen.

„Sandy?", frage ich und weiß nicht, ob ich die Antwort darauf wirklich hören möchte. Es geht mich zwar nichts an, aber es steht außer Frage, dass dies nicht unbedingt die beste Konstellation wäre, angesichts dessen, dass er noch nicht einmal mehr mit ihr sprechen möchte, wobei ich mir nicht sicher bin, ob es nicht trotzdem für einen weiteren One Night Stand mit ihr reichen würde.

Bens Blick wechselt von peinlich berührt zu schockiert. „Was?" Es ist nur ein einziges Wort, das über seine Lippen kommt, aber die Wucht, mit der er es herauspresst, lässt mich zusammenzucken.

„Ben, könnte es möglich sein, dass sie schwanger ist? Habt ihr denn nicht verhütet?" Meine Augen sind geweitet und meine Stimme klingt genauso, wie ich mich fühle. Kann es sein, dass er so wenig nachdenkt? Er kennt sie doch überhaupt nicht. Ich versuche, weitere Worte zu finden, doch da tritt Ben direkt vor mich, sieht mich an, legt seine beiden Hände auf meine Wangen, verschließt meinen Mund mit seinem rechten Daumen und schüttelt den Kopf.

„Nein, Alicia, nein. Du weißt doch, dass ich mit einer Frau, die ich gerade mal ein paar Stunden kenne, nie ungeschützt schlafen würde. Das habe ich dir in den letzten Jahren oft genug erzählt."

Angesichts dessen, dass wir hier gerade über die Eventualität diskutieren, dass er womöglich bald Vater wird, empfinde ich es etwas unpassend, dass er so nahe bei mir steht. Sein Atem streift mein Gesicht und seine Augen fixieren mich förmlich. Ich versuche, mich etwas weg zu bewegen, doch er hält mich fest.

„Ben!" Ich bewege mich noch einmal, doch dieses Mal schiebt er seine Hände auf meine Schultern. Sein Griff lockert sich dabei nicht. „Ben, für wen brauchst du denn den Test?" Ich schlucke. Eigentlich geht es mich ja nichts an. Aber warum um Himmels willen lässt er mich dann nicht wenigstens los?

„Alicia", beginnt er nun endlich, „die Übelkeit gestern? Der Schwindel heute Morgen? Der Test ist für dich." Ich sehe, wie sein Gesicht zwischen einem Grinsen und absolutem Ernst hin und her schwankt und es dauert eine ganze Weile, bis seine Worte wirklich bei mir ankommen.

KAPITEL 13

Mein Blick durchbohrt sie förmlich und ich sehe, wie sie meine Worte allmählich verarbeitet. Wie wird sie reagieren? Vermutlich fällt sie gleich aus allen Wolken, aber ich werde versuchen, sie aufzufangen, so gut es eben geht. Ich spüre, wie sich ein Gefühl der Stärke in mir ausbreitet, doch im gleichen Moment lacht sie los.

„Für mich?" Sie grinst über das ganze Gesicht und ich frage mich ernsthaft, ob sie den Ernst der Lage überhaupt erkannt hat. Wir werden vielleicht Eltern. Vielleicht ruft uns bald eine kleine Prinzessin 'Mama' und 'Papa' hinterher.

Schnell nicke ich und festige meinen Griff an ihren Oberarmen erneut. „Alicia, verstehst du nicht...", doch weiter lässt sie mich nicht kommen.

„Ben, wie kommst du denn auf so eine Schnapsidee? Wieso sollte ich schwanger sein? Wie soll denn das passiert sein?" Okay, dass ich so weit vorne beginnen muss, damit habe ich jetzt nicht unbedingt gerechnet.

Ich zucke mit den Schultern und bemühe mich, möglichst besonnen weiterzusprechen. „Also falls du dich erinnerst, es gab da so ein paar Gelegenheiten..."

Wieder lässt sie mich nicht aussprechen. „Ben, du brauchst mir jetzt nicht erklären, dass beim Sex Babys gemacht werden können", sie rollt mit den Augen und spricht amüsiert weiter, „aber du weißt doch, dass ich die Pille nehme. Sonst hättest du ja wohl kaum einfach so mit mir geschlafen, oder?" Erneut lacht sie. Ich schlucke, während ich ihre Worte sacken lasse.

„Alicia, bist du dir sicher, dass du sie auch immer regelmäßig genommen hast und dass du dich nicht mal übergeben musstest, Medikamente genommen hast oder dergleichen?" Langsam lasse ich meine Hände von ihr ab und sehe wie sie nickt.

„Ganz sicher, Ben, hundertprozentig. Ich hänge dir doch kein Kind an! Und außerdem nehme ich die Pille auf Empfehlung meines Arztes sogar immer mehrere Monate durch. Du brauchst dir also wirklich keine Sorgen machen!"

Okay, dies ist jetzt der Augenblick, in dem ich einen riesigen Freudensprung machen, Alicia packen sollte und mit ihr einen Tango aufs Parkett legen sollte, aber irgendwie fühlt es sich nicht halb so erleichternd an, wie vermutet. Ich fühle mich etwas seltsam. Irritiert. Und so sehe ich wohl auch aus, denn nun ist es Alicia, die ihr Hände auf meinen Oberarmen ablegt und mich durchdringend ansieht.

„Du kannst durchatmen, Ben. Oder willst du zur Sicherheit noch diesen Test, damit du es schwarz auf weiß hast, dass deine Freiheit nicht in Gefahr ist? Wobei ich keine Ahnung habe, ob man das jetzt überhaupt schon sicher testen könnte." Sie grinst mich an und ihre Augen leuchten dabei. Sie ist sich sicher und ich vertraue ihr, daran besteht kein Zweifel.

Gut, das ist gut. Der Stein fällt zwar nicht schnell von meinem Herzen, aber ein paar Bröckchen davon spüre ich langsam. Das alles geht einfach viel zu schnell heute. Zu viele Ups and Downs. Definitiv.

Schnell schüttle ich den Kopf und räuspere mich erst einmal, um sicher zu sein, dass meine Stimme auch fest genug ist. „Nein, ich glaube dir natürlich. Es war nur... Die Übelkeit und so..."

Sie streicht mit ihrer Hand über meine Wange und hinterlässt dabei ein warmes Gefühl. „Ich war schon immer etwas empfindlich in der Hinsicht und der ganze Alkoholkonsum der letzten Tage, so etwas bin ich ganz bestimmt nicht gewöhnt."

Ich nicke und überlege, ob ich meine Arme um sie schlingen soll, aber vielleicht ist es nicht passend in diesem Moment. Vielleicht muss auch Alicia diese Situation erst einmal verdauen, wer weiß. Doch noch während ich darüber nachdenke, was nun angebracht ist und was nicht - seit wann mache ich so etwas überhaupt - ist es Alicia, die ihre Hände von meinen Oberarmen nimmt, jedoch nur, um sie am unteren Rand meines T-Shirts wieder anzusetzen, so dass ihre Fingerspitzen sanft meinen Bauch berühren. Wieder leuchten ihre Augen und sie lässt ihre Zunge neckisch über ihre Unterlippe gleiten.

„Weißt du, ein gewisser Schwede hat in den letzten Tagen mein Leben ganz schön auf Trapp gehalten, da kann man manchmal schon das Gleichgewicht verlieren." Sie kichert kurz und zaubert mir damit automatisch ein kleines Lächeln aufs Gesicht zurück.

„Dass du umkippst, wollte der Schwede mit Sicherheit nicht." Sie nickt und ein wohl bekanntes Grinsen zieht sich über ihr Gesicht, während sie ihre Hände unter mein T-Shirt gleiten lässt und den Stoff ohne Umwege weiter nach oben schiebt.

„Vielleicht habe ich dich ja falsch verstanden, Sprachbarriere und so. Besser du zeigst mir fürs Erste, wie man sich hier am besten non verbal unterhält. Ich finde nämlich, wir beide brauchen dringend eine Dusche und soweit ich gesehen habe, hast du nur eine davon."

Ihre Stimme dringt förmlich in all meine Körperzellen und ihre Finger, die sanft über meine Haut kratzen, während sie mich gleichzeitig langsam Richtung Badezimmer schiebt, hinterlassen eine großflächige Gänsehaut.

Mein Kopf ist noch immer etwas irritiert, wie das hier alles ausgegangen ist, aber mein Körper scheint den Schock bereits verdaut zu haben, denn ich spüre, dass ich bereits eindeutig dazu bereit bin, Alicias Vorschlag zu folgen.

~~~~~~

Atemlos lassen wir uns schließlich nebeneinander auf den Duschboden gleiten, unsere Rücken gegen die kalten Fliesen gelehnt, während das heiße Wasser weiterhin unablässig auf unsere Beine herab prasselt. Ein zufriedenes Grinsen liegt auf Bens Lippen, während sein Brustkorb sich immer noch hektisch hebt und senkt. Okay, zu seiner Verteidigung muss ich sagen, dass er hier eindeutig die meiste Arbeit geleistet hat.

Ich kichere los beim Gedanken daran, wie er sich nach anfänglichem Zögern schließlich wie ein hungriger Löwe auf mich gestürzt hat.

„Alles klar bei dir?" Er lacht und schlingt seinen rechten Arm um mich. Ich lehne meinen Kopf an seinen, meinen Blick auf die beschlagene Glastür gegenüber gerichtet. „Ganz ehrlich?" Mit diesen Worten habe ich definitiv seine volle Aufmerksamkeit. Sein

Blick ruht auf mir, das kann ich selbst aus den Augenwinkeln locker erkennen. „Ich bitte doch darum."

Ich spüre, wie sich sein Arm noch fester um mich zieht und muss erneut kichern. "Keep cool. Ich denke nur gerade, hätte man uns bei unserem ersten Date damals gemeinsam nackt in eine Dusche gesperrt, dann hätten wir wohl eher am beschlagenen Glas 'Tic Tac Toe' gespielt, als so übereinander herzufallen." Okay, das bringt auch ihn zum Lachen und er gibt einen amüsierten Laut von sich.

„Ja, und ich hätte gewonnen." Schnell blicke ich zu ihm, eine Augenbraue demonstrativ hochgezogen. "Wie bitte? Du weißt, dass das absoluter Unsinn ist, oder?" Er lacht kurz auf.

„Alicia-Schatz, träum weiter." Pfff... Schnell packe ich seinen Arm und befreie mich aus seinem Griff, was mir einen fragenden Blick einbringt. „Glaub mir, Schatz. Fordere mich lieber nicht heraus", fügt er noch einmal hinzu und natürlich weiß er ganz genau, dass er mich damit schon soweit hat.

„Auf geht's! Das will ich schon sehen!" „Ach ja?" „Das Siegergrinsen wird dir hoffentlich schnell vergehen!" Schnell strecke ich ihm die Zunge heraus, doch ehe ich mich versehen kann, hat er mich zu sich gezogen und meine Zunge mit seinen Lippen umschlossen, doch genauso schnell wie er mich gepackt hat, lässt er auch wieder von mir ab.

„Was ist der Einsatz?" Ich brauche einen Moment, um mich wieder konzentrieren zu können. „Ich... äh...", stammle ich und weiter komme ich auch nicht. „Okay, du bist dir sicher, dass du gewinnst, oder? Dann darf ich ja den Einsatz aussuchen?" Oje, dieses Funkeln in den Augen verheißt nichts Gutes. Ich nicke zögerlich und ein strahlendes Lächeln gesellt sich zu seinen funkelnden Augen. „Sehr gut. Lass es uns ganz einfach machen. Der Sieger hat beim anderen einen Wunsch frei. Egal was. Nichts Materielles. Nichts Verbotenes. Sonst gibt es keinerlei Einschränkungen."

Herrje, sind seine Augen plötzlich um einen Ton dunkler geworden? Ich spüre, wie ein wohliger Schauer durch meinen Körper zieht und nicke ganz automatisch. Dieses grenzenlose Vertrauen nach dem Sex ist aber auch etwas Hinterhältiges.

„Gut, dann gilt es." Grinsend streckt Ben mir seine Hand entgegen und ich schlage ein. „Na dann auf, Lindqvist." Ich deute zur Glaswand und wir stehen beide auf. Ruckzuck hat er die Linien an das beschlagene Glas gemalt und deutet mir gönnerisch, dass ich beginnen darf.

Schnell male ich einen kleinen Kreis in eines der Felder. Ben zögert keine zwei Sekunden und lässt ein X folgen. Ich überlege einen Moment und male einen zweiten Kreis. Erneut folgt Bens X in Windeseile und mir schwant langsam, dass er sich seiner Sache sehr sicher ist. Wieder ein Kreis, sofort wieder das X. „Und nun, Alicia?" Er blitzt mich regelrecht an und erst jetzt sehe ich, dass die Sache bereits für mich gelaufen ist. Egal wo ich meinen Kreis setze, Ben schafft drei X in einer Reihe.

„Scheiße!", entweicht es meinem Mund und ich lehne meinen Kopf gegen die Scheibe. Ben lacht und beißt von hinten sanft in meine Schulter. „Zieh dich warm an, meine Süße. Jetzt hab ich eindeutig etwas gut bei dir. Und es kann jederzeit soweit sein." Es fühlt sich an, als würde eine ganze Ameisenarmee über meinen Rücken kriechen, als seine Hände sich gleichzeitig um meinen Bauch schlingen und ich brauche einen ganzen Moment, um das erneut aufkommende Gefühl wieder in die Schranken zu weisen.

„Ben! Aus! Wir sind schon ganz verschrumpelt." Schnell klopfe ich ihm wie einem unartigen Kleinkind auf die Hände, was ihn jedoch nicht davon abbringt, mich weiter festzuhalten. „Du weißt, dass ich dich nicht gehen lassen müsste. Wenn ich wollte, dann könnte ich jetzt meinen Wunsch formulieren." Er knabbert an meinem Ohrläppchen. Schon wieder diese Ameisenarmee. Schrecklich - und das in der Dusche. Sind die denn nicht wasserscheu?

Ich überlege gerade, dass es vielleicht gar nicht so tragisch wäre, die Wettschuld hier und jetzt einlösen zu müssen, doch in dieser Sekunde lässt er mich los, öffnet die Duschkabinentüre und tritt an mir vorbei nach draußen. Ich sehe ihm perplex zu, wie er nach einem Handtuch greift, es sich um seine Hüften schwingt, ein weiteres Handtuch nimmt und es mir entgegenstreckt.

Okay, okay. Aus der Wetteinlösung wird wohl nichts. Mit einem leisen „Pfff..." und einem Augenrollen stelle ich das Wasser ab, greife nach dem Handtuch und trete ebenfalls nach draußen.

~~~~~~

Ja, so rum kann die Sache auch Spaß machen. Ich lache förmlich in mich hinein, als ich sehe, wie sich Alicia mit leicht geröteten Wangen in das Handtuch wickelt und mich ansieht, als hätte ich soeben etwas ganz Fieses

getan. Aber so leicht werde ich meinen Wunsch nicht verschenken, soviel ist sicher.

„Zieh dich an, Weib. Wir haben noch etwas vor heute! Dress Code: Schick! Ein entsprechendes Kleid findest du in deinem Koffer." Mit diesen Worten verlasse ich das Badezimmer und mache mich bereits vorneweg auf den Weg ins Schlafzimmer, um mich ebenfalls in Schale zu schmeißen.

~~~~~~

Etwas zweifelnd sehe ich an mir herunter, als wir schließlich knappe zwei Stunden später in das wartende Taxi steigen. Dieses Kleid habe ich vor etwa zwei Jahren auf einer besonders schicken Veranstaltung unserer Firma getragen. Es ist wirklich wunderschön, komplett in schwarz, bodenlang, ein weicher fließender Stoff. Am Oberkörper ist es eng geschnitten und schmiegt sich perfekt an alle vorhandenen Rundungen, auch über den Hintern verläuft es figurbetont, doch nach unten hin läuft es schließlich weit aus. Ein seitlicher Schlitz zeigt Bein, ohne jedoch zu viel zu verraten und der mittlere Teil des Rückens ist aus schwarzer Spitze, genauso wie ein Keil, der von der linken Schulter bis zur Hüfte hin wellenförmig verläuft. Es sieht edel aus und ist sexy, obwohl es weder Dekolleté noch zu viel Bein zeigt. Die Schuhe, die er dafür mit eingepackt hat, sind schlicht. Schwarz, hoch und ein feiner goldener Rand trennt den Absatz vom Rest des Schuhs.

„Ben, wohin um Himmels Willen gehen wir SO?" Grinsend deute ich erst einmal an mir und schließlich ebenfalls an ihm entlang. Auch er hat sich mächtig in Schale geschmissen. Ein schwarzes Sakko mit Satineinsatz am Revers, dazu ein mittelgraues Hemd und eine schlichte schwarze Anzughose. Seine Schuhe sind ebenfalls grau, ähnlich wie das Hemd. Er hat sich sogar die Mühe gemacht, seine Haare in Form zu zupfen, was nun wirklich weiß Gott nicht jeden Tag der Fall ist.

Ich sehe, wie seine Augen mit einem zufriedenen Grinsen meinen gesamten Körper mustern und brauche kein Hellseher zu sein, um zu erkennen, dass ihm gefällt, was er sieht.

„Wir gehen Essen", antwortet er knapp und nickt dem Taxifahrer zu, dass dieser losfahren darf. „Ich vermute mal, nicht in eine typisch schwedische Imbissbude." Ein

Lachen huscht über seine Lippen. „Du bist aber auch schlau." Schnell haue ich einmal gegen seinen Oberschenkel und ernte dafür ein gespieltes: „Aua!"

~~~~~~

Als wir uns unserem Ziel nähern, spüre ich, wie ich langsam unruhig werde. Ob es ihr wirklich Recht sein wird, dass ich sie zu diesem Charity-Dinner mitschleife? Aber das Projekt liegt mir so sehr am Herzen und als ich erfahren habe, dass es ausgerechnet an diesem Wochenende stattfindet, habe ich kurzerhand doch noch zugesagt. Außerdem, wenn Alicia schon an den Schattenseiten meines Berufes teilhaben muss, dann soll sie ruhig auch die schönen, die wundervollen Seiten davon sehen und das heißt für mich nicht nur, dass ich mir eine schöne Wohnung leisten kann oder teure Klamotten. Für mich ist das Schönste an meinem Beruf, dass ich meiner Leidenschaft nachgehen kann UND der Welt gleichzeitig etwas zurückgeben kann, dass ich Menschen unterstützen kann, denen es nicht so gut geht wie mir. Daran soll nun auch Alicia teilhaben. Ich weiß, dass ihr der Hintergrund der Veranstaltung gefallen wird, wovon ich allerdings noch nicht restlos überzeugt bin, ist, ob es ihr auch gefallen wird, dass mit Sicherheit der ein oder andere Medienvertreter zugegen sein wird. Es wird wohl Zeit, sie aufzuklären, bevor sie gleich geradewegs ins offene Messer läuft. Einen roten Teppich wird es immerhin nicht geben, das kann ich ihr ersparen, um das ein oder andere Foto werden wir jedoch sicherlich nicht herumkommen.

„Ben?", höre ich plötzlich ihre Stimme durch meine Gedanken hindurch huschen. „Ja?" Alicia lächelt mich an und ihre hübschen grünen Augen leuchten durch den zarten Lidschatten fast noch etwas mehr.

„Du wirkst nervös. Sollte ich auch nervös werden?" Sie zwinkert mir zu und ich bin froh, dass sie scheinbar bester Laune ist. Das ist gut. Allerdings können sich Launen binnen Sekunden ändern und wenn ich daran denke, wie sie vor der Party letztens reagiert hat, als ich ihr vorgeflunkert habe, dass es über den roten Teppich geht, dann wird mir doch etwas mulmig.

Schnell rücke ich mich etwas im Sitz zurecht und lege eine Hand auf ihren Oberschenkel. Ein kurzes Räuspern und schon schieße ich los:

~~~~~

„Alicia, hör mal, ich muss dir etwas gestehen. Wir sind nicht etwa auf dem Weg in irgendein sündhaft teures Restaurant, sondern zu einem ganz besonderen Event. Etwas, das mir sehr am Herzen liegt. Das heute ist ein Charity-Dinner von einer Einrichtung, die ich bereits seit Jahren unterstütze. Diese Einrichtung kümmert sich in ganz Schweden um Kinder. Kinder, die benachteiligt sind, behinderte Kinder, todkranke Kinder, Kinder, die häuslicher Gewalt ausgesetzt waren, die missbraucht wurden, die einfach vom Leben nicht so gesegnet wurden, wie wir. Sie erfüllen diesen Kindern Wünsche – Herzenswünsche, ob materiell oder ideell. Oft sind es kleine Dinge, manchmal auch wirklich große und die Einrichtung versucht dabei vor allem auch, die Eltern mit einzubeziehen, sofern sie noch vorhanden sind. Manchmal organisieren sie eine riesige Geburtstagsparty für die ganze Familie, wenn diese nach einem schweren Schicksalsschlag mittellos ist, manchmal werden einfach Sachen gekauft, die für die Schule notwendig sind und andere Male wird einem todkranken Kind aber auch ein letzter Herzenswunsch erfüllt.

Nun ja… Als ich gehört habe, dass dieses Event genau dann ist, wenn ich mit dir hier bin, habe ich kurzerhand noch zugesagt. Das Problem ist, es wird sicher auch etwas Presse vor Ort sein – kein roter Teppich, aber vielleicht werden ein paar Fotos gemacht. Du brauchst aber keine Angst haben. Es ist eine rein schwedische Organisation und genießt eigentlich keine europaweite Aufmerksamkeit, von daher sollte der Rummel darum nicht allzu groß sein. Jaja, ich weiß, dass du diese öffentlichen Dinge nicht so magst, aber ich will dir unbedingt zeigen, dass auch das Teil von meinem Leben ist. Ich kann so viel Gutes tun mit meiner Bekanntheit und auch mit dem Geld, das ich verdiene und es würde mich einfach freuen, wenn du dir das ansiehst, wenn du diesen Teil meines Lebens kennenlernst. Also bitte, sag ja!"

Kaum ist er fertig, muss er erst einmal tief durchatmen, denn er hat diesen Monolog so schnell von sich gegeben, dass mir fast schwindelig geworden ist davon. Seine Augen sehen mich durchdringend an und sein Blick spiegelt noch mehr als seine Worte wider, wie wichtig ihm das alles hier ist und dafür könnte ich ihn auf der Stelle abknutschen.

„Alicia?", höre ich erneut seine Stimme, dieses Mal mit unsicherem Unterton und erst jetzt bemerke ich, dass ich noch keinerlei Reaktion von mir gegeben habe, also lache ich einfach los.

„Herrje Ben, das dauert schon eine Weile bis deine ganzen Worte durch mein Hirn durchgerattert sind. Ich kann ja kaum so schnell denken, wie du gesprochen hast."

Ben sieht mich an und langsam entspannen sich seine Mundwinkel. „Heißt das, du bist mir nicht böse, dass ich dich hierhin mitschleppe? Du kommst mit, ja?" Ein hoffnungsvoller Blick trifft mich, gefolgt von einem strahlenden Lächeln, als er sieht, dass ich nicke.

„Auf jeden Fall komme ich mit. Wenn es um einen so guten Zweck geht, dann tut es nichts zur Sache, ob ich gerne fotografiert werde oder dergleichen. Ich bin sehr gerne dabei."

KAPITEL 14

Zu meiner Erleichterung verlief unsere Ankunft am Veranstaltungsort ziemlich unspektakulär. Natürlich wurden wir vom Veranstalter persönlich begrüßt und einmal quer durch den Raum gezogen, um den wichtigsten Leuten die Hände zu schütteln, aber die Atmosphäre war überraschend locker und so war auch Alicias anfängliche Anspannung schnell verflogen.

Kaum hatte man uns an unseren Tisch gebracht, den wir uns mit einer schwedischen Popgruppe teilen, wurde auch schon der erste Gang aufgetischt und zwischen der Suppe und der Hauptspeise entwickelte sich eine lockere Unterhaltung mit den Jungs – Alicia zuliebe haben sie sogar ihr etwas verstaubtes Englisch ausgepackt.

„Und, was machst du beruflich, Alicia?", höre ich Ryan, den Gitarristen der Band, über den Tisch hinweg. Nicht die erste Frage, die er ihr stellt und es ist mir natürlich nicht entgangen, dass Ryan ganz fasziniert von meiner hübschen Begleitung ist. Die Tatsache, dass wir uns vor ihm als Freunde vorgestellt haben, nicht als Paar, scheint für ihn so eine Art Freibrief zu sein, sie ungeniert anzubaggern.

Alicia scheint diese Tatsache allerdings noch nicht wirklich bewusst zu sein. Ich könnte wetten, dass sie ihn momentan allenfalls als aufmerksam und freundlich einstufen würde, denn sie lächelt nur freundlich und erzählt Ryan locker aus ihrem Berufsleben, während sie nebenbei den Rest ihres Fischfilets genussvoll vernascht.

„Vielleicht lädst du uns ja auch mal zum Interview ein", versucht Ryan es nun schon eine kleine Spur offensiver, doch in Alicia schrillen weiterhin keine Alarmglocken. Okay, vielleicht genießt sie es auch einfach, dass ihr dieser –

zugegebenermaßen — hübsche Kerl etwas Honig um den nicht vorhandenen Bart schmiert, wer weiß. Dabei ist er doch bestimmt zwei Jahre jünger als Alicia, mindestens, so meine Schätzung.

Ich verdrehe innerlich die Augen, während Alicia ein Stück zur Seite rückt, um den Kellner beim Abräumen der Teller nicht zu behindern und Ryan gleichzeitig antwortet. „Das wäre doch wirklich keine schlechte Idee. Ich könnte das mit meinem Chef besprechen, er freut sich immer über neue Bands. Vielleicht solltest du mir deine Kontaktdaten geben?!"

Wie bitte? Ich verschlucke mich beinahe am Wein, den ich mir gerade genehmigt habe. Gefällt ihr dieser Kerl etwa tatsächlich? Ich weiß, es geht mich nichts an, aber ich hätte ihr doch einen etwas anderen Geschmack zugetraut, denn bei genauerem Hinsehen ist Ryan doch gar nicht so hübsch, wie es auf den ersten Blick ausgesehen hat. Ich schüttle kaum merklich den Kopf, während ich mich räuspere, um den Wein wieder in die richtigen Bahnen zu lenken.

„Hey Ben, vielleicht sollten wir ja auch mal überlegen, einen gemeinsamen Song zu produzieren. Was meinst du?" „Was?" Verwirrt blicke ich neben mich und stelle fest, dass die Frage von Aarne kam, der mich mit großen Augen anblickt. Ich höre, dass Ryan irgendetwas auf Alicias Frage erwidert, da Aarne aber im selben Moment beginnt, über einen Song zu sprechen, den er sich gut dafür vorstellen könnte und diesen auch gleichzeitig ansummt, kann ich nichts davon verstehen. Alles was ich noch sehe ist, dass Alicia nickt und weiter in Richtung Ryan strahlt. Aber hey, was geht es mich eigentlich an? Ich bin nicht ihr Vater. Wenn sie sich von diesem Ryan durchv...

„Ben?" Schon wieder Aarne.

~~~~~~

Zufrieden lehne ich mich in meinen Stuhl zurück. Das Essen war wirklich wunderbar und unsere Tischnachbarn haben sich als total liebe und begeisterungsfähige schwedische Pop-Band herauskristallisiert. Es hätte also wirklich schlimmer kommen können, zumal ich sogar noch einen vielleicht ganz interessanten geschäftlichen Kontakt knüpfen konnte, der oben drein sogar noch gut aussieht. Das wird meinen Chef freuen, denn wie sagt er immer so schön: „Ein paar Bilder von ein paar hübschen Jungs zum Interview dazu, das hat noch keiner Auflage geschadet."

Ben ist indes ebenfalls in ein geschäftliches Gespräch vertieft, oder zumindest versucht Aarne ihn dazu zu bringen, denn wenn ich mir Ben genauer ansehe, dann schwankt sein Blick fast unablässig über den gesamten Tisch, was normalerweise nicht seine Art ist, wenn er sich einem Thema wirklich widmet.

Ich setze gerade mein Weinglas an meine Lippen, als es mit einem Mal etwas dunkler wird im Saal und ein Licht auf der kleinen Bühne angeht. Der Veranstalter persönlich tritt ans Mikrofon.

„Meine Damen und Herren, bevor wir gleich alle noch mit einem leckeren Dessert versorgt werden, will ich es mir nicht nehmen lassen, ein paar Worte an Sie alle zu richten. Ich werde mich auch kurzhalten, versprochen, aber wir sind heute aus einem ganz besonderen Grund hier zusammen gekommen…"

Ich spüre, wie sich Bens Hand vorsichtig den Weg auf meinen Oberschenkel bahnt. Ich drehe meinen Kopf ein klein wenig in seine Richtung und das breite Grinsen auf seinem Gesicht passt ganz zu dem, was seine Hand veranstaltet, denn diese macht sich ohne zu zögern auf die Reise zur Innenseite meines Oberschenkels.

Schnell sehe ich mich um, doch alle um uns herum scheinen mit den Augen fest auf der Bühne zu sein, dennoch, hier, wo an jeder Ecke ein Medienvertreter lauern kann, ist mir das Risiko dann doch etwas zu hoch.

Vorsichtig nehme ich meine Hand vom Tisch und lege sie schließlich auf Bens Hand, um sie einmal kurz zu drücken und sie dann langsam von mir zu schieben. Ich merke, wie er kurz dagegen ankämpfen will, es jedoch schnell aufgibt.

„Ben, wir wollen das doch nicht morgen in der Zeitung sehen, oder?", flüstere ich ihm leise ins Ohr, erhalte jedoch keinerlei Reaktion darauf. Na dann eben nicht. Schnell widme ich mich wieder den Worten des Veranstalters.

~~~~~~

Was um…?! Ein Knutsch-Foto auf ihrem Online-Profil ist ihr egal, aber ein Foto von meiner Hand auf ihrem Oberschenkel wäre so schlimm? Und seit wann denkt sie überhaupt, wenn sie meine Hände auf sich spürt?

Ich merke, wie eine leichte Wut in mir hochkriecht und könnte mich im

selben Moment dafür ohrfeigen. Sie hat doch Recht. Das würde das Spiel wohl dann doch zu sehr auf die Spitze treiben, das ließe sich nicht mehr weg kommentieren. Ja, jeder weiß, dass mir persönlich das ziemlich egal wäre, denn für mich ist es nicht wichtig, was die Leute denken, mit wem ich zusammen bin oder nicht, aber Alicia tickt da eben anders und das sollte ich wohl auch respektieren. Aber wie kann sie nur so viel Selbstbeherrschung haben?

Die restliche Ansprache über, lasse ich die Worte an meinen Ohren vorbei rauschen und betrachte stattdessen Alicia, die beim Blick zur Bühne unweigerlich mein Blickfeld kreuzt. Die hochgesteckten Haare geben ihrem wunderschönen Hals einen dankbaren Freiraum. In den zierlichen Ohren trägt sie lange, ganz feine goldene Ohrringe. Ihr Blick haftet auf der Bühne und sie scheint tatsächlich zuzuhören, denn immer wieder lächelt sie oder nickt bestätigend und auch wenn ich ihr Gesicht nur etwas seitlich sehe, so kann ich erkennen, dass sie mit Begeisterung das aufnimmt, was der Kerl da vorne von sich gibt.

Plötzlich beginnt ein begeisterter Applaus durch den Raum zu toben und ich sehe, wie Alicia sich zu mir umdreht. Alicia und irgendwie auch alle anderen. Habe ich etwas verpasst? Ich nicke wohlwollend, denn das mache ich immer, wenn ich nicht zugehört habe und bin froh, als die Rede schließlich einfach weiter geht.

„Was war das jetzt?", flüstere ich in Richtung Alicia, die kurz den Kopf schüttelt. „Du singst später noch", sind ihre Worte und schon dreht sie sich wieder weg. Ah ja. Naja, wenn der Veranstalter das sagt, dann wird es wohl so sein. Ob ich jetzt vielleicht besser zuhören sollte?

Doch genau in diesem Moment bricht erneut Applaus los und die Lichter im Saal gehen wieder an, nun begleitet von einer etwas lauteren Musik, die wie ich schnell erfasst habe, von einem DJ kommt, der sich auf der Bühne ausgebreitet hat und wie auf Kommando kommen auch schon die Kellner mit den Desserttellern an die Tische geschossen. Es geht doch nichts über gute Organisation.

~~~~~~

Eine halbe Stunde später haben wir alle ein wirklich zauberhaftes Dessert intus. Schokomousse, frische Erdbeeren mit Champagnerschaum und eine Kugel feinstes Zabaione-Eis, garniert mit einer Schokopraline, die die Initialen der Organisation trug.

Ich stehe gerade am Waschbecken der Damentoilette und wasche mir die nach Rosen und Mandeln duftende Seife von meinen Händen, als mich eine weibliche Stimme neben mir aus meinen Gedanken holt. Ich lasse sie zu Ende sprechen und lächle sie schließlich entschuldigend an, denn schwedisch gehört nun wirklich nicht zu meinen Stärken.

Zu meiner Erleichterung und ebenfalls zu meiner Überraschung war die Rede vorhin auf Englisch gehalten, was mich erahnen lässt, dass es hier mehrere Menschen gibt, die der Landessprache nicht mächtig sind und dessen scheint sich auch Blondie neben mir plötzlich bewusst zu werden und grinst mich mit ihren strahlenden Beißerchen an. Ein kurzes Auflachen und schon folgt das eben Gesagte noch einmal für mich verständlich.

„Ah, tut mir leid." Sie tippt sich kurz gegen die Stirn, als hätte sie erahnen müssen, dass ich sie nicht verstehe. „Ich habe gesehen, dass du mit Ben hier bist. Heißer Kerl, muss ich zugeben. Ich habe ihn letztes Jahr kurz auf einer Party kennen gelernt und wäre ich nicht seit Jahren glücklich vergeben, ich..." Sie lacht kurz auf und wird tatsächlich etwas rot. „.... Ich glaube du weißt, was ich meine." Nun zwinkert sie mir zu, ehe sie erneut weiterspricht. „Halt ihn gut fest,..." Sie deutet mir, dass es Zeit wird, meinen Namen einzufügen.

„Alicia?!", grinse ich und sie nickt. „Halt ihn gut fest, Alicia. Der Kerl hat das Herz am rechten Fleck. Das gibt es nicht mehr so oft. Und heiß ist er obendrein noch. Jackpot, meine Liebe." Sie zwinkert mir erneut zu, fasst mit ihrer Hand an meinen Oberarm, drückt mich einmal freundschaftlich und verschwindet mit einer kurzen Verabschiedung wieder.

Ich sehe ihr etwas irritiert hinterher. Heiß ist er also, der gute Ben, soso. Das wäre mir ja noch gar nicht aufgefallen. Ich schüttle lachend den Kopf und beschließe, mich noch einen Moment auf die kleine Leder-Bank zu setzen, die am anderen Ende der Damentoilette steht. Ich fühle mich nach all dem Essen so voll, dass ich eine kleine Verschnaufpause gebrauchen kann und vielleicht ist das ja auch die ideale Gelegenheit, dem ‚Hottie' da draußen mal ein paar interessante Grüße zukommen zu lassen. Ich kichere und zücke mein Handy.

~~~~~~

„Und, hat das Spaß gemacht, Emilia?", frage ich den kleinen süßen Blondschopf, der es sich mittlerweile auf Alicias Stuhl bequem gemacht hat, während diese sich kurz ‚frisch machen' gegangen ist. Was ist es eigentlich, dass Frauen nicht einfach sagen können, dass sie aufs Klo müssen?

Emilia strahlt mich mit ihren großen blauen Augen an und fährt sich aufgeregt durch die mittlerweile fast kinnlangen Haare. Das letzte Mal, als ich sie gesehen habe, hatte sie gar keine Haare auf dem Kopf. Sie hatte gerade die letzte Chemo-Therapie hinter sich gebracht, doch das Strahlen in ihren Augen war auch damals dasselbe gewesen und genau das war es, das mich so beeindruckt hatte an ihr.

Emilia hat eine wirklich schwere Zeit hinter sich. Eine Operation, eine Chemotherapie und gerade als man glaubte, alles wäre wieder gut, ging es noch einmal von vorne los. Ihre Mama konnte nicht mehr Vollzeit arbeiten und da sie alleinerziehend ist, geriet die kleine Familie schnell nahezu ans Existenzminimum. Das ist auch der Grund, warum sie heute hier sind.

Ich lasse meinen Blick zum Tisch gegenüber streifen und sehe Emilias Mama, die ganz stolz zu uns herüberblickt und mir kurz zunickt. Ich nicke ihr ebenfalls zu und wende mich wieder der Kleinen zu, die aufgeregt mit den Füßen hin und her wackelt, die gerade noch nicht bis zum Boden reichen.

„Es war toll, Ben. Ich durfte jeden Tag reiten, sogar auf das große Pferd durfte ich einmal mit rauf. Einmal hat mich eines davon im Nacken angestupst, als ich vor ihm stand und ich bin so erschrocken, weil es so gekitzelt hat." Sie grinst und zieht ihren Kopf an ihre Schulter, weil sie sich vermutlich genau an das Gefühl erinnert.

Die Organisation hat Emilia und ihrer Mama nach Abschluss ihrer Chemotherapie einen kleinen Ausflug auf eine Farm spendiert, weil Emilia alles liebt, was vier Pfoten oder Beine oder was auch immer hat und es scheint gewirkt zu haben. Heute kann man kaum mehr glauben, dass die Kleine eine so schwere Zeit hinter sich hat und auch ihre Mama scheint sichtlich erholt zu sein.

Ich spüre, wie mir ganz warm ums Herz wird. Genau das ist es, das mich stolz macht, von Zeit zu Zeit einen kleinen Beitrag zu all dem leisten zu können. Dieses Strahlen eines Kindes, obwohl es eine so schwere Zeit hinter sich hat, es ist mehr wert, als alles Geld dieser Welt.

Schnell wuschle ich ihr durch ihren blonden Haarschopf, den sie mit einem beinahe missbilligendem Blick sofort wieder zurecht zupft. „Beeeen... Meine Haare!" Ich muss lachen. Darin sind sich Frauen wohl in jedem Alter einig. „Ja Beeeen, die Lady ist so schön gestylt, das kannst du doch nicht einfach zerstören", höre ich Adam, der zur anderen Seite von Emilia sitzt. Er grinst über das ganze Gesicht und zieht damit Emilia natürlich sofort auf seine Seite. Sie strahlt ihn an und schlägt die Augen auf, wie eine Große.

Gerade als sie ihm antwortet, spüre ich, wie mein Handy in meiner Hosentasche vibriert. Schnell greife ich danach und finde zu meinem Erstaunen drei Nachrichten von Alicia vor, jeweils mit Bild.

Bild Nummer eins zeigt Alicias leicht geöffnete Lippen. Ihre Zunge liegt locker auf ihrer Unterlippe. Ich muss schlucken. „Wie gerne würde ich diese Lippen nun über deinen Hals gleiten lassen, deine Brust..."

Ich atme einmal tief durch und öffne das zweite Bild. Wieder ein Foto ihres perfekten Mundes, dieses Mal sieht man ihre weißen Zähne, so als würde sie jeden Moment sanft zubeißen. „Ein sanfter Biss in deine Brustwarzen..."

Okay, ein warmes Gefühl breitet sich in mir aus. Irgendjemand hat hier die Heizung angemacht.

Ich schlucke erneut und öffne Bild drei. Es zeigt ihre Hand. Sie ruht auf dem schwarzen dünnen Stoff ihres Kleides, dort an der Seite, wo es nur aus Spitze besteht. Ihre braune Haut scheint hindurch und ihre dunkelrot lackierten Nägel sehen aus, als würden sie sanft über ihre Haut kratzen. „Meine Hände würden währenddessen eine wunderbare Reise antreten..."

Ach du Scheiße! Jetzt sitze ich hier, vier Möchtegern-Popstars und ein unschuldiges kleines Kind neben mir, das zu meiner Erleichterung immer noch mit Adam flirtet und mich dabei keines Blickes würdigt und mit einem FAST schon ausgereiften Ständer in der Hose.

Ich rolle mit den Augen und überlege, ob ich sofort zur Damentoilette eilen soll, aber aufzustehen, wäre im Moment vielleicht nicht unbedingt das Geschickteste.

Gerade als ich mein Handy wegstecken will, brummt es erneut. Dieses Mal kein Bild, sondern nur ein Text: „Weißt du eigentlich, dass ich KEINE Unterwäsche trage?" Okay, das ‚fast' können wir getrost streichen. Es ist ein Ständer, daran gibt es nichts zu rütteln.

~~~~~~

Zufrieden mit meiner ‚Arbeit' lasse ich mein Handy zurück in meine Tasche fallen. Ich bemühe mich erst gar nicht, das Grinsen wieder aus meinem Gesicht zu bekommen, als ich mich auf den Weg zurück an den Tisch mache.

Dort angekommen, finde ich ein kleines strohblondes Mädchen auf meinem Platz vor, das sich gerade angeregt mit Adam unterhält und dabei unablässig kichert. Ben sieht kurz zu mir hoch, seine Wangen sind etwas gerötet und in seinem Blick liegt ein schelmisches Grinsen, doch er sagt kein Wort.

Ich lache. „Na, da hast du dir ja schnell eine neue Begleitung gefunden", grinse ich, als das blonde Mädchen zu mir hochsieht. „Und noch dazu so eine hübsche." Ich zwinkere der kleinen Maus zu, die daraufhin regelrecht zu strahlen beginnt. Ben beugt sich zu ihr und flüstert ihr etwas ins Ohr und sofort kichert sie los. Er hat diese Wirkung wohl auf Frauen jeden Alters.

„Ich bin Emilia", höre ich das Mädchen schließlich in sehr gebrochenem Englisch und bin einmal mehr erstaunt, wie sehr die Kinder hier mit dieser Sprache aufwachsen. Die Kleine streckt mir ihr süßes Händchen entgegen und ich greife danach, während ich gleichzeitig etwas in die Knie gehe, um auf Augenhöhe mit ihr zu sein.

„Hallo Emilia, ich bin Alicia. Schön, dich kennen zu lernen." Emilia strahlt mich an und ihre blauen Augen funkeln regelrecht, als sie mich von oben bis unten anguckt. „Du hast ein schönes Kleid an. So eines möchte ich auch mal haben."

Ich spüre, wie mir warm ums Herz wird und frage mich gleichzeitig, ob Emilia eines der Kinder ist, denen von der Organisation geholfen wurde. Dieses süße kleine Ding kann doch unmöglich schon irgendetwas Schlimmes mitgemacht haben, oder? In diesem Moment tritt eine junge Frau hinter mich. „Entschuldigen Sie bitte! Emilia, das ist der Platz dieser Frau hier. Komm doch bitte wieder mit." Ihr Blick ist freundlich und sie streckt Emilia ihre Hand entgegen, doch diese blickt von einer Sekunde zur anderen richtig traurig und zieht einen süßen Schmollmund.

Schnell schüttle ich den Kopf. „Ach, kein Problem. Emilia kann gerne noch etwas hier bleiben. Sie hat sich doch gerade so gut mit Adam unterhalten." Ich zwinkere ihr kurz zu, ehe ich weiterspreche. „Wir können uns den Platz ja teilen. Was meinst du, Emilia?" Emilia guckt mich an und beginnt binnen Sekunden wieder zu strahlen. „Au ja, darf ich Mama?" Dieser Blick. Selbst ich könnte ihr nicht widerstehen, wie sollte es eine Mama da nur schaffen?! Emilias Mama blickt einmal von mir zu Emilia und wieder zurück und nickt schließlich. „Meinetwegen. Fünf Minuten noch. Schicken Sie sie doch dann bitte einfach wieder zu mir." Ich nicke.

~~~~~~

Verdammte Scheiße. Ich habe nicht zugehört, was alle Beteiligten soeben von sich gegeben haben, aber als ich sehe, dass Alicia sich wieder setzt und Emilia auf ihren Schoß nimmt, passt mir das so gar nicht. Alles, was ich ihr jetzt gerne ins Ohr flüstern würde, könnte Emilia für den Rest ihres Lebens ziemlich seltsame Albträume bescheren und das wollen wir doch ganz gewiss nicht, also packe ich Alicia am Oberarm, ziehe sie ein kleines Stück zu mir und hisse ihr ins Ohr: „Du weißt, dass wir später DRINGEND sprechen müssen, oder?!"

Alicia sieht mich mit unschuldigen Augen an und lächelt zuckersüß. „Was ist denn los, Ben? Du wirkst etwas unausgeglichen." Ihre Zunge gleitet einmal keck über ihre Unterlippe. Die Anwesenden werden das sicher nicht bemerkt haben, aber mich bringt es schier um den Verstand. Dieses kleine Miststück.

Ich rolle mit den Augen. „Das erzähle ich dir später sehr gerne, im Detail, ganz genau, unter vier Augen." Ich forme die Worte langsam und meine Stimme klingt noch tiefer als sonst. Meine Augenbrauen hebe ich dabei ein Stück an und das Blitzen in Alicias Augen lässt sie nicht mehr verbergen, dass sie sich sehr auf dieses Gespräch freut. Zufrieden greife ich nach dem Weinglas.

„Alicia, bist du auch schon einmal geritten?", höre ich schließlich Emilias Stimme, während ich gerade einen großen Schluck der herben Flüssigkeit zu mir nehme. Die Kleine strahlt Alicia an, als hätte sie soeben eine neue beste Freundin gewonnen und ich spucke um ein Haar den Wein auf den Tisch, weil mir automatisch ein amüsierter Ton entgleitet.

Alicia sieht mich amüsiert und vorwurfsvoll zugleich an und schüttelt leicht den Kopf, doch diese Pointe kann ich mir nicht nehmen lassen.

„Alicia reitet sogar sehr gerne, Emilia. Sie mag die großen Pferde am liebsten." Ich gebe die Worte in meinem herzlichsten Tonfall wieder und Emilia freut sich sichtlich darüber, dass sie mit ihrer neugewonnen Freundin scheinbar ein Hobby teilt, die Jungs am Tisch hingegen beginnen einstimmig zu lachen.

„Aaaah!" Schon spüre ich den Absatz von Alicias Schuh an meinem Unterschenkel und ich bin mir sicher, würde es nicht so viel Aufsehen erregen, würde sie den Absatz auch gerne an anderer Stelle erneut platzieren. Da habe ich wohl noch einmal Glück gehabt.

Alicia nickt zufrieden, als ich mit meiner Hand an meinen Unterschenkel greife und während Emilia mich fragend ansieht, flüstert sie ihr ins Ohr: „Oh, da muss sich der liebe Ben wohl am Tisch gestoßen haben."

Ich erspare mir jedes weitere Wort und versuche das Positive an meinem neuerworbenen blauen Fleck zu sehen. Immerhin hat sich durch den Schmerz an meinem Bein in meinem Schoß so einiges wieder beruhigt, was hier im Moment ohnehin nichts zu suchen hat.

Ich sehe Alicia zu, wie sie sich wieder Emilia widmet und die Kleine stellt ihr Frage um Frage. Es ist zu süß, mit anzusehen, wie die beiden sich trotz der durchaus vorhandenen Sprachbarriere verständigen. Emilia scheint sie sehr gut zu verstehen, aber bei den Fragen greift sie immer wieder zu Händen und Füßen und streut zwischendurch auch das ein oder andere schwedische Wort ein. Einen Abbruch der neu gewonnenen Freundschaft scheint dies jedoch keineswegs zu tun.

Alicias Arm ist um Emilias Taille geschlungen und die Kleine scheint sich sichtlich wohl zu fühlen, denn sie lehnt mit ihrem Rücken völlig relaxt an Alicia und ihre Augen funkeln förmlich dabei.

Ich beobachte die beiden eine ganze Weile und sehe schließlich, wie die

Kleine Alicia hinter vorgehaltener Hand etwas ins Ohr flüstert. Alicia flüstert irgendetwas zurück und plötzlich kichern beide herzhaft los.

Der Klang der beiden hellen Stimmen dringt förmlich zu mir durch und löst ganz plötzlich ein seltsames Gefühl in mir aus. Ein warmes Gefühl. Ich spüre, wie es direkt von meiner Brust in meinen Bauch wandert und dort verweilt. Es fühlt sich leicht an, weich, angenehm und ich fühle mich, als würde mir für einen Moment der Atem wegbleiben. Als ich wieder Luft hole, scheint das Atmen hingegen noch leichter zu sein als vorher.

Was um Himmels Willen ist denn mit mir los? Woher kommt dieses seltsame Gefühl?

~~~~~~

Emilia ist ein wahrer Goldschatz. Mit ihren großen blauen Augen und ihrer süßen piepsigen Stimme hat sie mich sofort für sich erobert. Immer wieder stellt sie mir Fragen - woher ich komme, wie es da so ist, ob man in Deutschland auch baden gehen kann, denn das macht sie so unheimlich gerne, wie alt ich bin und so weiter.

Ich beantworte ihr jede einzelne ihrer Fragen und wundere mich, wie sehr die Kleine mir sofort zu vertrauen scheint. Ihre dünnen Beine lässt sie völlig entspannt links und rechts von meinem Schoß baumeln und sie lehnt locker an meinem Oberkörper. Es scheint sie nicht zu stören, dass sie mich gar nicht kennt und ich frage mich immer mehr, ob sie vielleicht das Kind eines Finanziers oder eines Initiators der Organisation ist, das es gewohnt ist, ständig von fremden Menschen umgeben zu sein, doch in diesem Moment sagt die Kleine etwas, das mich hellhörig werden lässt.

„Du hast total tolle Haare, Alicia. Ich wünschte, ich hätte auch wieder so lange Haare, aber das dauert noch ein bisschen, sagt meine Mama immer." Es ist weniger Emilias Wortwahl, die mich stutzig werden lässt, sondern viel mehr Bens Blick, der mich plötzlich fast durchdringend ansieht, so als würde ich mich gerade auf dünnem Eis bewegen.

Ich räuspere mich. „Du hast doch wunderschöne Haare, Emilia." Ich streiche ihr einmal durch ihre blonden, kinnlangen Löckchen, die sich anfühlen, wie die Haare eines Babys, so weich und zart.

Emilia nickt und ihre folgenden Worte, lassen mir förmlich das Herz in die Hose rutschen. „Ich mag die Löckchen, die Mama mir heute gemacht hat, aber vor dem

Krankenhaus hatte ich ganz lange Haare, so wie du."

Ich werfe einen Blick zu Ben und forme lautlos das Wort ‚Krebs' mit meinen Lippen. Ben nickt und ich spüre, wie mir fast der Atem stockt.

Ben sieht, wie es in mir arbeitet und ergreift zu meiner Erleichterung das Wort. „Emilia war aber auch ohne Haare die hübscheste junge Lady im Krankenhaus. In diese wunderschönen blauen Augen muss sich ja jeder Junge auf Anhieb verlieben." Er zwinkert Emilia zu, die beschämt kichert.

Gerade als ich ebenfalls etwas sagen will, kommt Emilias Mama erneut zu uns an den Tisch. „Entschuldigung, aber Emilia, es wird langsam Zeit, dass wir nach Hause gehen. Es wird Zeit fürs Bett." Emilia blickt traurig und setzt an, etwas zu erwidern, doch soweit lässt ihre Mama sie gar nicht kommen.

„Emilia, du weißt, was wir vereinbart haben, oder?" Die beiden tauschen einen bestimmten Blick aus und ich muss lächeln, denn in diesem Moment ist es unverkennbar, dass sie beide Mutter und Tochter sind. Sie haben dieselben Augen und selbst der Blick ist eins zu eins der gleiche.

„Schade", höre ich schließlich Emilia und im nächsten Moment spüre ich, wie sie mir ein Küsschen auf die Wange drückt. „Du kannst mich gerne mal mit Ben besuchen kommen", flüstert sie mir ins Ohr und hopst im selben Moment auch schon von meinem Schoß.

Ich bin beeindruckt, wie erwachsen Emilia in diesem Moment wirkt und genau das macht mich auch unglaublich traurig, denn erwachsen wirken Kinder in diesem Alter meistens nur, wenn sie bereits Vieles in ihrem Leben ertragen mussten, das eigentlich kein Kind zu diesem Zeitpunkt kennen sollte.

„Das wäre sehr schön, Emilia", antworte ich ihr mit einem Kloß im Hals und nachdem sich Mutter und Tochter ausgiebig von allen am Tisch verabschiedet haben, lasse ich mich erst einmal nachdenklich in meinen Stuhl zurücksinken.

~~~~~~

Okay, okay, ich muss zugeben, Alicia mit der kleinen Emilia zu sehen, hat wirklich seltsame Gefühle in mir ausgelöst. Gefühle, die ich im Moment weder zuordnen kann, noch zuordnen will. Vielleicht hat es damit zu tun, dass ich bis vor ein paar Stunden fast überzeugt davon war, dass Alicia schwanger ist, dass

sie mein Kind unter dem Herzen trägt, das muss einen ja verwirren, oder? Ja, ich weiß auch, dass das nicht die alleinige Erklärung für dieses schon fast schwindelige Gefühl in mir sein kann, aber fürs Erste muss es damit gut sein.

Ich lasse meinen Blick zu Alicia gleiten, die nachdenklich wirkt. Ich kenne diesen Blick und ich weiß was sie fühlt, denn genau so erging es mir nach meinem ersten Besuch im Kinderkrankenhaus. Ich rücke ein Stück näher an sie heran und lege locker meinen Arm um sie. Für einen Moment befürchte ich, dass ihr diese Annäherung in dieser Umgebung zu viel ist, aber sie lässt es zu und sie lässt sich sogar regelrecht in meine Umarmung fallen.

Wir schweigen einen Moment, doch Alicia durchbricht die Stille zwischen uns schließlich. „Das ist so unfair, Ben. Wieso muss so ein wunderbares Wesen so etwas Schlimmes mitmachen? Weißt du, ob sie nun wieder gesund ist?"

Alicias Blick, die Betroffenheit in ihren wunderhübschen grünen Augen, verursacht erneut ein seltsames Gefühl in meiner Magengegend und ich nicke schnell.

„Ja, sie ist wieder völlig gesund. Sie hat es überstanden. Die Ärzte hatten zwischendurch wenig Hoffnung für sie, aber die Kleine ist so stark, sie hat einfach weiter gekämpft. Du hättest sie erleben sollen, Alicia, ohne Haare, noch dünner als jetzt, blass im Gesicht, dunkle Ringe unter den Augen und dennoch hat sie immer alle um sich herum angestrahlt. Sie hat daran geglaubt, dass sie wieder gesund wird, obwohl sie sicher nicht wusste, wie schlecht es um sie stand, aber selbst wenn sie es gewusst hätte, Emilia ist eine Kämpfernatur, die ihresgleichen sucht. Sie ist mittlerweile fast ein dreiviertel Jahr aus dem Krankenhaus raus und sie ist gesund."

Ich wende meinen Blick kurz von Alicia ab, um mich wieder zu sammeln, denn nicht nur sie hat mittlerweile Tränen in den Augen, sondern auch ich.

Ich spüre, wie Alicias Hand sich um meinen Unterarm legt. „Das ist toll, Ben. Hoffentlich muss sie nie wieder so kämpfen in ihrem Leben." Ich nicke und eine Weile schweigen wir wieder, bis Alicia erneut zu sprechen beginnt: „Wie war die Organisation eigentlich genau in die ganze Geschichte involviert?" Erneut blickt sie mir in die Augen, dieses Mal jedoch aus purem Interesse.

„Emilias Mama ist alleinerziehend und der leibliche Vater von Emilia kann nicht für die beiden aufkommen, oder er will es nicht, das weiß ich nicht so genau. Tatsache ist, dass die beiden es sehr schwer haben und deswegen werden sie auch unterstützt. Darum hat man ihnen auch diesen Urlaub bezahlt, dass die beiden einmal richtig durchatmen können."

Alicia nickt und scheint einen Moment zu überlegen. „Sie ist so glücklich, dass sie reiten gehen durfte." Ich nicke. „Ja, dieses Strahlen in ihren Augen, das ist jeden Cent wert", antworte ich ihr und sehe, wie Alicia eine Hand über ihr Haar gleiten lässt.

Sie schluckt und kaut ein paar Mal auf ihrer Unterlippe herum, ehe sie schließlich völlig unvermittelt zu strahlen beginnt. „Ich will auch etwas spenden, Ben. Sag mir bitte, wo ich das machen kann."

Ich lächle sie an. „Das musst du nicht, Süße, das weißt du, oder? Deshalb habe ich dich nicht hierher mitgenommen." Sie schüttelt den Kopf. „Das weiß ich, aber ich möchte es. Tausend Euro. Denkst du, damit kann die Organisation etwas Schönes anfangen?"

Mit offenem Mund sehe ich sie an und ich sehe das Glänzen in ihren Augen, dieses Funkeln. Mit einem Mal wirkt sie überglücklich und so entschlossen. Sie beginnt unruhig auf dem Stuhl hin und her zu wackeln und ihr Blick durchdringt mich regelrecht und das ist der Moment indem es mich durchfährt wie ein Blitz, wie ein Sommergewitter, wie ein Tornado und schon wieder schwebt dieses seltsame Gefühl in meinem Bauch.

Scheiße, kann es sein, dass ich mich in diese Frau verliebt habe? So richtig verliebt?

KAPITEL 15

„Ben?" Langsam schäle ich mich aus Bens Umarmung und sehe ihn fragend an, denn jetzt, da mein Entschluss gefallen ist, kann ich es kaum mehr erwarten, für die Organisation ebenfalls etwas Gutes zu tun. Das hier macht so viel Sinn und Ben hat Recht, man kann sein Geld eigentlich nicht besser investieren, als in das Glück von diesen kleinen starken Persönlichkeiten, die vom Leben bereits so hart bestraft wurden.

Ben zuckt beinahe etwas zusammen, als ich meine Hand auf seinem Oberschenkel postiere und ihn herausfordernd anblicke. „Was?" Er schüttelt kurz den Kopf und ich erspare mir jede Überlegung, wo er nun schon wieder gedanklich war.

„Wie kann ich spenden?", frage ich erneut und ziehe dabei meine Augenbrauen hoch. Er kann unmöglich schon wieder vermuten, dass ich schwanger bin. Ich kichere kurz beim Gedanken daran, wie es innerlich in ihm ausgesehen haben muss und dieses Kichern scheint ihn schließlich wieder zurück ins Hier und Jetzt zu befördern.

„Kannst du das lassen?" Verwirrt blicke ich ihn an. „Was? Das Spenden? Warum denn?" Er zieht seine Stirn in Falten und schüttelt den Kopf. „Dieses Kichern."

Okay, nun kapiere ich gar nichts mehr. „Was?" Meine Stimme klingt für mein Empfinden einen Ton zu hoch.

Ben sieht mich an und zuckt schließlich mit den Schultern. „Vergiss es. Ich... war wohl gerade abgelenkt." Ich gebe einen beipflichtenden Ton von mir und ehe ich noch etwas erwidern kann, fügt er schnell hinzu: „Du kannst deine Daten hier hinterlassen oder das Geld von Zuhause aus überweisen. Wie du möchtest. Natürlich bekommst du eine Quittung dafür." Ich nicke. „Gut, danke."

Schnell nehme ich meine Hand wieder von Bens Oberschenkel und greife nach meinem Weinglas, während sich der Veranstalter, der sich mittlerweile als Herr Karlsson herausgestellt hat, zu uns an den Tisch begibt.

~~~~~~

Ja, ich weiß, ich sollte meinen neu gewonnenen Erkenntnissen vielleicht etwas Raum geben und mich intensiver damit beschäftigen, aber ganz ehrlich? Ich finde es nicht gut. Mich zu verlieben, ist der letzte Punkt, der im Moment auf meiner To-Do-Liste steht und ich bin mir ziemlich sicher, dass es Alicia ähnlich geht. Vielleicht übertreibe ich auch einfach, vielleicht spielt mein Gehirn mir einen Streich, denn schließlich hat sie meinen gesamten Hormon-Haushalt in den letzten Tagen ordentlich durcheinander gewirbelt. Vielleicht sind diese neuen Gefühle einfach eine logische Reaktion auf zu viel Sex. Nun gut, zu viel Sex gibt es sicher nicht, aber nun ja...

Beim Gedanken an unseren letzten Akt in der Dusche muss ich unweigerlich grinsen, schüttle jedoch schnell den Kopf, denn wenn ich noch länger daran denke, dann habe ich wieder ein Problem zwischen meinen Beinen, das hier nicht nichts zu suchen hat.

Scheiße echt, was macht diese Frau mit mir? Tatsache ist, wenn dieser Urlaub hier beendet ist, dann will und muss ich zur Tagesordnung übergehen und das heißt am besten auch, kein Sex mehr mit Alicia. Grausame Vorstellung, ja klar, aber ich will diese Freundschaft keineswegs verlieren, um Nichts in der Welt. Diese Verbindung ist einfach Gold wert, ich kann das nicht riskieren und ich bin mir ziemlich sicher, sie sieht das genauso.

„Ben?!", höre ich erneut ihre Stimme zu mir durchdringen und wieder spüre ich ihre Hand auf meinem Oberschenkel. Ihr Griff brennt sich förmlich in den Stoff meines Anzugs und ich spüre, wie eine ganze Ameisenarmee über meinen Körper krabbelt.

Mit einem kurzen „Hm?!" blicke ich sie an und sehe erst jetzt, dass Herr Karlsson hinter ihr steht und mich erwartungsvoll anstrahlt. „Herr Lindqvist? Sind sie dann bereit, einen oder zwei ihrer Songs zum Besten zu geben? Ich würde mich wirklich freuen. Wir haben auch ein paar Gitarren hier, da finden Sie bestimmt die passende."

Na herrlich, das hat mir jetzt gerade noch gefehlt und dann auch noch mit einer fremden Gitarre, aber wohlerzogen wie ich bin, nicke ich. „Ja klar, kein Problem."

Herr Karlsson nickt ebenfalls zufrieden und deutet mir, mit ihm mitzukommen. Ich drehe mich zu Alicia, entschuldige mich kurz bei ihr und schon folge ich Herrn Karlsson hinter die Bühne.

~~~~~~

„Na, dann nutze ich doch mal die Gunst der Stunde", höre ich Ryans Stimme, während ich noch hinter Ben her blicke, der immer noch etwas abwesend wirkt.

„Was?" Als ich mich wieder zurückdrehe, sehe ich, dass Ryan mittlerweile neben mir Platz genommen hat. Seine rechte Hand ruht am äußersten Ende meiner Stuhllehne

„Ach, tut mir leid, ich habe gar nicht mitbekommen, dass du den Platz gewechselt hast." Ryan nickt kurz. „Wenn das in Ordnung ist für dich? Ich kann dich doch nicht so einsam hier sitzen lassen." Er zwinkert mir kurz zu und ich muss lachen, denn alleine bin ich hier sicher nicht, schließlich sitzt Adam gleich zu meiner Rechten.

„Absolut in Ordnung", grinse ich und erhebe mein Weinglas, um mit Ryan anzustoßen. Wir trinken beide einen großen Schluck und finden anschließend auch sofort ein Gesprächsthema, denn Ryan hat es sich wohl zur Aufgabe gemacht, in möglichst kurzer Zeit, möglichst viel über meine Heimat zu erfahren. Ich erzähle ihm, wie unterschiedlich selbst verschiedene Städte innerhalb Deutschlands sind und rücke in seinem Kopf ein paar typisch deutsche Vorurteile zurecht. Okay, manche davon bestätige ich auch ohne zu zögern.

Ryan scheint sich köstlich darüber zu amüsieren und lacht immer wieder lauthals los und ich muss zugeben, dass ich seine Anwesenheit wirklich genieße. Er ist ein einfacher Gesprächspartner und je mehr ich von ihm kennenlerne, desto sicherer bin ich, dass man ihn und seine Gruppe unbedingt auch in Deutschland etwas pushen sollte. Nun gut, ich kenne die Musik noch nicht, aber da Ben mir zu Beginn des Abends erzählt hat, dass diese wirklich hörenswert ist, will ich das auch gar nicht erst anzweifeln.

~~~~~~

Eine Viertelstunde später stehe ich mit einer Gitarre bewaffnet am Rande der Bühne und warte, während Herr Karlsson mich entsprechend ankündigt. Sofort kreist mein Blick durch den Raum auf der Suche nach unserem Tisch und als ich ihn schließlich gefunden habe, spüre ich automatisch ein ungutes

Gefühl in meiner Magengegend hochkriechen. War doch klar, oder?

Mit grimmigem Gesichtsausdruck verfolge ich, wie Ryan die Hand auf Alicias Stuhllehne hat und mit seinem Oberkörper schon fast auf ihr hängt, was Alicia anscheinend auch noch zu gefallen scheint, denn sie lacht so offen, dass einem dabei regelrecht das Herz aufgehen könnte, wenn nicht dieser Ryan der Grund dafür wäre. So witzig kann dieser Kerl doch wohl nicht sein, oder? Wahrscheinlich hat sie einfach etwas zu viel Wein erwischt.

„Meine lieben Gäste, Ben Lindqvist!", höre ich gerade noch die letzten Worte von Herrn Karlsson und während er von der Bühne verschwindet, stelle ich mich wie automatisch ans Mikrofon und gebe ein paar übliche Floskeln von mir, mein Blick weicht jedoch keine Sekunde von Alicia und diesem Ryan. Sie sieht noch nicht einmal her. Was um...? Doch kaum habe ich die ersten paar Gitarrengriffe unseres bekanntesten Hits hinter mich gebracht und die ersten Worte gesungen, sehe ich, wie mir endlich auch Alicia ihre Aufmerksamkeit schenkt und zu meiner tiefen Erleichterung, beginnt sie regelrecht zu strahlen. Ha, siehst du Ryan? Ich bin eben doch besser!

Zufrieden mit mir selbst und glücklich darüber, dass Alicia nun mit ihren Augen bei mir bleibt, singe ich mich durch sämtliche Strophen und ernte dafür einen wirklich donnernden Applaus. Auch Alicia klatscht begeistert und immer wieder sehe ich, wie sie meinen Blick sucht und ihn regelrecht einfängt.

Oh nein, schon wieder dieses seltsame Gefühl in mir. Ich überlege einen Moment, ob vielleicht ein Insektenspray gegen dieses komische Flattern helfen könnte, doch die Wahrscheinlichkeit erscheint mir eher gering, also finde ich mich damit ab und stimme ohne Umschweife ein weiteres Lied an.

„Das ist unsere neue Single", höre ich meine eigene Stimme durch das Mikro und schon beginnen meine Hände wie von selbst die Gitarrensaiten zu zupfen.

~~~~~~

Ich schließe für einen Moment die Augen und genieße Bens angenehme Stimme, während er sich durch die Textzeilen schlängelt. Das Lied handelt von einer unschönen Erfahrung mit einer Frau und der Hoffnung, dass die Zukunft etwas Besseres bringt. Es ist wirklich wunderschön, wie viel Gefühl in seiner Stimme liegt und ich komme nicht umhin, mich zu fragen, wie dieser Text entstanden ist und ob er für ihn persönlich eine tiefere Bedeutung hat.

Ja, ich als seine beste Freundin, sollte so etwas wahrscheinlich wissen, aber so viel wir auch voneinander wissen, über seine Musik haben wir bisher immer relativ wenig gesprochen. Sicher kenne ich die ein oder andere Geschichte zu einem seiner Songs, aber das sind meist ältere Songs und nach seiner Trennung mit Romina habe ich es auch lange vermieden, in seinem Gefühlsleben herumzuwühlen. Er trägt zwar sonst sein Herz auf der Zunge, aber wenn es um Gefühle geht, ist er wie viele andere Männer auch und spricht nicht wirklich gerne darüber, vor allem nicht, wenn das bloße Sprechen darüber wiederum Schmerz auslösen könnte.

Langsam öffne ich meine Augen wieder und sehe, dass sein Blick noch immer auf mich gerichtet ist. Ein Lächeln huscht über seine Lippen und ich spüre, wie mir automatisch warm ums Herz wird. Ich lächle ihn ebenfalls an und unsere Augen bleiben bis zur letzten Note des Liedes aufeinander gerichtet.

Natürlich erhält er auch für diesen Auftritt einen tosenden Applaus und während er sich bedankt und die Leute zum Spenden aufruft, ertönen auch schon die Rufe nach einer Zugabe. Ich grinse ihn an und stimme automatisch mit ein.

Typisch Ben, lässt er sich eine ganze Weile bitten, ehe er sich noch einmal ans Mikrofon stellt. „Na gut, einen gibt es noch, aber dieses Mal mit weniger Herzschmerz." Mein Herz macht einen kleinen Freudensprung bei den ersten Tönen, denn das ist definitiv einer meiner Lieblingssongs und auch Ben ist anzusehen, wie viel Freude ihm dieses Lied bereitet, denn plötzlich wirkt er völlig losgelöst. Seine Augen beginnen regelrecht zu funkeln und dieses unwiderstehliche spitzbübische Grinsen ist zurück auf seinem Gesicht.

Ja, so sehr mir der gefühlvolle Typ von eben gefallen hat, aber der Typ hier ist einfach heiß. Locker lässt er seine Hand über die Gitarrensaiten gleiten und ich betrachte seinen muskulösen Unterarm, der im Takt der Musik automatisch mitschwingt. Wann hat er eigentlich sein Sakko ausgezogen und die Hemdsärmel nach hinten gestülpt?

Ich merke, wie sich automatisch ein dummes Grinsen auf meinem Gesicht breit macht. Was hat es nur mit nackten Männerarmen auf sich? Wieso finde ich das so antörnend?

Ich spüre, wie mein Gesicht sich immer wärmer anfühlt und bin froh, dass für Bens Auftritt das Licht wieder ein klein wenig gedimmt wurde, denn sonst würde man sicher meine geröteten Wangen sehen.

~~~~~~

Ja, das hat gut getan. Grinsend stehe ich auf der Bühne und genieße den Applaus. Dieser Song war genau richtig zum Abschluss, denn er handelt ausnahmsweise nicht von mir, nicht aus meinem Leben und ich mag einfach den Rhythmus und die Melodie. In diesen Text muss ich nicht eintauchen, sondern ich kann ihn einfach singen und Spaß haben.

Schnell bedanke ich mich bei den Leuten und erinnere sie noch einmal daran, dass sich der Abend hervorragend eignet, um zu spenden, ehe ich leichten Schrittes von der Bühne hopse.

Egal wie klein eine Bühne ist, egal wie kurz ein Auftritt ist und egal wie wenige Menschen dabei zusehen, das Gefühl, das sich danach in mir ausbreitet, ist immer dasselbe. Ich fühle mich high, glücklich, rundum zufrieden und all meine Körperzellen arbeiten auf Hochtouren. Das sind die Momente im Leben, die ich nicht eintauschen wollen würde. Niemals.

Herr Karlsson bedankt sich neben der Bühne herzlich bei mir und schon bin ich auf dem Weg zurück an den Tisch, zurück zu Alicia, die mich mit einem strahlenden Lächeln erwartet.

Ich lasse meinen Blick einmal über ihren gesamten Körper kreisen und fasse kurzerhand einen Entschluss. Schnell halte ich ihr meine Hand hin, die sie ohne zu zögern ergreift und ziehe sie mit einem Zwinkern zu mir hoch. „Lass uns fahren! Okay?"

Alicia blickt etwas perplex, deshalb ziehe ich sie dicht zu mir, um ihr ins Ohr zu flüstern: „Es wird Zeit, dass du deinen Bildern und Worten Taten folgen lässt." Ich spüre, wie mir alleine beim Gedanken daran alle Nackenhärchen zu Berge stehen und als Alicia mir zunickt und mir ein strahlendes Lächeln schenkt, kann ich es kaum mehr erwarten, sie aus diesem unheimlich scharfen Kleid zu schälen. Das hier ist Urlaub, richtig? Und wenn schon alles enden muss anschließend, dann will ich den letzten Abend wenigstens noch ausgiebig auskosten und mit ausgiebig meine ich WIRKLICH AUSGIEBIG!

„Dann lass uns los!", flüstert Alicia mir ins Ohr und ich spüre, wie ihre Zungenspitze dabei für eine Millisekunde mein Ohr streift. Scheiße, das werden lange Minuten bis wir zuhause sind. Ich lache und wir verabschieden uns in Windeseile von den anderen am Tisch. Die Tatsache, dass Ryan Alicia eine Visitenkarte zusteckt, ignoriere ich gekonnt – Adrenalin sei Dank!

Schnell ziehe ich Alicia hinter mir her nach draußen und nach ein paar letzten Worten an Herrn Karlsson, steigen wir auch schon in das erstbeste Taxi, das wir vor der Türe finden. Täusche ich mich, oder hat Alicia es genau so eilig wie ich?

KAPITEL 16

Den Rückweg verbringen wir beide schweigend nebeneinander auf dem Rücksitz des Taxis, unsere Blicke hingegen sprechen Bände und ich muss mich mehr als einmal beherrschen, um meine Hände die gesamte Fahrt über bei mir zu behalten und man braucht kein Hellseher zu sein, um zu wissen, dass es Ben nicht anders ergeht. Seine Blicke auf meinem Körper zu spüren, ohne seine Hände zu fühlen, macht mich fast wahnsinnig, dabei ist es gerade mal ein paar Stunden her.

Ich schüttle gedanklich den Kopf. Was ist nur los mit mir? Ich war noch nie ein Kind von Traurigkeit, aber diese letzten Tage waren für mich fast wie eine Art Rausch und dies ist unsere letzte gemeinsame Nacht in Schweden und vielleicht für den Rest unseres Lebens, deshalb werde ich jede einzelne Sekunde davon genießen.

„Kommst du?" Ich sehe mich um und stelle erstaunt fest, dass wir bereits angehalten haben und Ben gar nicht mehr neben mir sitzt. Mit einem breiten Grinsen hält er mir die Autotür auf und streckt mir seine Hand entgegen. „Einen Penny für deine Gedanken, meine Süße."

Ein schelmisches Grinsen liegt auf seinen Lippen und ich greife ohne ein Wort nach seiner Hand und steige aus. Ohne auch nur eine Sekunde zu verschwenden, zieht er mich hinter sich her, hinein ins Haus und in den bereits wartenden Aufzug. Die schmalen Absätze meiner Schuhe bescheren mir einige Mühe, ihm zu folgen, aber auch ich will keine Sekunde mehr verlieren.

Kaum hat sich die Aufzugtür hinter uns geschlossen, spüre ich auch schon seinen festen Griff an meiner Hüfte. Mit einem Ruck zieht er mich zu sich und presst seine fordernden Lippen auf meine.

Völlig atemlos lösen wir uns erst wieder voneinander, als der Aufzug sein Ziel erreicht hat. Wieder packt Ben mich bei der Hand und erneut stolpere ich hinter ihm her.

„Warte hier kurz", brummt er, als wir schließlich am Küchentisch angekommen sind. Ich nicke und sehe ihm zu, wie er sein Sakko achtlos auf den Tisch wirft und in einem der Zimmer verschwindet.

~~~~~~

Als ich ein paar Minuten später wieder zurück bin, fehlt von Alicia jede Spur. Es dauert etwas, bis ich realisiere, dass die Terrassentür offensteht und dort entdecke ich sie auch schließlich.

Sie lehnt mit ihrem süßen Hintern am Geländer, den Kopf leicht nach hinten geneigt, blickt sie in den klaren Sternenhimmel. Ich atme ein paar Mal tief durch, um die flatternde Horde, die in meiner Brust erneut ihr Unwesen treiben will, unter Kontrolle zu halten und gehe langsam zu ihr hinaus ins Freie.

„Ich dachte schon, ich müsste ohne dich baden gehen", flüstert sie, als ich die letzten Schritte auf sie zu mache und noch bevor ich sie berühren kann, spüre ich ihre Hände an der Knopfleiste meines Hemdes.

Langsam öffnet sie erst einen Knopf, dann den nächsten und jedes Mal spüre ich ihre zarten Finger auf meiner Haut. Ihre Berührungen hinterlassen eine heiße Spur, die sich auf direktem Wege in meinen Shorts verliert.

„Das hier", haucht sie heiser und lässt ihre Hände nun ganz unter meinem Hemd verschwinden, um es mir im nächsten Moment vom Körper zu streifen, „brauchen wir heute nicht mehr." Ihre Augen funkeln, während sie zu mir spricht und ich kann ein leises Stöhnen nicht mehr unterdrücken, als ich ihre Hände am Bund meiner Hose spüre.

Schnell greife ich an ihre Taille, um auch sie aus diesem unheimlich scharfen, aber völlig nutzlosen Kleid zu befreien, doch sie schüttelt den Kopf und nimmt meine Hände in ihre.

„Lass mich das machen." Ihre Stimme klingt heiser und schickt ein Kribbeln durch meinen Körper. Sie gibt meine Hände wieder frei und obwohl es mir schwer fällt, berühre ich sie dieses Mal nicht mehr, was ein zufriedenes Grinsen auf ihr Gesicht zaubert.

„Wo waren wir?" Wieder diese heisere Stimme. Sie betrachtet mich einmal von oben bis unten und fährt schließlich fort, womit sie begonnen hatte. Mit einem geübten Griff öffnet sie den Knopf meiner Hose und lässt den Reißverschluss folgen.

Ich ziehe die Luft zwischen meinen Zähnen hindurch, als sie ihre Hände einmal zart über den Stoff gleiten lässt und erneut lächelt sie mich an.

Am liebsten würde ich sie packen, sie gegen das Geländer drücken und ihr das Kleid vom Leib reißen, aber dieses Spiel, das sie spielt, ist unheimlich aufregend und so lasse ich sie einfach weiter gewähren, als sie ihre Hände langsam an meinem Hintern entlang unter den Stoff meiner Shorts gleiten lässt und mich Stück für Stück aus beiden Kleidungsstücken schält.

Ich hebe meine Beine an, entledige mich meiner Schuhe und Socken und kicke die überflüssige Kleidung ein Stück zur Seite. Nackt, wie Gott mich schuf, stehe ich vor ihr und sie beginnt schließlich leise zu kichern, als ihr Blick an meiner Körpermitte hängen bleibt.

„Rundum perfekt, Herr Lindqvist", flüstert sie und ich spüre, wie sie mir einen sanften Kuss auf die Lippen haucht. Ihre Worte hingegen treffen mich nicht sanft, sondern sausen wie ein Eilzug durch mich hindurch. Diese Frau weiß wirklich, was sie tut und sie weiß ganz genau, wie sie auf mich wirkt.

~~~~~~

Ob er weiß, wie heiß er ist? Noch einmal lasse ich meinen Blick über seinen Oberkörper gleiten, sein weicher Bauch, die männliche Brust, seine starken Oberarme, diese unheimlich tollen Unterarme und diese Hände, die so tolle Dinge vollbringen können und damit meine ich keinesfalls das Gitarre spielen.

Ich sauge den Anblick regelrecht in mir auf und versuche das Bild vor meinem inneren Auge zu speichern. „Darf ich nun?", höre ich seine tiefe Stimme und er hebt seine Hände, doch erneut schüttle ich den Kopf.

Schnell fasse ich in meinen Nacken, um den kleinen Knopf zu öffnen, der das Kleid dort oben zusammenhält und greife schließlich um mich herum, um auch den Reißverschluss zu öffnen. Ben macht Anstalten, mir zu helfen, doch ich signalisiere ihm mit einem Blick, dass er es lassen soll.

Kaum ist das Kleid geöffnet, lasse ich meine Hände unter dem zarten Stoff verschwinden und schiebe es langsam über meine Schultern nach unten. Bens Blick haftet auf jedem Zentimeter meiner Haut, den ich frei lege. Meine Schultern, mein Dekolleté und als ich es schließlich über meine Brüste gleiten lasse, sehe ich, wie er mit seinen Zähnen sanft auf seiner Unterlippe zu kauen beginnt.

Ich grinse ihn an und lasse meine Finger über meine Brust gleiten. Dieses Mal atmet er tief durch und ich sehe ihm förmlich an, wie viel Überwindung es ihn kostet, mich nicht anzufassen, doch er beherrscht sich.

Vorsichtig schiebe ich den Stoff des Kleides weiter nach unten, über meine Taille, meinen Bauch und meine Hüften. Als ich es schließlich über meinen Po gleiten lasse, gibt er einen genussvollen Ton von sich.

Dass ich tatsächlich kein Höschen trage, damit hatte er wohl nicht gerechnet. Ich zwinkere ihm zu und lasse das Kleid ganz zu Boden fallen. Schnell greift er nach meiner Hand, um mir Halt zu geben, während ich das Kleid mit den Füßen beiseiteschiebe und meine Schuhe von meinen Füßen streife.

„Gefällt dir, was ich drunter trage?"

~~~~~~

Wie schafft sie es nur, so unschuldig zu gucken, während sie solche Worte von sich gibt? Ich spüre, wie es zwischen meinen Beinen bereits regelrecht pocht und wenn sie das Ganze noch länger hinzieht, explodiere ich wahrscheinlich.

„Herrje, Alicia, ich will dich! JETZT!" Mein Blick durchdringt sie förmlich und ich drücke ihre Hand so fest, dass ich schon beinahe Angst habe, ihr weh zu tun.

Alicia lässt ihre Zunge über ihre Unterlippe gleiten und nickt schließlich. Ohne mich loszulassen, geht sie auf den Whirlpool zu und drückt den Knopf, der das Wasser in Bewegung setzt. Sie dreht ihren Kopf zu mir und ihr Grinsen sendet erneut eine heiße Welle durch mich hindurch.

~~~~~~

Mit einem äußerst zufriedenen Grinsen auf dem Gesicht, lasse ich mich schließlich im Whirlpool neben ihn fallen. Ben zieht sofort einen Arm um mich und lehnt seinen Kopf an meinen.

„Himmel, ich weiß nicht, wie lange mein altes Herz das noch verkraftet", stößt er unter schnellen Atemzügen hervor und ich lege instinktiv eine Hand auf seine Brust. „Ja, schlägt ganz schön", kichere ich und atme ein paar Mal tief durch, um meinen eigenen Körper allmählich wieder zu beruhigen. Gedankenverloren lasse ich meinen Blick dabei in den Nachthimmel schweifen. Obwohl es bestimmt gegen Mitternacht ist, ist es nicht vollkommen dunkel, dennoch kann man ein paar Sterne sehen und hier, so hoch oben scheint es fast, als könnte man danach greifen.

„Gefällt es dir hier?", höre ich Bens Stimme zärtlich in mein Ohr flüstern und seine Lippen berühren mich ganz sanft dabei. Ich spüre, wie eine Gänsehaut über meinen Körper kriecht und nicke deutlich. „Es ist wunderschön und man hat gar nicht den Eindruck, dass es mitten in der Nacht ist", flüstere ich ebenfalls, als könnte jedes laute Wort die Magie des Augenblicks einfach verpuffen lassen. Ich blicke kurz zu Ben, der mich mit einem zufriedenen Gesichtsausdruck mustert und lenke meinen Blick schließlich wieder gen Himmel.

„Vor ein paar Wochen noch, wäre es hier gar nicht dunkel geworden. Das muss ich dir unbedingt einmal zeigen und die Polarlichter musst du auch unbedingt sehen."

Ich spüre, wie er mir einen Kuss auf die Wange haucht und seinen Arm noch etwas fester um mich zieht.

„Sehr gerne, Ben. Du darfst mich jederzeit gerne wieder mit einpacken." Ich zwinkere ihm zu und ernte dafür einen Kuss auf die Nasenspitze. „Das werde ich."

~~~~~~

Noch eine ganze Weile liegen wir Arm in Arm im Whirlpool und blicken gen Himmel, bis ich schließlich eine Gänsehaut auf Alicias Oberarmen spüre.

„Ist dir kalt?" Sie zuckt mit den Schultern. „Ein kleines Bisschen." Schnell lasse ich meine Hand ein paar Mal über ihre Arme gleiten, ehe ich mich vorsichtig aus unserer Umarmung löse.

„Komm!" Ohne zu zögern halte ich ihr meine Hand hin, während ich gleichzeitig aufstehe, was mir einen fragenden Blick einbringt. „Komm einfach." Noch einmal deute ich ihr, dass sie meine Hand nehmen soll und dieses Mal greift sie zu.

Mit einem Ruck ziehe ich sie zu mir hoch und steige vor ihr aus dem Whirlpool. Alicia folgt mir. Draußen angekommen, lasse ich sie los und greife auf dem Regal neben dem Pool nach einem der Handtücher.

Mit einem gekonnten Griff schlinge ich den flauschigen Stoff um ihre Schultern. „Danke!", grinst sie und wickelt sich sofort darin ein. Auch ich schnappe mir eines der Handtücher und schlinge es um meine Hüfte, ehe ich wieder wie selbstverständlich nach ihrer Hand greife.

„Madame..." Mit einem Grinsen auf den Lippen deute ich ihr, dass sie mir folgen soll und so gehen wir gemeinsam nach drinnen.

„Ach, schlafen wir etwa heute tatsächlich in einem richtigen Bett?" Alicia lacht und drückt meine Hand etwas fester, doch ich schüttle den Kopf. „Später vielleicht, aber unser letzter Abend hier ist noch nicht zu Ende."

Täusche ich mich, oder sehe ich ihre Augen tatsächlich für einen Moment regelrecht aufblitzen? Wir scheinen uns zu verstehen.

~~~~~~

Ja, das ist tatsächlich Musik in meinen Ohren, denn genug habe ich noch lange nicht von Ben. Ich ziehe die Augenbrauen etwas nach oben, folge ihm jedoch einfach ohne zu fragen, alles andere würde ohnehin keinen Sinn machen, denn er hält meine Hand so fest, dass ein Entkommen quasi unmöglich wäre.

„Tada!", grinst er schließlich, als wir unser Ziel erreicht haben. „Du glaubst doch nicht, dass ich dich aus Schweden abreisen lasse, ohne einen ordentlichen Saunagang?" Mit leuchtenden Augen deutet er um sich und ich lasse einen Moment meinen Blick durch den Raum gleiten.

Das hier ist so etwas wie eine kleine Wellnessoase. In der Ecke zu unserer Linken steht eine Sauna, in der locker ein paar Leute Platz finden dürften, daneben sind vier wirklich gemütlich aussehende Relaxliegen aus dunkelbraunem Rattan aufgereiht. In der rechten Ecke des Raumes befindet sich eine kleine offene Dusche, die mit Mosaikkacheln in verschiedenen Blau- und Grüntönen gefliest ist, davor ein ebenfalls dunkelbraunes Holzschränkchen. Direkt neben uns stehen ein paar grüne Pflanzen, wobei ich mir nicht sicher bin, ob die Pflanzen tatsächlich echt sind, aber das tut der Schönheit des Ganzen mit Sicherheit keinen Abbruch.

„Hast du Lust? Ich hab vorhin extra eingeheizt." Er strahlt so sehr über das ganze Gesicht, dass ich spüre, wie mein Herz einen kleinen Sprung macht. „Klar! Aber unter einer Bedingung", antworte ich ihm kurzerhand und sehe ihn herausfordernd an, was er mir mit einem fragenden Blick beantwortet.

Ich lache kurz auf. „In Deutschland legen wir unsere Handtücher ab, wenn wir die Sauna betreten." Ich zwinkere ihm zu und ziehe mit einem einzigen Griff den weichen Stoff von meinen Schultern.

Ben sieht mich an und sein Blick gleicht dem eines kleinen Jungen, der soeben erfahren hat, dass er die Nacht in einem Spielwarengeschäft verbringen darf. „Klar, ich werde doch bestimmt nicht den deutschen Gepflogenheiten trotzen. Soviel Gastfreundlichkeit kann ich schon aufbringen." Er spricht die Worte gespielt gequält und ich muss lachen, als er mit einem neckischen Gesichtsausdruck den Knoten seines Handtuches löst.

„Nach Ihnen, Frau Lindqvist." Er öffnet die Tür zur Sauna und lässt mich an sich vorbei nach drinnen treten. Sofort strömt mir die heiße Luft entgegen. Die Temperatur ist gerade so eingestellt, dass man nicht sofort von der Hitze erschlagen wird und zu meinem Erstaunen, spielt hier leise, beruhigende Musik im Hintergrund.

Ich platziere mein Handtuch auf der oberen der beiden hölzernen Bänke und setze mich darauf, während Ben mir, bewaffnet mit zwei Birkenzweigen, die scheinbar neben der Sauna deponiert waren, folgt und schließlich die Tür der Sauna wieder hinter sich schließt. Er legt sein Handtuch auf die Bank unter mir und setzt sich direkt vor mich.

„Benutzt man die hier normalerweise nicht eher in Finnland?", frage ich mit einem Fingerzeig auf die Zweige, die er in seiner Hand hält, was erneut ein Lächeln über sein Gesicht schickt.

„Ja, zugegeben, typisch schwedisch ist das vielleicht nicht, aber dafür unheimlich gut, wirst du sehen. Lehn dich zurück, schließ die Augen und genieße einfach die Wärme und das angenehme Gefühl." Seine Stimme klingt noch etwas tiefer als sonst und es ist beinahe, als würde sie mit der Musik im Hintergrund verschmelzen.

Ich schließe meine Augen und lehne meinen Kopf an das eingearbeitete Holz-Kissen. Das hier ist wirklich wunderbar. Einen ganzen Moment lang genießen wir beide einfach nur die angenehme Hitze und ich fühle, wie langsam aber sicher auch jegliche restliche Anspannung einfach aus meinem Körper verschwindet.

Ich lasse meine Arme neben mich fallen und atme tief durch und genau in diesem Moment spüre ich, wie etwas langsam meinen Oberarm entlangfährt. Ich muss die Augen nicht öffnen, um zu wissen, dass es sich dabei um die Birkenzweige handelt.

„Lass die Augen zu und genieße es einfach", höre ich Bens Stimme leise zu mir flüstern und alleine beim Gedanken daran, was er mit diesen Berührungen anstellen kann, durchzieht mich ein wohliger Schauer von meiner Brust, bis hinunter in meine Lenden.

Ich spüre, wie er den Zweig über meinen Arm, meine Armbeuge und meinen Unterarm gleiten lässt. Es kitzelt, aber gleichzeitig fühlt es sich an, als wäre meine Haut regelrecht elektrisiert.

Langsam erhebt er den Zweig und ich spüre, wie er ihn am anderen Arm ansetzt und das zärtliche Spiel dort wiederholt. Ein kleiner Laut gleitet wie von selbst über meine Lippen.

Wieder entzieht er den Zweig meiner Haut und dieses Mal spüre ich ihn an meinem Hals. Er fährt sanft über mein gesamtes Schlüsselbein und schließlich meine Seite entlang bis zu meiner Hüfte. Ich halte einen Moment die Luft an, als er eine ganz besonders empfindliche Stelle an meiner Taille berührt und erwische mich dabei, wie ich auf meiner Unterlippe zu kauen beginne.

Er nimmt den Birkenzweig weg und wiederholt die Berührungen auf der anderen Seite. „Hmmm…" „Angenehm?" Ich nicke, bin aber längst nicht mehr fähig, mehrere Worte aneinander zu reihen, doch die braucht Ben auch nicht.

Erneut hebt er den Birkenzweig an und als ich ihn wieder spüre, fährt er sanft über meine Nippel. „Mmmh!", kommt es wie von selbst über meine Lippen und automatisch beuge ich ihm meinen Oberkörper etwas entgegen. Er nimmt sich Zeit, erst für die eine Brust, dann für die andere. Immer wieder lässt er die Zweige darüber gleiten und sendet damit ein um den anderen heißen Schauer durch meinen Körper.

Als er schließlich über meinen Bauch weiter nach unten gleitet, kribbelt bereits alles vorfreudig in mir, doch er sucht nicht etwa den Weg zwischen meine Beine, sondern lässt die Zweige sanft über meinen rechten Oberschenkel gleiten.

An meinem Knie angekommen, setzt er erneut oben an und sucht den Weg dieses Mal etwas weiter innen an meinem Schenkel entlang. Jeder Zentimeter, den er berührt hat, schreit förmlich danach, erneut von ihm beachtet zu werden und als er die Zweige

190

an meinem Knie wieder wegnimmt, hebe ich automatisch mein Bein etwas an und warte auf die nächste Berührung.

Ich warte darauf, dass er das Spiel an meinem linken Oberschenkel fortsetzt, doch plötzlich spüre ich, wie er den Birkenzweig leicht gegen die Innenseite meines rechten Schenkels peitscht, nur wenige Zentimeter von meinem Intimsten entfernt. Der Schlag ist nicht fest, aber ich zucke automatisch etwas zusammen, weil ich damit nicht gerechnet habe und fast noch mehr erschrecke ich darüber, dass es sich richtig gut anfühlt.

Ich komme gar nicht dazu, das Gefühl zu verarbeiten, denn da trifft mich erneut dieser sanfte Hieb. Wieder spüre ich ein kurzes Ziehen, das sich jedoch erneut binnen Sekunden in ein heißes Gefühl verwandelt und direkt zwischen meine Beine zu kriechen scheint.

„Ist das okay?", höre ich plötzlich seine heisere Stimme und ohne meine Augen zu öffnen, hauche ich nur ein leises: „Jaaa..."

Wieder setzt Ben den Birkenzweig an meine Oberschenkel, doch dieses Mal sind die Berührungen wieder zart und liebevoll. Scheiße echt, ist das heiß und damit meine ich nicht die Temperatur.

Dieses Mal lässt er den Zweig bis zu meinen Füßen hinunter wandern, um ihn dann wieder zu entziehen. Ich atme tief durch. Meine Sinne scheinen sich nur noch auf die paar Zentimeter Haut zu konzentrieren, denen er gerade Beachtung schenkt und das heiße Pochen zwischen meinen Schenkeln scheint von Sekunde zu Sekunde stärker zu werden.

Nun ist mein anderer Oberschenkel an der Reihe. Auch er bekommt die selbe Behandlung wie der der rechte und dieses Mal erschrecke ich auch nicht mehr, als er den Zweig sanft gegen meine Haut peitscht, sondern ich sauge sofort dieses verbotene Kribbeln in mir auf.

„Bennnn...", höre ich meine eigene Stimme, ohne mir bewusst darüber zu sein, dass ich überhaupt etwas von mir gegeben habe.

Als er mit meinem linken Bein fertig ist, hält er einen Moment inne und mit jeder verstrichenen Sekunde wächst mein Verlangen danach, diesen verdammten Zweig endlich dort zu spüren, wo ich ihn mir so sehr wünsche, egal ob sanft oder hart, doch statt dem mittlerweile so liebgewonnen Kitzeln des Zweiges, spüre ich plötzlich ohne Vorwarnung seine Zunge. „Ahhh..."

~~~~~

Mit zufriedenem Gesichtsausdruck beobachte ich, wie ihr Höhepunkt sie im wahrsten Sinne des Wortes überrollt und als Alicia ihre Augen schließlich wieder öffnet, leuchtet das Grün darin regelrecht und ich kann nicht anders, als sie am Hinterkopf zu packen und sie mit einem Ruck zu mir zu ziehen. Schnell versinken wir in einen leidenschaftlichen Kuss, den sie schließlich atemlos durchbricht.

„Willst du mich umbringen?" Sie grinst über das ganze Gesicht, als sie die Worte hektisch durch ihre Lippen stößt. „So schlecht?" Ich zwinkere ihr zu und beiße in ihren verschwitzten Oberschenkel, der immer noch direkt neben meinem Gesicht postiert ist.

„Hey!" Mit einem Lachen entzieht sie sich mir und schüttelt den Kopf. "So gut."

~~~~~

Eine halbe Stunde - und eine Revanche meinerseits - später stehen wir beide in der kleinen Dusche und lassen das kalte Wasser über unsere immer noch erhitzten Körper fließen. Dieser letzte Abend war geradezu perfekt und ich merke, wie ich beim Gedanken daran, dass morgen alles vorbei ist, direkt etwas traurig werde. Wieso kann man sich nicht einfach zwei Wochen lang in so einer kleinen Blase verstecken und alles ausblenden, was außerhalb der eigenen vier Wände so vor sich geht? Einen Gedanken an das, was uns in Deutschland erwarten wird, verkneife ich mir lieber, denn auch so wird meine Stimmung von Minute zu Minute bedrückter.

Gedankenverloren massiere ich etwas von dem männlich duftenden Duschgel auf meinen Körper und schrecke direkt etwas auf, als Ben plötzlich zu sprechen beginnt. „Du wirkst so abwesend. Stimmt etwas nicht?"

Ich hebe meinen Kopf an, um ihm in die Augen sehen zu können und lege meine Hände auf seine Brust. „Doch, alles ist Bestens, Ben. Das ist es ja..." In meiner Stimme liegt fast so etwas wie Verzweiflung und ich atme einmal tief durch, um mich selbst zu beruhigen.

Ben mustert mich und zieht schließlich die Augenbrauen nach oben. „Muss ich das verstehen?" Ich spüre, wie seine muskulösen Arme sich um meinen Rücken schlingen und lege wie selbstverständlich meinen Kopf an seine Schulter. Es tut so unheimlich gut, dass er mich in diesem Moment hält.

„Es war so schön hier in Schweden, Ben. Danke dafür. Es ist wirklich nichts, ich bin nur etwas traurig, dass morgen schon alles vorbei ist. Morgen geht es zurück in die Wirklichkeit." Ich drücke ihm einen sanften Kuss auf die Brust und löse mich langsam wieder aus seinem Griff.

Durch meine Worte scheint auch Ben etwas abwesend zu sein und es ist mir ganz Recht, dass wir nicht weitersprechen müssen. Wie automatisch spülen wir beide den Schaum von unseren Körpern und als Ben schließlich das Wasser abgedreht hat, tritt er nach draußen und streckt mir ein frisches Handtuch entgegen.

Ich trockne mich ab und wickle mich in den angenehm weichen Stoff. Ben rubbelt sich ebenfalls trocken und schlingt das Handtuch um seine Hüften. Als wir fertig sind, greift er nach meiner Hand und ohne noch ein Wort zu sprechen, zieht er mich hinter sich her in Richtung Schlafzimmer. Ich folge ihm.

~~~~~~

Im Schlafzimmer angekommen, verschwinde ich als Erster im Bad. Als ich wieder herauskomme, hat Alicia sich eines meiner T-Shirts übergezogen und steht bereits von einem Bein auf das andere tippelnd vor mir.

„Habs eilig!", lacht sie und huscht sofort an mir vorbei ins Badezimmer. Ich sehe noch einen Moment zur Tür, in der sie soeben verschwunden ist und greife schließlich ebenfalls nach einem T-Shirt.

Kaum habe ich es mir über den Kopf gezogen, schlüpfe ich unter das weiche Satin-Laken und lasse meinen Kopf in das flauschige Kopfkissen fallen. Es dauert nicht lange, da kommt Alicia auch schon wieder zurück und als sie mich sieht, huscht ihr ein liebevolles Lächeln über das Gesicht.

Ich halte die Bettdecke auf ihrer Seite ein Stück nach oben und ohne zu zögern, kriecht sie neben mich und kuschelt sich an meine Brust. Ihr rechtes Knie ruht auf meinem Oberschenkel und ihr rechter Arm ist um meinen Bauch geschlungen.

Schnell vergrabe ich mein Gesicht in ihrem frisch gewaschenem Haar und bin fast etwas enttäuscht, dass sie nun nach meinem Shampoo riecht und nicht nach dem wunderbar blumigen Duft, der sie sonst immer umhüllt.

Automatisch schließe ich die Augen und erneut schleichen ihre Worte aus der Dusche durch meinen Kopf und ehe ich mich versehen kann, kriecht auch schon eine Antwort darauf über meine Lippen.

„Das hier IST die Wirklichkeit, Alicia." Obwohl die Worte aus meinem Mund kommen, erschrecke ich etwas über meinen Wortlaut und die Tatsache, dass meine Stimme etwas belegt klingt, schickt erneut ein paar Gedanken auf die Reise, die ich so gerne abwenden würde. Das hier, Alicia in meinem Arm, in meinem Bett, ihr Körper so nahe an meinem, ihre zarten Finger auf meiner Haut, ihr Atem auf meiner Brust, es fühlt sich so echt an. Das ist die Wirklichkeit und dennoch weiß ich, was sie meint.

Morgen ist all das hier vorbei und irgendetwas ist da in mir, das danach schreit, dass das einfach nicht sein darf. Irgendetwas in mir, würde sie am liebsten einfach hierbehalten, nie wieder das Bett verlassen, nie wieder eine andere Luft einatmen, als sie es tut und dennoch ist da diese andere – ganz laute – Stimme in mir, die mir deutlich zu verstehen gibt, dass das nicht gerade die beste Idee wäre.

Es ist die Stimme, die mir immer wieder rational zu erklären versucht, dass eine gute Freundschaft wesentlich beständiger ist, als die beste Beziehung. Es ist die Stimme, die mir immer wieder sagt, dass ich so viel zu verlieren habe, dass es mit dem, was ich gewinnen könnte, wahrscheinlich niemals auszugleichen wäre.

Ja, ich weiß, ich bin normalerweise nicht der Typ, der den Verstand über das Gefühl walten lässt, aber die Vergangenheit hat mir gezeigt, dass ich damit nicht immer gut fahre und ich will und darf diese innige Freundschaft zwischen Alicia und mir nicht aufs Spiel setzen.

Erst jetzt bemerke ich, dass Alicia gar nicht auf meine Worte reagiert hat und als ich meinen Kopf etwas anhebe, um sie anzusehen, sehe ich, dass sie bereits eingeschlafen ist, also greife ich noch kurz an der Wand hinter mir nach dem Lichtschalter und schließe schließlich ebenfalls meine Augen.

„Gute Nacht, Frau Lindqvist", flüstere ich noch in die Stille des Zimmers und schon entgleite ich ebenfalls in einen tiefen Schlaf.

KAPITEL 17

Als ich die Augen wieder öffne, strahlt durch die komplette Fensterwand bereits die morgendliche Sonne und zu meinem Erstaunen, duftet das Zimmer herrlich nach frisch gekochtem Kaffee.

„Mmh..." Ich strecke mich ausgiebig und grinse Ben an, der neben mir sitzt, das Laken spärlich über seine Hüften gezogen und in der Hand eine riesige Tasse dampfend heißen Kaffee.

„Guten Morgen." Er grinst über das ganze Gesicht, während er die Tasse an seine Lippen führt und vorsichtig einen Schluck daraus schlürft.

„Haben will..." Ich blinzle etwas gegen die Sonne an und greife mit einer Hand in seine Richtung, ohne jedoch die Tasse zu berühren. Dieser Duft, die Sonne, diese wohlige Wärme und dieser herrliche Anblick eines völlig zerzausten Ben, wie könnte ein letzter Urlaubstag schöner starten?!

Ben lässt seinen Blick amüsiert über mich kreisen und schüttelt schließlich den Kopf. „Das hier ist absoluter Premiumkaffee a la Ben, den gibt es nicht einfach so. Den muss man sich erst verdienen!" Er zieht seinen Mund in die Breite und schiebt seine strahlenden Beißerchen dabei in mein Blickfeld. Ich kann nicht anders, als los zu kichern, als er erneut einen Schluck der Flüssigkeit zu sich nimmt und mir dabei mit seinem Blick deutlich signalisiert, wie gut es doch schmeckt.

„So so, wie verdient man sich denn so einen Premiumkaffee?" Ich ziehe mich langsam etwas hoch und drehe mich seitlich zu ihm, um ihn noch besser betrachten zu können. Sein T-Shirt sitzt eng an seiner Brust und am unteren Bund ist es etwas nach oben geschoben, so dass man seinen sonnengebräunten Bauch sehen kann. Ich kann nicht umhin, meine Augen einen Moment länger dort verweilen zu lassen, als nötig wäre. Die feinen Härchen, die von seinem Bauchnabel bis unter die Bettdecke führen, verleiten *aber auch wirklich regelrecht dazu.*

„Ich bin mir sicher, du kannst das herausfinden." Ben zwinkert mir zu, als er die Worte geradezu über seine Lippen flötet und noch einmal nimmt er genussvoll einen Schluck der dampfenden Flüssigkeit zu sich, doch in diesem Moment ertönt die Türklingel.

~~~~~~

„Verdammte Scheiße! Wer auch immer das ist, ich werde ihm sagen, dass er auf der Stelle verschwinden soll!", grummle ich und ernte dafür ein süßes Kichern von Alicia, die sich nun ganz aufsetzt und mir mit einem Grinsen die Kaffeetasse aus der Hand nimmt.

„Das ging ja schneller als gedacht", lacht sie und nimmt sofort einen großen Schluck. Ich sehe sie an und während ich aus dem Bett hopse, deute ich mit dem rechten Zeigefinger auf das Bett. „Du bleibst, wo du bist. Hörst du?"

Sie kichert nur erneut und als ich schließlich an der Tür angekommen bin, höre ich ein lautes: „Halt!" Mit fragendem Blick drehe ich mich zu ihr um.

„Willst du nicht vielleicht…" Sie deutet einmal über meinen Körper. „…eine Hose…?" Ein Zwinkern begleitet ihre Worte und ich muss loslachen, denn ich stehe tatsächlich auf Halbmast ohne Hose da. „Was würde ich nur ohne dich machen."

Schnell schüttle ich den Kopf und greife aus dem Schränkchen neben der Tür eine kurze Hose, die ich mir im Weitergehen irgendwie über die Beine und schließlich auch über meinen Hintern ziehe. An der Gegensprechanlage angekommen, sehe ich Erik, meinen Bandkollegen und besten Kumpel, bereits wie wild durch die Kamera winken.

Seufzend drücke ich die Taste für den Lautsprecher. „Wer stört?" Ich sehe, wie Erik lacht. „Lindqvist! Mach auf! Du dachtest doch nicht, du kannst dich in der Heimat aufhalten und wieder verschwinden, ohne dass wir uns gesehen haben? Ich muss dir etwas zeigen."

Ich rolle mit den Augen. Das war es dann wohl erst mal mit einem morgendlichen Quickie und angesichts der doch schon fortgeschrittenen

Uhrzeit wohl auch mit dem restlichen Urlaubs-Sex.

„Den Code für den Aufzug kennst du ja", murmle ich durch die Anlage, ehe ich es mir noch anders überlegen kann und drücke sogleich den Knopf für den Türöffner. Es dauert keine drei Minuten, da kündigt sich der Aufzug auch schon mit einem kurzen 'Pling' an und schon steht Erik vor mir, die Arme offen ausgestreckt und ein freudiges Strahlen auf den Lippen. „Hey Lindqvist."

Ich gehe auf ihn zu und nach einer großzügigen Umarmung geht er schließlich ohne zu zögern an mir vorbei in Richtung Terrasse, deren Tür noch vom gestrigen Abend offensteht.

„Hey. Dir entkommt man wohl auch nicht, oder?" Ich folge ihm nach draußen und sehe, wie er plötzlich stehen bleibt, als er die diversen über den Boden verteilten Klamotten liegen sieht. „Sag mal, störe ich? Ich dachte, du bist mit Alicia hier?"

Erik dreht sich zu mir und sieht mich fragend an. Schnell schüttle ich den Kopf. „Bin ich auch und wir waren eben gestern Abend im Whirlpool. Was dagegen?" Ich sehe, wie er eine Augenbraue nach oben zieht. Natürlich ist er nicht blöd, er kennt mich schließlich so ziemlich am besten von allen Menschen dieser Welt, mit Ausnahme meiner Mutter vielleicht, aber er belässt es dabei und schiebt meine Hose mit seinem Fuß etwas zur Seite, während er gleichzeitig in seiner Hosentasche nach einer Schachtel Zigaretten greift und mir wortlos eine anbietet. Wir zünden beide eine an und ich lehne mich neben ihn an das Geländer.

„Auf jeden Fall muss ich dir eine Nummer zeigen, die mir so durch den Kopf gegangen ist. Hast du ein paar Minuten?"

~~~~~~

Als zehn Minuten später die Kaffeetasse leer und von Ben noch immer keine Spur zu sehen ist, krabble ich dann doch schweren Herzens aus dem wirklich äußerst kuscheligen Bett. Der Anblick meines Koffers lässt sofort wieder dieses leise Gefühl von Wehmut in mir hochkriechen. Dann heißt es wohl anziehen und packen, denn auch wenn ich keine Ahnung habe, wie spät es ist, so ist mir doch klar, dass es nicht mehr allzu lange bis zur Abfahrt zum Flughafen sein kann.

Ich atme noch einmal tief durch und beginne schließlich damit, ein paar passende Klamotten aus dem Koffer zu fischen. Schnell habe ich mich Bens T-Shirt entledigt und mir ein paar meiner Dessous übergezogen. Ein weißes sommerliches Kleid mit großen bunten Blüten darauf folgt und ich schlüpfe in ein Paar ebenfalls weiße Ballerinas. Die pinke Strickjacke, die farblich zum Kleid passt, lege ich neben den Koffer, um für den Flug entsprechend gerüstet zu sein und nach einem kurzen Besuch im Badezimmer sind auch meine Zähne geputzt und aus meiner Frisur das Möglichste herausgeholt.

Ich nicke mir kurz bestätigend im Spiegel zu und beschließe, dass es erst einmal Zeit für ein kleines Frühstück ist. Wer auch immer Ben davon abhält, sich mit mir noch einmal in den Laken zu wälzen, wird hoffentlich einen guten Grund dafür haben und so gehe ich gespannt ins Wohnzimmer, um nachzusehen, wer es gewagt hat, uns zu stören. Als ich dort ankomme, sehe ich durch die Terrassentür hindurch bereits das – zugegebenermaßen wirklich nette – Übel.

„Eriiiik!", kreische ich sofort und kaum hat er mich ebenfalls erspäht, kommt er nach drinnen gelaufen und hebt mich hoch, um sich einmal mit mir um seine eigene Achse zu drehen.

„Alicia! Lange her!", kreischt auch er sichtlich erfreut und als er mich schließlich wieder auf dem Boden abstellt, grinst er mich an. „Deine Klamotten sind dir schon vorausgeeilt." Er deutet auf die Terrasse und bringt mich damit zum Lachen.

„Gut, dass ich noch andere mit hatte." Ich zwinkere ihm zu und er schlingt ganz automatisch einen Arm um meine Schultern. „Ach weißt du, es hätte Schlimmeres gegeben." Wir lachen beide los und werden schließlich von einem Räuspern unterbrochen. Als wir uns umdrehen, steht Ben mit zwei Gitarren bewaffnet in der Tür und schüttelt den Kopf.

„Soll ich euch vielleicht alleine lassen?" Ich lache los, doch zu meinem Erstaunen, guckt Ben gar nicht so amüsiert drein, wie ich vermutet habe, also zucke ich kurzerhand mit den Schultern.

„Okay Jungs, ich will euch nicht stören. Ich hole dann mal kurz etwas zu Essen für uns. Habe gestern einen kleinen Bäcker an der Ecke da vorne gesehen, da gehe ich jetzt hin, okay?" Fragend sehe ich von Ben zu Erik und wieder zurück. Beide nicken.

~~~~~~

Kaum hat sich die Aufzugtür hinter Alicia geschlossen, tritt Erik zu mir und schlägt mir spielerisch gegen den Hinterkopf. „Was war das denn, Mann?" Ich weiß, was er meint, zucke jedoch gleichgültig mit den Schultern. „Was denn?"

Noch einmal landet seine Hand an meinem Hinterkopf, dieses Mal allerdings gar nicht mehr so sanft. „Stell dich nicht dumm, Lindqvist. ‚Soll ich euch alleine lassen?'", äfft er mich völlig übertrieben nach und stemmt schließlich seine Hände in die Hüf

„Also wenn ich wirklich so ausgesehen habe, dann darfst du mir gleich nochmal eine verpassen", antworte ich ihm und strecke ihm dabei eine der beiden Gitarren entgegen. Er greift danach, schlägt jedoch tatsächlich erneut auf meinen Kopf, dieses Mal Gott sei Dank wieder sanfter. Er lacht kurz auf und schlingt sich mit einem geübten Griff den Gitarrengurt um den Körper.

Ich überlege einen Moment, etwas zu erwidern, beschließe jedoch auf Ablenkung zu setzen. „Jetzt leg schon los mit deinem Song, der Flieger geht in vier Stunden." Erik sieht mich an, streift ein paar Mal über die Gitarrensaiten und lacht erneut los.

„So funktioniert das nicht bei mir, das weißt du, oder? Läuft da was zwischen Alicia und dir? Ich habe gehört, mit dem Foto hatte es nichts auf sich und hinter deinem Eintrag im Online-Profil habe ich eigentlich eine kleine Rache an der Presse vermutet, aber nach deinem Auftritt soeben, bin ich mir nicht mehr ganz so sicher. Da geht doch was, oder?" Er lässt sich auf die Couch fallen und lehnt sich wartend zurück.

Aus der Nummer komme ich nicht mehr heraus, das weiß ich. Zu oft habe ich ihn als Ratgeber und Kummerkasten benutzt, wenn es mir in der Vergangenheit dreckig ging und er war es auch, der mich damals, als das mit Romina begann, als Erster durchschaut hatte. Erik kennt mich in- und auswendig und ich liebe und hasse ihn gleichermaßen dafür in diesem Moment.

Ich hebe beide Arme ergeben an und setze mich auf die Armlehne der Couch. „Tatsache ist, wir hatten Sex. Und nicht nur einmal", presse ich die Fakten kurzerhand über meine Lippen, ehe ich einen Rückzieher machen kann.

Erik nickt, lässt seine Finger wieder ein paar Mal über die Gitarrensaiten fliegen und guckt mich erwartungsvoll an. „Weiter?"

Ich starre zu Boden und weiß nicht, was ich sagen soll.

„Oh Mann, Lindqvist. Ich glaube wir brauchen Hilfe." Fragend sehe ich ihn an, als er aufsteht. „Ich hol uns ein Bier aus dem Kühlschrank," erklärt er und macht sich auf den Weg in Richtung Küche, doch auf halber Strecke bleibt er plötzlich stehen und ehe ich mich versehen kann, wedelt er mit erschrockenem Blick mit dem Schwangerschaftstest vor seinem Gesicht herum.

„Scheiße Ben. Ist sie schwanger?" Schnell schüttle ich den Kopf. „Nein, du Arsch. Leg den wieder weg und bring lieber das Bier." Erik sieht den Schwangerschaftstest an, sieht mich an, setzt an, etwas zu sagen, aber schmeißt ihn schließlich doch ohne Worte zurück auf den Tisch.

Ein paar Sekunden später streckt er mir die eiskalte Flasche Bier entgegen und setzt sich wieder zu mir. Wir lassen die Flaschen mit einem „Skål!" aneinander knallen und nehmen beide einen großen Schluck der schäumenden Flüssigkeit, doch eine längere Verschnaufpause gönnt er mir nicht.

„Also? Weiter?" „Nichts weiter", grummle ich, wohl wissend, dass er mir das keinesfalls abkauft und so ist es auch. Er hakt weiter nach und nach ein paar gescheiterten Ausredeversuchen, gebe ich schließlich klein bei. In aller Ausführlichkeit erzähle ich ihm von den letzten Tagen und davon, dass mit meinem Gefühlsleben etwas gehörig schiefläuft. Ich erzähle ihm von meinen Gedanken und von meinem Entschluss, dass ab heute Abend alles vorbei ist und ich muss zugeben, dass es gut tut, meine Gedanken einfach nur einmal auszusprechen.

Erik hört aufmerksam zu, nickt ein paar Mal, deutet mir bei ein paar Erzählungen, dass ich den Teil gerne überspringen darf und lacht schließlich, als ich fertig bin. Er lacht? Wieso?

„Lindqvist! Glückwunsch!" Okay, bitte? „Hä?" „Was willst du denn mehr? Die Frau ist doch der Jackpot! Schnapp sie dir und gut ist." Okay, ich glaube er hat mich nicht ganz verstanden.

„Doch, ich hab dich verstanden", höre ich ihn plötzlich und hasse ihn dafür, dass er scheinbar meine Gedanken lesen kann. „Ganz ehrlich, ich weiß, du hast einige Scheiße durch. Die Sache mit dem..." Schnell halte ich ihm die flache

Hand entgegen, um ihm zu signalisieren, dass ich davon nichts hören möchte und Erik versteht sofort.

„Sorry. Also, nochmal. Ich weiß, du hast einige Scheiße durch, aber das hier ist doch eine neue Chance. Wieso sträubst du dich dagegen?" Scheiße durch, ja, wie einfach sich das sagt. Er musste nicht den ganzen Schmerz aushalten. Ich atme tief durch und sehe ihn durchdringend an.

„Nein, Erik, ich will das nicht aufs Spiel setzen, was Alicia und mich verbindet. Sie ist einfach..." Ich suche nach den passenden Worten, doch Erik nimmt mir die Wahl einfach ab.

„Einzigartig? Etwas Besonderes?" Scheiße, ich hasse es, wenn er meine Sätze vollenden kann. „Ja, du Besserwisser. Das ist sie und genau deshalb wird es Zeit, das alles zu beenden und auf Tagesordnung überzugehen." Ich nicke und nehme einen weiteren Schluck aus meiner Flasche. Erik lässt seinen Kopf einmal gegen die Couch knallen, um mir zu signalisieren, dass meine Worte wenig Sinn machen, doch noch ehe er antworten kann, kündigt der Aufzug Alicias Rückkehr an.

KAPITEL 18

„Madame, welchen Platz hätten Sie denn gerne?" Ben deutet grinsend zwischen Fenster- und Gangplatz hin und her und ich ducke mich lautlos unter seinem Arm hindurch in die Sitzreihe, um am Fenster Platz zu nehmen. „Sehr gute Wahl." Er zwinkert mir zu und lässt sich sofort neben mich fallen.

„Das war's dann wohl mit Urlaub", grummle ich und lasse meinen Kopf gegen seine starke Schulter fallen.

Sofort steigt mir der Duft von Bens Duschgel in die Nase. Männlich, herb und einfach unwiderstehlich, vermutlich sollte ich ihm lieber ein wirklich grausiges schenken für die restliche Zeit, die er bei mir wohnt.

Ich schließe einen Moment die Augen, denn NOCH sind wir in Schweden, kein Grund also, die restlichen Augenblicke nicht zu genießen. Noch einmal denke ich ein paar Stunden zurück. Als ich mit den Leckereien zurückgekommen bin, waren die Jungs gar nicht am Gitarre spielen, stattdessen haben sie sich ein Bier gegönnt und Männergespräche geführt, wie sie mir erklärt haben. Ich habe es mir erspart, genauer nachzubohren, denn ich kann mir nur allzu gut denken, dass Erik nun definitiv mehr über mich weiß, als mir lieb ist.

Nach einem ausgiebigen Frühstück und einem weiteren Premiumkaffee á la Ben, haben die beiden dann schließlich doch noch an einem neuen Stück herum geprobt und ich muss gestehen, ich habe den Anblick in vollen Zügen genossen. Beide in ihren ärmellosen Shirts, braungebrannte Arme, die Finger über die Gitarrensaiten wirbelnd, auf der wunderschönen Dach-Terrasse, mit diesem herrlichen Ausblick, die warmen Sonnenstrahlen,.. Fast eine ganze Stunde habe ich sie noch beobachtet, ehe ich mich ans Zusammenpacken der restlichen Sachen gemacht habe.

„Das hier wird mir echt fehlen." „Was denn?", höre ich Bens Stimme und als ich die

Augen wieder öffne, sehe ich, dass er sein Handy in der Hand hält und darauf herum tippt. Habe ich das eben laut gesagt?

„Hm?" „Du hast gesagt, dass dir das hier fehlen wird. Was meinst du damit?" Wieso fühle ich mich denn ertappt? Ich hebe meinen Kopf ein Stück an, lege ihn dann jedoch gleich wieder zurück. „Das alles hier einfach. Der Kurzurlaub war wunderschön. Danke dafür, Ben! Und danke, dass du mich mit in dein Leben genommen hast."

Er tippt noch ein paar Mal auf sein Handydisplay und sieht mich schließlich an. „Süße, ich habe mich mitten in DEIN Leben geparkt, das ist das Mindeste, was ich tun kann und du gehörst doch zu meinem Leben, also sollst du es auch kennen lernen." Er haucht mir einen Kuss auf den Haaransatz und hält mir schließlich sein Handy unter die Nase. „Okay so?", fragt er.

Schnell greife ich danach und sehe, dass er an einem Posting für sein Online-Profil gefeilt hat, denn auf dem Bildschirm sehe ich ein Selfie von Ben und mir, das wir kurz vor der Abfahrt geschossen haben. Es zeigt uns auf den gepackten Koffern sitzend, mit einem Schmollmund auf den Lippen. Darunter steht: „Adjö Stockholm! So schade, dass ein paar der schönsten Tage meines Lebens nun vorbei sind. Wir sehen uns in Deutschland!"

Ich muss lachen, denn das Foto sieht wirklich witzig aus. „Kann rein!" Ich drücke den Button, um die Nachricht zu veröffentlichen und gebe Ben das Handy zurück. Genau in diesem Moment ertönt auch schon die Stimme der Stewardess, die uns darauf vorbereiten will, dass wir in wenigen Minuten starten.

~~~~~~

Die zwei Stunden nach Berlin vergehen tatsächlich wie im Fluge und so blicken wir beide völlig erstaunt auf, als der Pilot aus dem Cockpit vermeldet, dass wir bereits in wenigen Minuten landen werden.

Ich sehe Alicia an und ohne, dass sie ein Wort von sich gibt, weiß ich, dass sie in diesem Moment dasselbe denkt wie ich. Jetzt ist es offiziell, der Urlaub ist rum und der Alltag hat uns wieder.

Es dauert keine zwanzig Minuten, da haben wir auch schon deutschen Boden unter den Füßen und stehen am Gepäckband, um unsere Koffer entgegen zu nehmen.

„Hier!" Alicia deutet auf ihr Gepäckstück, das gerade um die Kurve gefahren kommt und während ich es mit einem Handgriff vom Band fische, deutet sie auch schon auf meinen Koffer. „Perfekt!" Ich nicke bestätigend mit dem Kopf, während ich Alicia ihren Koffer überreiche und meinen hinter mir her in Richtung Ausgang ziehe.

„Bereit für den Alltag?" Mit fragendem Blick drehe ich mich zu Alicia um, die ihren Mund zu einer feinen Linie verzieht und mich alles andere als erfreut ansieht. „Nicht? Wir können auch weiter in den Süden fliegen." Ja, dafür ernte ich nun doch ein Lachen. „Ich bin dabei."

Sie nickt, zieht ihren Koffer an mir vorbei und tritt schließlich als Erste in die Flughafenhalle. Als auch ich um die Ecke biege, höre ich bereits ein paar weibliche Stimmen meinen Namen rufen und schon wenige Augenblicke später entdecke ich auch die zugehörigen Gesichter.

„Ben, würdest du ein Bild mit mir machen?", fragt eine hübsche Blondine, die jedoch höchstwahrscheinlich gerade mal an der Volljährigkeit kratzt. Ich werfe Alicia einen unsicheren Blick zu, doch zu meiner Überraschung bleibt sie völlig cool stehen und deutet auf das Handy der Blondine. „Soll ich?" Blondie beginnt zu strahlen und drückt Alicia ihr Handy in die Hand.

„Na dann, komm her!" Schnell schlinge ich einen Arm um sie und grinse innerlich, denn natürlich merke ich, wie hibbelig die Süße ist. „Danke Ben und danke Alicia." Sie nimmt ihr Handy entgegen und Alicia sieht sie überrascht an. Womöglich hat sie nicht damit gerechnet, dass nun fast jeder hier ihren Namen kennt, doch sie kommt gar nicht dazu, noch länger zu überlegen, denn da drückt ihr bereits ein schwarzhaariges Mädchen – so Anfang 20 – ein Handy in die Hand. „Von mir bitte auch, ja?"

Alicia zuckt mit den Schultern und lacht. „Klar doch." „Hi, ich bin Tanja", flüstert sie fast, als sie ihren dünnen Arm um meine Taille schlingt. „Na dann, lächeln, Tanja." Sie tut, wie ihr geheißen und das Spiel wiederholt sich noch mit zwei weiteren Mädchen. Immer wieder beobachte ich Alicia vorsichtig, doch sie bleibt erstaunlich ruhig. Erst als eines der Mädchen, eine süße Rothaarige, schließlich mit uns beiden ein Foto machen will, sieht sie mich erschrocken an.

„Na komm schon, Babe", lache ich und ernte dafür einen gerade mal sekundenlangen, aber sehr eindeutigen bösen Blick, ehe sie für die anderen um uns herum wieder ihr strahlendes Lächeln aufsetzt.

„Ja, bitte Alicia. Ihr seid so süß!", höre ich die Rothaarige. Okay, jetzt muss ich wirklich lachen. Ich bin vielleicht cool, oder sexy, meinetwegen auch irgendwas anderes, aber süß? Pfff, das will kein Mann der Welt sein. Für Alicia hingegen scheint dieser Satz genau das zu sein, das sie wieder locker werden lässt.

„Okay, Ben, weil du so süß bist", lacht sie. Selbstverständlich kneife ich ihr dafür einmal in die Seite, als sie sich zu meiner Rechten aufstellt.

Die Rothaarige drückt ihre Digitalkamera in die Hand der Schwarzhaarigen und stellt sich schließlich an meine linke Seite. „So mag ich das. Umringt von hübschen Frauen." Aua! Das war Alicias Ellbogen an meiner Rippe. Vielleicht sollte ich lieber tauschen, denn zu meiner Linken vernehme ich nur ein leises Kichern.

Es dauert nicht lange, da ist das Foto im Kasten. „So, nun müssen wir aber los. Ich wünsche euch einen schönen Tag und hoffe, wir sehen uns alle mal auf einem unserer Konzerte." Die Mädls nicken und schicken uns noch ein paar nette Grüße hinterher, als wir die Flughafenhalle weiter in Richtung Ausgang entlang schlendern.

Draußen angekommen, halte ich erst einmal inne. „Was ist? Da vorne sind die Taxis", deutet mir Alicia und ich komme nicht umhin, mich zu wundern, ob es ihr tatsächlich nichts ausmacht.

„Alles klar bei dir, Alicia?", frage ich und ernte tatsächlich einen unwissenden Blick dafür. „Die Mädls? Die Fotos und das alles?" Ich deute nach drinnen, wo wir immer noch von der Meute beobachtet werden und Alicia schüttelt den Kopf. „Ben, vor ein paar deiner Fans habe ich ganz bestimmt keine Angst, was mir Angst macht sind ganz andere Dinge, die Medien zum Beispiel, die Klatschmagazine, die Reporter, die aus jeder Mücke einen Elefanten fabrizieren, diese Dinge. Die Mädls hier fand ich wirklich süß und ich kann ja schon verstehen, warum sie dich so unbedingt mal in ihren Fingerchen spüren wollen. Du fühlst dich ja auch wirklich gut an."

Alicia lacht, packt ihren Koffer und steuert auf das erste Taxi der Reihe zu. Ich sehe ihr kopfschüttelnd hinterher. Sie ist wieder einmal cooler, als ich gedacht habe, aber gleichzeitig weiß ich auch, dass wohl noch so einige unangenehme Dinge auf uns warten werden und dann kann diese Coolness sicher in Windeseile zu einem Vulkanausbruch werden.

~~~~~~

Die Taxifahrt nach Hause verbringen wir weitestgehend schweigend und als Ben den Fahrer bezahlt, atme ich einmal tief durch, ehe ich die Autotür öffne und nach draußen steige. Ich warte bis der Fahrer unsere Koffer aus dem Kofferraum gepackt hat und gehe schließlich voran zur Haustür. Zu meiner Erleichterung warten hier wenigstens keine seiner Fans und so sind wir beide auch schon ein paar Minuten später in der Wohnung.

„So, da wären wir wieder." Ich werfe den Schlüssel in die kleine Schale auf dem Schuhschrank und ziehe den Koffer hinter mir her ins Schlafzimmer. Ben nimmt den Weg ins Wohnzimmer, schmeißt sich mit Schwung auf das Sofa und legt die Beine hoch. Als ich eine halbe Stunde später vom Auspacken zurückkomme, röchelt er selig vor sich hin, einen Arm unter den Kopf gestützt, der andere ruht auf seinem Bauch und ein Bein hängt seitlich vom Sofa.

Ich betrachte kurz dieses durchaus ansehnliche Kunstwerk und mache mich schließlich weiter auf den Weg in die Küche, um eine Kleinigkeit zum Essen zuzubereiten. Schnell habe ich mich für eine einfache Pasta mit frisch gemachtem Basilikum-Pesto und ein paar Pinienkernen entschieden, denn viel mehr gibt der Kühlschrank ohnehin nicht mehr her. Gerade als ich das Pesto soweit fertig habe und die Nudeln auf dem Herd stehen, klingelt es an der Tür.

Ich warte einen Moment, doch Ben scheint tatsächlich zu tief ins Land der Träume abgedriftet zu sein und so mache ich mich auf den Weg zur Gegensprechanlage. „Ja?" Ich vernehme ein kurzes Räuspern und es folgt eine weibliche Stimme. „H…Hallo, Alicia, hier ist Sandy." Sie klingt etwas nervös und ich merke, wie sich in meinem Magen ein merkbarer Knoten formt. So schnell hatte ich nun damit nicht gerechnet.

„Es tut mir leid, wenn ich störe, aber könnte ich vielleicht kurz hochkommen?" Sie spricht die Worte schnell aus, vermutlich, damit sie nicht zwischendurch den Mut verliert und ich muss gestehen, dass mich genau das eine kleine Sympathie für sie entwickeln lässt. Eines ist klar, Ben hat hier eindeutig etwas zu klären und es wird Zeit, dass er sich dem stellt, was er da angerichtet hat, sonst bekommen wir hier vermutlich nie unsere Ruhe, also drücke ich, ohne noch weiter darüber nachzudenken, den Türöffner und warte an der Tür, bis Sandy schließlich vor mir steht.

Sie ist - im Gegensatz zum letzten Mal - völlig normal gekleidet. Eine blaue Röhrenjeans schmiegt sich an ihre dünnen Beine und eine dunkelblaue ärmellose Bluse vervollständigt, zusammen mit dunkelblauen Ballerinas, das Outfit. Ihre Haare hat sie locker nach hinten gebunden und ich muss zugeben, sie sieht wirklich hübsch aus, viel hübscher noch, als ich sie in Erinnerung hatte. Allerdings wirken ihre Augen ziemlich müde.

„Hallo", höre ich ihre helle Stimme und ein schüchternes Lächeln huscht über ihr Gesicht. „Hey", antworte ich kurz und deute ihr, dass sie reinkommen soll. „Danke!" Sie schlüpft an mir vorbei und bleibt schließlich direkt neben mir stehen.

„Ben ist auf der Couch eingeschlafen. Du weißt ja, wo die steht", kann ich mir einen kleinen sarkastischen Unterton nicht verkneifen und ich sehe, wie sie dabei etwas rot im Gesicht wird.

„Alicia, kann ich vielleicht erst kurz mit dir reden?" Was? Fragend sehe ich sie an, aber bevor sie noch anfängt, auf den Fingernägeln zu kauen, nicke ich lieber. „Okay, komm in die Küche. Ich muss das Essen fertigmachen und unser Bennilein hier weckt wahrscheinlich sowieso so schnell nichts." „Danke.", haucht sie und folgt mir. Als wir an Ben vorbeigehen, sehe ich aus den Augenwinkeln, wie sie kurz zu lächeln beginnt, doch in der Küche angekommen, ist dieses schon wieder von ihren Lippen verschwunden.

„Setz dich!" Ich deute auf einen der Küchenstühle und Sandy tut wie ihr geheißen wurde. Sie wirkt wirklich nervös, aber verdenken kann ich es ihr nicht, jedoch frage ich mich ernsthaft, was sie von mir will. Ich probiere kurz eine der Nudeln, entscheide jedoch, dass zwei, drei weitere Minuten nicht schaden können, also lehne ich mich gegen die Küchenzeile und wende mich Sandy wieder zu.

„Na dann, schieß los." Sandy schluckt erst einmal, ehe sie zu sprechen beginnt. „Hast du meine Nachrichten gelesen?" Sie nestelt mit ihren Fingern an einer Stelle des Holztisches herum, an der die Maserung besonders ausgeprägt ist und blickt zwischen dem Tisch und mir hin und her. „Nachrichten?" „Auf deinem Online-Profil?" Schnell schüttle ich den Kopf. „Ich hab die letzten Tage so gut wie gar nichts gelesen, weil ich im

Urlaub war." Sandy nickt. „Mit Ben in Stockholm, ich weiß." Klar weiß sie das.

„Sandy, schieß einfach los. Was gibt es denn?" Ich versuche, möglichst nett zu klingen, obwohl dieses Rumdrucksen eigentlich gar nicht mein Fall ist und sie scheint zu kapieren, denn nach einem erneuten Räuspern legt sie schließlich los.

~~~~~~

Der Duft nach Essen, der um meine Nase schmeichelt, lässt mich aus meinem Nickerchen erwachen. Ich strecke mich erst einmal ausgiebig. Mein Bett ist wirklich um Längen bequemer als mein Schlafplatz hier, aber dennoch fühle ich mich auch hier sofort wieder wie Zuhause. Langsam setze ich mich auf und gähne noch einmal herzhaft, als ich zwei weibliche Stimmen aus der Küche vernehme. Da hat Emmi es wohl nicht lange ohne ihre beste Freundin ausgehalten.

Grinsend stehe ich auf und gehe in Richtung Küche, in der Hoffnung, dass auch für mich ein Teller von der gut duftenden Köstlichkeit abfällt, doch als ich schließlich im Türrahmen stehe, bleibt mir fast die Luft weg. Am Tisch sitzt nicht Emmi, sondern Sandy! DIE SANDY!

Kaum hat Sandy mich entdeckt, hält sie inne und es dauert nicht lange, da ist auch Alicia auf mich aufmerksam geworden. Ich spüre, wie mein Herz zu pochen beginnt und bemühe mich, ein paar Mal tief durchzuatmen, ehe ich etwa sage, doch damit kommt mir Alicia ohnehin zuvor.

„Ben, sieh mal wer uns besucht hat." Ihre Stimme klingt süß, doch der Unterton darin entgeht mir keinesfalls. Sandy hingegen starrt mich nur an, ihr Mund leicht geöffnet.

‚Reiß dich zusammen, Ben, reiß dich zusammen!', bete ich mir innerlich als Mantra vor, doch es scheint nicht zu wirken, denn mit einem Mal bricht es förmlich aus mir heraus.

„Verdammte Scheiße, was soll das hier? Was willst du hier, SANDY?" Ich bemühe mich, ihren Namen möglichst abwertend zu formulieren und ihrem Blick nach zu urteilen, gelingt mir das ganz gut. „Da brauchst du gar nicht so unschuldig gucken. Ich habe dich nicht hierher eingeladen. Weder letztes Mal, noch dieses Mal und ich sage dir jetzt einfach für alle Male, LASS MICH IN

RUHE! Komm nicht hier her, schreib mir nicht tausend Online-Nachrichten, lass Alicia und ihre Freunde in Ruhe und ruf auch nicht meinen Manager an, hörst du? Ich will nichts von dir, geht das nicht in deinen Kopf?"

Voller Wut ramme ich meine Faust gegen den Türstock und zucke noch nicht einmal zusammen, als ich mich natürlich am meisten selbst damit verletze, stattdessen gehe ich ein paar weitere Schritte auf Sandy zu und deute ihr mit meiner leicht demolierten Hand, wo der Weg zur Tür ist.

Sandy scheint vollkommen sprachlos zu sein und ich sehe, wie sich eine Träne den Weg aus ihren Augen bahnt. Scheiße verdammt, das wollte ich auch nicht, aber es reicht einfach. Ich mache noch einen Schritt auf sie zu, doch sie zuckt regelrecht zusammen und als wäre ich in einem schlechten Film, tritt ausgerechnet Alicia zwischen uns.

„Sag mal, geht's noch?!" Ebenfalls sichtlich wütend, legt sie eine Hand auf meine Schulter und drückt mich ein paar Schritte zurück. Spinnen die jetzt alle?

„Was macht sie hier? Wieso lässt du sie rein?", herrsche ich nun Alicia an, doch anders als Sandy wirkt sie keineswegs eingeschüchtert, sondern spannt die Schultern nach hinten und stemmt ihre Hände an ihre Hüften.

„Wieso ich sie rein lasse? Das ist MEINE verdammte Wohnung, Ben, wen ich hier rein lasse, das ist immer noch meine Sache und außerdem habe ich dir bereits gesagt, wie scheiße ich es finde, wenn du Frauen so behandelst. Und Sandy wollte auch mit MIR sprechen, mein Lieber, also führ dich nicht so auf! Du hast nicht das Recht, so mit ihr umzugehen!"

In meinem Kopf dreht sich regelrecht alles und ich warte nur darauf, dass irgendwo der Mann mit der versteckten Kamera auftaucht, doch er kommt nicht, stattdessen räuspert Sandy sich leise und wendet sich an Alicia.

„Ich denke, es ist besser, ich gehe jetzt." Alicia sieht von mir zu ihr und nickt. „Ja, wahrscheinlich." Ich ringe noch immer um Fassung und schaffe es gerade noch, ein, „Und verschwinde aus unserem Leben!", hinter ihr her zu pressen, woraufhin sie sich noch einmal kurz umdreht, doch ohne noch etwas hinzuzufügen, verlässt sie schließlich die Wohnung.

Alicia und ich stehen beide da, unser Atem immer noch etwas hektisch und starren uns an. Ich weiß, dass das die Stelle ist, an der ich ihr so Einiges erklären sollte, aber mein Mund ist nicht mehr fähig, auch nur ein weiteres Wort zu formen.

~~~~~~

Ich musste einfach raus, weg. Ben hatte sich ohne ein weiteres Wort umgedreht und war auf dem Balkon verschwunden, wo er sich völlig hektisch eine Zigarette in den Mund gesteckt hat und daran gezogen hat, als gäbe es kein Morgen mehr. Ich habe ihm noch eine Weile hinterher gestarrt, doch dann ging alles ganz schnell. Eine SMS an Emmi und schon war ich aus der Tür und jetzt warte ich hier in unserem Lieblingscafé auf sie.

„Aliiiiiiiii!" Mit einem strahlenden Lächeln stürmt sie auf mich zu und schlingt ihre Arme um mich. „Hey, Süße!", antworte ich ihr mit einem Schmatzer auf ihre Wange und schon setzt sie sich mir gegenüber hin.

„Na, ich hatte ja heute nicht mehr damit gerechnet, dass du dich meldest. Hast du schon genug von deinem schwedischen Sexgott?" Sie grinst bis über beide Ohren, doch als sie meinen Gesichtsausdruck sieht, wird ihr Gesicht sofort wieder ernst.

„Ali, was ist los?" Ich deute dem Kellner, dass er auch Emmi ein Glas Prosecco bringen soll und schon schieße ich los. Haarklein erzähle ich ihr von Sandys Besuch und vor allem natürlich von Bens Auftritt ihr gegenüber und während ich die Worte von mir gebe, merke ich, wie ich mich erneut in Rage rede.

Emmi beobachtet mich genau und lässt mich ohne Punkt und Komma erzählen. Erst als ich fertig bin, greift sie nach dem mittlerweile eingetroffenen Glas Prosecco und hält es mir entgegen. „Erst mal Prost!" Auch ich nehme mein Glas zur Hand. „Prost."

Ich leere die prickelnde Flüssigkeit fast in einem Zug und deute dem Kellner, dass Nachschub dringend erwünscht ist. Sofort breitet sich eine angenehme Wärme in mir aus, die ich dankend zur Kenntnis nehme. Emmi nimmt noch einen zweiten Schluck und als sie das Glas schließlich wieder abgestellt hat, greift sie nach meinen Händen und legt beide in ihre.

„Süße, was regst du dich denn so auf? Klar ist es nicht in Ordnung, wie er diese Sandy behandelt, aber vielleicht hat er ja einen Grund dafür und selbst wenn nicht, was schert es dich, was er mit seinen Häschen macht?" Ich gebe einen spitzen Laut von mir. „Ja klar hat das einen Grund. Vielleicht, dass er ein eingebildeter Macho ist?" Ich schüttle

den Kopf und ziehe meine Hände instinktiv zurück.

Emmi sieht mich an und beginnt zu lachen. „Ali, jetzt hör aber mal auf. Du weißt genau, dass der gute Ben zwar kein Kind von Traurigkeit ist, aber so schlimm, wie du ihn darstellst, ist er nun auch nicht, oder? Sonst wärt ihr doch nicht schon so lange befreundet. Hattet ihr denn eine schöne Zeit in Schweden?" Sie spricht die Worte mit einer Gelassenheit aus, die angesichts der Umstände wirklich ihresgleichen sucht und wahrscheinlich auch gerade deswegen, nehme ich die Worte auch tatsächlich in mir auf.

Einen Moment überlege ich und ich weiß, dass sie Recht hat. Ben ist keiner dieser typischen Kotzbrocken, der über alles und jeden hinweg fegt, ohne sich auch nur einen kleinen Gedanken über die Befindlichkeiten der Leute zu machen, die dabei seinen Weg kreuzen. Eigentlich im Gegenteil, aber gerade deshalb hat mich seine Reaktion auch so erstaunt und vielleicht sogar etwas erschreckt. Dabei geht es mich eigentlich nichts an, das weiß ich.

„Erde an Ali?" Ich lache kurz auf. „Sorry, ich war eben in Gedanken." „Ach ja?" Sie lacht ebenfalls. „Wahrscheinlich hast du Recht, Emmi. Vielleicht habe ich mich zu sehr über etwas aufgeregt, das mich gar nichts angeht. Aber trotzdem fand ich Bens Verhalten nicht richtig. Sandy ist eine Frau wie jede andere und sie wirkte eigentlich ganz nett, da hat sich wohl mein Gerechtigkeitssinn wieder einmal etwas zu laut zu Wort gemeldet."

Emmi nickt und grinst bis über beide Ohren. „Und das ist es ja auch, warum wir dich so sehr lieben, meine süße Ali!'" Sie zwinkert mir zu und wir stoßen noch einmal gemeinsam an.

„Und jetzt zu Schweden…" Sie lässt ihre Fingernägel ein paar Mal gegen die Tischplatte tippeln und ihr Blick deutet mir, dass ich mir besser nicht allzu viel Zeit für eine Antwort lasse. Meine neugierige, süße Emmi.

„Schweden war richtig schön." Ich grinse sie an und weiß, dass diese pauschale Aussage das Letze war, das sie hören wollte. „Ali, ich warne dich. Ich will dir nicht jedes einzelne Wort aus der Nase ziehen müssen."

Schnell erhebe ich ergeben meine Hände. „Okay, okay, da komme ich wohl um einen ausführlichen Bericht nicht herum, oder?" Emmi presst ihre Lippen zusammen und schüttelt grinsend den Kopf. „Nun gut", lache ich und lege los, detailgetreu natürlich.

~~~~~

„Lindqvist, hast du schon wieder Sehnsucht nach mir?", grölt Erik mir durch die Leitung hindurch entgegen und ich stoße einen kurzen Laut aus, während ich mich flach auf die Liege lege und meine Beine auf dem Balkongeländer platziere.

Eine ganze Weile habe ich meine Gedanken alleine im Kreis gewälzt, doch am Ende schien es mir doch einfacher, meinen Ballast bei meinem besten Kumpel abzuladen. Wofür hat man denn schließlich Freunde?!

„Bild dir mal nichts ein, mein Lieber", antworte ich ihm flapsig und ziehe an meiner mittlerweile vierten Zigarette. Schnell puste ich den Rauch wieder aus und sehe ihm zu, wie er sich in der Luft allmählich auflöst.

„Was verschafft mir denn dann die Ehre?" Es scheppert durch die Leitung, aber ich frage lieber gar nicht erst nach. „Streit mit Alicia", gebe ich ihm kurz zur Antwort, als würden die drei Worte bereits die komplette Auflösung für ihn geben.

Erik klappert mit irgendeinem Gegenstand und lacht schließlich. „Ist doch cool, mein Lieber, Versöhnungssex ist doch immer gut. Warum verschwendest du deine Zeit dann hier mit mir? Geh doch zu ihr und klärt das."

Ich schüttle den Kopf und ziehe die Augenbrauen hoch, während ich erneut an der Zigarette ziehe. „Sie ist weg."

Nun scheine ich endlich Eriks Aufmerksamkeit zu haben. „Wie weg?" Ich zucke mit den Schultern. „Keine Ahnung, sie hat sich umgedreht und ist gegangen", antworte ich ihm gespielt gleichgültig. Okay, doch keine ungeteilte Aufmerksamkeit, denn nun höre ich eine weibliche Stimme im Hintergrund kichern und ein erneutes Poltern.

„Scheiße Erik, wenn du gerade Sex hast, dann sag es bitte und leg auf!", grummle ich durch die Leitung, doch Erik lacht nur. „Lindqvist, wenn dem so wäre, hätte ich das Telefonat sicher nicht angenommen, ich verstehe es schon, Prioritäten zu setzen. Wir schieben hier nur ein paar Möbel durch die Gegend. Also erzähl mal. So schlimm der Streit?"

Ich lasse seine Worte, dass er Sex mit seiner Freundin über ein Gespräch mit mir stellen würde einmal unkommentiert so stehen und erzähle ihm stattdessen, was passiert ist.

Zu meinem Erstaunen scheint die Zertrümmerung der Wohnung etwa zur Hälfte meiner Erzählungen zu verstummen. Als ich schließlich fertig bin, höre ich nur noch Eriks Atem durch die Leitung.

„Erik, bist du noch da oder hat dich ein Möbelstück erschlagen?" Ah, da, plötzlich ein Lachen. „Idiot. Wenn du eine anständige Antwort von mir willst, dann musst du mir schon kurz Zeit geben." Zeit?

„Okay und was kam raus beim Denkprozess?", feixe ich. Erik lacht erneut. „Eigentlich nichts, das ich dir nicht schon gesagt hätte."

„Was?" Meine Stimme klingt eine Oktave höher als sonst. „Naja, die Tatsache, dass der Streit dich scheinbar so mitnimmt, das ist noch ein Beleg mehr für mich, dass du dich ganz schön verknallt hast. Aber ich bin mir sicher, ihr biegt das schon wieder hin und die Sache mit Sandy, Ben, mach dir nicht so viele Gedanken, sie ist bestimmt nicht so...", doch weiter lasse ich ihn nicht sprechen.

„Lass es, Erik!", warne ich ihn stattdessen und Erik akzeptiert meine Worte. „Wie auch immer. Ben, du hast dieser Sandy klargemacht, dass sie sich nicht mehr melden soll und ich denke, sie hat das auch verstanden. Vielleicht fragst du ja auch Alicia, was sie ihr erzählt hat und DANN Ben,..."

„Ja?", frage ich hoffnungsvoll. „Und dann lass es gut sein. Hake es ab und kümmere dich lieber um die Sache mit Alicia."

Aus Eriks Mund klingt das alles so einfach. Als könnte man mit den Fingern schnippen und das ganze Leben, das aus so vielen Puzzleteilen besteht, würde plötzlich einfach so zusammenfallen und ein wunderschönes Bild ergeben, aber so leicht ist es nicht, so funktioniert das nicht und dennoch hat er auch Recht, denn jammern hilft ganz gewiss ebenso wenig.

„Ben?" „Hm?" Ich nehme einen letzten tiefen Zug und drücke die Zigarette im Aschenbecher, der neben mir am Boden steht, aus. „Vielleicht überlegst du dir ja das mit Alicia doch noch." Doch noch während er die Worte spricht, schüttle ich den Kopf.

„Nein Erik, wir waren Freunde, wir sind Freunde und wir bleiben Freunde und das ist auch verdammt gut so." Ich nicke, als ob ich meine Worte damit unterstreichen könnte und Erik lacht leise.

„Das musst du selbst für dich entscheiden, Lindqvist, aber erstens mag ich bezweifeln, dass du stillhalten kannst, wenn Alicia mit ihrem hübschen Hintern vor der herum wackelt und zweitens", er hält kurz inne, „vielleicht legst du dir ja sogar selbst Steine in den Weg damit."

Ich überlege kurz und schüttle energisch den Kopf. „Nein, Erik, es ist gut so. Und du wirst schon sehen, ich KANN ihr widerstehen. Wobei ich gar nicht denke, dass sie es überhaupt noch einmal darauf anlegt. Die Abmachung, dass sich das alles nur auf den Urlaub beschränkt, kam schließlich von ihr."

Erik grummelt noch irgendetwas, das ich nicht verstehe und scheint schließlich aufzugeben. „Na dann, Lindqvist. Du wirst schon wissen, was du tust." „Sowieso Erik. Und jetzt, weitermachen!"

~~~~~~

„Huch, fächert mir mal jemand Luft zu bitte?!" Grinsend wedelt Emmi mit der flachen Hand vor ihrem Gesicht. Wir sind mittlerweile beim zweiten Glas Prosecco angekommen, die Ursache für Emmis Schweißausbruch dürfte jedoch kaum damit zusammenhängen.

„Meine liebe Ali, du musst schon zugeben, in diesem Punkt ist dein knackiger Schwede doch wohl ein Volltreffer, oder?" Ich könnte Emmi eine klatschen, als ich sehe, mit welchen Gesten sie ihre Worte in aller Öffentlichkeit unterstreicht, entscheide mich jedoch dafür, ebenfalls loszulachen.

„Sagen wir es mal so, beschweren konnte ich mich nicht unbedingt." Ich lasse meinen Worten ein Zwinkern folgen und nehme noch einen weiteren Schluck. Die anregende Flüssigkeit hat mittlerweile dafür gesorgt, dass mein Ärger beinahe verdampft ist, zumindest für den Moment und überhaupt fühle ich mich richtig gut, mache jedoch innerlich die Notiz, dass diese Art von Problemlösung sicher kein Patentrezept werden darf.

„Ali, Hand aufs Herz... Du willst mir nicht sagen, dass du ab heute freiwillig auf Sex mit deinem Ben verzichten willst, oder?"

Alleine ihre Worte klingen schon grausam, um ganz ehrlich zu sein und dennoch, es ist der richtige Schritt. Oder? Ja, bestimmt sogar. Irgendwann würde es doch nur kompliziert werden und danach steht mir im Moment wirklich überhaupt nicht der Sinn, also nicke ich vehement.

„Ja, liebe Emmi, das will ich damit sagen. Aus und vorbei. Und er ist nicht MEIN Ben."
Emmi sieht mich an, als hätte ich ihr gerade erzählt, dass ich beim Blick aus dem Fenster
ein fliegendes Schwein gesehen habe und zieht ihre Schultern nach oben.

„Warum denn? Wieso solltest du absichtlich auf fantastischen Sex verzichten?" Ich
will etwas erwidern, doch sie hält mir die flache Hand entgegen, um mich zu stoppen.
„Nein, du brauchst mir jetzt nicht erzählen, dass es gar nicht so gut war. Deine Wangen
haben förmlich geglüht, als du nur davon erzählt hast."

Schnell schließe ich meinen Mund wieder. „Ali, hat es einen Grund, dass du plötzlich
die Nonne höchstpersönlich mimst? Hast du dich in ihn verliebt?" Wie? Was? Mein Blick
alleine sollte Bände sprechen, aber ich halte es dennoch für nötig, ein paar klare Worte
hinterher zu schieben.

„NEEEIN?! Das wäre weiß Gott nicht mein Leben, das er führt und außerdem habe ich
noch immer die Schnauze voll von Beziehungen, nach der Geschichte mit Tommy. Ich
habe damals so viel in diese Beziehung investiert, habe ihm die Zeit gegeben, die er
wollte und am Ende stand ich mit gebrochenem Herzen und ohne Wohnung da und hätte
oben drein beinahe noch meinen Job verloren. Und ich dachte, die Sache mit dem Sex ist
besser so, ehe es noch irgendwann seltsam zwischen uns beiden wird. Das will ich nicht.
Ich liebe Ben auf eine ganz besondere Art und Weise und ihn wegen ein paar tollen
Stunden zu verlieren, das würde mir das Herz brechen."

Emmi sieht mich an. Sie lässt ihre Augen über mein Gesicht kreisen, setzt an, etwas
zu sagen, schließt den Mund jedoch wieder und greift stattdessen nach ihrem Sektglas.
Gedankenverloren nimmt sie einen Schluck zu sich und stellt es wieder ab. Gerade als ich
ansetzen will, etwas zu sagen, scheint sie selbst die Worte gefunden zu haben, nach
denen sie gesucht hat.

„Nun gut, ich lass das mal so stehen. Du wirst schon wissen, wie es um deine
Gefühlswelt bestellt ist, aber ganz ehrlich meine Süße, die Sache mit dem Sex, die kapier
ich nicht. Wenn ihr beide Spaß daran habt, dann genieß es doch einfach. Du hast dir so
viele Dinge nicht gegönnt in der Vergangenheit, so viele Angebote ausgeschlagen, dass
ich schon vermutet habe, dich klopft keiner mehr weich. Warum setzt du Regeln, die kein
Mensch braucht? Wenn es nach diesem Urlaub nicht seltsam ist zwischen euch beiden,
warum sollte es dann nächste Woche so sein? Oder denkst du, Ben empfindet mehr für
dich?" Sie beißt ein paar Mal auf ihrer Unterlippe herum, ihre Augen lassen meinen Blick

jedoch nicht los.

„Nein, ich denke Ben ist da genau wie ich", antworte ich ihr und ernte dafür einen kurzen Lacher. „Na dann. Habt Spaß!" Sie hält mir grinsend ihr Sektglas entgegen und wir leeren beide unsere Gläser mit einem letzten Zug. Vielleicht hat sie Recht, aber auch nur VIELLEICHT.

~~~~~~

Mittlerweile habe ich es glatt geschafft, meinen Koffer auszuräumen, meinen Manager wegen der nächsten Termine anzurufen, ein paar von Alicias Spaghetti zu verdrücken — Mikrowelle sei Dank — und mir auf dem Balkon meine sechste Zigarette anzuzünden. Ich habe keine Ahnung, wie spät es ist, aber der Himmel über mir ist bereits dunkel und ich genieße den Blick in die Sterne.

Sterne sind etwas so Beständiges und ich liebe es, stundenlang in den Himmel zu starren, ein, zwei oder drei Gläser Wein dabei zu trinken und im Kopf ein paar mögliche neue Melodien vor mich hinzusummen und auch jetzt liege ich da, das Weinglas halbvoll neben mir, aber statt der Melodien spukt Alicia in meinem Kopf herum. Es tut mir leid, wie ich mich verhalten habe, aber sie würde mich verstehen, wenn sie die Gründe dafür kennen würde, dessen bin ich mir sicher.

Immer wieder wälze ich in meinen Gedanken hin und her, ob ich mit ihr darüber reden sollte, aber eine Antwort scheint weder in meinem Zigarettenrauch zu schweben, noch auf dem Boden des Weinglases zu liegen, also beschließe ich, die Situation einfach auf mich zukommen zu lassen.

„Störe ich?" Alicias Stimme lässt mich für einen Moment zusammenzucken. „Was? Ich habe gar nicht mitbekommen, dass du nach Hause gekommen bist." Ich lache kurz auf und deute auf den freien Platz neben mir auf der Liege.

Alicia zögert einen kurzen Moment und nimmt mein Angebot schließlich an. Zu meinem Erstaunen, legt auch sie sich auf den Rücken, so dass wir nun beide gen Himmel starren.

Eine ganze Weile sprechen wir beide kein Wort, doch schließlich fasse ich mir ein Herz. Ich räuspere mich. „Alicia, es tut mir leid, wie ich mich verhalten habe."

Sie blickt kurz zu mir, lenkt ihren Blick jedoch gleich wieder nach oben. „Ich denke, du solltest dich eher bei Sandy entschuldigen."

Okay, jetzt nur nicht wieder unhöflich werden. Sie versteht es nicht, aber es ist okay. Ich atme einmal tief durch.

„Ich habe meine Gründe dafür, dass ich so reagiert habe, aber es tut mir leid, dass du da mit reingezogen wurdest. Alicia, du kennst mich, ich bin kein schlechter Mensch. Schenk mir einfach dein Vertrauen." Ich sehe kurz zu ihr und auch sie dreht mir ihren Kopf entgegen. Einen Moment blicken wir uns in die Augen, sehen dann jedoch beide wieder nach oben.

„Alicia, was hat Sandy eigentlich zu dir gesagt? Willst du es mir erzählen?" Ich merke, wie sich automatisch ein Knoten in meinem Bauch zusammenschlingt, versuche ihn jedoch zu ignorieren, indem ich möglichst ruhig weiter atme.

Alicia blickt wieder zu mir, dieses Mal erwidere ich ihren Blick jedoch nicht und so höre ich nur, dass sie kurz auflacht.

„Ben, sie wollte mir erzählen, dass sie mit dir geschlafen hat. Sie hatte unsere Bilder gesehen. Anfangs dachte sie nur, das sei nur eine erfundene Geschichte und hat sich nichts dabei gedacht", sie unterlegt die Worte mit einem ironischen Tonfall, „aber nach den Fotos, die wir in Stockholm gepostet haben, war sie sich sicher, dass wir beide zusammen sind. Sie sagte mir, dass ich ihrer Meinung nach ein Recht darauf habe, zu erfahren, dass ihr beide zweimal – nun ja – zusammen ward, während wir scheinbar ebenfalls schon etwas am Laufen hatten. Sie hatte wohl den Eindruck, du spielst ein übles Spiel und legst dir die Frauen zurecht, wie du sie brauchst. Sie wollte auch mit dir reden und dir sagen, dass es ihr leidtut, dass sie so oft versucht hat, dich zu erreichen, aber die Süße hat sich wohl wirklich in dich verliebt und es fiel ihr und fällt ihr immer noch schwer, zu glauben, dass es für dich wirklich nur Sex war, aber sie akzeptiert es. Ich habe übrigens kein Wort darüber verloren, wie unser tatsächlicher ‚Beziehungsstatus' ist, falls du das ebenfalls wissen möchtest."

Mit jedem Wort, das Alicia über die Lippen gleitet, spüre ich, wie sich mein

Körper ein Stückchen mehr entspannt. Wenn das der Grund dafür war, warum Sandy hier war, dann ist es okay, wenn auch immer noch ein kleiner Restzweifel bleibt. Vielleicht sollte ich mich dann tatsächlich bei ihr entschuldigen. Vielleicht bin ich ihr das dann wirklich schuldig. Andererseits, wer weiß, ob das tatsächlich alles genau so der Wahrheit entspricht?

Genau durch diese Gedankengänge kreuzt schließlich Alicias Stimme, als wüsste sie genau, was mich beschäftigt.

„Ben, sie klang wirklich ehrlich und sie war echt fertig." Ich schlucke. Wahrscheinlich habe ich einfach nur Paranoia. Schnell wende ich meinen Blick ebenfalls zu Alicia und nicke. „Dann tut es mir ehrlich leid." Ein Lächeln huscht über Alicias Gesicht und am liebsten würde ich sie zu mir ziehen und sie einfach küssen, doch stattdessen sehe ich sie einfach nur an.

Alicia dreht sich noch etwas weiter zu mir und plötzlich wird ihr Gesichtsausdruck wieder ernst. „Ben?" „Hm?" „Erzählst du mir, wieso du so ausgerastet bist?"

Ich spüre, wie mein Herz schneller zu pochen beginnt und bemühe mich, ruhig weiter zu atmen. „Wäre ein anderes Mal okay?", frage ich heiser und zu meinem Erstaunen nickt Alicia sofort. „Völlig okay."

Dieses Mal kann ich nicht anders und drücke ihr einen zarten Kuss auf die Stirn. „Danke." Alicia sieht mich an, ihre Augen funkeln und ein süßes Lächeln huscht über ihr Gesicht, ein Lächeln, das durch meine Augen hindurch, bis in mein Innerstes dringt und dort ein warmes Gefühl hinterlässt und am liebsten würde ich mir für dieses Gefühl eine Ohrfeige verpassen.

‚Reiß dich zusammen, Ben!', schelte ich lautlos mit mir selbst und bevor ich noch eine Dummheit begehen kann, entziehe ich mich ihres Blickes und setze mich auf.

„Ich denke, wir sollten schlafen gehen, hm? Morgen wartet Arbeit auf uns." Alicia sieht mich an, setzt sich auch auf und nickt.

„Gute Nacht, Ben." Sie küsst mich ebenfalls auf die Stirn und ich versuche das Gefühl zu unterdrücken, das ihr Duft in mir auslöst. „Gute Nacht, Alicia." Schon steht sie auf und geht.

KAPITEL 19

Der nächste Morgen startet mit dem penetranten Klingeln meines Weckers. Schnell schiebe ich den Traum beiseite, der mir bis soeben die Nacht versüßt hat, beende den nervigen Ton und strecke mich erst einmal ausgiebig, denn noch habe ich genügend Zeit, gemütlich in den Tag zu starten.

Noch etwas verschlafen stapfe ich ins Badezimmer, drehe den Wasserhahn der Badewanne an, gebe etwas Badeschaum hinein und streife mir Shirt und Panties vom Körper. Als ich schließlich in das dampfend-heiße Wasser steige, umgibt mich sofort ein geborgenes Gefühl.

Das Wasser schmiegt sich an meinen Körper und ich schließe die Augen und lasse den Kopf auf das kleine befestigte Kissen sinken.

Wie von selbst bewegen sich meine Hände über meine Oberarme, meinen Hals und meine Brust, um den Schaum auf meinem Körper zu verteilen und als meine Finger schließlich über meinen Bauch nach unten gleiten, blitzt ohne es zu wollen, Bens Bild vor meinem inneren Auge auf.

Es waren seine Finger, die noch zwei Tage zuvor über meinen Körper geglitten sind, als würden sie ihn besitzen wollen und ob ich es zugeben will oder nicht, ich vermisse diese starken, aber gefühlvollen Hände.

„Sorry!" Bens irritierte Stimme lässt mich schließlich hochschrecken und ruckartig die Augen öffnen. Wenige Meter vor mir steht er, die Türklinke in der einen Hand, die andere Hand in sein Haar vergraben und blickt mich mit großen Augen an.

~~~~~

Ich spüre, wie mein Herz pocht und ein mir nur allzu gut bekanntes Gefühl mitten in meine Lenden kriecht.

„Möchtest du reinkommen?", höre ich ihre süße Stimme und ihre Augen funkeln mich an.

Okay, okay, diese Worte rasen förmlich durch meine Ohren hindurch und wandern gen Süden.

Ich atme ein paar Mal tief durch. Das ist nicht gut. Ich kann das nicht. Okay, ich könnte, das wäre nun wirklich nicht das Problem, aber ich will das nicht. Okay, auch das ist glatt gelogen, aber... Scheiße...

„Nein!", weise ich mich selbst zurecht und ernte dafür einen erstaunten Blick von Alicia, doch sofort grinst sie wieder.

„Sicher?", säuselt sie regelrecht und zwinkert mir neckisch zu.

Verdammte Scheiße, echt! Ich darf das nicht. Das macht alles nur komplizierter und genau das ist es, was ich unbedingt vermeiden muss. Wenn ich jetzt nicht standhaft bleibe,... Ich muss einfach. Ich will nicht verliebt sein und ich werde es schaffen, dagegen anzukämpfen. Jawohl!

Ohne noch einen Moment zu zögern, mache ich auf dem Absatz kehrt und knalle die Badezimmertür hinter mir zu. Draußen angekommen, lasse ich mich auf Alicias Bett sinken und fasse mir mit beiden Händen an die Stirn. Das kann ja heiter werden. Und was bitte ist aus Alicias Vorsatz geworden? Wenn ich mich recht erinnere, war sie es, die unsere außerfreundschaftlichen Aktivitäten auf unseren Urlaub beschränken wollte.

Tief durchatmen und an etwas Schreckliches denken! Meine Grundschullehrerin mit der großen Warze am Kinn, der Damenbart von meiner ehemaligen Nachbarin, ja, besser, die extrem haarigen Beine meiner ersten Begegnung mit dem weiblichen Geschlecht, noch besser. So schnell es geht, jage ich sämtliche abtörnende Bilder durch meinen Kopf, die mir einfallen und stelle mit Erleichterung fest, dass es allmählich wirkt.

Als in meinem Schritt wieder alles einigermaßen beim Alten ist, setze ich mich auf. Was Alicia nun wohl gerade macht da drinnen? Scheiße! Noch einmal lasse ich mich zurückfallen und beginne das Prozedere von vorne und gerade als sich der Erfolg erneut einstellt, höre ich, wie sich die Badezimmertür öffnet.

Blitzartig schieße ich wieder in eine aufrechte Sitzposition und sehe Alicia

durch die Badezimmertür kommen, vollkommen nackt.

~~~~~

Jaja, ich weiß, dass ich meine Vorsätze hatte und ich war auch bereit sie durchzuziehen, allerdings für nicht allzu viele Minuten. Als ich Ben plötzlich im Bad vor mir stehen sah, musste ich Emmi einfach Recht geben. Wieso sollte ich es nicht genießen? Ich bin jung, ungebunden, unabhängig und Ben ebenfalls. Was wäre also so schlimm daran? Gut, die Befürchtung, dass etwas dadurch kaputt gehen könnte, die ist da, aber meine Hormone scheint das nicht im Geringsten zu interessieren und wer wäre ich, meinem Körper so einfach zu widersprechen?

Grinsend verfolge ich, wie Bens Blick über meinen Körper schweift und sehe, wie er schluckt. Ich weiß, ich habe diese blöde Urlaubsregel selbst aufgestellt und vermutlich will er sich daran halten, aber seine Reaktion zeigt mir deutlich, dass er wohl nichts dagegen hätte, diese Regel zu brechen.

Ohne ein Wort gehe ich zum Kleiderschrank und bücke mich aufreizend zur unteren Schublade, in der meine Unterwäsche verstaut ist. Selbstverständlich dauert es eine Weile, bis ich das Richtige gefunden habe. Mit einem Lächeln auf den Lippen lege ich den roten Spitzen-BH neben ihm aufs Bett und schlüpfe in den zugehörigen, ebenfalls roten Slip, der vorne aus edler Spitze ist und am Po komplett durchsichtig.

Bens Blick pendelt zwischen seinen Fingern, die an seinen Shorts herumnesteln und mir hin und her. „Du weißt genau was du tust, oder?", höre ich schließlich seine tiefe, kratzige Stimme, die mir regelrecht durch alle Poren meines Körpers fährt.

Ich kichere kurz. „Mich anziehen?" Ben verdreht die Augen. „Es scheint mir eher, du ziehst dich an, damit ich dich gleich wieder ausziehen kann." Er schluckt, nachdem die Worte seine Lippen verlassen haben und ich beobachte, wie seine Zunge über seine Unterlippe gleitet.

Seine Augen halten meinem Blick stand, aber aus den Augenwinkeln kann ich beobachten, wie er mit einer Hand seine Shorts zurecht zupft. Ich zucke grinsend mit den Schultern und zwinkere ihm kurz zu, während ich den BH in die Hand nehme und meine Hände auf eine Reise über meine Brüste schicke. Ben kaut kurz auf seiner Lippe und schüttelt zu meiner Verwunderung plötzlich den Kopf.

„Alicia… ich… es… der Urlaub ist vorbei…", höre ich seine belegte Stimme, während *er sich mit einer Hand durch die verstrubbelten Haare fährt und gleichzeitig aufsteht. Ich kann nichts erwidern, sondern spüre lediglich eine Art Enttäuschung in mir aufkommen, während ich ihm dabei zusehe, wie er langsam aus dem Schlafzimmer in Richtung Wohnzimmer verschwindet.*

~~~~~~

Nach meinem fluchtartigen Abgang stürze ich mich schnell in die erstbeste Hose, die mir in die Finger kommt, ziehe sie über, greife mir mein Portemonnaie, das Handy und den Haustürschlüssel und verschwinde mit einem kurzen, „Ich muss leider dringend los", in Richtung Schlafzimmer, aus der Wohnung.

Vor der Haustür zögere ich einen Moment, entscheide mich jedoch spontan, nach rechts zu gehen. Eine halbe Stunde marschiere ich einfach gerade aus, die Gedanken konsequent auf Durchzug gestellt und bin froh, als ich schließlich an einem großen Kaufhaus vorbeikomme.

Zielstrebig mache ich mich auf und kaufe mir Zahnbürste und Zahnpasta, um mir erst einmal auf der Toilette die Zähne zu putzen, was mir einen mitleidigen Blick der Reinigungskraft einbringt.

Mit einem Augenrollen werfe ich ihr schließlich einen Zehn-Euro-Schein in ihre bereitstehende Schale und sie bedankt sich mit großen Augen. Wahrscheinlich dachte sie, dass ich auf der Straße lebe, was ich ihr angesichts meines heutigen Erscheinungsbildes auch nicht wirklich verdenken kann.

Die Haare sind ungekämmt, okay, das sind sie meistens, aber heute habe ich mir noch nicht einmal großartig die Mühe gemacht, sie mit meinen Händen halbwegs in Form zu zupfen. Das T-Shirt ist von der Nacht sichtlich zerknittert und die Hose, die ich gewählt habe, trage ich normalerweise auch eher in den eigenen vier Wänden, als auf offener Straße, aber ganz ehrlich, es stört mich überhaupt nicht.

Etwas ratlos stehe ich schließlich wieder auf der Straße und sehe mich um, bis mein Blick auf ein kleines Café auf der gegenüberliegenden Seite fällt. Gemütlich und vor allem leer sieht es aus und so ist die Wahl schnell gefallen.

Ich gehe hinüber, öffne die Tür und setze mich sofort an einen der kleinen runden Tische, von denen aus man auf die Straße sehen kann, die aber – wie ich vorher festgestellt habe – nur schwer von außen einsehbar sind.

„Hallo, was darf ich Ihnen bringen?" Eine Frau – schätzungsweise so um die 65 – steht vor mir am Tisch und ich sehe mich einen Moment um. Eine Karte scheint es hier nicht zu geben, aber dafür ist das Lächeln der Bedienung umso freundlicher.

„Äh, einen starken Kaffee, ein Glas Wasser und haben sie Frühstück?" Die grauhaarige Dame beginnt zu lachen und nickt. „Aber klar. Wünschen Sie etwas Bestimmtes?" Etwas ratlos sehe ich sie an und sie scheint sofort zu verstehen.

„Junger Mann, lassen Sie mich mal machen, ja? Ich suche schon etwas Leckeres für Sie zusammen." Hat sie mir soeben wirklich zugezwinkert? Ich lache und bedanke mich noch höflich bei ihr, während sie sich schon auf den Weg macht.

Die nächsten Minuten verbringe ich lediglich damit, aus dem Fenster zu starren und die unterschiedlichsten Menschen zu beobachten. Businessleute, die mit einem Kaffeebecher in der Hand durch die Straße eilen, Mamas mit Kinderwagen, ein Pärchen, das Hand in Hand im Schneckentempo entlang flaniert und eine alte Frau, die mit ihrem Rollator versucht, ein paar Einkäufe nach Hause zu schieben.

Ich merke, wie langsam wieder eine Art Ruhe in mir einkehrt und schüttle innerlich über mich selbst den Kopf. Was ist nur los mit mir? Also klar weiß ich, was mit mir los ist, aber das ist doch noch lange kein Grund, so zu reagieren, oder?

„So der Herr, einmal starker Kaffee, ein Glas Wasser und der Rest kommt sofort." Die nette Bedienung stellt die Getränke ab und zwei Minuten später erscheint sie wieder mit einem großen Tablett in der Hand. Als mein Blick darauf fällt, beginne ich automatisch zu grinsen.

Sie hat nicht zu viel versprochen, denn das Tablett bietet alles was das Herz begehrt. Wurst, Käse, ein kleines Omelett, Butter, Marmelade, Honig, ein paar Früchte, ein Croissant, zwei Brötchen, eine Mini-Portion Würstchen und sogar eine undefinierbare, aber sicher leckere süße Speise. Ich kann nicht anders und gebe einen kleinen Freudenschrei von mir.

„Ich sehe, ich habe ins Schwarze getroffen." Wieder zwinkert sie mir zu und ich kann nur ausgiebig nicken. „Lassen Sie es sich schmecken. Ein ausgiebiges Frühstück lässt jeden Kummer kleiner erscheinen und ich denke, das haben sie nötig." Sie lächelt mich an und als sie meinen Gesichtsausdruck sieht, fügt sie erklärend hinzu: „Ich führe diesen Laden seit 40 Jahren und glauben Sie mir, ich erkenne sofort, wenn jemand einfach dringend eine kleine Auszeit nötig hat. Anstrengende Nacht gewesen, hm?" Ich lache. „Wohl eher ein seltsamer Morgen." Die Frau nickt. „Ich bin Renata. Wenn Sie noch etwas brauchen, dann zögern Sie nicht."

Sie deutet an den Tresen, hinter dem sie wohl gleich wieder verschwinden will, doch aus irgendeinem Grund deute ich ihr, stehen zu bleiben.

„Renata, richtig?" Sie nickt. „Haben Sie nicht Lust, mir Gesellschaft zu leisten? Ich kann das ohnehin nicht alles alleine essen."

Ich wundere mich selbst etwas über mein Angebot, doch Renata hat so eine mütterliche und in sich ruhende Ausstrahlung, dass ich wohl einfach das Bedürfnis habe, mich etwas mit ihr zu unterhalten. Renata hingegen scheint weniger überrascht zu sein, denn sie grinst mich nur an und setzt sich zu mir. „Klar, warum nicht, meine Gesellschaft ist im Service inbegriffen."

~~~~~~

Eine gute Stunde nach Bens plötzlichem Abgang, komme ich für meine Verhältnisse äußerst früh in der Redaktion an, was jedoch nicht heißt, dass ich alleine dort wäre, nein, die meisten meiner Kollegen gehören der – in meinen Augen – ekelhaften Gattung der Frühaufsteher an und sitzen bestimmt seit zwei Stunden bereits an ihren Schreibtischen.

„Guten Morgen!", grummle ich Monika, meiner Lieblingskollegin, entgegen und kaum hat sie mich entdeckt springt sie von ihrem Stuhl auf und eilt regelrecht auf mich zu. Sie hat kaum ihre Begrüßung über die Lippen gebracht, da ringen sich auch schon drei weitere Kolleginnen um mich und als wäre das nicht genug, steht im nächsten Moment auch noch mein Chef, Jan, vor mir und räuspert sich.

„Da ist ja unsere Berühmtheit." Jan grinst von einem Ohr zum anderen und legt mir eine Hand auf die Schulter. „Oh ne, nicht ihr auch noch, oder? Guckt ihr denn alle zu

viele Boulevard-Medien?", gebe ich etwas genervt von mir und ernte dafür ein herzhaftes Lachen von allen aus der Runde.

Monika ist es schließlich, die als erste das Wort ergreift. „Du weißt, dass du uns eine Erklärung schuldig bist, oder? Und übrigens hast du selbst die Bilder von dir und diesem Hottie auf deinem Online-Profil gepostet, also beschwere dich bloß nicht, wenn wir jetzt Antworten wollen." Sie zwinkert mir zu und der Rest der Meute nickt eindringlich.

„Leute, da gibt es nichts zu erzählen. Wir sind Freunde, nicht mehr, nicht weniger. Die Fotos dienen nur dazu, den Boulevard-Leuten mal ordentlich ein Schnippchen zu schlagen, weil die uns gleich als Paar des Jahres verkaufen wollten", erkläre ich in wenigen Worten und warte die Reaktionen der anderen ab.

Marie ist die Erste, die antwortet: „Ach, schade." Ich sehe sie fragend an. „Naja Alicia, so was Süßes wie den Kerl findet man nicht an jeder Straßenecke und wir hatten schon gehofft, dass du doch endlich mal wieder jemanden in dein Herz lässt." Allgemeines Nicken.

Ich schüttle den Kopf und ziehe die Augenbrauen nach oben. „Nein, es ist gut so wie es ist, glaubt mir." Die Mädls nicken und machen sich mit diversen Floskeln schließlich wieder an ihre Arbeit, lediglich Jan bleibt stehen und sieht mir zu, wie ich mich an meinen Schreibtisch setze.

Er wartet, bis ich meine Handtasche abgestellt habe und lehnt sich schließlich lässig gegen den Tisch. Er wirkt nachdenklich. „Jan, es tut mir leid. Ich hoffe, du findest unser Verhalten nicht unpassend, aber du findest diese Typen, die aufgrund eines Bildes gleich so viel hinzuerfinden, doch genau so schrecklich wie ich, oder? Ich habe nicht großartig darüber nachgedacht, aber ich werde darauf achten, dass es meine Arbeit nicht beeinflusst, versprochen. Ich habe sogar eine vielversprechende junge Band an Land gezogen in meinem Urlaub", füge ich noch schnell hinzu, um ihn möglichst freundlich zu stimmen.

Jan sieht mich eine Weile an und grinst schließlich los. „Alicia, bleib cool. Was du in deiner Freizeit machst, das ist deine Sache. Ich weiß, dass du deinen Job super machst und ich habe mich köstlich über die diversen Anrufe in den letzten Tagen amüsiert. Sämtliche sogenannte 'Kollegen'", Er formt mit seinen Fingern zwei Anführungszeichen in die Luft „sind scharf auf ein Interview mit dir."

Er lacht, ich hingegen finde es nicht ganz so amüsant. Was bilden die sich ein, *meinen Chef mit so etwas zu belästigen? „Scheiße Jan, das wollte ich nicht. Ich weiß, ich sollte es besser wissen, schließlich arbeite ich in dem Business, aber ich habe mich irgendwie dazu hinreißen lassen. Vielleicht nicht mein größter Glanzmoment."*

Er macht eine gleichgültige Handbewegung. „Wie gesagt, es macht mir nichts aus. Das beruhigt sich bestimmt schnell wieder." Ich nicke erleichtert und will mich gerade meiner Arbeit zuwenden, als er doch noch einmal das Wort ergreift: „Aber du sagtest etwas von einer neuen Band? Erzähl mal!"

~~~~~~

„Renata, ich platze gleich!" Mit einem breiten Grinsen auf den Lippen halte ich mir den Bauch, während ich argwöhnisch den vollkommen leeren Teller betrachte. Die Sachen waren einfach zu gut, um auch nur irgendwas davon stehen zu lassen.

„Gut so. Und siehst du, schon leuchten die wunderschönen Augen wieder." Sie tätschelt mir mütterlich die Hand und nickt zufrieden.

Ja, nachdem ich mit meinen durchwachsenen Sprachkenntnissen diverse Male vom Sie ins Du gestolpert bin, haben wir es schließlich irgendwann gleich dabei belassen und Renata hat sich als wahrer Schatz herausgestellt. Sie hat mir aus ihrem Leben erzählt, wie sie damals das Café hier eröffnet hat, mit ihrem letzten Ersparten und wie sie ihren Lebenspartner hier vor mittlerweile 30 Jahren kennengelernt hat. Heiraten wollte Renata nie. „Never touch a running system!", waren ihre Worte, als ich sie darauf angesprochen habe, warum sie den Schritt nie gewagt hat und ich musste lachen, erstens wegen der Aussage an sich und zweitens vor Verwunderung, dass sie mir hier einen so abgedroschenen Spruch in einer Sprache serviert, die sie nur äußerst notdürftig spricht.

„Du bist der Hit, Renata. Wenn ich dein Lebensgefährte wäre, ich hätte dich schon lange geheiratet, nur um sicher zu gehen, dass dich nie wieder ein anderer haben kann", lache ich und tätschle ihr nun meinerseits die Hand, doch plötzlich guckt sie wirklich ernst.

„Ben, ich bin weiß Gott nicht die schlauste Frau auf Erden und habe die Weisheit sicher nicht mit Löffeln gefressen, aber lass dir eines von einer 'alten'

Dame gesagt sein... Eine Garantie gibt es nie im Leben, Ben, daran ändert kein Schriftstück der Welt etwas und das ist auch gar nicht wichtig. Du musst immer tun, was dein Gefühl dir sagt. Schau in die Augen der Menschen und du weißt, was sie brauchen. Worte sind etwas Schönes, etwas Wunderbares, das weißt du als Musiker genau, aber glaub mir, die Wahrheit liegt in den Augen der Menschen verborgen. Wenn du genau hinsiehst, dann findest du dort so viele Antworten. Tu den Menschen, die du liebst Gutes, behandle die, die du nicht so gerne hast mit Respekt und schenke deinen Feinden ein Lächeln, dann wirst du dein Glück finden, egal auf welcher Ebene du es suchst."

Mit diesen Worten steht sie auf und nimmt das leere Tablett in die Hand, während ich das Gesagte erst einmal langsam in mir aufnehme.

KAPITEL 20

Ein paar Stunden später sitze ich im Bus auf dem Heimweg von der Arbeit, leise Musik auf den Ohren und die Gedanken beim heutigen Morgen. Es war nicht okay, Ben einfach so ins offene Messer laufen zu lassen, nachdem ich die Urlaubsregel selbst aufgestellt habe, das weiß ich, dennoch hat mich seine Reaktion erstaunt. Prüde schien er mir eigentlich nicht zu sein. Sein Blick, als er das Bad betreten hat, hätte jedoch glatt den Anschein erwecken können.

Ich merke, wie sich ein Grinsen über mein Gesicht zieht, angesichts seiner Reaktion und beschließe, dass wir beide sicher noch ein Wörtchen zu reden haben.

Ich beobachte, wie ein paar Leute einsteigen. Eine ältere Dame setzt sich auf den freien Platz auf der anderen Seite und packt ihr Strickzeug aus, während sich ein paar Teenager in den Innenraum stellen und fröhlich vor sich hin kichern, ihre Köpfe, wie soll es auch anders sein, in ein Handy vergraben.

Einen Moment beobachte ich die Gruppe, bis ich schließlich vom Vibrieren meines eigenen Handys unterbrochen werde. Schnell öffne ich den Reißverschluss meiner Handtasche und sehe, dass eine Nachricht von Ben wartet.

Als ich das Bild öffne, prangt mir ein Selfie von ihm und einer älteren, grauhaarigen Dame entgegen. Beide lachen herzhaft und ich komme nicht umhin, meinen Blick länger auf dem Gesicht der Frau ruhen zu lassen. Sie hat Falten, nicht wenige sogar, aber dennoch sieht sie unheimlich schön aus. Ihr Blick strahlt etwas aus, das kein Schönheitschirurg der Welt so erschaffen könnte. Sie wirkt glücklich, zufrieden und gerade die Linien in ihrem Gesicht, scheinen eine ganz besondere Geschichte zu erzählen. Automatisch beginne ich zu Lächeln und erst jetzt entdecke ich den Text darunter:

„Ich hatte heute ein absolut umwerfendes Date!" Ich muss schmunzeln und beginne sofort, eine Antwort zu tippen: „Exzellente Wahl, Herr Lindqvist. Bringst du sie mit nach

Hause?" Schnell ist die Taste ‚Senden' gedrückt und ich sehe, dass Ben sofort antwortet. Keine Minute später vibriert das Handy erneut.

„Lieber nicht, nachher wirst du noch eifersüchtig. Bin gerade auf dem Heimweg von einem Termin. Soll ich etwas Essbares mitbringen?" Nach kurzem Überlegen lasse ich meine Finger über die Buchstaben wandern:

„Für etwas von diesem traumhaften Asiaten von neulich, würde ich glatt darüber hinweg sehen, dass du mich heute Morgen so fluchtartig verlassen hast." Ich nicke zufrieden und warte, bis das Handy ein weiteres Mal vibriert.

Es erscheint ein Foto von seinem erhobenen Daumen und darunter steht: „Für dich, Babe, würde ich mich sogar einmal höchstpersönlich quer durch die Speisekarte kochen." Mit einem Augenrollen lache ich los, was mir ein paar seltsame Blicke von den Leuten um mich herum einbringt.

„Gut zu wissen, aber für heute wäre es mir lieber, du lässt den Koch den Job erledigen." „Deal!"

~~~~~~

Vollbeladen mit herrlich duftenden Leckereien komme ich schließlich eine knappe Stunde später Zuhause an.

„Lieferservice!", schreie ich in die Wohnung, während ich mir meine Sneakers von den Füßen streife und als ich das Wohnzimmer betrete, finde ich dort bereits einen gedeckten Tisch vor.

Alicia sitzt da, ein Glas Wein in der Hand und grinst zufrieden. Sofort merke ich, wie ein warmes Gefühl durch meine Brust huscht, dem ich jedoch lieber nicht allzu viel Beachtung schenken will, also stelle ich sämtliche Schachteln auf den Tisch und hüpfe mit einem einzigen Satz neben Alicia auf die Couch.

„Langsam, langsam Herr Lindqvist, sonst bade ich dich in Rotwein." Lachend hält sie ihr Glas fest und als ich mir über die Unterlippe lecke, versteht sie sofort und streckt es mir entgegen.

Schnell greife ich danach und nehme einen Schluck der herben Flüssigkeit zu mir und bin glücklich, dass Alicia mir meinen morgendlichen Abgang scheinbar wirklich nicht übel nimmt.

Ich überlege einen Moment, sie darauf anzusprechen, doch so schnell die Idee aufgeflammt war, so schnell schiebe ich sie auch wieder beiseite und überhaupt scheint Alicia in diesem Augenblick ohnehin mehr an den gut duftenden Köstlichkeiten auf dem Tisch interessiert zu sein, als an mir, denn sie ist bereits dabei, in sämtliche Schachteln zu spähen, die ihr Blickfeld kreuzen und einen beachtlichen Berg Essen auf ihren Teller zu schaufeln.

~~~~~

„Das war einfach suuuuper lecker! Danke!" Völlig zufrieden lasse ich mich in die Couchkissen sinken und beobachte, wie Ben noch den Rest der gebratenen Nudeln in seinen Mund steckt und schließlich mit einem großen Schluck Rotwein nachspült, ehe auch er sich nach hinten fallen lässt.

„Hab ich gut gekocht, was?" Ich kichere und kuschle automatisch meinen Kopf auf seine Brust, doch statt wie immer seinen Arm um mich zu schlingen, zögert er.

„Alles in Ordnung?" Ich hebe meinen Kopf für einen Moment an und sofort fängt sein Blick mich ein. „Wegen heute Morgen...", beginnt er plötzlich zu stammeln, doch ich lasse ihn nicht weitersprechen.

„Ben, es tut mir leid. Ich weiß, ich habe diese Regel – von wegen Urlaub und so – selbst aufgestellt und es war nicht okay von mir, dich so zu", ich suche einen Moment nach dem passenden Wort, „überrumpeln. Ich befürchte mein Hormonhaushalt ist etwas mit mir durchgebrannt, als du plötzlich im Bad aufgetaucht bist, aber du hast ja vollkommen Recht, es ist besser, wenn wir das in Zukunft lassen, also ... das mit dem Sex."

Ich warte einen Moment ab, als er jedoch auf meine Worte nicht weiter reagiert, füge ich noch etwas hinzu: „Aber das heißt doch nicht, dass wir jetzt nicht mal mehr auf der Couch kuscheln dürfen, oder? Das haben wir doch immer gemacht und ganz ehrlich, ich kann mir nicht vorstellen, jetzt darauf zu verzichten."

Ich drehe mich etwas weiter auf den Bauch, ein Arm bleibt auf seiner Brust liegen, während ich mich mit dem anderen Arm auf der Couch abstütze, um Ben ansehen zu können. Er sieht mich nachdenklich an. Es scheint fast, als würde er jede einzelne Pore meines Gesichtes studieren, doch ich gebe ihm alle Zeit, die er braucht und werde dafür schließlich mit einem sanften Lächeln belohnt.

„Nein, darauf verzichten wir nicht." Mit diesen Worten legt er eine Hand auf meine Schulter und streicht mit seinem Daumen über meine Wange. Ich bewege mich seiner Berührung etwas entgegen und spüre, wie sich ein Gefühl der Erleichterung in mir breit macht. Einen kurzen Moment sehen wir uns einfach an.

„Übrigens, Emmi hat mich heute angerufen, sie und ein paar unserer Freunde wollen morgen Abend alle gemeinsam Essen gehen. Hast du Lust? Wir gehen zu diesem gemütlichen Italiener, wo wir beide schon einmal waren, ein paar Straßen weiter", sage ich schließlich nach einer Weile und dieses Mal kommt Bens Antwort wesentlich schneller über seine Lippen, wobei sein deutliches Grinsen ohnehin Antwort genug wäre. „Aber mit dem größten Vergnügen, Frau Lindqvist!" Er zwickt mir spielerisch in die Seite und ich lache zufrieden los.

~~~~~~

Noch eine ganze Weile bleiben wir auf der Couch liegen und ich erzähle Alicia von meiner Begegnung mit Renata und von dem anschließenden Treffen mit Jonas, während sie mir von der Fragestunde ihrer Kollegen erzählt und dabei mehr als einmal mit den Augen rollt.

Wir klicken uns sogar eine Weile durch mein Onlineprofil, um die Reaktionen meiner Fans auf unsere Bilder zu sehen, doch wie ich schon vermutet habe, sind diese wie immer bisher, wenn es Bilder von mir mit einer Frau gab. Die meisten sind positiv, sie schreiben, dass Alicia hübsch ist, dass wir ein süßes Paar sind, das Übliche eben, doch natürlich sind auch ein paar dabei, denen ich am liebsten mit dem Fuß ordentlich einmal in die Fresse treten möchte, aber Alicia scrollt einfach jedes Mal weiter und zuckt mit den Schultern.

Ob es ihr wirklich so egal ist? Okay, ehrlich gesagt habe ich mir in der Vergangenheit über solche Kommentare auch keinerlei Gedanken gemacht, aber bei ihr fühlt es sich anders an. Ich würde sie am liebsten in Watte packen und fröhlich durch die Welt hopsen sehen. Aber natürlich weiß ich, dass es am Klügsten ist, alles unkommentiert stehen zu lassen.

„Naja, das geht doch, oder?", höre ich Alicias süße Stimme, als wir am Ende der Kommentare des letzten Fotos angekommen sind und ich nicke, während

Alicia sich langsam von mir schiebt und sich aufsetzt.

„Wie lange willst du das überhaupt noch durchziehen und hast du mal darüber nachgedacht, wie wir das Ganze dann beenden wollen?" Sie sieht mich fragend an, während sie einen Schluck Wein zu sich nimmt.

Mir war klar, dass sie diese Frage schon bald stellen würde, deswegen habe ich mir auch bereits Gedanken darüber gemacht. „Ich dachte, so circa eine Woche noch? Ich hätte da ein Fernseh-Interview nächste Woche für eine dieser Sendungen. Wenn das mal nicht passen würde, oder?"

Ich zwinkere ihr zu und sehe, wie es in ihren Augen zu Funkeln beginnt. „Absolut!" Grinsend hält sie mir ihre Hand entgegen und ich schlage ein. „Dann gehe ich jetzt mal duschen, es war so heiß im Bus heute, dass ich mir nichts sehnlicher wünsche, als aus diesen Klamotten rauszukommen."

Sie steht auf, wischt die leeren Schachteln in den Mülleimer, trägt die Teller in die Küche und verschwindet, ohne noch ein weiteres Wort zu sagen, in ihrem Schlafzimmer.

Ich sehe ihr hinterher, versuche jedoch das Kribbeln zu ignorieren, das ihre Worte in mir ausgelöst haben. Raus aus den Klamotten, Dusche... Herrje, ehrlich Lindqvist? Ich ziehe meine Augenbrauen nach oben und klatsche mir einmal mit der flachen Hand gegen die Stirn. Zuviel Sex die letzten Tage, ja, das wirbelt den stärksten Hormonhaushalt durcheinander.

Gerade beschließe ich, dass ich mich statt unnützen Gedanken hinzugeben, lieber etwas im Haushalt nützlich machen sollte, als Alicias Handy zu Klingeln beginnt. Ohne mir Gedanken darüber zu machen, greife ich danach, denn Alicia hat mir mehrmals in der Vergangenheit erklärt, dass ich in ihrer Abwesenheit gerne antworten darf.

Eine unbekannte Nummer. Ich zögere noch einen kurzen Moment, nehme jedoch schließlich ab. „Hallo?" Kurzes Räuspern am anderen Ende der Leitung, doch dann vernehme ich eine etwas verwirrte Stimme.

„Äh,... Ich wollte Alicia sprechen, bin ich da richtig? Hier ist Ryan." Ich spüre, wie mir förmlich die Kinnlade runterfällt, als ich seinen Namen höre. Ryan? DER Ryan? Wieso ruft der Arsch hier an? Und dann auch noch abends? Mit Arbeit hat das doch wohl kaum etwas zu tun, oder? Und kommt daher

Alicias Sinneswandel? Heute Morgen hätte sie es schließlich noch allzu gerne gesehen, wenn ich über sie hergefallen wäre und nun findet sie es doch besser, wenn wir es lassen. Steckt da ebenfalls dieser Ryan dahinter? Vermutlich findet sie es ganz lustig, mal etwas Neues auszuprobieren.

„Hallo?"

~~~~~~

Als ich nach dem Duschen zurück ins Wohnzimmer komme, sehe ich Ben mit einer Zigarette in der Hand auf dem Balkon sitzen, allerdings nicht wie sonst auf der bequemen Liege, sondern in einem der beiden Stühle. Seine Beine liegen auf dem Balkongeländer und ich sehe, wie er mehrmals hintereinander hastig an der Zigarette zieht und den Rauch jedes Mal beinahe genauso schnell wieder ausstößt.

„Alles klar bei dir?", frage ich ihn und trete etwas näher an die Balkontür heran. Normalerweise raucht er seine Zigaretten genussvoll langsam vor sich hin, starrt dem weißen Rauch hinterher, bis er verschwindet und schließt die Augen bei jedem neuen Zug. Das hier ist anders als sonst.

Als er meine Worte vernimmt, gibt er einen kurzen Laut von sich, der eine Mischung aus Ärger und Belustigung darstellt. „Alles klar." Er nickt noch zur Bestätigung, würdigt mich jedoch keines Blickes.

Ich zucke mit den Schultern und will gerade in der Küche verschwinden, als ich doch nochmal seine Stimme höre: „Ach ja, du sollst Ryan zurückrufen." Er zieht den Namen ,Ryan' etwas in die Länge und ich frage mich einen Moment, ob er der Grund für seine schlechte Laune ist, finde jedoch keine Logik dahinter, also murmle ich nur ein kurzes „Okay." und greife nach meinem Handy.

Es dauert keine halbe Minute, da hat Ryan auch schon abgenommen. „Hallo? Alicia?"

„Ganz genau", antworte ich kurz. „Ah, toll, dass du zurückrufst. Ich wollte mich noch einmal bedanken, dass du das alles so rasend schnell eingefädelt hast. Ich habe mich wirklich sehr gefreut, als du mich heute Nachmittag angerufen hast und ich konnte tatsächlich meinen Termin morgen verschieben, allerdings muss ich alleine kommen. Du bekommst aber natürlich Bildmaterial von uns allen. Wir können das Interview also morgen sehr gerne machen. Ich habe bereits einen Flug gebucht und komme gegen 12:30 Uhr in Berlin an. Vielleicht kannst du mir noch eine Nachricht zukommen lassen mit

der Adresse? Und könntest du mir noch ein Hotel empfehlen?"

Ryan spricht schnell und ich habe Mühe, seinem Englisch mit schwedischem Akzent durchs Telefon zu folgen, aber was ich verstehe, lässt mein Herz ein Stückchen höher hüpfen. Uns war kurzfristig ein Interview für die nächste Ausgabe flöten gegangen und Jan hatte die Idee, dass wir Ryan dafür einschieben. Dass es allerdings wirklich genau so klappt, das hatte ich nicht vermutet.

„Ryan, das ist toll! Ich freue mich! Danke vielmals! Um das Hotel kümmere ich mich, kein Problem und den Rest schicke ich dir gerne noch per Mail. Das freut mich ehrlich und falls du niemanden hast hier in Berlin, dann kannst du morgen Abend gerne mit uns Essen gehen. Überleg es dir einfach. Ja?"

Ich vernehme ein kurzes, aber freudiges Lachen durch die Leitung, ehe er antwortet: „Super gerne, Alicia. Dann bis morgen!" „Bis morgen, Ryan!"

~~~~~~

Habe ich soeben richtig gehört? ,Ich freue mich, Ryan. Das ist toll, Ryan. Bis morgen, Ryan. Komm doch zum Essen mit, Ryan.' Verquirlte Scheiße – RYAN! Von wegen Arbeit, die Worte, die ich von Alicia soeben gehört habe, hören sich für mich nicht gerade nach Arbeit an, im Gegenteil, dieses Gesäusel war ja kaum auszuhalten. Wieso denn überhaupt ins Hotel? Sie hätte doch in ihrem Bett noch eine Seite frei.

Ich schüttle angewidert den Kopf, während ich den letzten Zug von meiner Zigarette nehme. Wenn ich nicht sofort hier weg komme, dann kotze ich womöglich.

Schnell lasse ich meine Füße zu Boden fallen und stehe auf. Alicia hat ihr Handy wieder zurück auf den Couchtisch gelegt und ist direkt weiter in die Küche, wo ich nun ein munteres Geschirrklappern vernehme.

Ich greife schnell nach meinem Haustürschlüssel und setze mir eine Kappe und eine große Sonnenbrille auf, um nicht alle zwei Minuten erkannt zu werden und schon bin ich verschwunden, ohne ein Wort, wie schon am Morgen, dieses Mal jedoch mit einem noch weitaus unangenehmeren Gefühl in der Magengegend, das dringend vernichtet werden muss.

Ich passiere zwei Mädchen, die kichernd vor unserer Haustüre stehen und

urplötzlich verstummen, als sie mich sehen, ignoriere sie jedoch einfach. Den Nerv habe ich jetzt nun wirklich nicht. Schnell renne ich an ihnen vorbei und anders als heute Morgen laufe ich nun nach links.

Ein paar Steine, die auf meinem Weg liegen, landen irgendwo im Nirgendwo, ich trete gegen eine leere Bierdose und werfe sämtlichen Liebespaaren, die mir über den Weg laufen, einen genervten Blick zu, was jedoch niemanden zu stören scheint.

Eine Viertelstunde später habe ich gefunden, wonach ich gesucht habe. Eine dieser Strandbars, die es hier an der Spree gibt.

Schnell hole ich mir an der Bar ein Bier und einen Wodka, schmeiße mich auf einen der freien Liegestühle und lasse meinen Blick etwas schweifen. Um mich herum tanzen ein paar junge hübsche Frauen in knappen Klamotten zur chilligen Nummer, die aus den Lautsprechern dröhnt und auch die meisten der Stühle sind besetzt.

Ich sehe Männer mit losgelösten Krawatten, wahrscheinlich frisch von der Arbeit, andere einfach in kurzen Hosen und barfuß. Ich mag diese Bar, Alicia hat mich vor Jahren einmal hier hergebracht und seither habe ich schon mehrere Abende hier verbracht.

Hier findet man eigentlich jede Art von Mensch. Den gestressten Businesstypen, der nach der Arbeit einfach etwas Entspannung sucht, den Surferboy, Mädls, die gemütlich einen Cocktail im Sand genießen wollen und Püppchen, die sich extra in Schale schmeißen und jede einzelne ihrer Rundungen gekonnt zur Schau stellen, während sie ihre Hüften im Takt bewegen.

Ich kippe den Wodka in mich, spüle mit einem großen Schluck Bier nach und schließe die Augen einen Moment, um die Musik in mich aufzusaugen und das immer noch in mir nagende Gefühl möglichst weit von mir zu schieben und es scheint sogar langsam zu funktionieren.

„Ach, sieh mal einer an. Wen haben wir denn da? Wenn das mal nicht dieses riesen Arschloch ist." „Natalie, lass doch!" Die zweite der beiden weiblichen Stimmen, die an mein Ohr dringt, lässt mich schließlich die Augen öffnen und ich sehe, wie Sandy gerade versucht, ihre Freundin von mir wegzuziehen. Ihre Wangen sind gerötet und sie reißt ihre Augen noch etwas weiter auf, als ich sie ansehe.

„Wieso denn? Ich mag es nicht sonderlich, wenn man meine beste Freundin wie Dreck behandelt." Diese Natalie sieht mich an, als würde sie mir am liebsten mit ihren falschen blutrot lackierten Fingernägeln einmal quer durch das Gesicht kratzen, aber mein Blick ist schnell wieder auf Sandy gerichtet, der das Ganze sichtlich peinlich ist.

„Natalie!", herrscht sie ihre Freundin an und stapft dabei mit ihrem Fuß in den weichen Sand. Ich überlege einen Moment, einfach wieder die Augen zu schließen, doch mein Mund spricht einfach los.

„Natalie, ja?!" Oh, welch böser Blick, doch statt einer Antwort nickt sie nur, nachdem Sandy ihr einen leichten Stoß gegen den Oberarm verpasst hat.

„Natalie, könntest du Sandy und mich mal kurz alleine lassen? Ich hätte da noch etwas zu klären mit ihr."

Ich setze einen netten Gesichtsausdruck auf und deute auf den leeren Platz neben mir. Sandy blickt etwas erschrocken von mir zu Natalie und wieder zurück zu mir und nickt schließlich, woraufhin Natalie ein Seufzen von sich gibt.

„Meinetwegen, aber ein dummes Wort, du Möchtegern-Rockstar und du kannst dir morgen neue Augen implantieren lassen." Sie deutet mir bedrohlich mit dem Zeigefinger und ich muss sagen, dass ich ihr Verhalten schon fast wieder süß finde. Aber natürlich nicke ich nur anständig, woraufhin Natalie in Richtung Bar deutet und Sandy mit einem, „Du findest mich dort drüben", bei mir lässt.

Ich zeige noch einmal auf den Platz neben mir und Sandy setzt sich wortlos. „Hör mal", beginne ich, „ich denke, ich habe gestern überreagiert."

Sandys Augen werden größer und ich sehe an ihren Händen, dass sie sofort etwas entspannt, denn sie krallt sich nicht mehr ganz so stark an ihrer Handtasche fest.

„Auf jeden Fall", fahre ich fort, „tut es mir leid. Ich wollte nicht so ungehalten sein und ich hätte dir sagen sollen, dass das mit uns nur Sex war, aber ich habe es nicht getan und das war nicht richtig." Ja, ich kann es doch, oder? Waren das nicht wirklich gut gewählte Worte? Okay, ich muss zugeben, dass mir meine Reaktion leidtut stimmt nicht so ganz, aber mit offenen Karten hätte ich wohl spielen sollen, das habe ich inzwischen sogar eingesehen.

Sandy klimpert ein paar Mal mit ihren langen Wimpern und lächelt mich schließlich an. „Schon gut, Ben. Ich hatte wahrscheinlich auch nicht das Recht, einfach zu dir nach Hause zu kommen. Ich hab nicht großartig darüber nachgedacht."

Gut, das läuft besser, als ich gedacht habe. Ich nicke. „Belassen wir es dabei, hm? Es hat mich ehrlich gesagt etwas überfordert, dass du auf sämtlichen Wegen versucht hast, Kontakt zu mir aufzunehmen und als ich dich in Alicias Küche gesehen habe, da ist es mit mir durchgegangen. Lass uns die ganze Geschichte mit einem Drink beenden, hm?"

Ich deute in Richtung Bar, wo Natalie uns bestens im Blick hat und Sandy nickt erneut. „Gerne."

~~~~~~

Als ich ins Wohnzimmer zurückgekommen bin, habe ich mit Erstaunen festgestellt, dass von Ben keine Spur zu sehen war und ganz ehrlich war es mir auch völlig Recht. Ich musste ohnehin noch ein paar Dinge erledigen, die ich eigentlich für den Tag unserer Rückkehr schon geplant hatte und so habe ich es mir, mit dem Laptop bewaffnet, auf dem Balkon gemütlich gemacht.

Nun, eine gute Stunde später, bin ich mit meiner Arbeit fertig und sehe zum Mond, der sich durch die Dämmerung bereits hindurch geschummelt hat. Aus dem Laptop spielt leise Musik und ich genieße das warme Gefühl, das mich umgibt. Ich liebe Sommerabende und bisher war es immer das Höchste für mich, hier auf meinem Balkon zu sitzen und die allmählich angehenden Lichter der Großstadt zu beobachten, aber nun taucht da auch das Bild vor meinen Augen auf, das sich mir in Stockholm von Bens Balkon aus geboten hat, und das war einfach traumhaft.

Ich höre mich selbst seufzen und muss unweigerlich lachen. Ja, die Tage waren wirklich zauberhaft und Ben hat sich als wahrer Engel entpuppt, und manchmal auch als kleines... Ich kichere, beim Gedanken daran, was wir alles erlebt haben und schrecke direkt etwas hoch, als plötzlich mein Telefon neben mir klingelt.

„Hallo?" „Hallo mein Schatz!", höre ich die Stimme meiner Mutter durch die Leitung und ich spüre, wie mein Herz einen kleinen Purzelbaum schlägt.

„Mama! Wie schön!", erwidere ich wahrheitsgemäß und bin froh, dass sie mich anruft, denn so weiß ich wenigstens, dass sie mir nicht halb so böse ist, wie mein Papa.

„Alicia, Schatz, unsere Nachbarin hat mir gesagt, dass du wieder zurück bist und weißt du was?" „Was, Mama?" „Ich habe ihr gesagt, wenn du uns schon nicht auf dem Laufenden hältst, dann soll sie mir wenigstens so ein 'Profil' – wie sie das nennt – einrichten, damit ich nicht immer die Letzte bin, die etwas über dein Leben erfährt." Sie klingt nicht böse, sondern viel mehr ein kleines Bisschen stolz auf sich, vermutlich weil sie jetzt 'online' ist.

Ich kann nicht umhin, leise zu kichern. „Mama, das ist toll. Ich will doch gar nichts vor euch verheimlichen, das habe ich Papa doch schon erklärt, aber ich bin mir nicht sicher, ob er es mir auch geglaubt hat."

Ich höre, wie meine Mama kurz lacht. „Du kennst doch deinen Vater. Aber ich weiß, dass du mich nicht anlügen würdest. Geht es dir denn gut mein Schatz?" Ich nicke und merke, wie mir ein Tränchen in die Augen steigt, denn erst jetzt wird mir klar, wie sehr ich sie vermisse.

„Alicia? Bist du noch da?" „Ja Mama. Und ja, mir geht es gut. Aber ich vermisse euch." Meine Mama schluckt hörbar. „Wir vermissen dich auch, mein Schatz und keine Sorge, dein Papa regt sich schon wieder ab." Jetzt lachen wir beide.

„Ich weiß, Mama. Und ich komme euch so schnell es geht besuchen, versprochen." „Das wäre schön, mein Schatz!" Wir schicken noch ein paar Küsse durchs Telefon und beenden schließlich das Gespräch.

~~~~~~

Es ist bereits zwei Uhr morgens, als ich von der Strandbar nach Hause gehe. Sandy hat angeboten, mich zu bringen, aber ich habe dankend abgelehnt und so taumle ich nun die Straße entlang und komme nicht umhin, mit meinen Gedanken wieder in Richtung Alicia abzudriften. Alicia und RYAN! Was will sie von diesem Kerl? Was könnte er ihr bieten, was ich nicht habe?

Ich grüße einen Laternenmasten, der mir bedenklich nahe kommt und setze meinen Weg forschen Schrittes fort. „Hoppla, junger Mann!", höre ich

eine Stimme und als ich aufblicke, lachen mir zwei hübsche blaue Augen entgegen. Sie gehören einer Frau in den – schätzungsweise – Fünfzigern, die ihre Hände an mir abstützt. Kann denn hier heute keiner mehr gerade aus laufen?

Ich sehe sie an. „Junge Frau, können Sie mir sagen, was mit mir nicht stimmt?" Sie sieht mich erst etwas schief an, lacht dann jedoch los.

„Zuviel Alkohol vielleicht?" Ich schüttle den Kopf. „Ich war doch gar nicht so oft betrunken, das kann Alicia doch gar nicht stören." Ist das plötzlich Mitleid in ihren Augen? Oh ne, wohl doch nicht, denn nun lacht sie wieder. „Ich bin mir sicher, sie werden herausfinden was es ist." Sie zwinkert mir zu und geht schließlich um mich herum.

Einen Moment blicke ich ihr noch hinterher, doch dann setze ich meinen Weg kopfschüttelnd fort.

Zuhause angekommen, habe ich einen Entschluss gefasst. Es war mir kurz vor der Haustüre eingefallen und ich bin mir sicher, dass es genau das Richtige ist. Ja, das werde ich tun und wenn sie nicht will, dann weiß ich, woran ich bin.

~~~~~~

Durch ein Poltern an meinem Bett, werde ich plötzlich aus dem Schlaf gerissen. Ich öffne die Augen und kann durch das spärliche Licht, das aus dem Wohnzimmer ins Schlafzimmer durchdringt, einen torkelnden Ben erkennen. Er zieht sich gerade mühevoll sein T-Shirt über den Kopf. Als er bei der Hose angekommen ist, sehe ich, wie er gefährlich ins Wanken gerät und mit einem Ruck auf meinem Bett landet, gefolgt von einer mächtigen Alkoholfahne.

„Ich glaub, du hast dich verlaufen, mein Süßer!", kichere ich und stupse ihn an, doch er ist viel zu sehr damit beschäftigt, sich aus den Fängen seiner Shorts zu befreien. „Äh, Ben, wenn du hier schon nachts in mein Schlafzimmer stürmst, solltest du dann nicht vielleicht wenigstens deine Unterhose an...", doch weiter komme ich nicht, denn in diesem Moment stürzt er sich etwas ungestüm auf mich und presst seine Lippen auf meine.

Gut, eigentlich sollte mich dieser Umstand eher anwidern. Am Morgen verschmäht er mich und jetzt, wo er betrunken ist, fällt er einfach auf mich drauf, aber die Hitze, die von seinem Körper ausgeht und seine Hände, die ohne Umweg unter mein T-Shirt gewandert sind, lassen meinen Körper aus unerfindlichen Gründen dennoch kribbeln.

Er lässt von meinen Lippen ab und sieht mich für einen Moment an, zumindest gehe ich davon aus, denn seine Augen sind nur ein paar Zentimeter von meinen entfernt.

„Schlaf mit mir!", raunt er plötzlich und im nächsten Moment spüre ich seine Zunge an meinem Ohrläppchen. Ein heißes Gefühl sucht sich den Weg durch meinen Körper und obwohl ich weiß, dass ich ihn von mir stoßen sollte, schaffe ich es nicht, dieses Verlangen zu unterdrücken, das sich nichts sehnlicher wünscht, als ihn noch einmal in mir zu spüren.

„Willst du wirklich?" Ich ziehe meine Augenbrauen hoch, was er jedoch nicht sehen kann, aber verstanden hat er sehr wohl, denn er packt meine Hand und legt sie in seinen Schritt. „Was denkst du?"

Ich muss lachen und bin fast etwas überrascht, dass er trotz seines Zustandes offensichtlich genau weiß, was er tut, denn in seinen Berührungen ist er wirklich alles andere als ungeschickt.

„Zieh dich aus!" Seine Worte jagen eine Gänsehaut über meinen Rücken und ich zögere keine Sekunde. Kaum liege ich nackt neben ihm, spüre ich auch schon, wie er mit seiner Hand über meinen Bauch, nach unten gleitet.

Mein Körper reagiert mit einem lauten Stöhnen und ich bäume mich ihm entgegen.

„Ich würde mal behaupten, alles bereit da unten", höre ich seine Stimme, während er sich mir wieder entzieht und gleichzeitig über mich klettert.

KAPITEL 21

Als ich am nächsten Morgen die Augen langsam aufschlage, trifft mich der helle Sonnenschein im Zimmer wie ein Schlag ins Gesicht. Wer bitte hat mir denn letzte Nacht mit dem Holzhammer eine über den Kopf gezogen?

Ich blinzle mehrmals, bis ich es schließlich schaffe, die Augen länger als ein paar Sekunden offen zu halten und erst jetzt erinnere ich mich wieder daran, was letzte Nacht noch passiert ist.

„Alicia?" Mit einem Ruck setze ich mich auf, werde dafür jedoch mit einem wahren Blitzschlag in meinem Kopf bestraft. Von Alicia fehlt jede Spur.

Gerade als ich lauter nach ihr rufen will, kommt sie jedoch aus dem Badezimmer, ein Handtuch um ihren hübschen Körper geschlungen, das nasse Haar fällt über ihre gebräunten Schultern und ein Lachen liegt auf ihren vollen Lippen.

„Na, Schmerzen Herr Lindqvist?" Normalerweise wäre dies jetzt die Stelle, an der ich irgendetwas Witziges antworten würde, aber als mein Blick so über sie streift, spüre ich, wie sich ein Knoten tief in meinem Inneren förmlich zusammenzieht. Es konnte ihr wohl gar nicht schnell genug gehen, aus dem Bett zu flüchten, sich aus meinen Armen zu befreien und meinen Geruch von sich zu waschen. Ja, wahrscheinlich brezelt sie sich jetzt ordentlich auf, für diesen Möchtegern-Casanova.

„Lindqvist? Alles klar mit dir?" Sie wedelt mit ihrer Hand vor meinen Augen und holt mich so wieder aus meinen Gedanken zurück.

„Wieso bist du denn schon auf?", frage ich, mit einer provokant-angehauchten Stimme. Alicia sieht mich an und zuckt mit den Schultern. „Wieso denn nicht?" Was ist das denn für eine Antwort?

„Bist du auf der Flucht?" Sie sieht mich an und lacht. „Ja klar, bevor du wieder über mich herfällst." Ihr Gesicht sieht völlig entspannt aus, während sie sich mit ihrer Unterwäsche in der Hand auf das Bett setzt, aber für mich sind ihre Worte wie ein Schlag in die Magengrube.

„Ich erinnere mich nicht daran, irgendwelche Klagen gehört zu haben." Sie schlüpft in ihr Höschen, ohne das Handtuch von ihrem Körper zu ziehen und ich sehe, wie ein leichtes Grinsen über ihr Gesicht huscht.

„Ganz schön von dir überzeugt, Herr Lindqvist, hm? Dabei wollten wir es doch lassen." Jetzt zwinkert sie mir auch noch zu. Ja, ich weiß, noch vor zwei Tagen hätte ich dieses Spielchen gut gefunden, mir nichts dabei gedacht, aber jetzt fühlt sich jedes einzelne Wort davon einfach falsch an, verletzend.

„Warum denn? Denkst du, dass ER es dir besser besorgen kann?" Die Worte sind aus meinem Mund, bevor ich auch nur eine Sekunde darüber nachdenken kann und jetzt habe ich wirklich Alicias volle Aufmerksamkeit. Sie legt den BH zur Seite, den sie soeben zur Hand genommen hat und sieht mich an. „WAS?"

Ich kaue für einen Moment auf meiner Unterlippe herum, versuche mich zusammenzureißen, aber scheitere kläglich. „Du hast mich schon richtig verstanden."

Ihre Augen weiten sich erneut. „Ich habe verstanden, ob ich denke, dass ER es mir besser besorgen kann? Was heißt das? Wer ist ER?"

Oh, jetzt stellt sie sich auch noch dumm.

~~~~~~

Ich spüre, wie tausend Fragezeichen gleichzeitig durch meinen Kopf schwirren. Was, um Himmels willen, ist ihm nur jetzt wieder über die Leber gelaufen? Wovon spricht er? Und was geht es ihn eigentlich an, WER es mir WIE besorgt?

„Tu doch nicht so dumm, Alicia. Du kannst es doch gar nicht mehr abwarten, bis Ryan heute endlich ankommt, oder? Hab ich Recht? Aber denk gut an letzte Nacht meine Liebe, du musst erst mal sehen, ob dein Möchtegern-Model-Jungspund es dir so besorgen kann."

Okay, das war jetzt der sprichwörtliche Schlag ins Gesicht. Ryan? Besorgen? Ich spüre, wie das Karussell in meinen Kopf nicht mehr nur im Kreis wirbelt, sondern regelrecht Loopings schlägt. Bin ich im falschen Film oder was?

Ich brauche einen ganzen Moment, ehe ich meine Stimme wiederfinde und mein Tonfall alleine würde Bände sprechen.

„Sag mal, Ben, geht's bei dir eigentlich noch? Tickt da oben noch alles richtig? Hast du dir gestern ein paar Gehirnzellen zu viel kaputt gesoffen?" Ich schreie die Worte so schnell aus mir heraus, wie sie mir in den Sinn kommen, doch Ben scheint meine Reaktion nicht weiter zu beeindrucken, denn er spricht im selben anmaßenden Ton weiter.

„Verdammte Scheiße, tu nicht so, als wäre das so abwegig. Ryan hätte dich schon in Stockholm am liebsten an Ort und Stelle vernascht und du warst auch nicht gerade sparsam mit flirty Worten."

Er packt eines der Kopfkissen und schleudert es mit voller Wucht an die gegenüberliegende Wand. Okay, okay, jetzt reicht es. Auf dieses Niveau lasse ich mich nicht herab.

„Ganz ehrlich, Ben? Und wenn schon. Was geht es dich an? Ich wüsste nicht, dass wir beide einen Exklusiv-Vertrag unterschrieben haben. Wenn ich WILL, dann kann ich machen, was ich möchte. Was gibt dir das Recht, so mit mir zu reden? Mit Sicherheit NICHTS! DU warst derjenige, der vor kurzem noch Sandy in meiner Wohnung gevögelt hat, wenn ich dich daran erinnern darf."

Ich deute Richtung Wohnzimmer und springe gleichzeitig vom Bett auf, doch ehe ich gehen kann, höre ich erneut seine laute, wütende Stimme.

„Weißt du, Alicia, du hast Recht, es geht mich nichts an. Ich hatte Mitleid mit dir gestern Nacht. Vermutlich wirst du lange nicht mehr so viel Spaß haben, also dachte ich mir, gönne ich dir doch nochmal etwas davon."

Er deutet großkotzig über seinen nackten Körper und bringt dabei auch meine letzten Sicherungen zum Durchbrennen. Jetzt ist er endgültig übergeschnappt. Was auch immer ihn geritten hat, DAS ist definitiv zu viel! Ich sehe ihn an und schüttle den Kopf. Hangover hin oder her, SO NICHT!

„Du widerst mich an! Denk gut darüber nach, was du mir da gerade an den Kopf geworfen hast, Ben. Wenn das dein Ernst ist, dann war es das endgültig mit unserer Freundschaft!", zische ich ihm entgegen, ehe ich schnell nach ein paar Klamotten greife *und mit hastigen Schritten das Schlafzimmer verlasse.*

Mit einem lauten Knall lasse ich die Tür ins Schloss fallen, springe so schnell es geht in meine Klamotten, packe meine Handtasche und verschwinde.

~~~~~~

„Scheiße, verdammt!", schreie ich hinter ihr her und schmeiße erneut ein Kopfkissen, dieses Mal gegen die verschlossene Türe. Mit einem lauten Grummeln krabble ich aus dem Bett und halte meinen Kopf mit beiden Händen fest, aus Angst, er könnte ansonsten womöglich explodieren.

Zwanzig Minuten später habe ich zwei Schmerztabletten und einen halben Liter Wasser intus und sitze mit der ersten Zigarette des Tages auf dem Balkon. Hektisch ziehe ich daran und blase den beißenden Rauch mit einem kräftigen Stoß in die Luft. Das hat auch schon einmal besser geschmeckt.

Und nun? Ich sehe mich in alle Richtungen um, als würde in einer der Ecken die Lösung versteckt liegen. Fehlanzeige. Alles was ich finde sind zwei Zigarettenstummeln, die der Wind wohl nachts aus dem Aschenbecher geweht haben muss.

Ich gebe einen missmutigen Ton von mir und will gerade nach einem der Stummel greifen, als es an der Türe klopft. Nein, Besuch brauche ich nun wirklich keinen. Ich schüttle energisch den Kopf, bereue es jedoch umgehend, denn so schnell wirken die Tabletten dann doch nicht.

Wieder klopft es und dieses Mal höre ich eine weibliche Stimme dazu: „Ali? Mach auf!" Eindeutig Emmi. Ich grummle erneut in meinen Drei-Tage-Bart und trotte schließlich missmutig zur Tür.

„Hey Ben!" grinst sie mich an, doch kaum hat sie ihren Blick einmal über mich kreisen lassen, beginnt sie laut loszulachen. „Meine Fresse, siehst du ... scheiße aus!" Da findet sich wohl selbst jemand ganz schön witzig.

„Vielen herzlichen Dank, Emmi. Falls du es noch nicht bemerkt hast, wir hätten sowohl unten an der Haustüre, als auch hier oben neben der Türe, eine Klingel. Das ist das kleine Runde Ding zum draufdrücken." Emmi lacht erneut und geht an mir vorbei in die Wohnung.

„Äh ja, möchtest du vielleicht reinkommen?" Mit einem Kopfschütteln lasse ich die Türe wieder ins Schloss fallen und folge Emmi ins Wohnzimmer.

„Ist sie noch im Bad?" Fragend sehe ich sie an, doch dann verstehe ich. „Sie ist schon weg", antworte ich ihr kurzerhand, während ich an ihr vorbei in die Küche schleiche, um mir einen doppelten Espresso zu machen.

Emmi folgt mir immer noch viel zu gut gelaunt. „Hat sie mich vergessen? Wir wollten doch gemeinsam nach einem neuen Kleid für mich suchen, bevor sie ins Büro fährt."

Ich sehe ihr zu, wie sie nach meiner Espresso-Tasse greift und sich damit an den Küchentisch setzt.

„Möchtest du vielleicht auch einen?", knurre ich, doch das ignoriert sie einfach, stattdessen schüttet sie sich etwas Zucker in die Tasse und nimmt einen Schluck davon.

„Herrje, Lindqvist! Hast du es so nötig heute Morgen? Da steht ja der Löffel fast von selbst in der Tasse."

Okay, jetzt hat sie mir doch glatt ein kurzes Lachen entlockt. Ich zucke nur mit den Schultern und mache mich an die zweite Tasse. Gerade als die dampfend heiße Flüssigkeit hineinläuft, dringt das zu mir durch, was Emmi zuvor gesagt hat. Die beiden waren verabredet?

„Ihr wolltet euch hier treffen? Jetzt?" „Oh Mann, Ben, du bist aber auch ein richtiger Blitzmerker heute Morgen. Was ist denn los mit dir? Zu viel gefeiert gestern?"

Sie nimmt einen weiteren Schluck aus ihrer Tasse und verzieht angeekelt das Gesicht. Dann ist Alicia gar nicht wegen mir oder diesem Ryan aus dem Bett geflüchtet? Während ich die Gedanken in mir sacken lasse, hat Emmi ihr Handy aus der Tasche geholt und sitzt nun kopfschüttelnd vor mir.

„Ah, da ist ja des Rätsels Lösung. Sie hätte mich angerufen, aber mein Handy war lautlos. Hat mir eine Nachricht hinterlassen, dass sie es heute Morgen nicht schafft."

Und 'wusch', schon wieder eine verbale Ohrfeige. Wahrscheinlich muss sie sich noch Unterwäsche kaufen – für Ryan.

Ich schütte die heiße Flüssigkeit mit einem Ruck in mich und lasse meinen Kopf in meine Hände sinken. Was mache ich denn hier? Was bitte veranstalte ich denn? Es kann doch nicht sein, dass...

„Ben? Ist irgendwas los? Du siehst doch nicht nur so aus, weil du gestern zu tief ins Glas geguckt hast, oder? Soweit ich weiß, verträgst du normalerweise ordentlich." Sie zwinkert mir zu, sieht mich jedoch im nächsten Moment völlig ernst an und ohne, dass ich es wirklich will, beginnt plötzlich alles regelrecht aus mir raus zu sprudeln.

~~~~~

Ich brauche wohl nicht zu erwähnen, dass mein frühmorgendliches Erscheinen im Büro für einige fragende Gesichter gesorgt hat, aber Arbeit ist nun einmal genau die richtige Ablenkung.

Ohne einmal nach links oder rechts zu sehen, tippe ich zwei Artikel in Folge in meinen Computer und bin selbst überrascht, dass der morgendliche Streit meiner Produktivität keinerlei Abbruch getan hat, im Gegenteil, es tut so gut, sich in diese Worte zu stürzen, dass ich merke, wie mein Ärger allmählich etwas weniger wird. Dennoch, Bens Worte haben mich tief getroffen, auch wenn ich genau weiß, dass er sie sicher nicht so gemeint hat, ich hätte ihm trotzdem zugetraut, dass er etwas mehr nachdenkt, bevor er so etwas ausspricht. Was ist überhaupt in ihn gefahren? Was bringt ihn dazu, mir derartige Dinge an den Kopf zu werfen? Er hat sich aufgeführt, wie ein eifersüchtiger Teenager. Das passt überhaupt nicht zu ihm.

„Alicia?" Jans Stimme holt mich schließlich zurück aus meiner Gedankenwelt. „Hm?" Hast du schon die Fragen für das Interview mit diesem Ryan? Ich würde gerne noch einen Blick darauf werfen." Schnell nicke ich und suche das entsprechende Stück Papier aus dem kleinen Stapel neben mir.

~~~~~

„Ja und dann ist sie weggerannt", beende ich schließlich meine Erzählung. Emmi hat mich nicht einmal unterbrochen und auch jetzt sagt sie kein Wort, sondern starrt mich nur an.

Ich warte einen weiteren Moment ab, doch es kommt nichts, also wedle ich einmal mit meiner Hand vor ihrem Gesicht herum. „Erde an Emmi?" Erneutes Schweigen, doch plötzlich beginnt sie völlig unvermittelt zu strahlen.

„Du hast dich verliebt!" Ein breites Grinsen fährt über ihr Gesicht und sie hopst freudestrahlend auf ihrem Stuhl auf und ab. Okay, so habe ich ihr das nicht erzählt „Was?", versuche ich etwas Zeit zu gewinnen, doch Emmi ist fest entschlossen.

„Lindqvist, versuch jetzt bloß nicht, mir irgendeinen anderen Scheiß zu erzählen. SO handelt man nur, wenn man a) entweder verliebt ist oder b) total bescheuert. Gut, b) würde ich eventuell noch gelten lassen. Also a) oder b)?"

Sie presst ein Zahnpasta-Lächeln über ihre Lippen, das seinesgleichen sucht und ihre Augen funkeln mich an. Gut, sie scheint meinen Zustand nicht halb so scheiße zu finden, wie ich selbst.

Ich atme ein paar Mal tief durch und beschließe in den sauren Apfel zu beißen. Wenn es um Alicia geht, laufen Emmis Antennen auf Hochtouren, also hätte etwas anderes ohnehin keinen Sinn.

„Dann nehme ich wohl a)." Hilfesuchend vergrabe ich meine rechte Hand in meinem Haar und ernte dafür einen fragenden Blick von Emmi.

„Und das ist so schlimm, weshalb?", lacht sie.

„Weil ich die Schnauze voll habe von Beziehungen." Der fragende Blick bleibt ein fragender Blick. „Aha."

„Glaub mir, nach allem was ich durch habe, graut mir regelrecht davor, etwas Neues einzugehen und ich will auf keinen Fall unsere Freundschaft aufs Spiel setzen. Das kann ich einfach nicht. Ich will sie nicht verlieren, Emmi."

Mit diesen Worten kralle ich meine Hände um die Tischkante, als würde mein Leben daran hängen. Emmi hingegen schüttelt nur den Kopf.

„So etwas fällt normalerweise nur einer Frau ein, mein lieber Ben und selbst da ist es absoluter Bullshit." Ich lasse ihre Worte einen Moment auf mich wirken und ziehe eine Augenbraue nach oben.

„Ach ja? Und warum?" Emmi sieht mich an, lächelt milde, streift mit ihrem Blick einmal durch das ganze Zimmer und antwortet schließlich: „Na, wo ist denn deine Freundin?" Ja, ich weiß, was sie mir damit sagen will, aber statt ihr zu antworten, was sie hören will, werfe ich ihr meinen ganzen Frust zu Füßen.

„Vermutlich bei Ryan." Ich spreche seinen Namen extra gehässig aus, doch Emmi lacht nur. „Lindqvist, du hast echt ein Problem." Ja, das habe ich und das sitzt genau vor mir. Wieder jemand, der all meine Probleme weg reden will und wieder jemand, der mir einreden will, dass doch alles so einfach sein kann, aber das IST ES NICHT! Kapiert denn das niemand?

Ich merke, wie ein panikartiges Gefühl Besitz von mir ergreift und ohne darüber nachzudenken, springe ich vom Stuhl auf und laufe zum Wasserhahn, wo ich beide Hände voll mit eiskaltem Wasser laufen lasse und schließlich mein Gesicht darin versenke. Als ich mich wieder umdrehe, steht Emmi vor mir und schüttelt den Kopf.

„Weißt du was, Ben? Wenn du dir dein Leben selbst schwer machen willst, dann bitte. Aber tu mir einen Gefallen und behandle Alicia gefälligst nicht wie Dreck. Sie ist schließlich diejenige gewesen, die immer für dich da war, wenn du jemanden gebraucht hast. Vergiss das nicht! Alles andere ist eure Sache." Mit diesen Worten dreht sie sich um und geht.

~~~~~~

„Danke, Ryan! Das war's! Wir sind fertig!" Freudestrahlend drücke ich den Aus-Knopf meines kleinen Recorders und lasse ihn in meiner Handtasche verschwinden.

Ryan sieht ebenfalls zufrieden aus und nimmt einen beherzten Schluck von seinem Bier. „Ich danke dir, Alicia. War ein cooles Interview. Nicht so starre Fragen, wie man sie so oft hat." Er zwinkert mir zu und schenkt mir ein strahlendes Lächeln, mit dem er sicher noch viele Frauen um den Finger wickeln wird.

Er ist wirklich ein Augenschmaus, das muss man ihm lassen, groß, strohblond, beinahe schwarze Augen, wohlgeformt und das alles verpackt in eine dunkelgraue Jeans im Used-Look, braune sportliche Lederschuhe und einem weiß-grauen Shirt, das deutlich erkennen lässt, dass Fitnessstudios kein unbekanntes Territorium für ihn sind.

„Darf ich das als Kompliment verstehen?", höre ich plötzlich seine Stimme erneut und fühle mich etwas ertappt, als mir bewusst wird, dass ich ihn gerade offensichtlich von oben bis unten gemustert habe und Ryan das keineswegs entgangen ist.

„Äh, sorry, aber ich muss mir doch für den Artikel genau einprägen, womit ich es hier zu tun habe." Schnell setze ich ein freundliches Lächeln auf, doch Ryan lacht los.

„Ja, ist ja nicht so, dass man das auf den Fotos, die ich dir zugeschickt habe, nicht sehen könnte." Er grinst selbstbewusst und nimmt erneut einen Schluck Bier.

„Schon gut, schon gut. Man wird ja wohl mal gucken dürfen", lache ich und greife mit einem amüsierten Kopfschütteln nach meinem Wasserglas. Ryans Blick fixiert mich regelrecht, als ich es an meine Lippen setze und einen Schluck daraus trinke. „Jederzeit."

Ich muss sagen, an dem Kerl ist wirklich ein kleiner Charmeur verloren gegangen. Während des Interviews war er zuckersüß, aber dennoch wortgewandt, eine Mischung, die seine weiblichen Fans sicher zu schätzen wissen und ich kann mir sehr gut vorstellen, wie Ryan wohl auf einer Bühne agiert. Ja, dort passt er hin und es wäre mir eine Freude, ihm bei einem Durchbruch hier in Deutschland behilflich sein zu können.

„Alicia?" „Hm?" Fragend sehe ich ihn an. „Steht dein Angebot für heute Abend? Ich kenne niemanden hier in Berlin und so schön mein Hotelzimmer auch ist, den ganzen Abend muss ich dort nicht unbedingt verbringen."

Sofort nicke ich. „Ja klar, du bist herzlich eingeladen. Ich freue mich, wenn du mitkommst", antworte ich ihm ehrlich, komme jedoch nicht umhin, dass Bens grimmiges Gesicht vor meinem inneren Auge auftaucht. Einen Narren scheint er ja scheinbar nicht an Ryan gefressen zu haben, wenn ich auch nicht ganz nachvollziehen kann, warum.

Nach unserem Streit heute Morgen gehe ich allerdings ohnehin nicht davon aus, dass Herr Lindqvist sich dem Abendessen anschließen wird. Vielmehr sollte er sich in Grund und Boden schämen für seine Worte und mir dankbar sein, dass ich seine Sachen nicht gleich vor die Tür geworfen habe und ihn hinterher, aber um dieses Thema werde ich mich später kümmern. Erst einmal habe ich hier meinen Job zu erledigen und ich muss gestehen, der macht heute außerordentlich Spaß.

~~~~~~

Es ist bereits 18 Uhr, als ich höre, dass Alicia zur Tür hereinkommt. Den Nachmittag habe ich mir erst mit Jonas und schließlich bei einem Sponsoren-Termin um die Ohren geschlagen und mich nach Kräften bemüht, meine Laune wieder etwas ansteigen zu lassen. Eine besonders süße Blondine hat es schließlich geschafft, mich einigermaßen wieder auf Normaltemperatur zu bringen.

„Ich bin für dein Wohl hier heute zuständig", hat sie mir mit einem filmreifen Augenaufschlag erklärt und ich bin mir sicher, hätte ich sie wörtlich genommen, wäre sie bereit gewesen, mir nahezu alle Wünsche von den Augen abzulesen oder auch tiefer. Für einen Moment war ich sogar versucht, sie zu einem kleinen Stelldichein in einen der Konferenzräume zu bitten, um mir zu beweisen, dass es sehr wohl möglich war, Alicia aus meinem Kopf zu verbannen, aber ausgerechnet in diesem Moment meldete sich meine innere Stimme zu Wort und plädierte dafür, es sein zu lassen. Was für ein Bullshit!

Alicia schmeißt ihren Schlüssel wie immer in die bereitstehende Schale und steht im nächsten Moment im Wohnzimmer.

„Hallo", grummelt sie durch ihre zusammengekniffenen Lippen und es ist ihr deutlich anzusehen, dass es sie nicht im Geringsten gestört hätte, wenn ich nicht zuhause gewesen wäre.

„Hallo", antworte ich ihr ebenso kurz, während ich in meinen Kopf nach weiteren Worten suche. Ich weiß, dass dies hier der Moment ist, an dem ich die großen Worte auftrumpfen sollte, an dem ich ihr sagen sollte, dass mir alles so unendlich leid tut, aber die Worte sind wie ausgelöscht.

Sie sieht mich einen Moment erwartungsvoll an, schüttelt schließlich den Kopf und verschwindet im Schlafzimmer. Ich höre durch die Türe hindurch ihre Schranktüren klappern und ein paar Augenblicke später läuft auch schon das Wasser in der Dusche.

„Das hast du gut hinbekommen, Lindqvist", gratuliere ich mir selbst in ironischem Tonfall, beschließe jedoch, mich nicht weiter damit zu beschäftigen und mich stattdessen ebenfalls für das Abendessen umzuziehen.

Die Dusche habe ich bereits hinter mich gebracht. Ja, klar habe ich überlegt, ob Alicia es wohl nach wie vor Recht ist, wenn ich mitkomme, aber nach einer Nachricht von Emmi am Nachmittag, dass ich mich gefälligst bei Alicia entschuldigen und meinen Arsch zum Essen mitbewegen soll, bleibt mir wohl kaum mehr etwas anderes übrig, wenn ich demnächst noch alle Eier in meinem Schritt haben will. Wenn Emmi denkt, dass ich mitkommen soll, dann wird es wohl so passen.

~~~~~~

Nach einer ausgiebigen Dusche und dem mehrmaligen Durchwühlen meines Kleiderschrankes, fühle ich mich gerüstet für einen angenehmen Abend mit meinen

Freunden. Noch einmal drehe ich mich um meine eigene Achse und betrachte das vollendete Werk.

Ich habe mich für ein sommerliches Kleid entschieden, das oben herum aus hell-beiger Häkelspitze besteht und dabei gerade so viel von meinem Dekolleté zeigt, dass noch Raum für Gedankenspiele bleibt, während es nach unten hin, in einem lachsfarbenen, feinen Stoff, weich ausläuft und ein ganzes Stück über meinem Knie endet. Die Farbe schmeichelt meinen gebräunten Beinen und die hell-beigen, ebenfalls mit feinster Häkelspitze überzogenen Sandaletten runden das Outfit perfekt ab. Meine Haare habe ich in sanfte Locken gedreht und mit einer kleinen Klammer seitlich locker fixiert, sodass meine Mähne gesammelt über eine meiner Schultern fällt.

Ich überlege, bis zu Ryans Eintreffen im Schlafzimmer zu warten, um einem erneuten Zusammenprall mit Ben zu entgehen, aber das wäre schlichtweg feige, also atme ich tief durch und stürme die Höhle des Löwen.

Zu meinem Erstaunen sitzt dieser aufgebrezelt in einer dunkelblauen Jeans, einem weißen Hemd und einem dunkelblauen sportlichen Sakko auf der Couch und strahlt mir entgegen.

„Wow, du siehst umwerfend aus!", entfährt es seinem Mund, als er mich sieht und so fröhlich und locker die Worte über seine Lippen geglitten waren, so schnell zieht er seinen Mund auch wieder zusammen und sieht mich vorsichtig an.

Ich weiß, dass ihm seine Worte von heute Morgen leidtun, aber ich kann auf keinen Fall so tun, als wäre nichts gewesen. Dafür sitzt der Knoten in meiner Magengegend noch zu fest.

„Du hast scheinbar auch noch etwas vor.", antworte ich daher eher halbherzig und deute auf sein Outfit, was mir einen zweifelnden Blick einbringt.

„Ja? Essen gehen? Mit dir und deinen Freunden? Du hast mich eingeladen?" Er lächelt mich vorsichtig an und ich merke, wie es in meiner Brust zu Klopfen beginnt. Er kann doch nicht so tun, als wäre nichts gewesen, oder?

„Was bringt dich zu der Annahme, dass du nach deinem Auftritt heute Morgen immer noch eingeladen bist?" Ich spüre erneut eine leichte Wut in mir, versuche diese jedoch in Schach zu halten.

Ben sieht mich an, lässt seinen Blick über mein Gesicht gleiten und atmet schließlich tief durch. „Du weißt, dass das was ich heute Morgen gesagt habe, nicht alles wortwörtlich so gemeint war, oder?" Er nimmt seine Unterlippe zwischen zwei seiner Finger und knetet etwas darauf herum. Erst als ich nichts erwidere, fährt er fort.

„Alicia, können wir morgen in Ruhe darüber reden? Du weißt ganz genau, dass ich mich in Rage geredet habe. Du kennst mich doch. Es tut mir leid. Können wir denn nicht einfach einen schönen Abend verbringen? Lass uns etwas Zeit bis morgen. Waffenstillstand?"

Er steht auf, tritt zu mir und bleibt schließlich nur wenige Zentimeter vor mir stehen. Ich spüre seinen Atem auf meinem Gesicht und seine Augen fixieren mich. Ob er weiß, welche Ausstrahlung er hat, wenn er genau diesen Blick aufsetzt? Dabei will ich ihn anschreien, ihm erzählen was ich von seinem Auftritt heute Morgen halte, gegen seine Brust hämmern, wie ein kleines Kind, aber es geht nicht. Er hat sogar einen leichten Schmollmund aufgesetzt. Ben Lindqvist, weit über 1,80 Meter, Rockmusiker, cooler Hund und er zieht einen Schmollmund.

Ich atme einmal tief durch, doch der Duft seines männlichen Parfums, das mir in die Nase strömt, macht es nicht gerade besser. Wie kann ein Kerl, der so scheiße zu mir war und nun noch nicht einmal dafür geradestehen will, so eine unheimliche Anziehung auf mich ausüben?

Ich mache gedanklich eine Notiz, dass ich mich dringend nach einem guten Psychiater umsehen sollte, ehe ich schließlich zögerlich nicke. „Bild dir bloß nicht ein, dass wir beide heute Abend auf beste Freunde machen. Du kannst mitkommen, aber wir sind weiß Gott noch nicht durch mit dem Thema, mein Lieber."

Mit diesen Worten mache ich auf dem Absatz kehrt und stürme zur Tür, an der es zu meiner Erleichterung gerade in diesem Moment klingelt.

~~~~~~

„Hallo Ryan, schön dass du da bist!", höre ich Alicias Stimme regelrecht säuseln und ich brauche gar nicht hinzusehen, um zu hören, dass die beiden sich einen Schmatzer auf die Wangen drücken.

Ich atme tief durch und rufe mich selbst zur Ruhe, ehe ich aufstehe, ein gezwungenes Lächeln aufsetze und zu den beiden gehe.

„Ryan", grüße ich ihn höflich mit einem Kopfnicken und ernte dafür von ihm ein breites Lächeln. Wie kann man bitte so weiße Zähne haben? Sicherlich gebleached.

Ich beiße mir auf mir auf die Unterlippe, um ja keinen dummen Kommentar entkommen zu lassen.

„Ben! Schön dich zu sehen!" Ach ja? Es wäre dir doch lieber, du wärst alleine mit Alicia, um sie ungestört vögeln zu können, oder? Nein, diese Worte sollte ich doch lieber für mich behalten, also erzwinge ich erneut ein Lächeln und nicke nur.

„Gut, können wir los?" Alicia sieht aufmerksam von Ryan zu mir und als wir beide nicken, deutet sie zur Tür.

Unten angekommen, wartet Ryans Taxi bereits auf uns und zu meiner Überraschung hüpft Alicia gleich auf die Beifahrerseite. Na toll, nun kann ich mich auch noch mit Ryan auf die Rücksitzbank setzen, aber immer noch besser, als wenn die beiden Turteltäubchen...

„Ich habe gehört, ihr wollt dieses Jahr noch ein neues Album rausbringen?" Ryans Stimme holt mich aus meinen Gedanken und ich sehe ihn verblüfft an. Macht er jetzt einen auf netten Kumpel oder was?

Ich sehe, dass Alicia sich kurz zu mir umdreht und ihr Blick spricht Bände. Es ist wie eine Art stille Drohung und ich muss automatisch etwas grinsen. Diese wunderschönen Augen schaffen es, beinahe alles zu sagen, ohne auch nur ein Wort dafür zu verwenden.

„Ja, Ryan, im Herbst soll ein neues Album erscheinen. Wir haben den Großteil der Songs bereits aufgenommen. Und dann geht es bald wieder auf Tour." Ha, war ich nicht nett? Ich muss mir nur vorstellen, in einem der unzähligen Interviews zu sitzen, die ich seit Wochen durchmache. So könnte es klappen.

Zufrieden mit mir selbst grinse ich Alicia an, die sich erneut umgedreht hat und nun lautlos ein „Brav!" mit ihren Lippen formt.

„Coole Sache. Ich hoffe ja auch, dass wir hier in Deutschland bald mal auf Tour gehen können." Ryans Augen strahlen, als er mich ansieht und ich fühle so etwas wie einen kleinen Triumph in mir. Soweit ist Ryan also noch nicht. Er steht noch dort, wo wir noch vor ein paar Jahren waren. Ja, Ryan, da siehst du mal.

„Ja, ist nicht so einfach, was? Um als Musiker von seiner Arbeit gut leben zu können, braucht man auch eine ordentliche Portion Glück und es bedeutet vor allem viel harte Arbeit." Ja, langsam gefällt mir diese Unterhaltung schon ein Stück besser.

Ryan sieht mich an und nickt, während Alicia sich kichernd zu uns umdreht. „Naja Ryan, mit dem Geld, das du beim Modeln verdienst, dürftest du dir ja zumindest um die finanziellen Dinge keine Gedanken machen müssen, oder?"

Alicia lächelt erst Ryan an und wirft mir schließlich einen Blick zu, bei dem ich schwören könnte, dass ich in ihren Augen regelrecht sehen kann, wie sie mir die Zunge herausstreckt.

Model? Ich rolle die Augen und spüre, wie wieder dieses ekelhafte Gefühl in mir hochkriecht. Logisch ist Ryan auch Model, was auch sonst?

KAPITEL 22

Ich müsste schon lügen, wenn ich behaupten würde, dass mir dieses Gehabe von Ben nicht auch ein bisschen Spaß bereiten würde. Was hat er nur gegen Ryan? Würde ich es als Außenstehender beobachten, würde ich sagen, dies ist ein Hahnenkampf allererster Güte, zumindest seinerseits, aber das kann es nicht sein, also muss des Rätsels Lösung an anderer Stelle liegen. Ob die beiden sich vielleicht in der Vergangenheit schon einmal begegnet sind? Vielleicht sind sie sich ja früher schon einmal in die Quere gekommen? Obwohl es eigentlich beim Dinner so ausgesehen hatte, als würden sie sich das erste Mal persönlich treffen.

Nun gut, wie dem auch immer sei, bei Ben scheinen sämtliche Alarmglocken zu schrillen, wenn es um Ryan geht und nun da ich sehe, dass er trotzdem versucht, sich am Riemen zu reißen, fange ich langsam an, das Spiel etwas zu genießen.

Zwei schweigsame Minuten später hält das Taxi auch schon vor dem Restaurant und Ben drückt dem Fahrer für eine fünfminütige Fahrt großzügig einen 20-Euro-Schein in die Hand, ehe er wie von der Tarantel gestochen aus dem Taxi stürzt.

Als wir das Restaurant betreten, sind meine Freunde bereits alle da und es prasselt zunächst ein regelrechter Sturm an Umarmungen auf mich ein. Auch Ben wird herzlich begrüßt und als ich Ryan in der Runde kurz vorstelle, erhält auch dieser viele warme Worte von allen.

Emmi ist die Letzte, die mir um den Hals fällt. Sie sieht mich an, blickt von Ben zu Ryan und wieder zu mir, zieht mich erneut an sich ran und flüstert mir schließlich ins Ohr: „Meine Güte, kein Wunder, dass Bennilein nervös wird, neben diesem außerordentlich hübschen schwedischen Konkurrenzprodukt." Ich sehe sie fragend an, doch sie zuckt nur mit den Schultern. „Setzt euch doch, Sitzplätze kosten hier auch nicht mehr als Stehplätze", lacht sie und deutet auf drei der Stühle.

Ich hatte insgeheim ja gehofft, dass die noch freien Plätze nicht nebeneinander liegen würden, aber das Schicksal meint es wohl nicht allzu gut mit mir, also setze ich mich auf den mittleren der Stühle, um zumindest eine Art Puffer zwischen den beiden zu schaffen. Ryan setzt sich zu meiner Rechten, Ben nimmt links neben mir Platz und ich bin bereits in diesem Moment heilfroh, dass wir meistens im Laufe des Abends alle in Richtung Bar tingeln und dies nicht mein Platz für den Rest des Abends sein muss.

~~~~~~

Auf halbem Wege durch das Essen war mir bereits schlecht von Ryans und Alicias Gekicher neben mir und kaum habe ich den letzten Löffel der Nachspeise in mich geschaufelt, reicht es mir endgültig. Ich brauche dringend zwei bis sechs Wodka oder irgendetwas sonstiges Hochprozentiges.

„Entschuldigt ihr mich mal?", presse ich gerade noch so durch meine Lippen hervor, während ich bereits vom Stuhl aufspringe und unter etwas seltsamen Blicken aller Anwesenden in Richtung Bar stürme, die sich am anderen Ende des Raumes entlang schlängelt.

„Zwei Wodka", rufe ich dem Barkeeper zu, während ich meine beiden Ellbogen auf der Bar abstütze und meinen Kopf auf meine Hände lege.

„Ist der zweite Wodka für mich?", höre ich plötzlich eine süße weibliche Stimme neben mir und als ich mich zu ihr drehe, finde ich die hübsche Blondine vom Interview heute Nachmittag neben mir.

„Dich schickt der Himmel", grinse ich und spüre, wie ich mich endlich etwas entspannen kann. Ja, wenn Alicia mit diesem Ryan rummachen kann, dann kann ich das schon lange. Okay, nein, natürlich nicht mit Ryan, aber Blondchen hier scheint mir dafür mehr als passend.

Sie lacht über meine Worte und ich sehe, wie sie tatsächlich etwas rot wird. Süß, sehr süß! „Monique, oder?" Sie nickt freudestrahlend.

Ich werfe einen kurzen Blick zum Tisch, doch wie vermutet ist Alicia bestens abgelenkt. Ihr Blick ist auf Ryan gerichtet und sie lacht über das ganze Gesicht, während er ihr etwas zuflüstert.

Ich spüre, wie sich in meinem Magen etwas deutlich zusammenzieht, doch dieses Mal will ich mich nicht mehr davon lenken lassen. Nein, dann werde ich sie mir eben aus dem Kopf vögeln. Jawohl. Auch andere Mütter haben schließlich hübsche Töchter oder wie war das gleich nochmal?

„Darf ich?" Monique deutet auf eines der Schnapsgläschen, die mittlerweile neben uns stehen und ich nicke. „Du sollst sogar."

Ich nehme das zweite Glas zur Hand und wir prosten uns kurz zu, ehe wir die scharfe Flüssigkeit in uns kippen. Ich genieße noch das warme Gefühl, das mitten durch den Knoten in meinem Bauch läuft, während Monique bereits eine zweite Ladung bestellt hat und zu meinem Erstaunen auch noch gleich einen Geldschein über die Theke wandern lässt.

„Auf einem Bein steht man schlecht, heißt es hier", grinst sie und wir kippen den zweiten Wodka in uns. Zusammen mit den drei Gläsern Wein zuvor fühle ich mich allmählich etwas gelöster und Moniques Augenaufschlag wird von Minute zu Minute verführerischer.

Noch einmal sehe ich zum Tisch, in der Hoffnung, Alicias Aufmerksamkeit mittlerweile auf mich gezogen zu haben, doch das Bild ist unverändert, mit dem Unterschied, dass mittlerweile auch Emmi bereits in das Kichern miteingestimmt hat. Ich schüttle den Kopf und widme mich wieder Monique. Schon am Nachmittag hat sie mir eindeutige Signale zukommen lassen und auch jetzt enttäuscht sie mich nicht.

Ganz vorsichtig lässt sie ihre Fingerspitzen über das Tattoo auf meinem Oberarm gleiten. „Ich finde Männer mit Tattoos ja unheimlich sexy!", grinst sie nun plötzlich alles andere als schüchtern und Himmel, selbst ihr Blick hat keineswegs mehr irgendetwas Zurückhaltendes an sich, im Gegenteil, sie funkelt mich regelrecht an.

Ich schlucke, hin- und hergerissen vom Gefühl in meiner Brust und dem zwischen meinen Beinen. Das Gefühl in meiner Brust will nichts sehnlicher, als an den Tisch zurück zu gehen, Alicia zu packen, sie zu küssen und mit ihr auf der Stelle das Restaurant zu verlassen, das Hirn zwischen meinen Beinen hingegen könnte sich auf jeden Fall damit anfreunden, mit Monique eine Nummer auf der Toilette zu schieben.

Ich blicke noch einmal zum Tisch und als ich sehe, dass Ryan seinen Arm auf Alicias Stuhllehne platziert hat, werfe ich alle Bedenken über Bord. Ohne noch eine Sekunde zu zögern, packe ich Monique an der Hand und ziehe sie hinter mir her in Richtung der Toiletten.

Für einen Moment wirkt sie etwas überrascht, doch dann folgt sie mir einfach. Ich schubse die Tür zur Damentoilette so hart auf, dass sie mit einem lauten Knall gegen die Wand schlägt und schließlich genauso schnell wieder zufällt.

Kurz bleibe ich stehen, um mich zu orientieren, doch Monique scheint sich hier bestens auszukennen und zieht mich einfach hinter sich her in eine der Kabinen. Ich bin froh, dass dies hier kein abgefucktes Klo in einer windigen Bar ist, sondern immerhin noch die Toilette eines Edel-Italieners.

Schnell schließt Monique die Tür und ich zögere nicht, sie gegen die Wand zu drücken und meine Lippen auf ihre zu pressen. Der Kuss ist hektisch und genauso schnell wieder vorbei, wie er begonnen hat, denn Monique ist bereits dabei, mich aus meiner Hose zu befreien, wofür ich ihr wirklich dankbar bin, denn mein kleiner Freund presst bereits hart gegen den Stoff.

Mit einem geschickten Handgriff hat sie mich untenrum von allem befreit, das uns im Weg ist und zu meinem Erstaunen bleibt sie auf ihren Knien und funkelt mich kurz an. Sie wird doch nicht? Oh doch, wird sie.

~~~~~~

Bereits seit bestimmt fünfzehn Minuten starre ich immer wieder zur Ecke, hinter der Ben mit dieser Blondine verschwunden ist und noch immer sehe ich keine Spur von den beiden. Dabei weiß ich ganz genau, dass hinter dieser Ecke nur noch die Toiletten zu finden sind. Ob er tatsächlich... auf dem Klo...?

Ich schüttle mich innerlich, alleine beim Gedanken daran. Gut, manchmal mag man es eilig haben, aber muss es denn ausgerechnet die Toilette... und warum mache ich mir überhaupt Gedanken darüber? Wieso fühle ich mich ein bisschen so, als hätte mir jemand einen Stoß in die Magengrube versetzt?

Okay, eines muss man ihm ja lassen, er hat wirklich einen guten Geschmack, zumindest was das Äußere betrifft, denn diese Blondine war wirklich hübsch. Zierliche Figur, aber unendlich lange Beine und wunderschönes langes Haar. Ich kann mir kaum vorstellen, dass so eine Frau sich mit einer Nummer auf der Toilette abspeisen lässt, oder doch? Ich spüre, wie mein Herz etwas zu rasen beginnt, beim Gedanken daran, was dort hinter dieser Ecke wohl los sein könnte.

„Alles okay, Ali?", höre ich Emmis Stimme an meinem Ohr und sehe, dass sie Bens Platz eingenommen hat, als ich ihr meinen Blick zuwende. „Ja klar, was sollte denn nicht in Ordnung sein?" Ich setze ein Lächeln auf meine Lippen, welches Emmi mir jedoch nicht abnimmt. Sie gibt einen spitzen Ton von sich und ich sehe mich um, doch zu meiner Erleichterung scheinen alle anderen, inklusive Ryan, in ein Gespräch vertieft zu sein.

„Ali-Maus, ich sehe es dir an der Nasenspitze an, dass es dir gehörig stinkt, dass Bennilein mit dieser Blondine verschwunden ist und ehrlich gesagt, ich könnte ihn dafür..." Sie deutet eine Ohrfeige an und bringt mich damit zumindest kurz zum Lachen.

„Emmi, lass gut sein. Er kann tun und lassen, was er will. Es ist wirklich okay." Ich nehme ihre Hand in meine und werfe ihr einen versichernden Blick zu, aber Emmi sieht natürlich direkt dahinter.

„Von wegen, gib es doch einfach zu, dass es dich ärgert oder warum starrst du sonst die Wand an, als wolltest du sie hypnotisieren. Gestern Nacht fällt er noch über dich her, dann verhält er sich wie ein Arsch und nun vögelt er höchstwahrscheinlich dieses blonde Püppchen auf dem Klo. Du hast alles Recht der Welt, sauer zu sein."

Scheiße verdammt, woher weiß Emmi das mit gestern Nacht? Habe ich ihr das erzählt? Und vor allem, warum nur fühlt es sich so unheimlich verletzend an, wenn sie den Part mit dem Klo so von sich gibt? Was ist das? Gekränkte Eitelkeit? Er kann doch tun und lassen was er will und es sollte mir mehr als Recht sein, dass somit unser Arrangement scheinbar endlich ein Ende gefunden hat, aber es ist mir nicht Recht, im Gegenteil, ich fühle mich, als könnte ich jeden Moment kotzen.

Etwas hilfesuchend blicke ich zu Emmi, die sofort zu verstehen scheint. „Soll ich der Sache da drinnen ein Ende bereiten? Also ein anderes Ende, als er sich höchstwahrscheinlich erhofft hat? Es wäre mir eine Ehre."

Sie ballt ihre Hand zur Faust und umschließt sie mit ihrer anderen Hand, was mich erneut kurz auflachen lässt, obwohl mir eigentlich gar nicht danach zumute ist. „Lass mal. Dazu haben wir kein Recht, Emmi."

Sie zuckt die Schultern. „Ali,... wenn ich dich jetzt etwas frage, versprichst du mir dann, dass du nicht sofort NEIN sagst?" Sie legt ihren Kopf etwas schräg und sieht mich mit großen erwartungsvollen Augen an und ich nicke nur. „Kann es VIELLEICHT sein,

dass du... empfindest du vielleicht... so eventuell... ein ganz kleines Bisschen mehr für
Ben, als dir vielleicht lieb ist oder als du dir eingestehen willst?"

Bevor ich sofort den Kopf schütteln kann, hält sie mir ihre flache Hand entgegen, um
mich zu stoppen. „Nein, du hast mir etwas versprochen. Nimm erst mal einen großen
Schluck aus deinem Weinglas und dann noch einen und erst dann darfst du antworten."
Sie grinst mich an und greift nach meinem Glas, um es mir hinzuhalten.

~~~~~~

„Es war... mir eine Ehre,... Herr Lindqvist", kichert Monique und haucht mir
einen Kuss auf die Nasenspitze, während sie sich langsam aus meinem Griff
befreit, sich neben mir auf den geschlossenen Toilettendeckel setzt und am
Boden nach ihrem Slip greift, um ihn auch gleich wieder über ihre hübschen
Beine zu ziehen.

„Mir auch", antworte ich immer noch begleitet von kurzen Atemstößen und
spüre, wie sich gleichzeitig ein seltsames Gefühl in mir breit macht. Nein, ich
werde jetzt keinen Gedanken an Alicia zulassen, KEINEN! Schnell schüttle ich
den Kopf, streife das Kondom ab, werfe es in den kleinen Mülleimer neben der
Toilette und packe meine Unterwäsche und Hose wieder an meinen Körper.

Monique fährt sich durch ihre blonden Haare und zupft ein paar Strähnen
aus ihrer Stirn. „Hör mal, Monique... es", doch weiter lässt sie mich nicht
sprechen, stattdessen steht sie auf, hält einen Finger an meine Lippen und
lächelt mich an.

„Du brauchst keine große Rede schwingen. Wir beide wissen, dass das eine
einmalige Sache war. Wir sind beide in einer Beziehung und du wirst es mir
vielleicht nicht glauben, aber ich mache so etwas normalerweise auch nicht.
Ich konnte dir trotzdem einfach nicht widerstehen. Du hast mich fasziniert,
von dem Moment an, als du heute zum Interview erschienen bist und wenn ich
ganz ehrlich sein soll, auch schon lange vorher. Ich konnte nicht anders. Aber
keine Sorge, von mir erfährt sicher niemand etwas."

Sie zwinkert mir zu, haucht mir einen schnellen Kuss auf die Lippen und
öffnet die Tür der Toilette, um sich am Waschbecken noch etwas frisch zu
machen. Ich starre ihr hinterher, einerseits überrascht, andererseits

unheimlich erleichtert, dass sie es selbst so sieht.

Das Problem wäre also gelöst, das weitaus größere erwartet mich jedoch noch, denn je mehr Minuten verstreichen, desto klarer wird mir, dass das Vorhaben, sich Alicia aus dem Kopf zu vögeln, kläglich gescheitert ist. Im Gegenteil, ich fühle mich von Minute zu Minute mehr, als hätte ich sie soeben betrogen, auch wenn das mit Sicherheit nicht der Fall ist.

„Ich geh dann mal, okay?", höre ich Monique und kann nur noch nicken.

~~~~~~

Ich habe getan, was Emmi mir gesagt hat und zu meiner Erleichterung wurde sie noch während meines zweiten Schluckes von Tom dabei unterbrochen, mich anzustarren und auf Antwort zu warten. Nun diskutiert sie seit ein paar Minuten mit ihm über... ja, worüber eigentlich?

Ich habe in der Zwischenzeit dort weitergemacht, wo ich aufgehört habe, nämlich zur Ecke zu starren. Ja, es macht mir etwas aus, aber eine Antwort auf Emmis Frage habe ich immer noch nicht gefunden und wahrscheinlich ändern auch zwei weitere Flaschen Wein nichts daran. Ich kann schlichtweg nicht zuordnen, warum es mir so gehörig auf die Nerven geht, dass Ben mit dieser Frau abgezogen ist. Vielleicht ist es gekränkte Eitelkeit, vielleicht erinnert es mich an meine Vergangenheit, vielleicht fühle ich aber auch tatsächlich ein kleines Bisschen mehr für ihn, als mir lieb ist?

Ich komme nicht weiter dazu, meine Gedanken fortzuführen, denn in diesem Moment sehe ich die Blondine wieder zurückkehren. Sie wirft einen kurzen unsicheren Blick an unseren Tisch und verschwindet ohne zu zögern aus dem Restaurant. Von Ben ist weit und breit keine Spur zu sehen.

Habe ich mich etwa doch getäuscht? Haben die Beiden gar nicht? Hat er sie etwa abserviert und sie ist deshalb so schnell geflüchtet? Ich spüre, wie mir der Gedanke daran etwas Erleichterung verschafft und ohne zu überlegen, stehe ich auf.

„Ali?", höre ich noch Emmis Stimme, aber ich schüttle nur den Kopf und gehe so schnell es meine hohen Hacken zulassen in Richtung der Toiletten. Gerade als ich am Überlegen bin, welche der Türen mich wohl zu Ben führt, öffnet sich die Tür zur Damentoilette und Ben steht mit erschrockenem Blick vor mir.

„Alicia...", murmelt er und als ich ihn ansehe, spüre ich, wie mir erneut hundeelend wird. Der Blick, der zarte Schweiß auf seiner Stirn, dieser Duft, der von ihm ausgeht, ich kenne all das zu Genüge und mir ist sofort klar, dass all meine Hoffnungen völlig absurd waren. Natürlich hat er mit ihr geschlafen. Ich sehe ihn an, blicke in seine Augen, sehe, wie er versucht, Worte zu formen, fasse an seine Unterarme, um ihn daran zu hindern, mich zu berühren und schüttle wortlos den Kopf. Sofort spüre ich, wie sich Tränen in mir breit machen, doch diese Genugtuung will ich ihm nicht geben.

Schnell drehe ich mich um und gehe wieder zurück ins Restaurant. Dort angekommen blicke ich mich ratsuchend um. Nein, ich werde nicht einfach davon laufen, ich werde nicht allen anderen zeigen, wie mies es mir geht, wie sehr es mich verletzt, was soeben passiert ist. Ich will keine Fragen, will kein Mitleid, also atme ich zweimal tief durch und trete zu Emmi.

„Emmi, ich muss weg. Ich fahre nach Hause. Sei mir nicht böse. Ich melde mich morgen bei dir. Okay?" Emmi sieht mich an und steht auf, doch ich drücke sie wieder zurück auf ihren Stuhl. „Ali, ich komme mit dir." Ich schüttle den Kopf. „Nein, Emmi, bleib da. Bitte. Wir reden morgen, okay?" Emmi schüttelt den Kopf, doch ein weiterer Blick meinerseits und sie flüstert ein kurzes: „Okay."

„Alicia!", höre ich Ben plötzlich hinter mir und ich spüre, wie mir kalt den Rücken hinunter läuft, als ich seine Hand an meinem Oberarm spüre. Vorsichtig blicke ich in die Runde, doch zu meiner Erleichterung scheint niemand zu bemerken, dass etwas nicht stimmt, lediglich Tom sieht etwas verdutzt drein.

„Ben! Lass mich los und wenn ich jetzt gehe, untersteh dich, mir zu folgen. Hörst du?" Ich beiße meine Zähne zusammen und starre ihn mit dem kältesten Blick an, den mein Repertoire zu bieten hat. Ben zögert einen Moment, nickt jedoch schließlich und lässt mich los, nachdem auch Emmi ihn mit einem eindeutigen Blick bedacht hat.

„Es tut mir leid, Alicia", flüstert er, doch seine Worte prallen regelrecht an mir ab. Sie fühlen sich so leer an und ich will nur noch weg. Weg von allem, weg von ihm.

Noch einmal sehe ich mich suchend um und als Ryan schließlich meinen Blick kreuzt, kommt mir die Idee. Schnell beuge ich mich zu ihm und flüstere ihm ins Ohr: „Ryan, ich weiß, die Frage klingt jetzt vielleicht seltsam, aber könnte ich heute Nacht vielleicht auf der Couch in deinem Hotelzimmer schlafen? Bitte, ich erkläre es dir gerne später, aber nicht hier. Okay?" Ryans Blick ist in etwa so, wie ich ihn erwartet habe, aber als ich ihn noch einmal flehend ansehe, lächelt er und nickt. „Kein Problem. Willst du gehen?"

Erleichtert nicke ich. „Bitte." „Okay, ich zahle noch eben."

Ryan holt eine Geldbörse aus seiner Hosentasche und sieht sich nach einem Kellner um, doch ich schüttle nur den Kopf und blicke zu Ben, der immer noch am Tisch steht und uns anstarrt.

„Ben zahlt für uns", presse ich zwischen meinen Lippen hindurch, während ich Ryan an der Hand packe, um ihm zu signalisieren, dass wir hier fertig sind.

~~~~~~

Verdammte Scheiße! Mit großen Augen starre ich Alicia und Ryan hinterher. Sie hat ihn an der Hand gepackt und zieht ihn regelrecht hinter sich her nach draußen. „Entschuldigt mich bitte, wenn ich schon gehe, aber ich fühle mich nicht sonderlich gut." Mit diesen Worten hat sie sich bei den anderen noch kurz entschuldigt, ehe sie, ohne mich noch eines Blickes zu würdigen, abgerauscht ist.

Ich fühle mich verloren, doch niemand scheint das zu bemerken, niemand außer Emmi. Die sieht mich durchdringend an, ihre Augen spiegeln jedoch mit Sicherheit kein Mitleid wider, sondern vielmehr Abscheu. Ich zögere einen Moment, doch dann fasse ich mir ein Herz und beuge mich zu ihr.

„Könnten wir beide vielleicht kurz miteinander sprechen? Dort an der Bar?" Ich sehe sie flehend an und füge noch ein eindringliches „Bitte!" hinzu. Man sieht förmlich, wie sie mit sich selbst ringt, doch zu meiner Erleichterung nickt sie schließlich.

„Du hast fünf Minuten, Lindqvist. Und wehe es gefällt mir nicht, was ich zu hören bekomme." Meine Güte, obwohl sie beinahe flüstert, verleiht sie mit ihrem Tonfall ihren Worten ordentlich Nachdruck.

Ich nicke und gehe voran zur Bar, wo ich mich auf einen der Barhocker begebe. Emmi folgt mir, deutet dem Barkeeper irgendetwas, das scheinbar nur er versteht und setzt sich mir gegenüber hin. Es dauert keine Minute, da stehen auch schon zwei Jägermeister vor uns, serviert mit ein paar äußerst säuseligen Worten des Barkeepers. Man kennt sich wohl.

„Ich denke, die können wir beide jetzt brauchen." Mit diesen Worten greift Emmi nach einem der beiden Gläser und wir stoßen kurz an, ehe wir die herbe

Flüssigkeit in uns kippen.

„So und nun raus mit der Sprache und überleg dir lieber gut, WAS du sagst. Ich dulde keine Ausflüchte, keine Ausreden, kein unsinniges Gelaber. Sag irgendetwas, das mich dazu bringt, dir noch eine Chance zu geben, Lindqvist, denn nach dem was du hier vorhin gebracht hast, würde ich am liebsten eigenhändig deine Eier durch einen Schraubstock drehen."

Emmis Augen blitzen förmlich und ich weiß, dass sie jedes Wort ernst meint. Aber seltsamerweise weiß ich genau in diesem Moment auch, was ich sagen will. Es ist als würden die Worte geradewegs aus mir heraussprudeln wollen und das tun sie schließlich auch.

„Emmi, es tut mir leid. Ich habe unfassbaren Mist gebaut, aber soll ich dir auch sagen, warum?" Ich warte gar nicht erst auf eine Reaktion ihrerseits, sondern fahre einfach fort.

„Emmi, es zerreißt mir das Herz, wenn ich sehe, wie Alicia mit Ryan flirtet. Es geht mir durch und durch und das würde es auch bei jedem anderen Kerl auf dieser Erde. Scheiße, Emmi, du weißt, dass ich mich in sie verliebt habe und vergiss, was ich heute Nachmittag gesagt hab. Ja, ich hab verdammte Angst davor, sie zu verlieren, aber noch mehr Angst habe ich davor, sie gar nicht erst zu haben. Sie ist die Frau, die mich um den Verstand bringt, sie ist diejenige, ohne die ich mich nicht mehr ganz fühle. Ich will sie, ich brauche sie und das eben, das war einfach nur absolut falsch. Ich wollte mir etwas beweisen, wollte mir selbst zeigen, dass es möglich ist, mir Alicia aus dem Kopf zu vögeln, aber ich habe mich nur schlecht gefühlt hinterher. Ich fühle mich absolut mies und Alicia hat allen Grund, sauer zu sein, wobei ich nicht ganz verstehe, warum sie es wirklich ist. Denkst du, ich habe den Hauch einer Chance bei ihr? Sie wird sich doch nicht auf diesen Ryan einlassen, oder Emmi? Ich will sie, ganz, für mich, ich kann mir nicht vorstellen, sie zu verlieren, ehe ich ihr wirklich gesagt habe, was ich für sie fühle. Denkst du, sie lässt es mich erklären?"

Die Worte sind regelrecht aus mir heraus gequollen und jetzt, da sie offen zwischen uns liegen, weiß ich, dass ich jedes davon so gemeint habe, wie ich es gesagt habe. Ja, ich bin bereit für eine neue Beziehung und auch wenn es mir Angst macht, ich weiß, dass es das einzig Richtige ist.

Hilfesuchend sehe ich Emmi an, die mir mit offenem Mund gegenüber sitzt. Meine Worte scheinen sich noch durch ihre Gehirnwindungen zu schlängeln und ich sehe, wie sie dem Barkeeper erneut das Zeichen für zwei Jägermeister deutet. Dieses Mal geht es sogar noch schneller und so kippen wir beide gleich darauf die hochprozentige Flüssigkeit in uns.

Emmi verzieht keine Miene dabei und ich muss noch einen ganzen Augenblick warten, ehe sie sich schließlich räuspert und zu sprechen beginnt.

„Lindqvist, ganz ehrlich, du hast vermutlich die absolut abartigste Art auf dieser Erde, Alicia zu demonstrieren, dass du dich in sie verliebt hast, aber seltsamerweise glaube ich dir sogar. Wenn du es jetzt noch schaffen würdest, dich dabei etwas geschickter anzustellen, dann hätte vielleicht sogar Alicia die Chance, es zu kapieren."

Ich sehe ihr zu, wie sie ihre Hände auf ihre Knie stützt und sich ein kleines Stückchen näher zu mir beugt und merke, wie ich langsam wieder in der Lage bin, etwas durchzuatmen. Wenn Emmi mir glaubt, ist vielleicht noch nicht alles verloren. „Danke, Emmi. Danke, dass du mir glaubst und du hast Recht, das war absoluter Mist eben. Aber denkst du denn, ich habe eine Chance bei ihr? Und was ist mit diesem Ryan?" Ich spreche den Namen aus, als würde es sich dabei um eine abartige Geschlechtskrankheit handeln und Emmi beginnt zu kichern.

„Tja, mein Lieber. Ich könnte es ihr nicht verdenken, wenn sie angesichts deiner Aktion vorhin, heute Nacht mit Ryan ein kleines Stelldichein feiern würde, aber ich kann es mir eigentlich kaum vorstellen. One Night Stands sind eigentlich nicht Alicias Art und selbst wenn, dann solltest du lieber gleich ganz still sein. Hörst du?! Ob du eine Chance bei ihr hast, das musst du natürlich selbst herausfinden."

Alleine die Vorstellung, Alicia könnte sich heute Nacht diesem Ryan hingeben, lässt sämtliche Alarmglocken in mir los schrillen und die Tatsache, dass Emmi dies nicht komplett ausschließt, lässt mich mit einem Satz vom Barhocker springen. Das darf nicht passieren. Ich muss das einfach verhindern!

„Lindqvist?! Wo willst du denn hin?", höre ich Emmi, während ich ihr ein paar Scheine auf den Tresen knalle. „Zahl für uns mit! Ich muss heim. Dieser Ryan braucht sich gar nicht einzubilden, er könnte in Alicias Bettchen krabbeln. Das werde ich nicht zulassen!"

Emmi sieht mich an, öffnet ihren Mund und schließt ihn wieder, dann setzt sie erneut an. „Na dann los, du Held. Aber versprich mir, dass alle heil aus der Sache rauskommen. Ryan kann nichts dafür, dass du so ein Hornochse bist! Verstanden?" Ich verdrehe die Augen, nicke jedoch schließlich. „Ich werde es versuchen." Mit diesen Worten drehe ich mich um und gehe.

KAPITEL 23

„Ist es wirklich okay für dich, dass ich hier übernachte?", frage ich Ryan bestimmt schon zum vierten Mal, während ich die Bettdecke über meine Beine ziehe. Ryan hat mir ein T-Shirt von sich geliehen und darauf bestanden, dass ich im Bett schlafe und er auf der Couch, doch darauf habe ich mich nicht eingelassen, also liegen wir nun nebeneinander in dem ohnehin überdimensional großen Bett, jeder mit einer eigenen Bettdecke und mit genügend Platz, dass wir noch zwei weiteren Personen ein Schlaflager anbieten könnten, ohne uns allzu sehr in die Quere zu kommen.

„Ja, und wenn du mich noch viermal fragst, die Antwort wird auch dann dieselbe sein, also wäre ich ganz froh, wenn wir das nun abkürzen könnten." Ich lache leise und nicke, während Ryan das Licht im Zimmer ausmacht, so dass nur noch das Licht des Mondes und der Sterne durch die zwei großen Glastüren das Zimmer erhellen.

„Bin ja schon still", füge ich noch hinzu und ziehe die Decke etwas weiter über mich.

„Ist sonst alles okay bei dir, Alicia?", höre ich Ryans Stimme schließlich, nachdem eine ganze Weile keiner von uns beiden ein Wort von sich gegeben hat und bevor ich eine Antwort formen kann, höre ich mich selbst leise seufzen.

„Geht so", antworte ich ihm wahrheitsgemäß und Ryan scheint genau zu verstehen. „Ben?" Ich zucke mit den Schultern, was er jedoch höchstens erahnen kann. „Tut mir leid, es geht mich nichts an", höre ich schließlich erneut seine Stimme.

„Nein, ist schon okay. Weißt du, es ist kompliziert mit Ben und mir, dabei sollte es das gar nicht sein."

Ryan schweigt einen Augenblick und ich höre, wie er etwas auf seiner Seite des Bettes hin und her rückt. „Ihr seid nicht nur Freunde, oder?" Ich spüre, wie Ryans Worte ein seltsames Gefühl in mir lösen und sehe automatisch Bens Gesicht vor meinem inneren Auge.

„Vermutlich hast du Recht damit. Wir sind wohl ein kleines Bisschen mehr als das, aber es wird Zeit, dass wir das wieder hinter uns lassen. Ich denke, wir haben einiges zu klären und ich weiß ehrlich gesagt nicht, worauf das hinauslaufen wird. Er ist ein wichtiger Teil meines Lebens geworden, aber so wie er sich momentan verhält, bin ich mir nicht sicher, ob ich das auch weiterhin so möchte." Ich schlucke und wische mir eine kleine Träne aus dem Augenwinkel.

Ryan braucht eine ganze Weile, um mir zu antworten. „Alicia, es geht mich wie gesagt wirklich nichts an, aber wenn du mich fragst, hat Ben heute vor Eifersucht regelrecht gekocht. Ich denke, der Kerl will weitaus mehr, als nur mit dir befreundet zu sein." Okay, wenn dem so ist, dann hat er wirklich eine seltsame Art das zu zeigen.

„Ryan, kennst du Ben schon länger? Oder haben sich eure Wege sonst schon einmal gekreuzt?", frage ich in die Stille des Zimmers und erhalte dafür wirklich umgehend eine Antwort.

„Nein, wie kommst du darauf? Ich habe von ihm und seiner Band schon oft gehört und er auch von uns schon, wie sich herausgestellt hat, aber kennengelernt haben wir uns erst neulich beim Dinner."

Ich lasse Ryans Worte in mir sacken. Eine frühere Schnittstelle scheint also wohl nicht für Bens Problem mit Ryan in Frage zu kommen, bleibt eigentlich nur...

~~~~~~

„Morgen... Wasser bitte!", grummle ich am nächsten Morgen, während ich mühsam versuche, meine Augen irgendwie zu öffnen, was sich jedoch als gar nicht so einfach herausstellt. Was bitte habe ich gestern denn noch alles in mich hineingeschüttet?

Ich lege eine Hand über meine Augen, denn sogar durch die geschlossenen Augenlider scheint das Sonnenlicht zu blenden.

„Morgen", grummelt es neben mir im Arm und erst jetzt wird mir klar, dass es sich bei der Person die dort liegt, nicht um Alicia handeln kann, was mich dazu veranlasst, trotz der widrigen Umstände, ruckartig die Augen aufzureißen.

Ach du liebe Scheiße! „Sandy?!", gebe ich in einem für meine stimmlichen Verhältnisse quietschend hohen Ton von mir, während ich schnell meinen Arm unter ihr wegziehe. Was um Himmels Willen macht sie hier? Und noch viel schlimmer, wieso liegen wir in Alicias Bett?

Schnell reiße ich die Bettdecke hoch und bin froh, dass sich zumindest meine Shorts noch an meinem Körper befinden, wobei mir das Fehlen meiner Hose doch noch etwas Sorgen bereitet.

Sandy streckt sich ausgiebig und sieht mich schließlich mit unschuldigen Augen an. „Na, du lebst ja noch", kichert sie, während sie mit ihrer Hand die nicht vorhandene Schminke unter ihren Augen wegwischt.

Was ist hier los? Kann mich hier mal jemand aufklären? Angestrengt versuche ich, die gestrige Nacht noch einmal Revue passieren zu lassen, aber ich weiß nur noch, dass ich an der Strandbar vorbeigelaufen und dabei zufällig auf Sandy gestoßen bin. Dann kann ich mich nur mehr an ein paar Gläschen Wodka erinnern, die ich in mich gekippt habe.

Schnell setze ich mich auf und versuche den dröhnenden Schmerz in meinem Kopf zu ignorieren, der regelrecht gegen meine Schläfen pocht.

„Gerade noch so, aber was bitte..." Ich deute zwischen uns hin und her und werfe einen hilflosen Blick durch die Gegend. Wenn Alicia das hier sehen würde, sie würde mir den Kopf abreißen und mit ihren Stilettos stundenlang darauf herumtreten, aber scheinbar hat sie den Weg nach Hause ohnehin nicht mehr angetreten und das hier sind die ersten Sekunden, in denen ich regelrecht froh darüber bin.

Sandy sieht mich an und schüttelt den Kopf. „Du hast einen kompletten Filmriss, oder?" Sie lässt ihren Worten ein Lachen folgen und steigt ohne zu zögern aus dem Bett.

Schnell wage ich einen Blick und bin heilfroh, als ich sehe, dass sie ihren pinkfarbenen Rock noch an hat. Gleichzeitig stelle ich mir aber die Frage, ob das darunter gehörende Höschen ebenfalls noch an Ort und Stelle ist.

„Ja, es tut mir leid", antworte ich ihr wahrheitsgemäß. „Könntest du mir vielleicht auf die Sprünge helfen?" Ich setze einen möglichst erbärmlichen Gesichtsausdruck auf, obwohl ich dafür angesichts des Gefühls in meinem Kopf schätzungsweise nicht wirklich nachhelfen müsste.

Sandy betrachtet mich einen Moment ausgiebig und räuspert sich schließlich. „Naja, wir haben ein paar Drinks zu viel erwischt und du hast mich überredet, mitzukommen und nun ja, dann hatten wir Sex. Das ist die Kurzfassung." Sie spricht die Worte gelassen aus und ich spüre, wie mir regelrecht die Luft wegbleibt.

Sex? Nein, das darf nicht wahr sein! Nein! Doch in diesem Moment lacht sie lauthals los. „Keep cool, Ben. Keep cool! Es ist nichts passiert."

Was? Wie? Fragend sehe ich sie an und als ihre Worte endlich voll bei mir ankommen, spüre ich, wie mir ein riesiger Stein vom Herzen fällt.

„Nichts?", hake ich noch einmal nach und Sandy nickt, während sie in ihre Heels schlüpft, die vor dem Bett liegen.

„Die ganze Fassung?" Ich nicke und während sie sich auf den Rand des Bettes setzt, um die Riemchen ihrer Schuhe zu schließen, beginnt sie zu erzählen: „Also, der Part mit den zu vielen Drinks stimmt tatsächlich, wobei es bei dir wesentlich mehr waren als bei mir. Tatsache ist, du warst total hinüber und wolltest in der Strandbar schlafen, aber der Kellner dort hat dich schließlich auf die Straße befördert, also habe ich dich bis hierher gebracht. Ich wollte eigentlich gleich wieder gehen, aber du bist mir um den Hals gefallen und hast zu jammern begonnen."

Okay, langsam wird es peinlich. „Du hast irgendetwas von einem Ryan gefaselt und davon, dass du sie doch liebst, genau konnte ich dich nicht verstehen. Auf jeden Fall hast du meinen Hals nicht mehr losgelassen und bist samt mir ins Schlafzimmer getorkelt, wo du wieder irgendwas von – ich vermute mal – Alicia erzählt hast. Ich wollte mich erst noch befreien, aber du warst so traurig und hast mich gebeten zu bleiben und da ich mir ehrlich gesagt nicht wirklich sicher war, was du in dem Zustand noch alles fertigbringen würdest, habe ich zugestimmt. Wir haben uns hingelegt und sind wohl beide innerhalb von ein paar Minuten eingeschlafen. Ende der Geschichte."

Ich sehe Sandy an, mustere ihr Gesicht eingehend, als sie mich über die Schulter hinweg ansieht und plötzlich kommen tatsächlich ein paar Szenen der letzten Nacht wieder in meinem Gedächtnis zum Vorschein.

Ich merke, wie die gesamte Last in Sekundenschnelle von mir abfällt und

ohne zu zögern, strample ich die Bettdecke von mir ab und falle ihr einfach um den Hals.

~~~~~~

„Ben? Bist du hier?" Schnell öffne ich die Tür zum Schlafzimmer und bleibe abrupt stehen. Was um...?! Ich spüre, wie mir regelrecht das Blut in den Adern gefriert, als ich sehe, was da vor meinen Augen passiert. Da, auf MEINEM Bett, sitzt Ben, nur in Shorts und T-Shirt und SANDY! DIE SANDY! Und als ob das noch nicht genug wäre, hat Ben auch noch einen Arm um sie geschlungen.

Mir wird schlecht! Einen Moment überlege ich, zur Toilette zu rennen und mir die Seele aus dem Leib zu kotzen, doch die Genugtuung werde ich den beiden nicht geben, also drehe ich mich auf der Stelle um, knalle die Tür zum Schlafzimmer zu und renne, ohne mich noch einmal umzudrehen, aus der Wohnung, die Treppen hinunter und raus auf die Straße. Hektisch blicke ich mich um und renne schließlich einfach weiter, über die Straße, an der Bushaltestelle vorbei, geradewegs in den kleinen Park, in dem ich im Sommer oft meine freien Nachmittage verbringe.

Dort angekommen bleibe ich einen Moment stehen, um durchzuatmen, ehe ich den kleinen Kiesweg weiter entlanglaufe. Am Ende des Weges angekommen, lasse ich mich in das von der Nacht noch leicht feuchte Gras fallen und vergrabe meine nackten Füße in das Grün, während ich hektisch nach Luft ringe.

Ich komme mir vor wie in einem schlechten Albtraum. Das kann doch nicht möglich sein, oder? Gerade habe ich mich aufgerafft, nach Hause zu gehen, um mit Ben zu sprechen. Ich habe mir fest vorgenommen, den Vorfall von gestern Abend erst einmal in meinem Kopf ganz weit nach hinten zu drängen und stattdessen in aller Ruhe und Ausführlichkeit mit Ben alles zu klären, was zwischen uns steht und nun DAS?

Ich spüre, wie sich Tränen in meinen Augen bilden und gerade als ich die ersten, die meine Wangen berühren, wegwischen will, höre ich ein lautes, hektisches Atmen hinter mir, gefolgt von einem: „A...li...cia..." Ich brauche mich gar nicht umzudrehen, um zu wissen, dass die Stimme zu Ben gehört.

Einen Moment überlege ich aufzuspringen und weiter zu laufen, aber mein Körper fühlt sich einfach nur noch schwer an und ich bin mir nicht sicher, ob meine Beine mich überhaupt tragen würden. Außerdem spüre ich erst jetzt, dass sich unzählige Steine regelrecht in meine nackten Füße gebohrt haben, als ich über den Kiesweg gerannt bin.

„Alicia"" Wieder atmet er laut ein und aus, ehe er weitersprechen kann: „Bitte lass uns reden!"

Ich bewege mich keinen Zentimeter, doch Ben sucht nun den Weg um mich herum und erst jetzt sehe ich, dass er lediglich in T-Shirt und Boxershorts vor mir steht, ebenfalls barfuß.

Gut, immerhin hatte er es eilig, mir zu folgen, das geschieht ihm nur Recht. Hoffentlich ist er auch noch gleich in eine fiese Glasscherbe getreten. Ich spüre, wie sich in meinem Magen alles zusammenzieht und kämpfe erneut gegen eine aufkommende Übelkeit an, aber auch dieses Mal schaffe ich es, mich zu beherrschen und auch Bens atemloses Hecheln scheint allmählich zur Ruhe zu finden. Seine Augen sind auf mich gerichtet, aber ich weiche seinem Blick aus und starre stattdessen ins Gras neben mir, was ihn dazu bringt, sich genau dort hin zu setzen.

„Alicia, bitte!", höre ich ihn nun schon wieder und als ich jetzt in seine Augen sehe, spüre ich, wie mir förmlich die Luft wegbleibt. Er weint. Das ergibt doch keinen Sinn. Er vögelt zwei Frauen in einer Nacht, zieht eine davon sogar in MEIN Bett und dann sitzt er hier und macht einen auf verletzten Rockstar? Bin ich hier im falschen Film gelandet? Und wieso bitte tut es mir trotzdem weh, ihn so zu sehen? Wieso wirken diese Tränen trotzdem echt auf mich? Das passt doch alles nicht zusammen!

~~~~~~

Alicia gibt keinen Ton von sich, aber die Tatsache, dass sie nicht sofort wieder wegläuft, lässt mich doch hoffen, dass sie mir zumindest kurz die Chance gibt, mich zu erklären.

Ich überlege einen Moment, meine Hand auf ihren Arm zu legen, so gerne würde ich sie spüren, aber die Aussicht darauf, wie sie reagieren könnte, lässt das Vorhaben schließlich doch scheitern. Ich weiß, dass ich mein Glück längst überstrapaziert habe, weit überstrapaziert.

„Sag mir einen Grund dafür, wieso DU jetzt heulst?" Alicias Stimme klingt abfällig und ich weiß, dass sie jedes Recht dazu hat, aber dennoch trifft mich alleine ihr Tonfall mitten ins Herz und ich schaffe es nicht, die Worte zu formen, die ich ihr so gerne sagen will, stattdessen spricht sie weiter:

276

„Weißt du Ben, ich weiß es geht mich nichts an, mit wie vielen Frauen du wann und wo schläfst, das ist deine Sache, aber in MEINEM Bett? Es gibt EINE Sache, an die du dich halten solltest und nicht einmal DAS schaffst du?! Ich denke nicht, dass unsere Freundschaft noch irgendeinen Sinn macht."

Ihre Stimme klingt ruhig, viel zu ruhig für meinen Geschmack und dieser Tonfall verursacht eine Gänsehaut auf meinem Körper und zwar keine der guten Sorte. Mir ist kalt, furchtbar kalt, woran mit Sicherheit nicht die Temperatur schuld ist, nein, vielmehr ist es dieser Blick, der mir aus Alicias Augen entgegenfliegt. Noch immer schafft es mein Mund nicht, irgendetwas von sich zu geben, was Alicia wohl als Aufforderung sieht, fortzufahren.

„Ben, ich glaube wir haben einen großen Fehler gemacht. Wir hätten es einfach bei einer liebevollen Freundschaft belassen sollen. Dabei habe ich mir noch nicht einmal was dabei gedacht, als wir beiden zusammen im Bett gelandet sind. Es war schön und ich dachte, warum nicht?! Wir sind beide Single, wir mögen uns, also warum nicht. Und es war auch völlig in Ordnung für mich, aber dann kamen wir hierher zurück und plötzlich hast du begonnen, dich wie ein Irrer aufzuführen. Einerseits spielst du den eifersüchtigen Macho und dann poppst du eine Frau nach der anderen. Dann noch diese Dinge, die du mir an den Kopf geworfen hast. Das ist total irre, weißt du das? Macht es dir Spaß, so mit mir zu spielen? Vielleicht bewerte ich das ja auch alles über, vielleicht habe auch ich es nicht zu hundert Prozent geschafft, Freundschaft und Sex zu trennen, mag sein, aber ICH habe mich wenigstens nicht wie der letzte Vollidiot aufgeführt."

Sie lässt ihren Blick ins Leere gleiten und beginnt mit ihrer rechten Hand an ihrer Unterlippe zu zupfen. Wie gerne würde ich meine Hand unter ihren Kopf betten, mich über sie beugen und sie einfach küssen. Ich würde mir so sehr wünschen, dass ich all den Schmerz, den sie verspürt, einfach vergessen machen könnte, aber das geht nicht und das weiß ich. Dabei ist all das eigentlich auch völlig absurd, denn mir ist natürlich klar, dass es ihr nicht nur darum geht, dass ich sie mit Worten beleidigt habe und ich weiß auch, dass es nicht nur darum geht, dass sie Sandy und mich in ihrem Bett gesehen hat, nein, ich sehe es ihr an, dass es sie auch verletzt, dass ich mit einer anderen

Frau geschlafen habe, oder in ihren Augen sogar mit zweien. Aber warum? Fühlt sie vielleicht doch ein kleines Bisschen mehr für mich? Wobei ich das wohl in den letzten beiden Tagen gründlich verspielt habe, sollte dem jemals so gewesen sein.

Ich sehe sie an, Tränen laufen aus meinen Augen, über meine Wangen und tropfen schließlich auf meine Arme. Es ist lange her, dass ich geweint habe und an das letzte Mal, dass mir das in einer Beziehung passiert ist, mag ich am liebsten gar keinen Gedanken mehr verschwenden, aber gleichzeitig tut es gut. Es unterstreicht all das, was mir in den letzten Tagen allmählich bewusst geworden ist. Ich liebe diese Frau, von ganzem Herzen und es würde mir das Herz in Stücke reißen, wenn ich sie verlieren würde und damit meine ich nicht NUR als Freundin. Ich will sie ganz. Ich brauche sie und ich will derjenige sein, den sie braucht, um glücklich zu sein.

Ich sehe, wie Alicia mich einen ganzen Moment beobachtet, aber unter all den Tränen, all den Gedanken in mir, schaffe es ich es nicht, genau das zu sagen, was ich mehr als alles andere auf der Welt von mir geben will. Wie soll ich ihr all das erklären? Wo soll ich anfangen? Und was, wenn sie das alles nicht will? Das sind die Worte, die über unsere gemeinsame Zukunft entscheiden könnten und obwohl ich Songtexte schreibe, die meistens von nichts anderem handeln als großen Gefühlen, Schmerz und Liebe, schaffe ich es nicht, hier die passenden Worte zu finden.

„Okay, ich glaube es ist besser, ich gehe jetzt, Ben. Ich denke, es ist alles gesagt." Was? Nein! Völlig fassungslos sehe ich, wie sie aufsteht, mit ihren Händen ein paar Steine von ihren Füßen abstreift und ohne sich noch einmal umzudrehen davongeht.

„Nein!", höre ich endlich meine eigene Stimme und die Blicke eines Pärchens auf einer der Parkbänke ein Stück weiter zeigen mir deutlich, dass ich definitiv laut genug war. Alicia jedoch dreht sich nicht um.

„Nein, Alicia!", schreie ich noch einmal und zu meiner Erleichterung bleibt sie stehen. Ich atme einmal tief durch und dieses Mal überlege ich gar nicht mehr, was ich sagen soll, sondern ich stehe auf, gehe zu ihr und nehme ihre Hände so fest in meine, dass sie keine Chance hätte, sich mir einfach zu entziehen. Ich weiß, dass ich hier und jetzt alles in die Waagschale werfen muss, wenn ich noch ein Fünkchen einer Chance haben will.

„Alicia, das hier,... So können wir das nicht enden lassen. Ich habe noch einen Wunsch frei, erinnerst du dich daran?" Ich sehe, wie Alicias Augen sich angesichts meiner Worte weiten und spüre, wie mein Herz regelrecht in meiner Brust zu pochen beginnt.

~~~~~~

Verwirrt blicke ich zwischen meinen Händen, die immer noch fest von seinen umschlungen sind und seinen Augen hin und her. Die Tränen sind versiegt und in seinem Gesicht spiegelt sich gleichzeitig Traurigkeit, aber auch ein Stück Hoffnung wider. Sein Blick gleitet unruhig hin und her, lässt mich jedoch keine Sekunde aus den Augen und ich spüre, wie er seinen Griff sogar noch etwas festigt. Es fühlt sich gut an, dass er sich so an mich klammert und gleichzeitig ist da etwas in mir, das sich einfach nur losreißen und weglaufen will. Wie oft habe ich darüber gelacht, wenn in einem Buch oder in einem Film plötzlich dieser kleine Engel und das kleine Teufelchen auf der Schulter aufgetaucht sind und sich einen verbalen Schlagabtausch geliefert haben, aber genauso fühle ich mich in diesem Moment. Ein Teil von mir will nichts sehnlicher, als von Ben festgehalten zu werden und der andere Teil will einfach nur weg. Das ist der Teil, der mir sagt, dass das alles hier nicht mehr zu kitten ist.

„Alicia?", höre ich seine Stimme erneut und ich sehe, wie er schluckt und einmal über seine trockenen Lippen leckt. „Ja, ich erinnere mich daran", antworte ich knapp und frage mich gleichzeitig, wie ich das je vergessen könnte. Der Moment in der Dusche, der ganze Schweden-Aufenthalt war mir wie ein einziges Märchen vorgekommen und erst jetzt, wo all das nicht mehr Realität ist, merke ich, wie sehr ich mir diesen Augenblick noch einmal herbeisehnen würde. Diese Leichtigkeit, die all die Jahre einfach zwischen uns lag, dieses grenzenlose Vertrauen. Wie kann das nur alles so schnell verpufft sein? Es fühlt sich an, als wäre ein Tornado über unsere Freundschaft hinweg gefegt, der einen einzigen Berg Unrat hinterlassen hat und ich kann mir kaum vorstellen, dass dieses Chaos noch einmal beseitigt werden kann.

„Du weißt, Spielschulden sind Ehrenschulden, oder?" Er spricht die Worte gelassen aus, aber in seinen Augen sehe ich den Kampf, den er in sich austrägt, also nicke ich.

„Was willst du Ben?", frage ich in leicht genervtem Tonfall und Bens Blick verändert sich etwas. Er atmet ein paar Mal ruhig aus und ein und antwortet schließlich:

„Verbring noch eine Nacht mit mir, Alicia." Okaaaaay, das war jetzt nicht ganz das, was ich erwartet habe.

„Was soll das ändern, Ben? Denkst du, DAS kann den Riss in unserer Freundschaft wieder flicken? Damit hat doch überhaupt erst alles angefangen, oder? Findest du diesen Wunsch nicht doch etwas absurd? Ist dir unsere Freundschaft weniger wert, als eine letzte Nacht? Und hattest du nicht genug Sex in den letzten Tagen?" Ich verleihe meinen Worten auch mit Blicken Nachdruck und füge beim letzten Teil ein eindrucksvolles Augenrollen hinzu, doch Ben scheint davon relativ unbeeindruckt zu bleiben.

„Das ist mein Wunsch, Alicia. Ich darf mir wünschen, was ich möchte, oder?" Er beißt ein paar Mal kurz auf seiner Unterlippe herum und obwohl jetzt eigentlich der Zeitpunkt gekommen wäre, an dem ich ausrasten sollte, an dem ich ihn fragen sollte, ob er noch alle Latten am Zaun hat, an dem ich ihm am besten eine Ohrfeige verpassen sollte, erwische ich mich selbst dabei, wie ich einfach nicke.

„Wenn DAS dein Wunsch ist." Ich zucke mit den Schultern und fühle eine innere Leere. Ja, ich weiß, das ist der Punkt, an dem mich wahrscheinlich alle für verrückt halten und an meinem Verstand zweifeln und so ganz verstehe ich mich selbst nicht. Dennoch werde ich mich heute Abend mit ihm treffen. Das wird jedoch mit Sicherheit nicht so enden, wie er sich das vorstellt. Meine Spielschulden löse ich ein, das lasse ich mir gewiss nicht nachsagen, aber die Nacht wird anders verlaufen, als er denkt.

KAPITEL 24

Immer noch völlig von den Socken, dass Alicia tatsächlich auf meinen Wunsch eingegangen ist, sitze ich ein paar Stunden später in Renatas kleinem Lokal und starre auf die Straße. Das Leben hier geht unbeirrt weiter, aber in meinem Kopf dreht sich das Universum nur noch um diese eine Nacht.

Diese eine Nacht wird über Alicias und meine Zukunft entscheiden und diese eine Nacht wird – weiß Gott – anders verlaufen, als Alicia sich das im Moment denkt. Zu meiner Erleichterung hat alles auf Anhieb geklappt und nun, da der Plan steht, kann ich es kaum mehr erwarten, bis es soweit ist.

Noch einmal denke ich an den Morgen zurück. Sofort nach unserer Abmachung sind wir beide getrennte Wege gegangen. Alicia hat mir etwas Zeit gegeben, meine Sachen zu holen und ich habe mich vorerst in das Hotel eingemietet, in dem ich schon so viele Nächte verbracht habe. Zuvor habe ich jedoch ihr Bett frisch bezogen, um sie bei ihrer Rückkehr nicht erneut an den morgendlichen Anblick zu erinnern.

„Es wird alles gut werden, Ben! Lass dein Herz sprechen und sie wird sehen, dass du jedes Wort davon ernst meinst!" Ohne dass ich es bemerkt habe, ist Renata hinter mich getreten. Sie legt eine Hand auf meine Schulter und drückt mich einmal kurz. Ja, ich habe sie eingeweiht. Ich war so durch den Wind, ich musste es einfach rauslassen und Renata hat sich erneut als wahrer Schatz erwiesen, denn sie hat mir Mut gemacht und nun ist mein Puls wenigstens nicht mehr auf 200, sondern gefühlt auf 150.

In eineinhalb Stunden wird Alicia abgeholt und dann wird sich zeigen was passiert und vor allem, ob sie überhaupt einverstanden ist, mit dem was ich geplant habe.

~~~~~~

Gut, ich muss zugeben, ich bin nervös. In ein paar Minuten sind wir verabredet und ich sitze hier in meiner Küche und nippe an einem Glas Wasser. Ja, Wasser, dabei wäre die restliche Flasche Wein durchaus verlockend gewesen, aber ich will Herr meiner Sinne sein und ein dusseliger Kopf würde mich womöglich Dinge tun lassen, die ich hinterher definitiv bereuen würde.

Wie stellt Ben sich das überhaupt vor? Er kommt her, wir schieben eine Nummer, schlafen ein und dann sehen wir uns nie wieder? Ich gebe einen schrillen Lacher von mir und schüttle den Kopf. Ganz gewiss nicht, mein Lieber, ganz gewiss nicht.

Gerade als ich den letzten Schluck aus meinem Wasserglas nehme, läutet es an der Tür, also stelle ich das Glas in die Spüle und mache mich auf den Weg, um Ben herein zu lassen, wobei er genauso gut den Schlüssel verwenden könnte, denn den müsste er eigentlich noch haben.

Schnell drücke ich den Türöffner, öffne die Wohnungstür und gehe zurück ins Wohnzimmer. Ich setze mich gerade auf die Couch, als ich statt Bens tiefer Stimme ein Räuspern vernehme, das definitiv zu keinem Mann gehören kann.

„Alicia?", höre ich erneut eine weibliche Stimme und in diesem Moment sehe ich auch, wie Sandy um die Ecke späht. Sofort spüre ich, wie mein Herz zu rasen beginnt, aber noch ehe ich ein paar unfreundliche Worte formen kann, hebt Sandy ergeben die Hände.

„Ich weiß, du willst mich nicht sehen, aber ich MUSS dir einfach etwas erklären, Alicia, bitte. Eine Minute, ja?" Wie dreist ist das denn eigentlich? Wieso taucht sie hier auf? Und was will sie? Ich würde am liebsten aufspringen, sie packen und sie in hohem Bogen auf die Straße zurückbefördern, aber meine Beine scheinen von meinem Vorhaben keinerlei Ahnung zu haben, denn die bleiben einfach an Ort und Stelle und auch mein Mund öffnet sich einfach nicht.

Sandy sieht das wohl als Zustimmung, denn sie kommt sogar noch ein Stück näher auf mich zu und beginnt schließlich einfach zu sprechen.

„Alicia, da war nichts gestern – gar nichts. Ich will, dass du das weißt. Ben und ich sind uns gestern Abend zufällig begegnet und er hat ziemlich viel hochprozentiges Zeug in sich hineingeschüttet. Er wollte dann in der Strandbar übernachten, aber das hat der Kellner nicht zugelassen, weshalb ich ihn hierher gebracht habe. Alicia, er war völlig

aufgelöst, hat ständig etwas von einem Ryan gefaselt und von dir. Er hat mich gebeten, bei ihm zu bleiben und ich dachte wirklich, es wäre keine gute Idee, ihn alleine zu lassen, nachdem ich gesehen habe, dass du nicht da bist. Alicia, du kannst mir das glauben oder nicht, aber das ist die Wahrheit und ich will, dass du das weißt."

Sie blickt betreten zu Boden und ich spüre, wie langsam wieder etwas Leben in mich zurückkehrt. Dann hat er sie also gar nicht absichtlich hierher und in mein Bett gebracht? Aber macht es das besser? Und wird die ganze Sache dadurch besser, dass die beiden nicht miteinander geschlafen haben? Ich spüre, wie sich alles in meinem Kopf zu drehen beginnt. Mir wird das langsam alles zu viel. Was soll ich denn noch denken? Spielt es überhaupt eine Rolle WIESO die Dinge passiert sind? Tatsache ist doch, dass Ben nicht mehr der Ben ist, denn ich so sehr in mein Herz geschlossen habe.

Sandy räuspert sich erneut. „Ich gehe dann mal wieder." Ihr Blick wirkt unsicher, als er kurz über mich streift und ich weiß, dass das auch für sie nicht einfach ist, deshalb gebe ich ein heiseres „Danke, Sandy!" von mir.

Sie nickt und macht sich auf den Weg zur Wohnungstür, doch noch bevor sie hinaustreten kann, hüpfe ich vom Sofa auf und folge ihr. „Sandy?" Sie bleibt stehen. „Hm?" „Bist du hier, weil Ben das so wollte?" Doch auf diese Frage schüttelt sie ohne zu zögern den Kopf und atmet einmal tief durch.

„Alicia, ehrlich gesagt weiß ich gar nicht genau, weshalb ich hier bin. Weißt du, ich habe eine Nacht mit ihm verbracht und es war so…" Sie sieht mich einen Moment nachdenklich an, ehe sie weiterspricht. „Lass es mich auf den Punkt bringen. Ich habe mich ganz schön in ihn verguckt, wenn nicht sogar ein kleines Bisschen verliebt. Deshalb hab ich anfangs auch einiges versucht, um ihm wieder nahe zu kommen, ich wollte nicht glauben, dass er nicht genau so empfindet, aber weißt du was? Die Tatsache, wie er über dich spricht, wie er dich ansieht… Er war so traurig gestern, Alicia. Ich weiß nicht, was genau zwischen euch vorgefallen ist, aber mir ist sofort klargeworden, dass ich es nicht sein will, die zwischen euch steht. Es hört sich vielleicht blöd an, aber auch wenn ich dich nicht kenne, so hab ich trotzdem das Gefühl, dass wir uns gar nicht so unähnlich sind. Du hast mir zugehört und wie ich von Ben erfahren habe, hast du mich sogar verteidigt und das obwohl ich versucht habe, mich an ihn heranzumachen. Ich denke, deshalb war mir der Schritt jetzt wichtig. Ich will mit dem Thema abschließen können und ich konnte das alles nicht einfach so stehen lassen."

Ich versuche gerade, ihre Worte in meinem Kopf zu verarbeiten, als es erneut an der Tür klingelt. „Gut, ich gehe dann mal", höre ich Sandy und schaffe es gerade noch, ihr ein „Dankeschön!" hinterher zu rufen.

Schnell betätige ich den Türöffner erneut und dieses Mal kommt ein grauhaariger Mann die Treppe nach oben. „Alicia?" „Ja?" „Herr Lindqvist schickt mich. Ich soll sie zu ihm bringen."

Mit hochgezogenen Augenbrauen mustere ich den älteren Herrn, doch dieser scheint sich seiner Sache sicher zu sein.

„Können wir los?" Ich überlege einen Moment, ob ich mich tatsächlich darauf einlassen soll, aber gleichzeitig bin ich fast froh, dass wir uns scheinbar auf neutralem Territorium treffen wollen, also greife ich nach meiner Handtasche, packe meine Lederjacke und folge ihm nach unten.

~~~~~~

Eigentlich ist es nicht meine Art, auf meinen Fingernägeln herum zu kauen, aber heute kann ich schlichtweg nicht anders. Seit bestimmt dreißig Minuten warte ich nun auf Alicias Ankunft und hoffe inständig, dass sie es sich nicht anders überlegt hat. Was, wenn sie nicht in das Taxi gestiegen ist? Was, wenn... Doch genau in diesem Moment sehe ich ein Fahrzeug heran rollen, das schließlich direkt vor mir zum Stehen kommt.

Der Fahrer steigt aus, nickt mir wohlwollend zu, öffnet die hintere Tür und schon steigt sie aus. Sie trägt ein nicht ganz knielanges azurblaues Chiffonkleid und dazu schwarze Sandalen, die um ihre Unterschenkel geschnürt sind. Ihre Haare trägt sie offen und sie fallen in sanften Wellen über ihre Schultern. Kurz gesagt, sie sieht einfach umwerfend aus.

„Was machen wir am Flughafen? Du weißt, dass du lediglich eine Nacht hast, oder? Wozu also der Aufriss?" Ihr Ton klingt hart, als sie mir die Worte entgegendonnert, aber irgendetwas in ihren Augen verrät mir, dass sie dennoch neugierig ist, was auf sie zukommen wird, also nicke ich.

„Wir sind morgen zurück. Ist dein Ausweis wie immer in deiner Handtasche?" „Ja, in meiner Geldbörse. Was hast du vor?" Sie sieht mir kurz in die Augen, lenkt ihren Blick jedoch schnell wieder auf die Eingangstüre des

Flughafens.

„Das siehst du dann gleich. Komm, wir müssen los. In vierzig Minuten ist Boarding." Ich halte ihr meine Hand hin, doch statt danach zu greifen, geht sie erhobenen Hauptes an mir vorbei in Richtung Terminal. Gut, daran lässt sich noch arbeiten, aber immerhin kommt sie mit.

Zufrieden mit dem ersten Schritt, folge ich ihr nach drinnen und gehe schließlich an ihr vorbei an den Schalter. Die Dame, mit der ich im Vorfeld schon alles abgeklärt habe, begrüßt uns mit einem strahlenden Lächeln und erntet von Alicia einen argwöhnischen Blick, als diese bemerkt, dass man ihren Namen dort bereits kennt.

„Marseille also, hm?" Sie lacht kurz auf, zieht ihre Augenbrauen nach oben und geht voran zur Sicherheitskontrolle. Gut, Freudensprünge konnte ich jetzt auch nicht unbedingt erwarten.

~~~~~

Den gesamten Flug über haben wir uns regelrecht angeschwiegen, lediglich ein paar Höflichkeitsfloskeln haben unsere Lippen verlassen und zu meinem Erstaunen schien Ben seltsam nervös zu sein, denn statt relaxt aus dem Fenster zu sehen oder einfach die Augen zu schließen, hat er wie ein Irrer an den Nähten seiner Jeans herum genestelt. Und auch jetzt, im Taxi vom Flughafen nach wer weiß wohin, scheint sich sein Zustand nicht wesentlich gebessert zu haben. Aber warum eigentlich? Was soll all der Aufstand wegen ein bisschen Sex? Ja, zugegeben, der Sex zwischen uns war immer etwas Besonderes, aber ganz ehrlich, hätte es nicht auch der Wannsee getan oder eine Berliner Hotelsuite?

Nachdenklich lasse ich meinen Blick durch die Gegend streifen, die draußen an uns vorbeizieht und obwohl es nicht das erste Mal ist, dass ich hier bin, kommt mir heute alles so anders vor. Ich fühle mich leer und traurig, dabei will ich das gar nicht. Ich will gar nicht, dass Ben all diese Gefühle in mir hervorrufen kann, egal was er macht und dennoch passiert es einfach.

„Alicia?", höre ich schließlich seine leise, heisere Stimme und als ich ihn ansehe, lächelt er leicht. „Danke, dass du mitgekommen bist." Er versucht meinen Blick zu halten, aber ich durchbreche ihn.

„Spielschulden sind Ehrenschulden – deine Worte." Ben nickt zaghaft und ich sehe, wie er einmal tief durchatmet. Wieso um Himmels Willen stellt er sich so an?

Schnell lenke ich meinen Blick wieder aus dem Auto, das mittlerweile in eine schmale Seitenstraße eingebogen ist und nun eine kleine Anhöhe nach oben fährt. Vor einem süßen kleinen Haus mit einem kleinen, etwas verwilderten Garten davor, bleiben wir schließlich stehen. „Wir sind hier."

~~~~~~

So, jetzt heißt es Alles oder Nichts und ich spüre, wir mir allmählich das Herz bis in die Kniekehlen rutscht. Wieso nur ist es so schwer, zu seinen Gefühlen zu stehen? Ja, natürlich kenne ich die Antwort darauf. Man will schlichtweg nicht enttäuscht werden, hat Angst davor, dass die Gefühle nicht erwidert werden und in diesem ganz besonderen Fall kommen doch einige Dinge zusammen, die mich daran zweifeln lassen, ob hier ein Happy End möglich ist, aber so ist es nun mal. Ich muss es riskieren, koste es, was es wolle, auch auf die Gefahr hin, dass ich hinterher dastehe wie ein Vollidiot. Will ich Alicia nicht verlieren, bleibt einfach nur noch der Weg nach vorne und das hier ist meine letzte Chance.

„Bitteschön!" Mit einem leichten Lächeln auf den Lippen öffne ich die Tür des Hauses und lasse Alicia an mir vorbei nach drinnen treten. Ich beobachte, wie sie mit ihrem Blick automatisch einmal quer durch den Raum scannt und der Reaktion ihrer Augen nach zu urteilen findet sie es hier genauso schön wie ich.

Das hier ist wirklich etwas Besonderes. Das gesamte Haus ist komplett offen gehalten. Ein riesiger Raum im Erdgeschoss, ein riesiger Raum im ersten Stock, lediglich die Toilette ist in der oberen Etage noch vom Rest abgetrennt.

„Schön hier", höre ich Alicias erstaunlich sanfte Stimme, während sie weiter in den Raum tritt und mit ihrer Hand über die große dunkelbraune Veloursleder-Couch fährt.

Ich hingegen habe kaum Augen für die wundervolle Einrichtung, sondern klebe mit meinem Blick regelrecht an Alicia. Ihr Kleid schmiegt sich wirklich perfekt um ihre weiblichen Rundungen und ihre sonnenverwöhnten Beine kommen durch das intensive Blau noch mehr zur Geltung. Ich seufze leise, als ich mir vorstelle, wie meine Hände über ihre zarte Haut gleiten und sie aus diesem wunderschönen, aber unnützen Stück Stoff befreien und Alicia scheint meinen Blick sehr wohl bemerkt zu haben, denn sie tritt einen Schritt näher auf mich zu, was mein Herz noch schneller schlagen lässt.

~~~~~~

Ich merke, wie mein Herz in meiner Brust klopft, als unsere Blicke sich treffen und könnte mir selbst dafür eine Ohrfeige verpassen. Ich muss es einfach schaffen, diesem Blick zu widerstehen. Ich werde es schaffen, wegzusehen und meinen Herzschlag wieder unter Kontrolle zu bringen. Ich... Scheiße, echt, wieso kribbelt nun auch noch alles in mir? Ich bin doch so sauer auf Ben, ich will ihm so Vieles an den Kopf werfen.

Ich sehe, wie er mit seiner Zunge über seine Unterlippe fährt und dabei noch einen Schritt auf mich zumacht. Ich muss wegsehen, zum Boden, zur Decke, egal, irgendwo hin, aber wie?

Wie fixiert starre ich in diese wunderschönen blauen Augen, die mich regelrecht festnageln und spüre, wie mein Magen dabei ganz flau wird. Nein, ich werde ihm widerstehen. Eine letzte gemeinsame Nacht... Das macht doch keinen Sinn?!

Sein männlich herber Duft strömt mir entgegen und ich kann seinen Atem spüren, wenn ich mich genau darauf konzentriere, aber nein, das darf ich nicht. Ich schlucke und versuche seinem Blick zu entkommen, aber es ist zwecklos, denn sofort wird er wieder wie magisch angezogen.

Scheiße echt, was mache ich hier? Mein ganzer Körper schreit nach ihm, jede einzelne Zelle. Aber wieso? Es gibt so Vieles, das zwischen uns steht. Wieso scheint das in diesem Moment alles so bedeutungslos? Was macht der Kerl, dass meine Vernunft einfach ausgelöscht wird?

„Alicia...", höre ich plötzlich seine heisere Stimme und ich sehe, wie er seine rechte Hand anhebt, um mich zu berühren, doch bevor ich ihn spüren kann, lässt er sie wieder sinken.

„Komm mit nach oben." Er schluckt und streckt mir seine Hand entgegen und keine Ahnung warum, aber ich greife danach, ohne auch nur eine Sekunde zu überlegen.

Lautlos folge ich ihm und als wir die letzten Stufen geschafft haben, bleibt mir förmlich der Atem weg.

„Das hier ist einfach..." Ich suche nach dem passenden Wort, doch Ben scheint mich auch so verstanden zu haben, denn er nickt und sieht mich mit glänzenden Augen an.

Um uns herum erstreckt sich ein Bild, das ich kaum in Worte fassen kann. Der alte Holzfußboden wurde aufbereitet und erstreckt sich über das gesamte Stockwerk. Die komplette gegenüberliegende Wand ist eine einzige große Glasfront, die den Blick auf das Meer freigibt, das sich einige Meter unter uns entlang erstreckt. In der Mitte des Raumes steht ein riesiges Bett und ich kann mir regelrecht vorstellen, wie es sein muss, hier zu liegen und direkt auf den Ozean zu blicken. Weiß-beige Bettwäsche sorgt dafür, dass das natürliche Bild des Raumes nicht durchbrochen wird. Zu unserer Rechten befindet sich eine große freistehende Badewanne und ein kleiner Waschtisch, auch hier sind sämtliche Textilien und auch die Kommode in Braun- und Beigetönen gehalten, lediglich ein pinkes Badeentchen sorgt für einen kleinen, aber süßen Farbtupfer. Zu unserer Linken steht ein schwerer, alter Kleiderschrank und daneben ein rustikales, aber ebenfalls aufgewertetes Bücherregal mit unzähligen Schmökern darin.

Ich lasse meinen Blick regelrecht hin und her schweifen, denn ich kann mich kaum erinnern, jemals einen schöneren Raum betreten zu haben. Dabei gibt es hier nichts Luxuriöses, keine Dinge, die man nie zuvor gesehen hätte, keinen technischen Schnick-Schnack, aber dennoch fühlt es sich an, als würde man hier einfach hingehören.

Ich atme tief durch und folge Ben schließlich in die Mitte des Raumes, direkt zum großen Bett. Und nun? Sicher ist das ein zauberhafter Ort, um eine Nacht zu verbringen, aber ich will das nicht. Das hier ist viel zu schade, um für so etwas missbraucht zu werden. An so einem Ort verbringt man seine Hochzeitsnacht oder einen Liebesurlaub, aber doch nicht eine letzte Nacht, bevor man getrennte Wege geht, mit der man besiegelt, dass eine Freundschaft in die Brüche geht!

Mit einem Seufzen lasse ich mich auf die Matratze sinken, stütze meine Arme auf meinen Beinen ab und senke den Kopf in meine Hände. In meinem Inneren spielt alles regelrecht verrückt, zu viele Gefühle versuchen sich ihren Weg durch meinen Körper zu bahnen. Ich kann das nicht. Ich will das nicht. Und gleichzeitig will ich doch nichts anderes.

~~~~~~

Ich muss es einfach tun, ich muss es aussprechen. Sie hier zu haben, das bedeutet mir so unendlich viel und ich will endlich, dass sie weiß, was in mir vorgeht, also atme ich einmal tief durch und fasse mir endlich ein Herz.

„Alicia..." Ich greife erneut nach ihrer Hand, doch dieses Mal zuckt sie zurück und als sie ihren Kopf aus ihren Händen erhebt, wirkt ihr Blick fast ängstlich.

„Ben, ich kann das nicht! Ich kann das einfach nicht", flüstert sie beinahe, während ihre Augen mich regelrecht anflehen.

„Ich weiß nicht, was mit uns passiert ist in den letzten Wochen, aber..." Sie sucht nach Worten und ich weiß, dass dies der Augenblick ist, an dem ich sie unterbrechen muss.

„Alicia, nein! Bitte hör mir zu, okay? Hör mir bitte zu!" Ich merke, wie mir Tränen in die Augen steigen, bemühe mich jedoch, sie unter Kontrolle zu halten, was mir fürs Erste auch gelingt und zu meiner Erleichterung macht Alicia keine Anstalten, aufzustehen.

„Alicia, ich würde dir gerne etwas zu diesem Ort hier erzählen, okay?" Ihre Augen gleiten einmal quer durch den Raum, doch schließlich sieht sie mich an und nickt.

„Danke." Ich gehe einen Moment in mich, denn es kostet mich doch etwas Überwindung, über all das zu sprechen, aber wenn ich meine Gedanken mit irgendjemandem auf der Welt teilen möchte, dann ist es Alicia.

„Also gut, erinnerst du dich noch, als du mich auf deinem Balkon gefragt hast, wieso ich bei der Sache mit Sandy so überreagiert habe? Wieso ich sie so angeschnauzt habe und so wütend war?"

Ich warte, bis Alicia nickt und fahre schließlich fort: „Weißt du, die ganze Sache mit Sandy hat mich an etwas erinnert, das ich in der Vergangenheit erlebt habe. Vor Romina war ich für eine ziemlich lange Zeit mit Alexa zusammen. Alexa und ich kannten uns seit Kindertagen und haben uns schließlich irgendwann ineinander verliebt. Alexa war nicht gerade begeistert davon, dass ich mein berufliches Glück in der Musikbranche suche, aber sie hat es akzeptiert und mich dabei unterstützt. Sie war dabei, als wir die ersten kleinen Erfolge hatten und war eigentlich immer an meiner Seite. Eines Tages hat sie mir erzählt, dass sie schwanger ist und ganz ehrlich, obwohl ich bis zu diesem Tag nie ein Kind wollte, war ich unheimlich stolz und glücklich. Der Gedanke, Vater zu werden, war einfach grandios und das obwohl ich wusste, dass es mehr als schwierig werden würde, Familie und Musik unter einen Hut zu bringen. Tja und dann geschah etwas unheimlich Fürchterliches. Es gab damals eine Frau, die mich regelrecht verfolgt hat. Sie war auf jedem unserer Auftritte, hat mir Briefe geschrieben, mir Nachrichten hinterlassen, mich in irgendwelche Bars verfolgt, sie tauchte sogar plötzlich auf, als ich mit Alexa einen Zoo besucht habe und ich habe wohl den Fehler gemacht und war einfach zu freundlich zu ihr. Versteh mich nicht falsch, ich habe ihr keine Signale gesendet, dass ich etwas von ihr will, aber ich habe ihr auch nicht wortwörtlich gesagt, dass sie mich in Ruhe lassen soll und das Ganze ging schließlich soweit, dass wir wegen ihr in einen Verkehrsunfall verwickelt wurden und", ich spüre, wie mir die Worte auch heute noch die Kehle förmlich zuschnüren, „Alexa hat unser Baby verloren."

Ich atme tief durch, um erneut aufkommende Tränen unter Kontrolle zu halten und sehe, wie Alicia auf ihrer Unterlippe kaut.

„Aber nun zu diesem Ort hier. Weißt du Alicia, es war schwer für Alexa und mich, mit dem Verlust umzugehen, aber wir haben es schließlich irgendwann geschafft, wieder ein normales Leben zu führen. Ich habe mich weiter der Musik gewidmet und Alexa hat ein Studium begonnen. Sie wollte ihr Leben selbst in die Hand nehmen und das hat sie schließlich auch und nicht nur das, sie hat sich bei dieser Gelegenheit auch gleich nach einem anderen Kerl umgesehen. Ich kam gerade von ein paar Terminen zurück, als sie mir die Neuigkeit an den Kopf geklatscht hat und ich war so sprachlos, dass ich mich einfach umgedreht habe und gegangen bin.

Ich habe noch am selben Abend meine Sachen gepackt und bin ohne zu überlegen zum Flughafen. Und das war das erste Mal, dass es mich hierher nach Marseille verschlagen hat. Ein Freund von mir war zu dieser Zeit beruflich hier und so bin ich damals auch in diesem Haus hier gelandet. Die Hotels im Ort waren alle ausgebucht, aber eine Bekannte von meinem Freund hat mir dieses Prachtstück vermietet. Sie hat damals hier gewohnt und war gerade dabei, für zwei Monate in die USA zu gehen, also kam ich gerade Recht und was soll ich sagen, ich habe mich sofort unsterblich in dieses bildhübsche Häuschen verliebt. Drei Tage und Nächte bin ich nicht aus dem Haus und habe sämtliche Telefonate abgewimmelt und einfach nur nachgedacht. Ich habe keinen Fernseher angemacht, kein Internet, kein Telefon, ich habe mich einfach meinen Gedanken hingegeben und dabei habe ich festgestellt, dass ich Alexa vermutlich nie richtig geliebt habe und sie mich ebenfalls nicht. Es schien uns beiden einfach die logische Folge zu sein, wir verstanden uns gut, mochten uns, fanden uns ganz attraktiv, aber Liebe verspürten wir wohl beide nicht und mir war klar, dass ich das ohne diesen Ort vielleicht niemals herausgefunden hätte. Dieser Ort hier hat mir die Ruhe und das Gefühl gegeben, dass ich zu mir selbst finden kann, hier habe ich mich einfach rundum wohl gefühlt und deshalb habe ich mir damals etwas geschworen. Ich habe mir geschworen, wenn ich jemals wirklich und aufrichtig liebe, dann bringe ich diese Frau hierher und verbringe in diesem Bett und in diesem Haus drei ganze Tage und Nächte mit ihr."

Ich spüre, wie mein Herz zu pochen beginnt, kaum habe ich das letzte Wort von mir gegeben.

KAPITEL 25

Völlig fassungslos starre ich ihn an, während seine Worte durch sämtliche Nervenbahnen meines Körpers kriechen und ich weiß gar nicht, woran ich zuerst denken soll. Das waren so viele Worte, so viele seiner Emotionen, die er mit mir geteilt hat, dass ich nun schlichtweg sprachlos bin.

Es tut mir weh, zu sehen, wie sehr er gelitten haben muss, denn auch heute noch liegt dieser Schmerz in seinem Blick, wenn er davon erzählt und ich verstehe jetzt, wieso er beim Thema Sandy so reagiert hat, auch wenn ich deshalb noch lange nicht gutheiße, dass er nicht sofort ehrlich zu ihr war, aber ich kann immerhin seine Reaktion nachvollziehen und dann die Sache mit diesem Haus hier.

Noch einmal lasse ich meinen Blick durch das gesamte Stockwerk gleiten und stelle mir vor, wie er diese schwere Zeit hier verbracht hat, wie er hier auf diesem Bett gesessen hat, den Blick auf den Ozean gerichtet und über sich und sein Leben nachgedacht hat und ich kann verstehen, dass er hier zur Ruhe gefunden hat.

Und dann sind da noch seine letzten Worte... Hat er sich in mich verliebt? Will er mir das damit sagen? Ich versuche ruhig weiter zu atmen, die Bedeutung seiner Worte auf mich wirken zu lassen, doch gleichzeitig spüre ich ein seltsames Gefühl in mir hochkriechen.

Was soll ich ihm antworten? Wie soll ich reagieren? Das alles ist schlichtweg zu viel auf einmal. Ich bin mir doch selbst nicht über meine Gefühle klar, oder etwa doch? Habe ich auf all die Dinge so emotional reagiert, weil... Ich schließe für einen Moment die Augen, um das Durcheinander in meinem Kopf zum Stillstand zu bringen, aber es will einfach nicht klappen.

Als ich meine Augen wieder öffne, ruht Bens Blick auf mir. Natürlich erwartet er, dass ich ihm antworte, dass ich etwas erwidere, aber...

„Ben...", beginne ich ganz leise und suche seinen Blick, doch in diesem Moment legt er mit einem leisen „Pssst." seinen Zeigefinger auf meine Lippen und ehe ich mich versehen kann, wandern meine Lippen seinem Finger entgegen.

Es scheint das einzige Zeichen zu sein, zu dem mein Körper fähig ist, denn Worte kann ich schlichtweg nicht formen und Ben scheint das zu wissen.

Er lenkt seinen Blick auf meinen Mund und schließlich wieder auf meine Augen. Rastlos wandern seine Augen noch ein paar Mal hin und her, ehe er schließlich den Mut aufbringt und seine rechte Hand durch mein Haar gleiten lässt. Dieses Mal ist es sein Daumen, der sanft über meine Unterlippe fährt, während seine Hand mich ganz locker festhält und wieder begegnen ihm meine Lippen wie von selbst.

Sein Blick ruht fest auf meinen Augen und ich höre, wie er ein leises Seufzen von sich gibt, das ein unheimlich warmes Gefühl durch meinen Körper schickt.

Ja, er liebt mich, ich sehe es in seinen Augen und auch wenn ich weiß, dass hier und jetzt Worte vielleicht die bessere Wahl wären, so kann ich trotzdem nicht anders, als ihn einfach zu küssen.

~~~~~~

Etwas überrascht von ihrem plötzlichen Kuss, überlasse ich ihr für einen Moment das Ruder, doch dann scheint mit einem Mal all die Anspannung der letzten Tage von mir abzufallen.

Mein gesamter Körper reagiert auf diesen Kuss, auf ihre Lippen, ihre Zunge, die sanft Einlass in meinen Mund fordert und ich gewähre ihr diesen.

Ich lasse mich komplett fallen und genieße es, sie endlich wieder so nahe bei mir zu spüren. Auch wenn unser letzter Kuss rechnerisch gesehen noch nicht einmal 48 Stunden her ist, das hier fühlt sich so wunderbar an, als hätte ich ein Leben lang darauf gewartet und zu meinem Erstaunen fühle ich im nächsten Moment auch bereits ihre Hände unter mein T-Shirt wandern.

Einen kurzen Augenblick bin ich versucht, sie daran zu hindern, doch das Gefühl, das jede einzelne ihrer Berührungen auf meinem Körper hinterlässt, schreit einfach danach, es zuzulassen und das drängende Gefühl zwischen meinen Beinen gibt ihr ebenfalls Recht.

Ich muss sie spüren, berühren, fühlen, schmecken und das alles jetzt, hier

und sofort! Ich weiß, dass das die Zeit wäre, um miteinander zu sprechen, alle Karten offen auf den Tisch zu legen, aber scheiß darauf, Alicia und ich sind nicht wie alle anderen, wir haben unseren eigenen Rhythmus und was für alle anderen richtig ist, muss für uns noch lange nicht die Ideallösung sein, also lasse ich es zu, dass sie mit hektischen Handbewegungen mein Shirt über meinen Kopf zieht und als sie im nächsten Moment ihre Fingernägel druckvoll über meinen Rücken gleiten lässt, existiert die Welt um mich herum ohnehin nicht mehr.

Mein gesamter Körper reagiert mit heißen Wellen, die sich durch alle Gliedmaßen ziehen und in meiner Körpermitte konzentrieren und das genussvolle Stöhnen, das völlig selbständig meinen Lippen entgleitet, gibt ihr in jeder ihrer Berührungen Recht.

„Ich will dich!", höre ich ihre heisere Stimme an mein Ohr raunen, während sie mit ihren Händen bereits weiter nach unten wandert und sich am Bund meiner Jeans zu schaffen macht.

Wenige Sekunden später drängt sie hektisch den Stoff über meinen Hintern und ich helfe ihr dabei, mich daraus zu befreien. Die Boxershorts lassen wir ebenfalls folgen.

Nun, da ich völlig nackt vor ihr sitze, hält sie einen Moment inne und sieht mich an. In ihren Augen spiegelt sich pure Lust wieder, aber da ist noch etwas anderes, etwas viel Tieferes.

Ich sehe, wie sie sich über ihre Unterlippe leckt und diese schließlich einmal kurz zwischen ihren Zähnen hindurchzieht. Dieser Blick...

„Zieh mich aus!", haucht sie dieses Mal, während sie mir einen flüchtigen Kuss auf die Lippen haucht und die Bänder ihrer Schuhe löst, um diese auf den Boden fallen zu lassen. Dieses Kommando muss sie mir nicht zweimal geben.

Mit einem Ruck lasse ich meine Hände unter den fließenden Stoff ihres Kleides wandern und als sie ihren Po einen kurzen Moment anhebt, schiebe ich es nach oben, über ihren wohlgeformten Körper und ziehe es über ihren Kopf.

„Fuck!", entgleitet es mir, als ich sehe, was mich darunter erwartet, nämlich schlichtweg gar nichts – sie trägt keine Unterwäsche, nicht mal einen Hauch davon.

Alicia sieht mich an und ein Kichern entwischt ihren Lippen. „Ich hoffe, du magst meine Dessous."

„Scheiße, Babe, ich wollte, dass das hier etwas ganz Besonderes wird, aber ich befürchte, diese Nummer wird schneller zu Ende sein, als uns beiden lieb ist."

Alicia kichert erneut und als ich aufstehe, sie hochhebe und sie schließlich in die Mitte des Bettes fallen lasse, quietscht sie kurz auf.

„Alles okay?", frage ich sie, doch da zieht sie mich auch schon zu sich und als ich schließlich über sie klettere, schlingt sie ihre hübschen Beine um meinen Körper und drängt mich förmlich zu sich.

„Ich mag es, wenn du mich Babe nennst", flüstert sie und im nächsten Moment dirigiert sie mich auch schon in sich.

~~~~~~

Völlig außer Atem liegen wir wenige Minuten später. Ben hatte Recht, es war schnell, aber unheimlich intensiv, als würde unser beider Leben daran hängen und auch jetzt wage ich es kaum, diesen innigen Moment zu durchbrechen, weiß ich doch, dass nun der Teil kommt, an dem die Karten offen auf den Tisch müssen. Nun gibt es kein Entkommen mehr. Wir müssen reden, offen, ausführlich und über alles, aber bin ich wirklich soweit?

Ja, so schräg es sich anhören mag, aber diese letzten Minuten haben mir einiges klar werden lassen und genau das muss ich auch aussprechen, aber anders als so manche Frau, trage ich mein Herz nicht auf der Zunge, wenn es um Gefühle geht. Dabei fällt es mir nicht schwer, die Dinge in Worte zu fassen, was mir unheimlich schwer fällt ist, es auch wirklich auszusprechen und mich damit auszuliefern, aber es gibt kein Entkommen, das weiß ich, deshalb bin ich es auch schließlich, die den innigen Moment zwischen uns jäh durchbricht.

„Komm, lass uns etwas anziehen." Ich räuspere mich und als ich Ben gleichzeitig fast etwas unsanft von mir schiebe, ernte ich einen Blick, den ich nicht wirklich deuten kann, aber auch davon lasse ich mich nicht mehr aufhalten.

Kaum habe ich mich unter ihm befreit, greife ich nach meinem Kleid und streife es mir wieder über den Körper. Das ist der erste Moment, an dem ich es bedauere, dass ich auf Unterwäsche verzichtet habe, aber das war ursprünglich Teil meines Planes, die

Nacht nicht so enden zu lassen, wie er es gerne hätte. Ja, das klingt jetzt nicht unbedingt logisch, aber lassen wir das einfach mal so stehen.

Ben beobachtet mich, als ich ein paar Falten an meinem Kleid glatt streife und schafft es schließlich, ebenfalls aus dem Bett zu krabbeln und sich wieder in seine Klamotten zu schälen, doch sein Blick wird von Sekunde zu Sekunde unlesbarer.

Als er vollständig bekleidet vor mir steht, reiche ich ihm meine Hand. „Komm!" Er sieht mich an, zieht eine Augenbraue nach oben, greift aber dennoch danach.

~~~~~~

„Was... Wohin...?" Ich deute mit meiner freien Hand umher, doch Alicia schüttelt nur den Kopf und zieht mich zielstrebig hinter sich her. Unten angekommen, öffnet sie die Tür zur Terrasse und tritt nach draußen, ich folge ihr mit fragendem Blick.

Was wird das? Wo will sie hin und um Himmels Willen, was sagt sie zu meiner Offenbarung ihr gegenüber? Diese Frau kostet mich noch einmal meinen letzten Nerv. Erst antwortet sie nicht auf meine Worte, sondern fällt regelrecht über mich her, dann kann es ihr gar nicht schnell genug gehen, wieder in ihre Klamotten zu kommen und nun schleppt sie mich hier wortlos durch die Gegend.

Draußen angekommen hat sie sich einen Moment umgesehen und nun laufen wir durch den kleinen Garten. Am Ende angekommen, öffnet sie das kleine Tor, das über einen kleinen, relativ steilen Abhang zum Strand hinunterführt. Nur ein schmaler, steiniger Weg führt hier nach unten und ich sehe, wie sie ihre Zähne zusammenbeißt, als sie barfuß über den unebenen Grund humpelt, aber sie scheint ihr Ziel so fest vor Augen zu haben, dass sie sich von Nichts davon abhalten lässt.

Auch ich habe Mühe, den Weg ohne Schuhe zu absolvieren, aber ich verziehe natürlich keine Miene, als ich ihr lautlos folge.

Ein paar Minuten später setzen wir unsere Füße endlich auf den weichen, feinen Sand.

Es ist mittlerweile völlig dunkel draußen, nur der Vollmond, die Sterne und die ein Stück weit entfernte Promenade, an der sich ein paar Lokale befinden, spenden etwas Licht. Eine angenehme Stille liegt hier in der Luft, die nur durch das Rauschen der Wellen, die an den Strand schwappen, unterbrochen wird.

Dieser Strandabschnitt gehört zu den drei Häusern, die hier nebeneinander liegen und angesichts der späten Uhrzeit, sind wir ganz alleine. Es ist wunderschön hier, man hat das Gefühl, als würde man in seiner eigenen kleinen Welt leben, in der alle Sorgen und Ängste einfach nicht existieren und dennoch spüre ich dieses beklemmende Gefühl in meinem Magen, das sich selbst an diesem wunderschönen Ort nicht einfach wegzaubern lässt.

„Alicia, was...", beginne ich, doch sie schüttelt den Kopf und unterbricht mich mit einem lauten: „Nein!". Stattdessen zieht sie mich noch einmal ein Stück mit sich, direkt dorthin, wo das Meer auf den Sand trifft.

Sie betrachtet eine Weile das Wasser, das unsere Füße umspült und lässt sich schließlich dort hinfallen, wo sie gerade noch trocken bleibt, die Füße allerdings noch ein wenig vom Wasser erreicht werden, jedes Mal, wenn eine Welle den Weg an den Strand findet.

„Setz dich!", höre ich ihre heisere Stimme und so lasse ich mich ebenfalls neben sie fallen. Noch eine ganze Weile bleiben wir wortlos nebeneinander sitzen und blicken an die Stelle, an der sich der Mond in den Wellen spiegelt, doch dann räuspert sie sich.

„Reden?" Sie sieht mich an, ihre Augen sehen so sanft aus und ein zartes Lächeln umspielt ihre Lippen, das mich einfach nicken lässt. „Gut", antwortet sie und nickt ebenfalls.

~~~~~~

Den ganzen Weg nach hier unten habe ich überlegt, wie ich all die Worte formulieren soll, die ich ihm sagen will, doch jetzt, wo wir hier sitzen, an diesem bezaubernden Ort, umgeben von immer noch warmer Meeresluft und mit dem Wellenrauschen im Hintergrund, habe ich all die Formulierungen, die ich mir zurecht gelegt habe, wieder vergessen, aber gleichzeitig weiß ich auch, dass es keine Rolle spielt, welche Worte ich benutze, ich weiß, dass es nur noch darum geht, mein Herz sprechen zu lassen.

Ich vergrabe die Füße in den feuchten Sand und spiele etwas mit meinen Zehen darin herum, ehe ich die Frage, die mir schon die ganze Zeit auf den Nägeln brennt, über meine Lippen lasse.

„Ben, bedeutet das mit dem Haus, also… Hast du dich in mich verliebt?" Ich lenke meinen Blick zwischen meinen Füßen und Ben hin und her und sehe, dass auch er es nicht schafft, mich durchgehend anzusehen.

Er atmet einmal tief durch und beginnt endlich zu sprechen: „Alicia, es tut mir leid, ich weiß, dass das hier nie passieren sollte und glaub mir, ich habe es mir wahrlich nicht leicht gemacht, aber egal wie sehr ich versucht habe, gegen meine Gefühle anzukämpfen, es wird von Tag zu Tag nur noch intensiver. Ja, ich habe mich in dich verliebt, so sehr, dass es mir regelrecht Angst macht, vor allem, weil ich dich auf keinen Fall verlieren möchte. Ganz ehrlich, es zerreißt mich förmlich, wenn ich sehe, wie du mit Ryan flirtest oder wie dir andere Männer hinterher sehen, dabei bin ich eigentlich nicht einmal der eifersüchtige Typ Mann, eher im Gegenteil. Aber ich möchte nicht, dass du dich unter Druck gesetzt fühlst durch meine Gefühle. Klar, würde ich mir wünschen, dass du sie erwiderst, aber…"

Er seufzt. „Ach scheiße, echt. Ich musste es dir einfach sagen. Ich kann diese Gefühle nicht mehr länger für mich behalten und so tun, als würde mir eine Freundschaft reichen. Ich will dich festhalten, wenn es dir schlecht geht, dich in den Arm nehmen, wenn du traurig bist, dich küssen, wann immer mir danach ist und glaub mir, das ist verdammt oft der Fall. Ich will mit dir lachen, neben dir liegen, wenn du einschläfst und da sein, wenn du aufwachst und ich will diesen unwiderstehlichen Körper berühren können und kein anderer Mann auf dieser Welt soll das dürfen."

Er hält noch einmal kurz inne und ein leichtes Grinsen huscht über seine Lippen. „Mann, ey, ich hör mich an, wie das größte Weichei." Mit diesen Worten lachen wir beide los, verstummen jedoch auch schnell wieder.

Ben sieht mich an und dieses Mal halten wir unseren Blickkontakt, während seine Worte meinen gesamten Körper in ein warmes, wohliges Gefühl tauchen. Er hat jedes einzelne davon mit einer Ruhe ausgesprochen, die seinesgleichen sucht, obwohl man an der Art, wie er währenddessen seine Hände durch den Sand gleiten ließ, eindeutig erkennen konnte, dass es in ihm alles andere als ruhig aussieht. Seine tiefe Stimme klang dabei wie Musik in meinen Ohren und der Wortlaut, den er von sich gegeben hat, hat mich tief in meinem Herzen berührt. Viel mehr noch, in diesem Augenblick weiß ich es ganz gewiss, dass auch ich mich in ihn verliebt habe.

~~~~~~

Ich halte für einen Moment den Atem an, als ich sehe, dass Alicia sich über die Unterlippe leckt und schließlich ansetzt, etwas zu antworten und ich versuche, mich innerlich für ihre Antwort zu rüsten, egal wie sie auch ausfallen mag.

„Ben..." Ihre Stimme bricht etwas und sie muss sich erst räuspern, ehe sie fortfahren kann. „Wieso hattest du gestern Sex mit dieser Blondine?"

Gut, ich hätte mir denken können, dass diese Frage kommt, aber JETZT? Ich sehe sie mit großen Augen an.

„Alicia, das war einfach dumm von mir. Ich war so eifersüchtig wegen Ryan und ich wollte mir beweisen, dass ich meine Gefühle für dich loswerden kann, wenn ich will, aber das war absoluter Bullshit! Es tut mir so unheimlich leid."

Alicia sieht mich an und nickt schließlich, doch da fällt mir Sandy ein und ehe sie auch danach fragen kann, versuche ich mich auch hier zu erklären: „Und falls du jetzt auf Sandy kommst...", doch weiter lässt sie mich nicht sprechen.

„Da ist nichts gelaufen, ich weiß." Was? Verdutzt sehe ich sie an. „Sandy hat mich besucht, kurz bevor das Taxi heute kam. Sie hat mir erklärt, was los war und sie hat mir mehr oder weniger zu verstehen gegeben, dass du in mich verliebt bist, wenn sie auch nicht wusste, dass das etwas vollkommen Neues für mich ist."

Sie zwinkert mir zu und ich verfolge mit meinen Augen, wie sie meine Hand nimmt und ihre sanft darüberlegt. Sofort fährt eine wohlige Gänsehaut durch meinen Körper und ich bin einmal mehr erstaunt darüber, was schon eine kleine Berührung von ihr in mir auslösen kann. „Gut!", antworte ich kaum hörbar und warte, bis sie wieder zu sprechen beginnt.

„Ben..." Sie sieht mich unsicher an. „Weißt du eigentlich, dass du mich um den Verstand bringst?" Sie lächelt, als sie die Worte ausspricht und ich spüre, wie mein Herz schneller zu schlagen beginnt.

„Ist das gut oder schlecht?", frage ich und kann mir ein kleines Grinsen dabei nicht verkneifen, denn alleine die Tatsache, dass sie nicht gleich alles abgeblockt hat, macht mich zu einem zufriedenen Menschen.

Alicia sieht mich an und lacht kurz auf. „Definitiv gut, aber verdammte Scheiße, Ben, diese Gefühle sind einfach..." Sie verstummt, doch ihre Augen sprechen mehr als tausend Worte und deshalb nicke ich.

„Ich weiß, Alicia, ich weiß." Mit diesen Worten kann ich nicht mehr an mich halten und ziehe sie einfach in meine Arme und Alicia lässt sich regelrecht darin fallen.

Eine ganze Weile bleiben wir so sitzen und ich fühle mich von Minute zu Minute glücklicher. Ich spüre, wie alles von mir abfällt und wüsste ich es nicht besser, würde ich behaupten, was immer da in meiner Brust so unruhig herumzappelt, hat plötzlich Flügel bekommen.

„Ben?" „Hm?" „Dann versuchen wir es wohl wir zwei, was?" Wieder hüpft mein Herz. „Ich würde sagen, das sollten wir."

Alicia nickt und kuschelt sich noch etwas mehr in meine Umarmung. „Kann ich dich um etwas bitten?" Ich sehe sie an und nicke. „Wenn du das nächste Mal eifersüchtig bist, könntest du das dann bitte etwas anders handhaben?"

Sie zieht eine Augenbraue nach oben, beginnt jedoch gleichzeitig zu kichern, was mich dazu bringt, ihr einen nachdenklichen Blick zu entgegnen und mit den Schultern zu zucken. „Hm, mal sehen... Aua!"

So schnell konnte ich gar nicht gucken, da hatte sie schon einmal fest ihren Daumen in meine Seite gerammt. „Wir sind gerade mal fünf Minuten zusammen und du attackierst mich schon körperlich?"

Schnell ziehe ich eine Schnute und setze meinen Hundeblick auf, wofür ich einen lauten Lacher ernte. „Man kann sich nicht früh genug daran gewöhnen."

Ich schüttle den Kopf und rolle mit den Augen. „Was hab ich mir da nur eingebrockt?"

Vorsichtig löst sie sich von mir und sieht mich an. „Nur Gutes, mein lieber Herr Lindqvist, nur Gutes."

Mit diesen Worten steht sie auf und tritt ein paar Schritte weiter in Richtung Meer. Ihr Haar weht im Wind und sie richtet ihren Blick gen Himmel.

Einen ganzen Moment betrachte ich sie von oben bis unten und kann kaum fassen, dass sie nun wirklich zu mir gehört.

Schnell hüpfe auch ich auf und stelle mich nun direkt vor sie, während ich mein Handy aus meiner Hosentasche hole, was mir einen fragenden Blick einbringt.

Ich sehe sie an und öffne ohne Worte mein Online-Profil, wo ich meinen letzten Eintrag aufrufe. Mit einem Lächeln halte ich ihn ihr unter die Nase.

~~~~~~

„Drückt mir die Daumen! Ich liebe sie und heute Nacht werde ich es ihr sagen... Euer liebeskranker Ben", steht dort geschrieben. Zusammen mit dem Zusatz: „Veröffentlicht vor zwei Stunden." Darüber ein Foto von mir, im Garten des Ferienhäuschens in Stockholm. Ich habe nicht bemerkt, dass er das Foto geschossen hat, aber das Strahlen auf meinem Gesicht spricht Bände. Ich bin glücklich, wenn ich bei ihm bin und auch wenn ich keine Ahnung habe, wie das mit uns beiden funktionieren soll, so weiß ich doch, dass ich alles dafür tun werde, DASS es funktioniert.

„Ganz schön mutig, Herr Lindqvist", antworte ich heiser, während ich versuche, die Tränen, die sich in meinen Augen breit machen wollen, zu verdrängen.

„Ich wollte, egal wie das hier ausgeht, dass die ganze Welt weiß, dass du für mich die tollste Frau auf Erden bist!" Er setzt einen zufriedenen Gesichtsausdruck auf und nickt bestätigend.

„Gib mal her!" Schnell greife ich nach seinem Handy und öffne den Internetbrowser, wo ich mich in mein Online-Profil einlogge. Ich öffne das Feld, in dem man ein neues Bild hinzufügen kann und richte die Kamera zum Mond, ehe ich abdrücke und das Bild einfüge. Darunter setze ich die Worte: „Ich liebe dich, Lindqvist, bis zum Mond und zurück."

Ich habe die Worte gerade einmal zu Ende getippt, da drückt er selbst schon auf die ‚Senden'-Taste und grinst mich aus breiten Mundwinkeln an. „Und ich liebe Dich, Alicia."

Mit diesen Worten legt er eine Hand unter mein Kinn, hebt meinen Kopf an, bis ich ihm direkt in die Augen sehe und senkt seine Lippen auf meine.

Ein wahrer Gefühlsorkan stürmt durch meinen Körper und mein Herz beginnt zu rasen. Diese Lippen sind einfach wundervoll und als ich mich ein paar Minuten später langsam von ihnen löse, komme ich nicht umhin, unsere Pläne ein klein wenig umzukrempeln.

Schnell umfasse ich Bens Gesicht mit meinen Händen und sehe ihm tief in die Augen.

„Was meinst du, sollten wir nicht drei Tage hierbleiben? Ginge das?"

Er sieht mich an, lächelt und nickt. „Unbedingt! Das Häuschen gehört mittlerweile ohnehin mir." Und wieder versinken wir in einen langen und innigen Kuss.

Ja, wir werden hierbleiben, drei ganze Tage und Nächte und es wird nichts geben, außer uns beiden. Ich weiß, dass wir wieder zurück müssen in die Wirklichkeit, in eine Wirklichkeit, in der es noch viele Hürden zu überwinden gibt. Unsere Leben sind so verschieden und obwohl wir lange befreundet sind, gibt es noch so viele Dinge, die wir nicht voneinander wissen, die wir noch voneinander lernen müssen und ich will noch gar nicht daran denken, wie sich mein Leben durch all das verändern wird, nicht nur zum Positiven, aber diese Stunden hier wird uns nie mehr jemand nehmen können und ich weiß, dass wir beide alles dafür tun werden, dass wir dieses unheimlich glückliche Gefühl auch mit nach Hause nehmen. Wir werden einfach alles auf uns zukommen lassen und wir werden es schaffen.

E N D E

Vielen Dank!

Wer wissen möchte, wie es mit Alicia und Ben weitergeht,
den begrüße ich ganz herzlich auf meiner Facebook – Seite:
www.facebook.com/petra.sommersperger

Dort werdet ihr rechtzeitig erfahren, wann ihr mit Band 2 rechnen könnt.

Die Bände können unabhängig voneinander gelesen werden.